KB263430

한국 희곡/연극 이론 연구

A Study on Theories of Korean Drama/Theatre

김 익 두 지음

지식산업사

김익두(金益斗)

문학박사. 전북대 국문과 교수. 문화재청 문화재 전문위원.

한국학술진흥재단 해외파견 교수(콜로라도 대학).

예음문화상(제2회), 노정학술상(제3회), 판소리학술상(제3회) 수상.

논문: 〈한국 민속예능의 민족연극학적 연구〉, 〈한국 희곡/연극 이론 수립을 위한 기초 연구〉,
　　　〈'비추어보기'로부터 '관계탐구'에로〉, 〈'꼭두각시놀음'의 의미와 그 한계〉 외

저서: 《전북의 민요》, 《한국희곡론》, 《호남 좌도 풍물굿》, 《호남 우도 풍물굿》, 《판소리, 그 지고의
　　　신체전략》, 《이야기 한국신화》, 《호남 우도 정읍농악》, 《위도 띠뱃놀이》 외

역서: 《민족연극학》, 《페미니즘 이론》, 《제의에서 연극으로》, 《연극용어사전》, 《퍼포먼스 이론》,
　　　《연극의 이론》 외

한국 희곡/연극 이론 연구

———

초판 제1쇄 인쇄　2008. 2. 20.
초판 제1쇄 발행　2008. 2. 27.

———

지은이　김익두
펴낸이　김경희
펴낸곳　본사 ● 경기도 파주시 교하읍 문발리 520-12
　　　　　전화 (031)955-4226 · 4227 팩스 (031)955-4228
　　　　서울사무소 ● 서울시 종로구 통의동 35-18
　　　　　전화 (02)734-1978 팩스 (02)720-7900
　　　　인터넷한글문패　지식산업사
　　　　인터넷영문문패　www.jisik.co.kr
　　　　전자우편　jsp@jisik.co.kr
　　　　등록번호　1-363
　　　　등록날짜　1969. 5. 8.

———

책값은 뒤표지에 있습니다.

———

ⓒ 김익두, 2008
ISBN 978-89-423-4047-7　93810

———

이 책을 읽고 지은이에게 문의하고자 하는 이는
지식산업사 전자우편으로 연락 바랍니다.

이 책은 한국학술진흥재단의 선도연구자지원사업(과제번호: KRF-2003-041-G00066,
KRF-2004-041-G00055)에 의해 연구된 것임.

이 책을
고 소석(素石) 이기우(李奇雨) 은사님께
바칩니다.

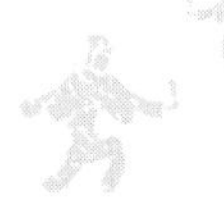

한국 희곡/연극 이론의 새로운 시작을 기대하며

윤 광 봉

(히로시마대학 교수)

우리의 공연예술사는 입으로, 몸으로, 솜씨로 전해져 왔을 뿐, 문헌자료가 부족해 역사적인 재구성이 어려운 것이 사실이다. 더구나 이러한 공연예술에 대한 이론은 더 말할 나위 없어, 늘 외국 이론을 끌어다 썼던 것이 그동안의 우리 형편이었다.

그런데, 이러한 사정을 해소하기 위해 이 방면 연구에 힘을 쏟던 김익두 교수가 새로운 시각을 가지고 한국 연희 비평사라 할 만한 《한국 희곡/연극 이론 연구》라는 책을 펴낸다. 서양 아리스토텔레스의 《시학》(詩學)과 일본 제아미(世阿彌)의 《풍자화전》(風姿花傳)과 중국 이어(李漁)의 《한정우기》(閑情偶奇) 등을 볼 때마다, 왜 우리에게는 이만한 희곡/연극 이론 책이 없을까 싶어 마음 상한 일이 많았다.

그러다 이번에 김익두 교수가 나 보란 듯 그동안 이 방면의 업적을 두루 섭렵하여, 아득한 신화시대부터 현대에 이르기까지 선학들이 남긴 글들을 찬찬히 살피어 우리 선조들에게도 뚜렷한 연희 사상이 있었음을 확인시켜 주었다. 사실, 우리 전통 희곡/연극에서 고운(孤雲) 최치원, 목은(牧隱) 이색, 그리고 조선조의 용재(傭齋) 성현은 뚜렷한 악무(樂舞) 사상을 지닌 선각자이다. 김교수는 바로 이러한 선학들을 비롯한 여러 기록들을 되새겨, 우리 식의 이론을 정립하여, 처음 이 방면에 관심을 가진 사람들도 쉽게 접근할 수 있도록 정리하였다. '한국 연희시'라는 주제로 전통 연희를 살펴오고 있는 필자로서는, 20세기까지의 희곡/연극 이론을 보면서 정말 남다른 감회가 서릴 수밖에 없었다. 이 책의 근대 이전의 부분은 마치 한국 연희시를 다시 조명하는 것 같아, 개인적으로는 오랜만에 설렘의 연속이었다.

학문의 발전이란 단계가 있는 법이다. 먼저 자료의 발굴과 정리 작업이다. 다른 분야와 달리 우리의 전통 연희 분야는 무엇보다 자료의 빈곤으로 어려움을 겪고 있어, 어디에 무엇이 있고 어떻게 전해져 있는가를 발굴하고, 이를 체계적으로 정리하는 것이 무엇보다 시급하다. 그래서 송석하를 비롯한 많은 여러 선학들이 이를 위해 무진 애를 썼다. 그러나 자료를 발굴하고 대충의 이야기로 끝난다면 말이 안 되니, 발굴된 자료를 열심히 해석하고 분석하는 것이다. 특히 전통 연희에 대한 자료는 까다로운 한시(漢詩)가 많아 이에 대한 해석이 만만치가 않다. 이 또한 여러 선학들이 지금까지 꾸준히 진행하여 많은 성과를 거두었음은 널리 알려진 사실이다. 그리고 다음 단계로는, 해석된 내용을 중심으로 통시적—역사적인 정리가 필요하다. 이를 위해서는 그동안 정리되고 해석된 내용들을 다시 곰곰이 새겨 보고 재분석하여 본격적인 한국적 이론을 제시하는 것이다.

이러한 의미에서, 이번에 탈고된 김익두 교수의 이론 정리는 마지막 단계이면서 이 방면의 서단(緖端)을 장식한 것으로 값지다 할 수 있다. 그러나 좀 더 활발한 이론 전개는 이제부터이다. 왜냐하면, 이 책에서 보여주는 한국 희곡/연극이라는 명칭에서부터 각종 이론과 해석이 이 방면의 연구자들에게는 결코 녹록한 것이 아니기 때문이다.

　일찍부터 전통 연희 이론에 관심을 두었던 김교수는, 이 책에서 ‘통시적－역사적 관점’과 ‘공시적－영역별 관점’으로 기존 연구 성과물들을 찬찬히 정리 분석하여, 한국 희곡/연극 이론의 역사적 근거들을 확보하고, 특히 주요 대상 자료들을 되도록 많이 수록해, 참고 자료로서의 활용도 배려했다. 실상 근대 이후의 희곡/연극 연구와는 달리, 한시로 엮어진 우리의 전통 연희는 해석이 그리 만만치가 않다. 한자 하나하나가 주는 의미와 해석은 이 방면에 정통하지 않으면 풀기 힘든 부분이 너무나 많다. 이런 문제들은 한시를 잘 안다고 해서, 또 연희 부분에만 정통하다고 해서 풀리는 것이 아니기 때문이다. 따라서 이러한 시 속에서 이론을 끄집어낸다는 것이 자칫 견강부회가 될 소지도 꽤 있다. 더구나 기존에 해석된 시에 글자 몇 개를 바꿔 해석한다고 해서 이론이 금세 달라지는 게 아니다. 이러한 면면을 글쓴이도 많이 고려한 듯하다.

　이 책을 보면, 우선 눈에 띄는 것이 통시적 관점에서 본 시대구분이다. 아직 이론이 분분한 기존의 시대구분에서 큰 차이가 있는 것은 아니지만, 처음 신화시대 및 부족국가시대와 마지막 해방공간과 남북분단시대의 구분이 신선감을 준다. 이어서 공시적－영역별 관점에서 본 희곡/연극 이론들에서 연극 본질, 배우 연기, 극장 무대, 희곡 극작, 음악 무용, 의상 분장, 음향 조명, 대소 도구, 연출 제작, 청관중, 공연, 비평, 미학, 연극사, 연극교육, 연극 직업이라고 하는, 그야말로 연극과 관련된 세세한 분야에 이르기까지 기존의 자료와 연구 업적들을 본 삼아 나름대로 분석함으로써, 글쓴이의 의지가 무엇인가를 잘 드러내었다.

　이 책은 무엇보다 글쓴이의 주장처럼, 남들이 개발한 이론을 자기 학문 분야에다 덮어씌우려는 지금까지의 연구 태도를 극복하려고 애쓴 흔적이 돋보인다. 이것은 학문이 다루려는 대상을 구체적으로 조사하고 분석하고 해석하여, 이를 바탕으로 한 원리와 법칙들을 귀납적으로 도출하는 작업의 일환이라 할 수 있다. 이는 남이 개발한 이론들만 편하고 쉽게 가져다 쓰는 이들에게는 또 다른 경종이 될 수 있다.

끝으로, 이 작업은 이제 시작이다. 따라서 전통 연극과 현대 연극에 이르기까지 전체를 통시적으로 아우른 것이기에, 아직도 구체적으로 언급해야 할 이론들이 많이 남아 있다. 그러나 글쓴이의 말처럼 이 책은 그야말로 망원경으로 전체를 조망한 작업이라 할 수 있다. 그러니 어찌 한 술에 배부를 수가 있겠는가.

아무쪼록, 이 책이 이 방면에 관심을 가진 이들에게 학문 발전을 위한 자극제가 되고, 소외되고 있는 우리 인문학에 또 하나의 보탬을 주는 도우미가 되었으면 하는 바람이다. 앞으로, 글쓴이의 더욱 진전된 이론 전개를 기대해 보며 멀리서 축하의 말을 전한다.

2007년 12월 1일
일본 히로시마에서
윤 광 봉

머 리 말

　어떤 학문이든, 그 학문 자체의 최종 목표는 그 분야의 '이론'을 수립하는 것이다. 학문의 '이론'이란 그 학문에 관한 원리와 법칙들로 이루어진 인식 체계나, 실천에 대응하는 논리적 지식 체계를 말한다.

　모든 학문에는, 만일 그 학문이 하나의 독립된 학문 분야로 성립하기 위해서는, 여러 가지 원리와 법칙들로 이루어진 인식 체계인 '이론'이 수립되어야만 한다.

　그런데 우리나라의 인문학 분야, 특히 '국학' 분야에서는, 우리의 독자적인 '이론'은 아직도 수립되어 가는 초기 단계에 있다 할 것이다. 이러한 학문 분야에서, 아직도 이렇다 할 '이론'이 수립되었다고 단정할 수 없는 것은, 엄밀하고 냉정하게 보자면 이런 학문 분야 자체가 아직도 제대로 성립되지 못하였음을 보여주는 것이다. 이것은, 간단하게 말하자면, 우리나라 인문학/국학의 '자료'는 있으나, 그런 자료를 다루는 주체적이고 자주적인 '방법'이 미약하다는 것을 드러낸다.

　우리 인문학/국학이 아직도 이런 상태에서 벗어나지 못하는 가장 큰 원인은, 그동안 이 분야 연구자들이 자기의 독자적인 '이론'은 개발하려 하지 않고, 다른 나라의 유사한 학문으로부터 그 학문이 어렵게 연구하여 개발하고 수립해 놓은 '남의 이론'을 마치 우리가 개발한 우리의 이론인 양 마구 가져다 써온 데 있다.

어떤 분야의 학문이든, 그 학문 분야의 '이론'이 수립되려면, 남들이 개발하고 수립해 놓은 이론을 가져다가 자기 학문 분야에 덮어씌우는 식의 '연역적'인 적용만으로는 불가능하다. 어떤 학문 분야의 이론이 수립되려면, 무엇보다 먼저 그 학문이 다루는 '대상'을 구체적으로 조사하고 분석하고 해석하여, 그런 연구 대상들로부터 어떤 이론의 단서들, 곧 원리와 법칙들을 '귀납적'으로 도출하는 작업이 구체적으로 이루어져야만 한다.

이러한 일련의 작업은 연구 대상 자료에 대한 '통시적' — 역사적인 고찰과 '공시적' — 사회적인 조사·분석·해석을 필요로 한다. 그리고 이러한 과정에서는 반드시 비슷한 인접 분야의 대상과 이론들과 비교연구하는 것도 필수적이다.

그러나 우리나라의 인문학/국학 분야에서는 이러한 일련의 어렵고도 시간이 오래 걸리는 작업을 포기하고, 남이 개발한 이론들만 편하고 손쉽게 가져다 씀으로써, 이론과 전문 지식과 관련 서적이 넘쳐나는 오늘날, 역설적이게도 자기 이론은 '부재'하는 불행한 결과를 가져오게 되었으며, 이러한 결과는 이른바 '인문학의 위기설'로까지 번지고 있다고 할 것이다.

이 책은 바로 이러한 '현실'을 우리나라의 희곡/연극 분야에서 타개하기 위한 작업으로 이루어진 것이다. 이 책의 학문적인 결실이야 어찌되었든, 이 책의 의도만큼은 그러하다는 말이다. 그 결실의 풍흉을 판단하는 것은 독자 제현들의 몫일 것이요, 그것을 의도하고 실행하는 사람은 그저 최선을 다했으나 부끄러운 뿐이다.

이 책은 필자가 평생 동안 온 힘을 쏟아 연구한 한국 희곡/연극 이론에 관한 연구의 일차적인 결과이다. 다른 인접 인문학/국학 분야와 비슷하게, 필자가 전공해온 이 한국 희곡/연극학 분야도, 그 연구 대상 자료들은 있으나 그것들로부터 귀납적으로 도출된 이렇다 할 독자적인 '이론'은 아직 없는 상태다.

일찍이, 동서고금의 다른 나라 또는 다른 지역의 대표적인 희곡/연극 이론들을 고구해 보면, 기원전 1세기를 전후한 시기에는 동양의 인도에서는 바라따가 기록한 것으로 알려진 방대한 분량의 희곡/연극 이론서인 《나띠야 샤스뜨라》(Nāṭya Śāstra)가 있었으며, 비슷한 시기 서양에서는 '시인 추방론'을 주장한 플라톤의 뛰어난 제자 아리스토텔레스의 희곡/연극 이론서인 《시학》(Poïetiké)이 세상에 나타났다. 그리고 15세기에는 일본의 유명한 노(能) 배우 간아미(觀阿彌)의 아들 제아미(世阿彌)에 의해 일본의 전통 희곡/연극 이론서인 《풍자화전》(風姿花傳)이 씌어졌고, 17세기에는 중국의 이어(李漁)라는 사람이 《한정우기》(閑情偶記)라는 중국의 전통 희곡/연극 이론서를 저술하였다. 한편, 우리나라에서는 19세기 후반에 전북 고창의 동리(桐里) 신재효(申在孝)가 우리나라 최초의 본격적인 희곡/연극 이론 자료인 〈광대가〉(廣大歌)라는 창작 단가(短歌)를 지었다.

이러한 이론서나 이론 자료들은, 모두 그것들이 의존하던 당대 사회의 구체적인 희곡/연극 그 자체들로부터 '귀납적'으로 도출되어 나온 '경험'의 이론들이며, 다른 나라 다른 지역의 희곡/연극에서 나온 이론을 가져온 '수입'의 이론이 결코 아니다.

이 책에서는 한국 희곡/연극 이론을 도출해 내기 위해 두 가지의 관점과 방법을 취했다. 하나는 통시적─역사적 관점과 방법이고, 다른 하나는 공시적─영역별 관점과 방법이다. 먼저 통시적─역사적 관점과 방법으로, 우리나라 희곡/연극 이론의 근거로 삼을 만한 자료들을 조사·정리·분석·해석하여, 우리나라 희곡/연극 이론의 역사적 근거들을 확보하고자 하였다. 그리고 이 작업에서는 이 책의 주요 대상 자료들을 되도록이면 자세히 수록하여, 이 책에서 다룬 이론적 논의의 구체적인 논거들을 풍부하게 제시하고, 앞으로 한국 희곡/연극 이론을 연구하는 이들이 참고 자료로도 활용할 수 있도록 하였다. 다음으로는, 이렇게 해서 만들어진 한국 희곡/연극 이론의 역사적 근거들을 다시 공시적—영역별 관점과 방법으로 분석하여, 우리나라 희곡/연극의 기초 이론의 도출을 시도하였다.

안타깝게도, 이 책의 원고가 탈고되던 날 세상을 타계하신 존경하는 은사님 고(故) 소석(素石) 이기우(李奇雨) 선생님께 부족하나마 이 책을 바치며, 이 자리를 빌려 다시 한번 선생님의 명복을 빈다. 아마 선생님의 가르침과 인도가 없었다면, 필자는 지금의 자리에 있지 못하였을 것이며, 이 책이 이루어질 수도 없었을 것이다.

끝으로, 보잘것없는 책의 머리에 큰 말씀을 얹어주신 윤광봉 선생님의 큰 은혜에 머리 숙여 깊이 감사를 드린다. 앞으로 더욱 열심히 이 분야를 개척해 보라는 격려로 알고, 더욱 정진할 것을 약속드린다. 그리고 수지 타산이 맞지도 않을 이런 책을 흔쾌히 출판해 주시는 지식산업사 김경희 사장님의 큰 뜻을 마음에 깊이 새기고자 한다. 아울러, 원고 정리를 맡아준 김월덕 박사와 자료 정리를 도와준 백은철 군에게도 감사한다.

단기 4340년/서기 2007년 11월 3일
전주 건지원 연구실에서
김 익 두

차 례

1장
들어가는 말

1.

현 황

동서양 또는 전 세계에 걸쳐서, '희곡/연극'이라는 것은 유사 이래 줄곧 문화의 한 중요한 형식으로 자리 잡고 존재해 왔으며, 또 이 문화 형식은 이것의 실천가들과 관련 학자 및 지식인들에게 중요한 사색적 물음의 주제가 되어 왔다.

그러나 이 문화 또는 예술 형식의 이론 본체를 이루거나 이루어야만 하는 것들이 무엇인가에 대해서는, 아직까지도 전 세계적으로 어떤 일반적인 합의도 없는 상태이다.

이러한 현상은 오늘날에 와서 더욱 그러하다. 세계 연극사의 어느 시기까지는, 동서양 또는 세계 여러 지역 사람들이 제각기 그 지역의 희곡/연극 문화를 그 지역의 오리엔테이션과 전통 속에서 추구하고 구축해 나아갈 수가 있었다. 물론, 이 경우에 각 지역마다 희곡/연극의 정의와 정체성이 다소 다르기는 하다.

그러나 일반적인 의미에서 보아, 세계 여러 지역의 희곡/연극이라는 문화적 형식이 점차 어떤 하나의 통일된 장(場)에로 통합되어 나아가고 있는 오늘날에는, 기존의 그러한 지역적 통일성마저 크게 위협 받고 있으며, 그러한 지역적 국부적 통일성 안에서만으로는 새로운 희곡/연극 및 그에 관한 이론들을 모색하기가 거의 불가능해졌다.

희곡/연극 이론의 제국주의

문제는 이런 측면에도 있다. 즉, 세계 희곡/연극 및 그 이론들이 어느 시기까지는 각 지역의 지역적 독자성을 가지고 존재했으나, 근대 이후에 들어와서는 서양 희곡/연극 및 그 이론들이 전 세계의 희곡/연극들과 그 이론들을 거의 일방적으로 지배하게 되었으며, 이런 현실 속에서 서양 이외의 희곡/연극 전통과 그 이론들은 서양의 그것에 대해 상대적으로 '열등한' 희곡/연극 및 이론으로 평가되어 왔다는 점이다.

이러한 잘못된 시각들은, 연극계나 연극학계에서도 연극인류학(theatre anthropology), 페미니즘 연극(femminism theatre), 포스트-콜로니얼리즘 연극(post-colonialism theatre), 공연학(Performance Studies) 등 새로운 연극 사조나 학문의 출현 이후에, 어느 정도 점차 극복되고 수정 보완되어 나아가고 있다는 것은, 매우 다행하고도 바람직한 변화 현상이라 하겠다.

문제는 또 다른 측면에도 있다. 세계의 희곡/연극 전통에서는, 맥루한의 주장처럼 인류의 희곡/연극사가 '구술시대→필사시대→문자시대→매체시대' 순으로 변화되어 왔다고 단언하기는 어렵다. '문자 중심'의 문화를 구축해온 지역 못지않게, '구술 중심'의 문화를 영위해온 지역과 민족들은, 전 세계적으로 훨씬 더 광범위한 영역에 걸쳐서 분포해 왔으며, 희곡/연극에서는 '문자 중심'의 문화가 '구술 중심'의 문화보다 반드시 더 '우월한' 것도 아니라는 사실이다.[1]

그런데, 지금까지의 희곡/연극 이론들은 주로 '문자 중심' 문화권의

'기록 자료'를 근거로 하여 구축되고 전파되고 변이되어 왔다. 그리고 그런 흐름의 중심에는, 서양 그리스 시대에 나온 아리스토텔레스의 《시학》이 가장 강력한 힘의 원천으로 자리 잡고 있다.

상대적 '차이'의 발견과 추구

그러나 우리가 아는 한, 전 세계에는 이런 그리스 전통을 이어받아 발전한 희곡/연극 및 그 이론의 전통과 계보만 있는 것이 아니라, 역사적으로 서로 다르게 전개되어 온 제각기 다른 '문화권'이나 '민족들'의 희곡/연극과 그 이론의 전통과 계보들이, 분명하게 서로 다른 '차이들'을 가지고 전 세계에 분포하고 있다. 이러한 전통과 계보들은 인류 문명사의 현 단계에 이르러서 비로소, 전 지구적인 범위에 걸쳐 '문화상호적인' 차원에서 주목되고 확인되고 밝혀지고 있다. 영국의 유명한 연출가 피터 브룩(Peter Brook)이 아프리카의 한 원주민 마을에서 겪은 다음과 같은 체험의 기록은, 오늘날의 이러한 희곡/연극계의 '문화상호적'인 흐름을 아주 단적으로 보여주는 좋은 사례이다.

그와 같은 종류의 또 다른 하나의 체험이 우리가 어떤 숲속에서 야영을 하고 있을 때 발생했다. 우리는 그곳의 수 마일 주위에는 아무도 없다고 생각했는데, 항상 그러는 것처럼, 갑자기 어디선가 아이들이 나타나 손짓

---

1) Gilles Deleuze et Flix Guattari(1972), *L'Anti-Oedipe*, Paris: Editions de Minuit, p.243 참조. 여기서 들뢰즈와 가타리는 다음과 같이 말하고 있다. "구술 문명 사회에서는 목소리와 신체상의 여러 가지 특징들과 1차적인 글쓰기 등이 서로 독립해서 존재하는 반면, 문자 문명 사회에서는 목소리의 선조성(線條性) 위에 도표적인 체계들이 한 줄로 징렬된다. 이렇게 해서 그것은 더 이상 노래로 불러지는 목소리가 아니라, 받아쓰어진 명령들이 된다. 이런 사회에서의 글쓰기는 춤으로 추어지지 못하고, 신체에 생기를 불어넣지도 못하고, 테이블 위에, 돌 위에, 그리고 책 위에 고정되어 붙어버린다."

으로 우리를 불렀다. 그대 마침 우리들은 자리에 앉아서 즉흥적인 노래를 부르고 있었는데, 아이들은 우리들에게 그곳에서 2마일 떨어진 곳에 있는 그들의 작은 마을로 가자고 하였다. 이유인 즉, 잠시 뒤 밤이 되면 그곳에서 무슨 노래와 춤이 공연될 예정이며, 우리가 그곳에 갈 수만 있다면 대단히 기뻐하게 될 것이라는 것이었다.

그래서 우리는 그러겠다고 했다. 우리가 숲을 가로질러 아래로 내려가니 그 마을이 보였고, 실제로 어떤 의식이 거행되고 있음을 발견했다. 누군가가 죽었는데, 그것은 그를 위한 장례식을 거행하는 것이었다.

우리는 거기서 대단한 환영을 받았으며, 거기에 앉아서, 나무 밑의 컴컴한 어둠 속에서 그림자를 드리운 한 무리의 사람들이 춤을 추고 노래를 부르는 것을 보았다. 그런 시간이 지나자, 갑자기 그들은 우리들에게 다음과 같이 말하였다. "아이들에게 들으니 당신들도 이런 것을 한다고 합디다. 그러니 이번에는 당신들이 우리들을 위해서 그것을 한번 해 주셔야 하겠소이다." 그래서 이번에는 우리가 그들을 위해 또 즉흥적으로 노래를 불러야만 하였다. 그리고 이러한 일련의 (상호적인) 공연들은, 우리가 그동안 체험한 모든 공연들 가운데에서 가장 훌륭한 것이었다.[2]

이 기록은, 1970년대 초에 피터 브룩이 이끄는 국제연극연구소(ISTA)의 연구원 일행이 아프리카의 한 원주민 마을을 방문했을 때, 그들이 원주민들과 함께 나눈 '문화 상호적'인 공연적 체험의 특징과 소감의 일단을 솔직하게 밝힌 것이다. 여기서 우리가 분명하게 자각해야 할 가장 중요한 점은, 20세기 말에 이르러서 비로소, 서양인들과 비서양인들 특히 서양인들이 '원시적'(primitive)이라고 불러온 비서양 지역의 사람들이, '연극'이라는 영역에서 서로 대등하게 만나기 시작하였다는 점이다.[3]

---

2) Peter Brook(1973), "On Africa(an Interview)," *Drama Review* 17, 3: 45.
3) 서양 학자들의 이러한 문화상호적인 자각은 일찍이 '문화인류학'에서부터 시작하여, '민족

한국 희곡/연극 이론의 '차이'와 '정체성'

한국의 희곡/연극 전통은, 지역적으로는 전 세계의 중요한 '문화권' 가운데 하나인 '동아시아 문화권' 속에서, 주로 서역·중국·몽골·일본 등과의 정치-문화적 상호 교류 관계 속에서, 오늘날까지도 그 문화적 정체성을 잃지 않고 하나의 '독자적'인 희곡/연극 전통을 수립해온, 세계의 중요한 희곡/연극 문화 전통 가운데 하나이다.

그러나 이 희곡/연극의 전통은, 그동안 중국·일본·서양의 제국주의적 침탈과 식민주의적 지배의 그늘에 가려 독자적인 '정체성'을 제대로 드러내지 못했으며, 그 의미와 가치가 제대로 인식되고 평가되지 못하였다. 그러한 증거를 우리는 지금까지 나온 서양 쪽의 한국 희곡사/연극사 관련 언급 속에서 분명하게 찾아볼 수 있다.[4]

음악학'(ethnomusicology) 쪽에서도 분명하게 나타났으며, 나아가 '민족연극학'(ethnodramatics)의 발전을 자극하고, 최근에는 '공연학'(Performance Studies)의 발전을 가져오고 있다. 서양 학자들의 문화상호주의적 자각에 관한 매우 탁월한 학문적 저술로는, John Blacking(1973), *How Musical is Man?*(Seattle: University of Washington Press)을 참조.

4) 예컨대, 서양 쪽에서 나온 최근의 권위 있는 '세계연극사' 가운데 하나로 평가받는 Oscar G. Brockett & Franklin J. Hildy(2007), *History of the Theatre*(tenth edition, Boston: Allyn & Bacon)에도 아시아 연극이라는 항목에 인도·중국·일본의 연극만 별도 항목으로 다루고, 한국 연극은 별도 항목으로 다루지 않았음을 발견할 수 있다. 이보다 먼저 나온, 이 책의 제4판인 Oscar G. Brockett(1982), *History of the Theatre*(forth edition, Boston: Allyn & Bacon), pp.305~307에는 다음과 같은 아주 짧은 언급만이 들어 있다. "모든 동양 나라들은 각 나라마다 그 나라의 연극 전통을 갖고 있으며, 종종 매우 다양하고 고도로 발전된 연극 전통을 갖고 있는 경우도 있다. 한국의 연극 형식들은, 비록 그것들이 그것 자체의 변별적인 특성을 갖고 있다고는 해도, 중국과 일본의 양식과 관계있으며, 일본의 연극 형식에 지대한 영향을 행사하였다. 한국의 제의적 공연 흔적은 서기 3세기까지 거슬러 올라갈 수 있지만, 그보다 더 먼 상고시대로 거슬러 올라갈 수도 있다. 결론적으로, 한국은 다양한 종류의 무용극·인형극·소극·무언극, 그리고 1908년 이후에는 서구 양식의 연극 등을 생산해 내었다. 가장 흥미로운 한국 연극 형식들 가운데 하나는 봉산탈춤인데, 현재 역사가약 200년 정도 되었으며, 수많은 예전의 전통을 계승하고 있다. 원래 이 무용극의 목적은악귀를 쫓고 풍성한 수확과 마을의 안전을 보장받기 위한 것이었으나, 오늘날에 와서는

역사적으로 볼 때, 한국 희곡/연극의 전통은, 서양 그리스의 희곡/연극 전통과 비슷하게, 먼저 그 전사(前史)로서 기나긴 '신화시대'를 거친 다음, 적어도 기원전 10세기 청동기시대부터 시작된다.5) 즉, 기원전 10세기에는 북방 알타이계의 예맥족(濊貊族)에 의해 북방식 청동기문화가 오늘날의 한국 영토권에 전래되어, 이 지역에 청동기시대가 시작되었다.

그리하여 이 지역에 농경문화가 발달하고, 지배와 피지배의 정치적 상하관계가 성립되어 초기의 군장사회(君長社會)가 나타났으며,6) 이 시기부터 벌써 역사 기록에 우리나라 희곡/연극 관련 내용들이 나타나기 시작한다.7) 이러한 역사적 사실 기록들은, 우리나라 희곡/연극이 그리스를 비롯한 세계 여러 나라의 그것들과 대등하게 오래된 역사적 전통을 가지고 있음을 분명하게 입증하는 것이다.

부여의 '영고'(迎鼓), 고구려의 '동맹'(東盟), 동예의 '무천'(舞天), 마한의 '오월제'(五月祭)와 '시월제'(十月祭) 등이 바로 그러한 대표적인 사례들이다.8) 이런 것들은 그리스의 디오니소스 축제와 비슷한 일종의 국가적인 축제였으며, 또한 그리스의 그런 축제에서와 비슷하게 그 속에서 연극적인 행사가 매우 성대하게 벌어졌음은 물론이다. 여러 면에서, 이와 같은 우리 부족국가시대의 원시 제천의식은 그리스의 디오니소스 축

일차적으로 오락으로서 공연된다. 이것은 다양한 종류의 춤·몸짓·농담·노래를 통해서, 위선적인 승려, 귀족적인 양반 특권층, 남녀관계 및 수많은 서민들에 관해 언급한다. 반주음악으로는 목관악기·현악기·타악기 등이 연주된다."

5) 오스카 브록켓(Oscar G. Brockett)도 "한국의 제의적 공연들의 흔적은 서기 3세기까지 거슬러 올라갈 수 있지만, 그보다 더 멀리 상고시대로 거슬러 올라갈 수도 있다"고 말하였다. 위의 각주 4) 참조.

6) 변태섭(1991), 〈한국역사〉, 《한국민족문화대백과사전》 23권, 한국정신문화연구원, 910쪽 참조.

7) 국사편찬위원회 편(1986), 《국역 정사 조선전》, 서울: 천풍인쇄주식회사, 29~54쪽 참조.

8) 위의 책, 30~54쪽 참조.

제와도 유사하였다.9)

그러나 오늘날 이 시기의 희곡/연극 관련 자료의 전승 면에서 그리스와 한국의 차이는, 우선 그 표현/전승 매체의 차이에 크게 의존하고 있다. 즉, 이러한 차이는 전자의 희곡/연극 전통이 '문자 중심' 전통 속에서 이루어졌고, 후자의 희곡/연극 전통이 '구술 중심' 전통 속에서 이루어졌다는 점에 크게 기인한다.

그러나 이러한 '차이'가 결코 부정적인 측면으로만 작용하는 것은 아니다. 오히려 이러한 '차이'로 인하여, 한국 희곡/연극 전통은 '개방적인 즉흥성'을 충분히 확보함으로써, 훗날 1970, 1980년대에 이르러 '마당극'과 같은 새로운 연극 양식 창조의 독창성을 발휘하는 데 크게 도움이 되기도 하였다.

전 세계 다른 지역의 희곡/연극들이 그 독자적인 양식을 창조하지 못하고 있던 20세기 후반에, 한국에서는 전통 풍물굿 양식과 탈놀음 양식 등을 적절히 활용하여, '마당극'이라는 새로운 희곡/연극 양식을 창조했던 것은, 그러한 '구술 중심' 전통의 개방성 속에서 가능했던 매우 훌륭한 창조적인 사례라 할 수 있다.10)

한국 희곡/연극 이론 연구의 현황

그동안 한국 희곡/연극 연구는 연극사·희곡사·연극미학·개별 연구·비교연구 등등에서는 어느 정도의 진전이 이루어졌다.11) 그러나 다

---

9) 오스카 브록켓 지음/ 김윤철 옮김(1989), 《연극개론》, 서울: 한신문화사, 102쪽 참조.
10) 김익두(2002), 〈한국 희곡/연극 이론 수립을 위한 기초 연구〉, 《한국극예술연구》 15집, 한국극예술학회, 20쪽 참조.
11) 참고로, 각 분야별로 대표적이고 기본적인 저서와 논문 몇 건씩 들어보면 다음과 같다.
   1) 연극사 분야 : ① 김재철(1933), 《조선연극사》, 경성: 학예사. ② 한효(1956), 《조선연

른 나라의 희곡/연극과는 '다른' 한국 희곡/연극을 작동시켜온 한국 희곡/연극의 이론, 그래서 다른 나라의 희곡/연극의 이론과는 '다른' 독자

극사 개요》, 평양: 국립출판사. ③ 권택무(1966), 《조선 민간극》, 평양: 조선문학예술총동맹출판사. ④ 이두현(1974), 《한국연극사》, 서울: 민중서관. ⑤ 유민영(1982), 《한국극장사》, 서울: 한길사. ⑥ 유민영(1996), 《한국근대연극사》, 서울: 단국대출판사. ⑦ 유민영(2001), 《한국연극운동사》, 서울: 태학사. ⑧ 서연호(2003), 《한국연극사》(근대편), 서울: 연극과인간. ⑨ 서연호(2005), 《한국연극사》(현대편), 서울: 연극과인간.

2) 희곡사 분야 : ① 유민영(1981), 《한국현대희곡사》, 서울: 홍성사. ② 서연호(1994), 《한국근대희곡사》, 서울: 고려대출판부.

3) 연극미학 분야 : ① 조동일(1997), 《카타르시스 라사 신명풀이》, 서울: 지식산업사. ② 김지하(2004), 《탈춤의 민족미학》, 서울: 실천문학사.

4) 개별 연극 양식별 연구 분야

(1) 무당굿/무당굿놀이 분야 : ① 서연호(1982), 〈한국 무극의 원리와 유형〉, 《한국 무속의 종합적 고찰》, 서울: 고려대학교 민족문화연구소. ② 황루시(1987), 〈무당굿놀이 연구〉, 이화여대 국문과 박사논문.

(2) 인형극 분야 : ① 심우성(1974), 《남사당패연구》, 서울: 동화출판공사. ② 임재해(1981), 《꼭두각시놀음의 이해》, 서울: 홍성사. ③ 서연호(2001), 《꼭두각시놀음의 역사와 원리》, 서울: 연극과인간.

(3) 판소리 분야 : ① 정노식(1940), 《조선창극사》, 서울: 조선일보사 출판부. ② 강한영(1977), 《판소리》, 서울: 세종대왕기념사업회. ③ 정병욱(1981), 《한국의 판소리》, 서울: 집문당. 이 분야에서는 이 밖에도 상당히 많은 저서와 논문들이 나왔다.

(4) 탈놀음 분야 : ① 김일출(1958), 《조선 민속 탈놀이 연구》, 평양: 과학원출판사. ② 이두현(1969), 《한국 가면극》, 서울: 문화공보부 문화재관리국. ③ 조동일(1979), 《탈춤의 역사와 원리》, 서울: 홍성사. ④ 김욱동(1994), 《탈춤의 미학》, 서울: 현암사.

(5) 창극 분야 : ① 박황(1976), 《창극사 연구》, 서울: 백록출판사. ② 백현미(1997), 《한국 창극사 연구》, 서울: 태학사. ③ 국립중앙극장 편(2002), 《세계화시대의 창극》, 서울: 연극과인간.

(6) 신파극 분야 : ① 안종화(1955), 《신극사 이야기》, 서울: 진문사. ② 서연호(1969), 〈한국 신파극 연구〉, 고려대 국문과 석사논문. ③ 유민영(1972), 〈신파극의 발생과 그 전개〉, 《연극평론》 7호, 서울: 연극평론사.

(7) 신극 분야 : ① 이두현(1966), 《한국 신극사 연구》, 서울: 서울대출판부. ② 양승국(2001), 《한국 현대 희곡론》, 서울: 연극과인간. 이 밖에도 수많은 저서와 논문들이 나왔다.

(8) 연극비평 분야 : ① 양승국(1996), 《한국 근대 연극비평사 연구》, 서울: 태학사.

(9) 외국 이론 수용 및 비교연구 : ① 여석기(1978), 《동서연극의 비교연구》, 서울: 고려대출판부. ② 고승길(1993), 《동양연극 연구》, 서울: 중앙대출판부.

적인 한국 희곡/연극 이론을 탐구하는 연구는, 놀랍게도 아직까지 단 한 번도 본격적으로 이루어진 적이 없다.

21세기는 이른바 '문화의 세기'라고 예견되고 있고, 그 문화의 세기 중심에는 연극을 비롯한 '공연문화'(performance culture)가 중요하게 자리 잡아가고 있으며, 이런 금세기 우리 민족의 인문학적 과제 가운데 하나는, 바로 이러한 문화적 방향에 부응하고 그것에 대해 창조적 대안들을 제시하는 학문적인 작업이다. 이러한 방향에서, 우리 희곡/연극의 '이론'을 조사하고 정리하고 분석하고 해석해내는 연구 작업은 매우 시의적절하고도 절실하게 필요한 것이라 하지 않을 수 없다.

2.

연구의 목적

이 책은 한국 희곡/연극 이론 관련 자료들을 종합하여, 이로부터 한국 희곡/연극 이론을 수립하기 위한 기초 원리들을 귀납적으로 도출해 내는 데에 그 일차적인 목적이 있다.

이 책에서 '희곡/연극 이론'이란 다음과 같이 두 가지 의미로 사용한다. 하나는 좁은 의미의 이론이고, 다른 하나는 넓은 의미의 이론이다. 전자의 의미로는, 희곡/연극이라는 문화적 예술적 형식의 본질·방법·목적·기능·특징 등에 관련된 보편적인 원리나 원리의 체계를 뜻하는 용어이다. 후자의 의미로는, 희곡/연극이라는 문화 예술 형식이 구축되고 작동되는 기본적인 원리 전반을 포괄하는 좀 더 넓은 의미의 이론을 뜻하는 용어이다.

이 책에서 '원리'란 그 상위 개념 용어인 '이론'을 구성하는 하위 개념을 뜻하는 용어이다. 그러므로, 이 책에서 한국 희곡/연극 '이론'은 그 하위 개념인 한국 희곡/연극의 여러 가지 '원리들'의 체계로 이루어진다고 할 수 있다.

용어의 정의

먼저, 이 책에서 사용될 '연극이론', '연극비평', '연극미학', '연극사' 등의 주요 용어들을 분명하게 정의해 둘 필요가 있을 것 같다.

앞에서 정의한 바와 같이, 이 책에서 좁은 의미의 '연극이론'이란, 연극이라는 문화적 예술적 형식의 본질·방법·목적·기능·특징 등에 관련된 보편적인 원리나 그것들의 체계를 뜻하는 용어이다. '연극비평'이란 구체적인 연극 작품이나 작가에 대한 전문적인 가치평가 작업을 말한다. '연극미학'이란 연극 예술을 일반적 보편적 미학의 차원에서 다루는 철학의 한 분야를 가리킨다. '연극사'는 연극의 역사적 전개 과정의 어떤 질서와 의미를 찾고자 하는 작업을 말한다.[12] 이 네 가지 분야는 상호 보완적인 관계를 유지하면서, 좀 더 넓은 의미에서의 '연극이론'을 구성한다고 할 수 있다.

다시 한 번 강조해야 할 것은, 이 책에서 쓰이는 '연극이론'이란 용어는 크게 두 가지 의미를 담고 있다는 것이다. 즉, 좁은 의미의 '연극이론'이란 용어는 연극이라는 문화적 예술적 형식의 방법·목적·기능·특징 등에 관련된 보편적인 원리나 그런 원리의 체계를 뜻하는 용어로 사용하기로 하며, 넓은 의미의 '연극이론'이란 용어는 좁은 의미의 '연극이론' 및 '연극비평', '연극미학', '연극사' 등을 구성하는 모든 '원리들'을 두루 다 포괄하는 의미로 사용하기로 하겠다. 이 책에서는 주로 좁은 의미의 '연극이론'을 탐구하되, 경우에 따라서는 넓은 의미의 '연극이론'도 언급하고자 한다.

연구 대상

이 책은 고대에서 현대에 이르기까지의 모든 한국 희곡/연극 이론 관련 자료들을 대상으로 한다. 따라서 여기에는 이와 관련된 '문헌 자료들'과 '구비전승 자료들' 및 '행위전승 자료들'이 모두 포함된다.

---

12) Marvin Carlson(1993), *Theories of the Theatre: A Historical and Critical Survey, from the Greeks to the Present*(Expanded Edition), Ithaca and London: Cornell University Press, pp.9~11 참조.

이 연구대상들 속에 포함되는 '문헌 자료들'로는, 우리의 희곡/연극 이론과 관련된 자료들이 실려 있는 한국 및 주변국의 역사 자료, 주요 문집류, 사전류, 문화지(文化誌), 설화집, 근대 이후의 신문·잡지류, 저서 등등이다. '구비전승 자료들'이나 '행위전승 자료들'로는, 한국 희곡/연극의 전승 현장에서 현지조사를 통해서 수집된 구비전승 및 행위전승 자료들과, 전승 현장에서 현재 전승되는 희곡/연극 관련 행위전승 자료들이 두루 다 포함된다.

그러나 이 책에서는 여러 가지 제약 조건상 우선 '문헌 자료들'을 중심으로 연구를 수행하고자 한다. 이러한 연구가 가능한 것은, 그동안 우리 희곡/연극 학계에는 이런 여러 형태의 전승 자료들이 어느 정도는 '문헌 자료'의 형태로 전환 축적되어 있기 때문이다.

연구 순서와 과정

이 책은 대체로 다음과 같은 순서와 방법으로 서술될 것이다. 첫째 문헌 자료들과 구비전승 및 행위전승 자료들의 수집, 둘째 수집된 자료들의 정리, 셋째 정리된 자료들의 이론적 분석, 넷째 분석된 이론 자료들과 다른 나라/민족의 희곡/연극 이론 자료들과의 비교연구를 통한 분석 자료들의 해석, 다섯째 한국 희곡/연극 이론 원리 추출, 여섯째, 추출된 여러 원리들의 '체계화'를 통한 한국 희곡/연극 이론의 수립·제시 등이 그것이다.

그러나 이러한 여섯 가지 연구 과정과 순서들이 일일이 이 책의 표면에 명시적으로 드러나지 않은 부분도 있다. 그것은 전체 논의의 체계화를 위해서 부득이하게 취해지는 체계상의 문제이며, 그렇다고 이러한 과정들이 이 책에서 구체적으로 고려되지 않는 것은 결코 아니다.

활용될 연구 방법들

이러한 연구를 위해서 이 책에서는 다음과 같이 네 가지의 주요 연구 방법들을 학제적-통섭적으로 조화롭게 결합시키고자 한다.

여기서 활용될 주요 연구 방법은, ① 문헌학적 연구 방법, ② 민족연극학적 연구 방법, ③ 비교연극학적 연구 방법 등이다. 이러한 연구 방법을 좀 더 구체적으로 기술하면 다음과 같다.

우선 한국 희곡/연극과 관련된 문헌 자료를 수집하기 위해서는 기본적으로 '문헌학'의 연구 방법을 활용할 수밖에 없다. 그 다음으로, 구비전승 및 행위전승을 통해 연극 현장에서 전승되어 온 자료를 수집하기 위해, 민족연극학의 '민족지' 작성 방법을 활용하여 전승 현장의 자료를 조사 정리하게 될 것이다. 다음으로는, 이런 방법으로 수집·정리된 문헌자료와 구비전승 및 행위전승 자료를, 다른 민족/지역의 희곡/연극 자료와의 '차이'를 고려하면서 연극학적으로 분석하는, '민족연극학'의 연구방법을 활용할 것이다. 그 다음으로는, 이렇게 해서 추출된 한국 희곡/연극 이론의 원리를 다른 나라/민족의 희곡/연극 이론 원리와 비교하여, 우리 희곡/연극 이론 원리의 독자성을 추출하는 '비교연극학'의 방법을 활용하고자 한다. 이러한 방법을 통해서, 한국 희곡/연극 이론의 독자적인 '원리들'이 추출되어 나올 것이다. 마지막으로, 이렇게 하여 도출된 원리는 바로 한국 희곡/연극 이론을 구성하는 기본 원리가 될 것이며, 이러한 원리들을 체계화하면 결국 한국 희곡/연극 이론의 기초가 수립될 수 있을 것으로 생각한다.

분석의 두 가지 관점과 과정

이 책은 크게 다음 두 가지 관점, 곧 통시적-역사적인 관점과, 공시적-영역별 관점이라는 두 가지 관점에서 정리하고 분석하고 해석한다. 그리고 그 순서는 먼저 통시적-역사적 관점에서 한국 희곡/연극 이론 관련 자료들을 다룬 다음에, 그런 연구의 결과를 다시 공시적-영역별 관점에서 각 이론 영역별로 정리하고 분석하고 해석하여, 이로부터 한국 희곡/연극 이론의 원리를 추출해내는 과정을 취하고자 한다. 이 두 가지 관점에서 진행될 이 책의 서술 순서를 좀 더 구체적으로 기술하면 다음과 같다.

첫째, 통시적-역사적 관점에서의 연구는, ① 신화시대의 희곡/연극 이론, ② 부족국가시대의 희곡/연극 이론, ③ 삼국시대의 희곡/연극 이론, ④ 남북국시대의 희곡/연극 이론, ⑤ 고려시대의 희곡/연극이론, ⑥ 조선시대의 희곡/연극 이론, ⑦ 개화기시대 희곡/연극 이론, ⑧ 일제강점기의 희곡/연극 이론, ⑨ 해방기의 희곡/연극 이론, ⑩ 남북분단시대의 희곡/연극 이론 등, 모두 열 개의 영역으로 나누어 서술하고자 한다.

둘째, 공시적-영역별 관점에서의 연구는, ① 희곡/연극 본질 이론, ② 배우 연기 이론, ③ 극장 무대 이론, ④ 희곡 극작 이론, ⑤ 음악 무용 이론, ⑥ 의상 분장 이론, ⑦ 음향 조명 이론, ⑧ 대소도구 이론, ⑨ 연출 제작 이론, ⑩ 공연 이론, ⑪ 청관중 이론, ⑫ 비평 이론, ⑬ 미학 이론, ⑭ 연극사 이론, ⑮ 연극 교육 이론, ⑯ 연극 직업 이론 등 모두 열여섯 개의 영역으로 구분하여 서술하고자 한다.[13]

---

13) 김익두(2002), 앞의 글, 11~53쪽 참조.

2장
통시적–역사적 관점에서 본
한국 희곡/연극 이론의 전개

1. 신화시대의 한국 희곡/연극 이론

'신화시대'란, 한반도에 현생인류(現生人類)의 문명이 본격적으로 발달하기 시작한 석기시대 후기인 기원전 3000년 무렵부터, 부족국가가 출현한 청동기시대 이전의 부족사회 시기인 기원전 4세기를 전후한 시기까지를 말한다.[1]

그러나 실제로 이 시대에 기록된 문자기록 자료들이 없기 때문에, 이 시대의 한국 희곡/연극 이론에 관한 연구는 다른 간접적인 자료들에 의존할 수밖에 없다. 그러한 자료들로는, 이 시대에 관한 고고학적 발굴 자료들, 이 시대 이후에 기록된 이 시대에 관한 문자기록 자료들, 그리고 입에서 입으로 전해져온 이 시대 관련 구비전승 자료들 등이다. 우리는 이러한 간접적인 자료를 통해서, 이 시대의 한국 희곡/연극 이론을 간섭적으로 '유추'해볼 수 있을 뿐이다.

이 시대의 한국 희곡/연극 이론에 관한 중심 자료들은 주로 한국 신화

---

1) 한우근(1987), 《한국통사》, 서울: 을유문화사, 5~14쪽 참조.

30

들, 그 가운데서도 '천지창조' 신화들이다. 일반적으로 볼 때, 세계 여러 민족의 희곡/연극 이론의 출발이 '신화'로부터 시작되었음은, 동서고금을 통해서 두루 입증되고 있다. 예컨대, 서양의 가장 대표적인 희곡/연극 이론서인 아리스토텔레스의 《시학》(*Poïetiké*)이나 동양의 가장 대표적인 희곡/연극 이론서인 인도의 《나띠야 샤스뜨라》(*Nāṭyā Śāstra*) 등도 근원적으로는 모두 그 이전 시대의 '신화'에 근거하는 것을 보아서도 알 수 있다.

그렇다면, 우리의 희곡/연극 이론이 근거한다고 볼 수 있는 대표적인 신화가 전해지는 주요 자료집은, 《삼국유사》, 《삼국사기》, 《환단고기》, 《규원사화》, 《부도지》 및 각종 구전 신화집 등이므로, 우선 이런 신화 자료를 분석해서 우리 희곡/연극 및 희곡/연극 이론의 원형적인 모습을 '유추'할 수 있을 것이다.

우주극

이 시기의 한국 희곡/연극 이론 관련 자료들 가운데에서는, '천지창조' 및 '인류의 발생'과 관련된 신화가 가장 중요하다. 이 시기의 신화들은 그 자체가 바로 '인간' 중심 드라마[2]로서의 희곡/연극이 아니라, '신' 중심 드라마 곧 '우주극'으로서의 희곡/연극을 기술하고 있다. 즉, 한국 신화는 한국 우주극의 대본이며, 이런 점에서 한국 희곡/연극의 원형인 것이다.

한국의 신화들은 신이 우주/세계와 생명체들과 인간을 어떻게 창조하

---

2) 이 책에서 '드라마'란 용어는 '희곡'과 '연극'을 동시에 가리킬 때 사용하는 서양식 용어이다. 그리고, '희곡'이란 용어는 연극의 대본을 가리키는 용어로 사용하고, '연극'은 대본인 '희곡'을 무대에서 상연한 것을 가리키는 용어로 사용하고자 한다.

고 한국인의 문화와 문명이 어떻게 시작되고 발전하게 되었는가를 '신화' 형태의 '희곡'으로 기록하고 있다고 할 수 있다. 그래서 이 시기의 희곡은 '천지창조 신화'와 같은 '신화' 형태로 존재하며, 이러한 신화 자체는 넓은 의미에서 보자면 바로 천지창조라는 신 중심의 '연극적 행위' 곧 '우주극'을 기록한 최초의 연극 대본, 최초의 희곡이라고 볼 수 있다.

대표적 유형

이러한 관점에서 볼 때, 이 시기 한국 희곡/연극 이론의 대표적인 자료, 곧 우리 신화의 가장 '원형적'인 신화로는, 무당들이 전해 주는 '개벽신화'(開闢神話)와 《삼국유사》(三國遺事)에 전하는 '단군신화'(檀君神話)를 들 수 있다. 이 두 가지 신화 유형은, 우리 신화의 전개 양상을 놓고 볼 때, 우리 민족 신화의 가장 핵심적인 '원형'을 이루고 있다. 이 신화들의 기록 연대는 비록 그리 멀지 않으나, 문화적 '원형성'(archetype)으로 볼 때, 생성 연원은 아주 오래되었다고 할 수 있다. 이 두 신화는 신화 형태로 된 대표적인 한국 희곡/연극의 원형이라 할 귀중한 자료이다. 이런 측면에서, 우선 이 두 신화의 기본 줄거리를 정리해 보면 다음과 같다.

① 개벽신화 : 태초에 천지는 혼돈(混沌)의 상태였다. 이 혼돈 천지에 개벽의 기운이 돌아, 이 혼돈 가운데에 처음으로 금이 생겼다. 그 금이 점점 벌어져 하늘과 땅이 생겨났다. 그 다음, 하늘에서 푸른 이슬이 내리고 땅에서 검은 이슬이 솟아나, 서로 음양상통(陰陽相通)으로 합쳐서 만물이 생겨나기 시작했다. 먼저 별이 생겨났다. 동쪽에 견우성, 서쪽에 직녀성, 남쪽에 노인성, 북쪽에 북두칠성, 중앙에 삼태성 등이 자리를 잡았다. 그러

나, 아직 암흑은 계속되고 있었다. 동쪽엔 푸른 구름, 서쪽엔 흰 구름, 남쪽엔 붉은 구름, 북쪽엔 검은 구름, 중앙엔 누런 구름만이 오락가락했다. 천황닭[天皇鷄]이 목을 들고, 지황닭[地皇鷄]이 날개를 치고, 인황닭[人皇鷄]이 꼬리를 쳐 크게 울자, 동방(東方)에 먼동이 트기 시작했다. 이때, 하늘의 옥황상제(玉皇上帝) 천지왕이 해 둘 달 둘을 내어 천지가 밝게 개벽되었다. 그러나, 하늘에는 해와 달이 둘씩이나 떠 있어, 낮에는 만백성들이 더워 죽게 마련이고, 밤에는 추워 죽게 마련이었다. 뿐만 아니라, 모든 초목·새·짐승들이 말을 하고 귀신과 인간의 구별이 없어, 사람을 불러 귀신이 대답하고, 귀신을 불러 사람이 대답하는 혼잡한 판국이었다. 어느 날 천지왕이 꿈을 꾸니, 하늘에 떠 있는 해 둘 달 둘 중에 해와 달 하나씩을 삼켜 먹는 꿈이었다. 이 꿈이야말로 혼란한 세상의 질서를 바로잡을 귀동자를 얻을 꿈이라 생각한 천지왕은, 곧 지상의 총맹왕 총맹부인과 천정 배필을 맺고자 지상의 총맹부인을 찾아갔다. 그러나 총맹부인은 매우 가난하여 천지왕을 대접할 쌀이 없어, 수명장자에게 쌀을 꾸러 갔다. 그러나 수명장자네 식구들은 모두 마음씨가 고약하여, 흰 모래를 섞은 쌀 한 되를 주었다. 총맹부인은 그 쌀을 여러 번 깨끗이 씻어 저녁밥을 지어 천지왕을 대접하였으나, 천지왕은 첫 숟가락부터 돌을 씹었다. 천지왕은 분개하여 그 연유를 물었다. 일의 사정을 다 알게 된 천지왕은 매우 분개하여, 하늘의 벽력장군·우뢰장군·화덕진군에게 명하여 수명장자와 그의 집을 모두 불태우고, 그의 딸을 팥 벌레로 아들을 솔개로 환생시켰다. 그 후, 천지왕은 합궁일(合宮日)을 받아 총맹부인과 천정 배필을 맺은 뒤, 증거물로 박씨 두 개를 내어 주고 하늘나라로 올라갔다. 그 뒤에 총맹부인은 쌍둥이 아들 형제를 낳아, 천지왕이 당부한 대로 형을 '대별왕'이라 이름 짓고, 동생을 '소별왕'이라 이름 지었다. 쌍둥이 형제는 잘 자라, 아버지가 두고 간 박씨를 땅에 심어, 박 넝쿨을 타고 하늘로 올라갔다. 두 아들 형제를 맞은 천지왕은 대별왕으로 하여금 이승을, 그리고 '소별왕'으로 하여금 저승을 각각 맡아 다스리도록 했다. 그러나 작은 아들 소별왕은 저승보다 이승을 차지하고 싶었다. 그래서 소별왕은 여러 가지 잔꾀를 부려 이승을 차지하고, 대별왕은 저승을 차지하게 되었다. 그러나 소별왕이 이승에 와 보니, 이승의 질서가 말이 아니었다. 이를 본 소별왕은 형 대별왕에게 이승의 질서를 바로잡아줄 것을 부탁했다. 대별왕은 동생의 부탁을 받아들여 이승으로 와서, 먼저 천 근 활과 천 근 화살로 하늘에 두 개씩 떠 있는 해와 달 한 개씩을 각각 쏘아 떨어뜨렸다. 다음에는 소나무 껍질 가루를 온 세상에 뿌려, 모든 금수·초목의 혀를 굳어지게 하여, 사람만이 말을 할 수 있도록 하였다. 다음에는 저울로 그 무게를 달아, 귀신과 생인의 분별을 지었다. 이렇게 해서 이승의 자연 질서는 비로소 바로잡히게 되었다. 그러나 대별왕은 이 이상은 더 수고를 해 주지 않았기 때문에, 오늘날에도 이승에는 역적·살인·도둑·간음이 여전히 많고, 저승은 맑고 공정하다고 한다.[3]

② 단군신화 : 옛날에 환인(桓因)의 서자(庶子) 환웅(桓雄)이 계셔 천하에 자주 뜻을 두고, 인간 세상을 탐내어 구했다. 아버지는 아들의 뜻을 알고, 삼위(三危) 태백산(太伯山)을 내려다보니 인간 세계를 널리 이롭게 할 만했다. 이에 천부인(天符印) 세 개를 주어, 내려가서 세상 사람을 다스리게 했다. 환웅은 그 무리 3천 명을 거느리고 태백산 꼭대기의 신단수(神檀樹) 밑에 내려와 이곳을 신시(神市)라 불렀다. 이 분을 환웅 천왕이라 한다. 그는 풍백(風伯)·우사(雨師)·운사(雲師)를 거느리고 곡식·수명·형벌·선악 등을 주관하고, 인간의 360가지나 되는 일을 주관하여 인간 세계를 다스려 교화시켰다. 이때 곰 한 마리와 범 한 마리가 같은 굴에서 살았는데, 늘 환웅에게 사람 되기를 빌었다. 이에 환웅이 신령한 쑥 한 심지와 마늘 스무 개를 주면서 말했다. "너희들이 이것을 먹고 백 날 동안 햇빛을 보지 않는다면 곧 사람이 될 것이다." 곰과 범은 이것을 받아서 먹었다. 곰은 금기를 한 지 21일 만에 여자의 몸이 되었으나, 범은 능히 금기

---

3) 현용준(1976), 《제주도 신화》, 서울: 서문당, 11~21쪽 참조.

를 하지 못했으므로 사람이 되지 못했다. 여자가 된 곰은 그와 혼인할 상대가 없었으므로 항상 신단수 밑에서 아이 배기를 기원했다. 이에 환웅이 임시로 사람으로 변하여 그와 결혼해 주니, 그녀가 임신하여 아들을 낳았다. 이름을 단군왕검(檀君王儉)이라 일렀다. 단군왕검은 요임금이 왕위에 오른 지 50년인 경인년에 평양성(平壤城)에 도읍을 정하고, 비로소 조선(朝鮮)이라 불렀다. 또다시 도읍을 백악산(白岳山) 아사달로 옮겼다. 그는 1500년 동안 여기서 나라를 다스렸다. 주나라 무왕(武王)이 왕위에 오른 기묘년에 무왕이 기자(箕子)를 조선에 봉하니, 단군은 이에 장당경(臧堂京)으로 옮아갔다가 후에 돌아와 아사달에 숨어서 산신이 되었는데, 나이가 1908살이었다고 한다.[4]

①은 천지창조 신화 형태로 이루어진 가장 원형적인 우리의 민족신화로서, 이것을 희곡/연극적인 측면에서 보자면, '천지창조' 자체에 초점이 맞추어져 있는 한국 희곡/연극의 원형이다. 반면에 ②는 그러한 천지창조 이후의, 우리 민족과 나라의 형성 과정에 초점이 맞추어져 있는 희곡/연극의 원형이라고 할 수 있다. 즉, 이 신화는 우리 민족사 초기의 시간적－역사적 변화를 구조화한 신화 형태의 희곡이라 할 수 있다.

이념 · 사상

이 두 가지 신화 형태의 '우주극' 대본은, 다른 나라의 그것들과는 달리, '갈등'과 '균열'의 드라마가 아니라, '화합'과 '상생'의 드라마라는 가장 뚜렷한 특징을 가지고 있다.[5] 즉, 이 두 가지 유형의 창조신화는, 다른 나라 창조 신화들과는 달리, 천지창조의 내용을 어떤 등장인물의 성

---

4) 일연 지음/ 이재호 옮김(1997), 《삼국유사》, 서울: 솔출판사, 65~71쪽 참조.
5) 김익두(2007), 《이야기 한국신화》, 서울: 한국문화사, 9~10쪽.

격이나 가치의 대립·갈등의 과정으로 기술하는 것이 아니라, 화합과 상생의 과정으로 기술하고 있다. 이러한 특징은 이후에 전개되는 한국 희곡/연극의 역사와 이론의 가장 중요한 특징인 '생명연극' 이론의 기초로 자리 잡게 된다.6) 이에 관해서는 이 책의 '3장 공시적－영역별 관점에서 본 한국 희곡/연극 이론의 주요 원리들'에서 좀 더 구체적으로 논의될 것이다.

물론, 이 신화들 말고도 신화시대에는 '건국신화'를 비롯한 많은 신화들이 있으며, 이런 신화들 속에서 우리는 제각기 신화의 형태로 이루어진 여러 가지 희곡/연극의 원형적 잔영들을 찾아볼 수 있고, 이런 신화들도 근본적으로는 앞에서 언급한 특성들을 내포하고 있다 하겠다.

---

6) 김익두(2002), 〈한국 희곡/연극 이론 수립을 위한 기초 연구〉, 《한국극예술연구》 15집, 한국극예술학회, 18쪽 참조.

2. 부족국가시대의 한국 희곡/연극 이론

이 시기는 역사적으로는 청동기시대인 기원전 7세기부터 기원전 1세기를 전후한 때로서, 부족국가인 고조선·부여·고구려·옥저·동예·삼한 등의 나라가 나타난 시대이다.[7] 이 시기의 한국 희곡/연극 이론 관련 주요 자료들로는 주로 《삼국지》(三國志), 《후한서》(後漢書), 《진서》(晉書), 《삼국유사》 등에서 발견된다.

이 자료들은, 우리나라가 고대국가인 고구려·백제·신라 등 삼국시대로 발전하기 이전 시대의 부족국가들인 부여·고구려·옥저·동예·마한·진한·변한·가락국 등의 희곡/연극 이론 관련 자료이다. 즉, 이 시기의 자료는, 신화시대 이후 삼국시대 이전의 귀중한 우리 희곡/연극 이론 관련 자료들이다.

이런 자료들에 나타나는 한국 희곡/연극 이론을 종합해 보면, 다음과 같은 중요한 사항들을 확인할 수가 있다.

제의극과 천신제

이 자료들은 '신' 중심이 아닌 '인간' 중심의, 인간이 수행하는 가장 원초적인 연극 형식인 '제의극' 형식, 즉 제천행사인 천신제(天神祭)로서의 연극 형태를 분명하게 제시해 준다.[8] 이에 관해서는 당시 대표적인 원시 제천의식이었던 부여의 '영고'(迎鼓), 고구려의 '동맹'(東盟), 동

---

7) 한우근(1987), 앞의 책, 11~41쪽 참조.
8) 《삼국지》 위서 동이전 및 《후한서》 동이열전 참조.

예의 '무천'(舞天), 마한의 '오월제'(五月祭)와 '시월제'(十月祭) 등에 관한 기록들이 매우 구체적인 증거 자료가 된다. 이 당시 연극인 제의극의 목적은 제의극의 기본 성격에 따라 공동체의 안전과 풍요를 기원하는 데에 있었음을 알 수 있다. 구체적인 사례들을 들어보면 보면 다음과 같다.

은력(殷曆) 정월[9]에 지내는 제천행사(祭天行事)는 국중대회(國中大會)로서, 날마다 마시고 먹고 노래하고 춤추는데, 그 이름을 영고(迎鼓)라 하였다. 이때에는 형옥(刑獄)을 중단하고 죄수들을 풀어주었다.…… 전쟁을 하게 될 때에도 하늘에 제사를 지내고, 소를 잡아서 그 발굽을 보아 길흉을 점치는데, 발굽이 갈라지면 흉하고 발굽이 붙으면 길하다고 생각한다.[10]

10월에 지내는 제천행사는 국중대회로서, 이름하여 동맹(東盟)이라 한다. 그들의 공식 모임에서는 모두 비단에 수를 놓은 의복을 입고 금과 은으로 장식한다.…… 백성들은 노래와 춤을 좋아하여, 나라 안의 촌락마다 저물어 밤이 되면 남녀가 떼를 지어 모여 서로 노래하며 유희를 즐긴다.[11]

해마다 10월이면 하늘에 제사를 지내는데, 밤낮으로 술을 마시며 노래를 부르고 춤을 추니, 이를 무천(舞天)이라 한다. 또 호랑이를 신으로 여겨 제사를 지낸다.[12]

해마다 5월이면 씨뿌리기를 마치고 귀신에게 제사를 지낸다. 떼를 지어 모여서 노래와 춤을 즐기며 술 마시고 노는데, 밤낮을 가리지 않는다. 그들

9) 오늘날의 12월.
10) 《삼국지》 위서 동이전 부여.
11) 《삼국지》 위서 동이전 고구려.
12) 《삼국지》 위서 동이전 예(濊).

의 춤은 수십 명이 모두 일어나서 뒤를 따라가며 땅을 밟고 구부렸다 치켜 들었다 하면서 손과 발이 서로 장단을 맞추는데, 그 가락과 율동은 (중국의) 탁무(鐸舞)와 흡사하다. 10월에 농사일을 마치고 나서도 이렇게 한다.[13]

이상에서 나타난 바와 같이, 부여의 '영고', 고구려의 '동맹', 동예의 '무천', 그리고 마한의 '오월제'와 '시월제' 등은 모두 나라의 안전과 풍요를 기원하는 데 목적이 있는 원시 제천의식이었으며, 그것을 희곡/연극적인 관점에서 보자면 일종의 '제의극'이었음을 알 수 있다.

지신제

이와 같은 제천행사 곧 천신제(天神祭)뿐만 아니라, 땅의 신에게 제사를 드리는 지신제(地神祭)도 있었음을 알 수 있다. 그것은 고구려의 제의 가운데 하나인 수혈제(隧穴祭)에 관한 다음 기록에서 확인할 수 있다.

거처하는 좌우에 큰 집을 건립하고 (그곳에서) 귀신에게 제사를 지낸다. 또 영성(靈星)과 사직(社稷)에도 제사를 지낸다.…… 이 나라의 동쪽에 큰 굴이 있는데, 그것을 수혈(隧穴)이라 부르며, 10월이 되면 온 나라에서 크게 모여 (이곳의) 수신(隧神)을 맞이하여, 나라의 동쪽 강(江) 가로 모시고 가서 제사를 지내는데, (이때에는) 나무로 만든 수신(隧神)을 신의 자리에 모신다.[14]

여기서 '영성'(靈星)은 농업신을 말하고, '사직'(社稷)은 토신(土神)과 곡

---

13) 《삼국지》 위서 동이전 마한.
14) 《삼국지》 위서 동이전 고구려.

신(穀神)을 가리키며, '수신'(隧神)이란 지신(地神) 가운데서도 동굴신을 말한다. 이 시기에 이러한 여러 종류의 지신들에 대한 제사의식이 행해졌다고 하는 이 기록은, 바로 이 시기에 이미 지신제(地神祭) 형태의 '제의극'도 널리 행해지고 있었음을 암시해 준다.

수신제 · 동물신제

이 시기에는 지신제뿐만 아니라 수신제(水神祭)도 있었음을 짐작할 수 있다. 그것은 앞에서 인용한 수혈제(隧穴祭) 관련 기록 자료로도 알 수 있다. 즉, 이 인용 기록 가운데에서 "수신(隧神)을 맞이하여, 나라의 동쪽 강(江) 가로 모시고 가서 제사를 지낸다"고 하였으니, 이러한 제의는 수신제 또는 용왕제의 성격도 아울러 갖추었음을 알 수 있다. 이러한 제사 의식의 관습은 이 시대 고구려의 수신(水神)인 하백(河伯)과 그의 딸 유화(柳花)에 관한 신화와 제사 의식과도 관련이 있어 보인다.15)

그리고 앞의 동예(東濊)의 기록에 호랑이신에 대한 제사를 드렸다는 기록16)으로 보아, 이 당시에 이미 동물신제(動物神祭) 형태의 '제의극'도 있었음을 알 수 있다.

조상신제

이 당시 제사 의식에는 천신제 · 지신제 · 수신제 · 동물신제뿐만이 아니라, 죽은 조상신들에 대한 제의인 조상신제(祖上神祭) 형태의 '제의극'도 있었다. 이러한 증거는 다음과 같은 옥저의 장례 풍속에 관한 기록에

---

15) 김익두(2007), 앞의 책, 177~189쪽 참조.
16) 《삼국지》 위서 동이전 예(濊).

서 나타난다. 옥저에서는 죽은 사람을 장사 지낼 때, 먼저 죽은 사람의 시신을 가매장하였다가, 육탈이 된 다음에 그 뼈만 추려서 곽(槨) 속에 넣고, 살아 있을 때와 같은 모습을 나무로 새겨놓고, 질솥에 쌀을 담아 곽(槨)의 문 곁에다 엮어 매어단다는 기록[17]이 있다.

가신제

이 시대에는 또한 집안신들에 대한 제사인 가신제(家神祭) 형태의 '제의극'도 존재했음을 알 수가 있다. 즉, 삼한 가운데 변한(弁韓)에서는 서쪽 문에 모두들 조신(竈神)을 모신다는 기록[18]이 있는데, 이 '조신'은 곧 오늘날의 '조왕신'(竈王神)을 말하는 것이고, 조왕신은 집안신[家神]의 일종인 부엌신을 말하므로, 이 시기에 이미 우리나라에는 조왕신을 모시는 조신제(竈神祭)를 비롯한 여러 가지 가신제 형태의 제의극도 있었음을 짐작할 수 있다.

가면 또는 가면극

이 시기의 자료에서는 우리나라 가면 또는 가면극의 원초적/원형적인 모습도 찾아볼 수 있다. 그 증거 자료는 다음 두 기록이다.

이 나라의 동쪽에 큰 굴이 있는데, 그것을 수혈(隧穴)이라 부르며, 10월이 되면 온 나라에서 크게 모여 (이곳의) 수신(隧神)을 맞이하여, 나라의 동쪽 강(江) 가로 모시고 가서 제사를 지내는데, (이때에는) 나무로 만든 수신

---

17) 《삼국지》 위서 동이전 동옥저.
18) 《삼국지》 위서 동이전 변한.

(隧神)을 신의 자리에 모신다.19)

그들은 장사를 지낼 적에는 큰 나무 곽(槨)을 만드는데, 그 길이가 10여 장(丈)이나 되며, 곽의 한쪽 머리를 열어 놓아 문을 만든다. 사람이 죽으면 시체는 모두 가매장을 하되, 겨우 형체가 덮일 만큼 묻었다가, 가죽과 살이 다 썩은 다음에 뼈만 추려 곽 속에 안치한다. 온 집안 식구들을 모두 하나의 곽 속에 넣어두는데, 죽은 사람의 숫자대로 살아 있을 때와 같은 모습으로 나무로 모양을 새겨 둔다. 또 질솥에 쌀을 담아 곽의 문 곁에다 엮어 매어단다.20)

이 기록들 가운데, "제사를 지낼 때 나무로 만든 수신을 신의 자리에 모신다"는 기록은, 이 시기에 신의 형상을 목각(木刻)하는 풍속이 형성되었음을 보여주는 것이고, "죽은 사람의 숫자대로 살아 있을 때와 같은 모습으로 나무로 모양을 새겨 둔다"는 기록은 이미 이 당시에도 벌써 나무로 사람의 모습을 목각하는 풍습이 있었음을 알려준다. 또한 그러한 풍속은 신을 위한 제사 의식이나 죽은 사람을 위한 제사 의식과 관련되었다는 것도 잘 나타나 있다.

이 두 가지 사실은, 바로 이 시기에 이미 원시적인 '탈/가면'이 제작되었으며, 그것이 이 당시의 제의(祭儀) 또는 '제의극'과 관련되었다는 것을 잘 말해준다. 즉, 이러한 사실은 이 당시에 이미 제의적인 가면 곧 원초적인 가면들이 만들어지고 있었음을 알려준다. 그러기에 우리는 이것을, 이 시기에 이미 원초적인 제의적 형태의 탈놀음/가면극의 남상(濫觴)이 형성되었음을 보여주는 증거로 해석힐 수 있다.

---

19) 《삼국지》 위서 동이전 고구려.
20) 《삼국지》 위서 동이전 동옥저 및 《후한서》 동이열전 동옥저.

인형 또는 인형극

이 시기에는 이미 인형/인형극의 원형적인 형태가 갖추어지기 시작했음을 알 수 있다. 이러한 사실은 앞에서 살펴본 바 있는, "제사를 지내는데, 나무로 만든 수신(隧神)을 신의 자리에 모신다"는 기록이나, "죽은 사람의 숫자대로 살아 있을 때와 같은 모습으로 나무로 모양을 새겨 둔다"고 한 기록들이 잘 입증해 준다. 즉, 여기서 수신(隧神)을 나무로 만들었다는 말은 신의 형상 ― '신상'(神像) ― 을 나무로 목각했다는 말이며, 죽은 사람의 모습을 살아 있을 때와 같은 모습으로 나무로 목각했다는 말은 바로 사람의 형상 ― '인형'(人形) ― 을 제작했다는 뜻이다. 그리고 이러한 신상과 인형의 제작은 당시의 제사 의식과 밀접히 관련되어 있으므로, 이것은 바로 원초적 제의 형태의 인형/인형극의 발생을 보여주는 사실로 해석할 수 있다.

제의극과 세속극의 분리

이 시기가 되면, 제사장이 주재하는 신성한 제의극과 군장(君長)이 주재하는 인간적인 세속극[21]의 좀 더 분명한 분리 현상을 볼 수 있다. 이러한 증거는 이 시기 마한(馬韓) 지역의 '소도'(蘇塗)에 관한 다음과 같은 기록에서 분명하게 확인할 수 있다.

해마다 5월이면 씨뿌리기를 마치고 귀신에게 제사를 지낸다. 떼를 지어 모여서 노래와 춤을 즐기며 술을 마시고 노는데, 밤낮을 가리지 않는다. 그

---

21) 이 책에서 '세속극'이란 신 중심의 제의극에 대응되는 인간 중심의 연극을 가리키는 용어로 사용한다.

들의 춤은 수십 명이 모두 일어나서 뒤를 따라가며 땅을 밟고 구부렸다 치켜들었다 하면서 손과 발이 서로 장단을 맞추는데, 그 가락과 율동은 (중국의) 탁무(鐸舞)와 흡사하다. 10월에 농사일을 마치고 나서도 이렇게 한다.

귀신을 믿기 때문에 국읍(國邑)에 각각 한 사람씩 세워 천신(天神)의 제사를 주관하게 하는데, 이를 천군(天君)이라 부른다. 또 여러 나라에는 각각 별읍(別邑)이 있으니 그것을 소도(蘇塗)라 한다. (그곳에) 큰 나무를 세우고 방울과 북을 매달아 놓고 귀신을 섬긴다. (다른 지역에서) 그 지역으로 도망 온 사람은 누구든 돌려보내지 아니하므로, 도적질하는 것을 좋아하게 되었다. 그들이 소도를 세운 뜻은 부도(浮屠)와 같으나, 행하는 바의 좋고 나쁜 점은 서로 다르다.[22]

여기서 '소도'(蘇塗)란 오늘날의 '솟대'와 관련된 것이라 하는데, 일반인들의 출입이 제한된 채 '천군'(天君)이라는 제사장이 다스리는 일종의 '신성 지역'으로 기술되어 있다. 이것은 이미 이 시대에 와서 제사장이 다스리는 '신성 지역'과 정치 지배자 곧 군장이 다스리는 '세속 지역'이 분리되었음을 암시해 준다. 이러한 분리에 따라, 이 시기에 들어와 연극에서도 이미 제의극과 세속극의 분리가 어느 정도 일어났을 것으로 유추할 수 있는 것이다.

최초의 배우, '천군'(天君)

이 시기의 연극 관련 자료들은 이 시기에 한국 연극사상 최초의 배우가 등장했음을 보여준다. 그것은 바로 '천군'(天君)이란 존재이다. 이 천군은 부족국가시대 당대의 공동체 제사 의식을 주관하는 제사장으로서, 이후 지금에 이르기까지 한국 연극의 가장 근원적인 배우/공연자인 '무

---

22) 《삼국지》 위서 동이전 마한.

당’의 전통으로 계승되어 왔다.

천군은 ‘북’과 ‘방울’ 등의 제구(祭具)를 사용하여 하늘에 제사를 지냈는데, 그런 제사가 해마다 5월에 씨뿌리기를 마친 다음과 10월에 농사일을 마친 다음에 행해졌고, 그런 제사 때에는 떼를 지어 모여 노래와 춤을 즐기며 술을 마시고 밤낮을 가리지 않고 놀았다는 것은, 이 시기에 이미 이러한 원시적인 형태의 제천의식 가운데 어떤 ‘연극적 행동’이 수반되었을 가능성이 크다.

그런 연극적인 행위의 중심에 바로 ‘천군’이란 제사장이 있고, 그가 제사 의식을 행할 때, 오늘날의 무당들이 마을굿/별신굿을 할 때 행하는 ‘무당굿’/‘무당굿놀이’와 유사한 제의극을 공연했을 것으로 추측된다. 이렇게 볼 때, 천군은 바로 우리나라 최초의 연극 배우라 할 수 있으며, 우리나라 시조인 ‘단군’의 어원이 ‘하늘’[天]의 의미를 가진 ‘무’(巫)를 뜻하는 몽골어 ‘Tengri’에서 왔으며, 전라도 세습무 ‘단골’의 어원과도 같다는 주장23)도 이를 뒷받침해 준다 하겠다.

한편, 이 시기의 천신(天神)에 대한 제천의식/제의극으로는, 앞에서 살펴본 바와 같이, 부여의 ‘영고’(迎鼓), 고구려의 ‘동맹’(東盟), 동예의 ‘무천’(舞天), 삼한의 ‘오월제’(五月祭)와 ‘시월제’(十月祭) 등이 있었다.

내용과 형식

이 당시에 이러한 원시 제천의식 형태로 행해졌던 원초적인 제의극의

---

23) 최남선은 그의 논설 〈불함문화론〉에서 다음과 같이 주장했다. “단군이란 ‘Tengri’ 또는 그 비슷한 뜻을 가진 말을 소리 나는 대로 적은 것으로, 원래 하늘을 의미하는 말에서 전하여 하늘을 대표한다는 군사의 호칭이 된 말에 불과하다. 언어학적으로 동일한 문화권에 속하는 몽고어의 ‘Tengri’가 하늘과 같은 뜻의 무(巫)를 의미함은, 인류학적으로 군주와 제사장이 일체임과, 고조선에서도 군주와 제사장이 역시 동일어로 호칭되었음과 같은 것이다.”

내용과 형식은 천지의 조화와 제액초복(除厄超福)을 기원하는 가무·가면놀이·인형놀이·몸짓놀이 등이었을 것이고, 그것은 악가무희(樂歌舞戲)가 하나로 융합된 이른바 '원시종합예술'의 형태를 취하고 있었음을 짐작할 수 있다.

그것은 다음 세 가지 이유에서 그렇다. 첫째, 이 당시 제천의식에 관한 거의 모든 기록 내용에 '노래를 부르고 춤을 춘다'는 내용이 기술되고 있다는 점, 둘째, 앞에서 언급한 바와 같이 일부 제천의식에 관한 기록에서 가면/가면극 및 인형/인형극의 원초적인 모습을 볼 수 있다는 점, 셋째, 그러한 제천의식에서 '유희'를 즐겼다는 기록들 등이 바로 그런 구체적인 증거이다.

극장과 무대, '소도'(蘇塗)

이 당시의 극장과 무대는 자연 상태를 일부 변형했을 것으로 보이나, 전체적으로는 객석과 무대가 분리되지 않은 개방적인 야외 마당 형태를 취했을 것으로 판단된다. 이는 이 시대의 중심 공연 양식인 제천의식/제의극의 기술(記述) 내용을 통해 알 수 있다.

즉, 당시의 극장과 무대는 본질적으로 개방적인 제의극의 극장과 무대였을 것으로 생각되는데, 그러한 극장과 무대의 모습을 다음과 같은 당대의 기록에서 어느 정도 유추해볼 수 있다.

⑴ 해마다 5월이면 씨뿌리기를 마치고 귀신에게 세사를 지낸다. 떼를 지어 모여서 노래와 춤을 즐기며 술 마시고 노는데, 밤낮을 가리지 않는다. 그들의 춤은 수십 명이 모두 일어나서 뒤를 따라가며 땅을 밟고 구부렸다 치켜들었다 하면서 손과 발이 서로 장단을 맞추는데, 그 가락과 율동은 (중

국의) 탁무(鐸舞)와 흡사하다. 10월에 농사일을 마치고 나서도 이렇게 한다.

② 귀신을 믿기 때문에 국읍(國邑)에 각각 한 사람씩 세워서 천신(天神)의 제사를 주관하게 하는데, 이를 천군(天君)이라 부른다. 또 여러 나라에는 각각 별읍(別邑)이 있으니 그것을 소도(蘇塗)라 한다. (그곳에) 큰 나무를 세우고 방울과 북을 매달아 놓고 귀신을 섬긴다. (다른 지역에서) 그 지역으로 도망 온 사람은 누구든 돌려보내지 아니하므로, 도적질하는 것을 좋아하게 되었다. 그들이 소도(蘇塗)를 세운 뜻은 부도(浮屠)와 같으나, 행하는 바의 좋고 나쁜 점은 서로 다르다.[24]

우선 이 기록들은 두 가지의 극장과 무대를 제시하고 있어 주목을 요한다. 먼저, 이 기록 자료들 가운데에서 자료 ①은 당대의 가장 큰 국가적인 대동축제 곧 '국중대회'(國中大會)가 이루어지는 장소와, 그런 국중대회에 참여한 사람들의 구체적인 행위 양상을 보여주는 기록이다. 그런 국가적인 축제 행위가 이루어지는 장소 곧 국중대회의 장소와 무대는 개방적인 야외 마당임을 알 수 있으며, 여기에서는 물론 무대와 객석의 뚜렷한 구분이 이루어지지 않았다는 사실도 보여주고 있다.

다음으로, 자료 ②도 이러한 '국중대회'에서 제사/제의극이 거행되는 장소 곧 당대 제의극의 극장과 무대에 관한 정보를 제공해 준다. 즉, 당대의 제사장이자 최고의 제의극 공연자/배우인 '천군'(天君)의 주관 아래 이루어지는 천신에 대한 제사/제의극을 수행하는 장소/극장을 마한(馬韓) 지역에서는 '소도'(蘇塗)라 불렀으며, 이 장소는 정치적인 군장이 다스리는 세속적인 일반 지역과는 엄격하게 따로 구분된 매우 신성한 특수 장소였음을 알 수 있다. 이곳에는 그런 신성한 극장임을 표시하기 위해, 중요한 대소 도구로서 '큰 나무를 세우고 그 위에다가 방울과 북'을 매

---

24) 《삼국지》 위서 동이전 마한.

달아 놓았다. 이것은 한국 연극사에서 최초로 나타나는 극장과 무대에 관한 구체적인 기록이다.

의 상

이 당시에 관한 기록에서 우리는 연극/제의극의 의상에 관한 정보들도 찾을 수 있다. 그 근거로는, 앞에서 제시한 사서(史書)들에서 부여·고구려·삼한 등의 의상 관련 기록들이 여러 차례 발견되기 때문이다. 물론 이러한 근거 기록들은 당시 연극 의상에 관한 직접적인 기록이 아니라 당시의 의상 일반에 관한 기록이다. 그러나 우리는 이러한 의상 관련 기록들을 통해서 당시의 연극 의상을 어느 정도 유추해볼 수가 있다. 왜냐하면 이 시대에는 일상생활과 연극/제의극이 오늘날처럼 분명하게 구분되던 시대가 아니며, 구분된다고 하더라도 이 당시 연극/제의극의 의상이 일상생활의 의상 문화에서 크게는 벗어날 수 없었을 것이기 때문이다. 그 대표적인 기록 사례들을 검토해 보면 다음과 같다.

> 국내에 있을 때의 의복은 흰색을 숭상하여, 흰 베로 만든 큰 소매 달린 도포와 바지를 입고 가죽신을 신는다. 외국에 나갈 때에는 비단옷이나 수 놓은 옷이나 모직옷을 즐겨 입고, 대인은 그 위에다 여우가죽, 살쾡이가죽, 원숭이가죽, 희거나 검은 담비가죽으로 만든 갓옷을 입었으며, 또 금과 은으로 모자를 장식하였다.[25)]
>
> 그들의 공식 모임에서는 모두 비단에 수를 놓은 의복을 입고, 금과 은으로 장식한다. 대가와 주부는 머리에 책(幘)을 쓰는데, (중국이) 책(幘)과 흡사하지만 뒤로 늘어뜨리는 부분이 없다. 소가는 절풍(折風)을 쓰는데, 그

---

25) 《삼국지》 위서 동이전 부여.

모양이 고깔[弁]과 같다.26)

> 언어와 예절 및 풍속은 대체로 고구려와 같지만 의복은 다르다. 남녀가 모두 곡령(曲領)27)을 입는데, 남자는 넓이가 여러 치 되는 은화(銀花)를 옷에 꿰매어 장식한다.28)

> 구슬을 귀하게 여겨 옷에 꿰매어 장식하기도 하고, 목이나 귀에 달기도 하지만, 금·은·비단은 보배로 여기지 않는다.…… 머리카락을 틀어 묶고 상투를 드러내는데, 마치 날카로운 병기(兵器)와 같다. 베로 만든 도포를 입고 발에는 가죽신을 신고 다닌다.29)

이러한 의상 기록들을 통해서 당시 의상 문화 및 연극 의상에 관한 사실들을 다음과 같이 유추하여 정리할 수 있다. 첫째, 색상 면에서는 흰색 의상이 기본 바탕을 이루었다. 둘째, 의상의 주요 재료로는 베·비단·모직·짐승 가죽 등을 사용하였다. 셋째, 머리에는 상투를 틀고 상류층은 계층에 따라 절풍(折風)이나 책(幘) 등의 모자를 썼다. 넷째, 몸에는 소매 달린 도포·곡령·바지 등을 입었다. 다섯째, 발에는 가죽신을 신었다. 여섯째, 금·은·구슬로 만든 장신구를 사용하였다.

여기서 가장 주목되는 것은, 이 시기에 이르러 우리 민족 전통 의상의 기본 형태인 머리쓰개·저고리·바지/치마·신발·겉옷·허리띠·장신구 등의 형태가 어느 정도 갖추어지게 되었으며,30) 이에 따라 우리 연극 전통 의상의 기본도 갖추어지게 되었으리라는 점이다.

---

26) 《삼국지》 위서 동이전 고구려.
27) 목둘레를 둥글게 한 옷. 원령(圓領)이라고도 함.
28) 《삼국지》 위서 동이전 예(濊).
29) 《삼국지》 위서 동이전 마한.
30) 김익두(1998), 《우리문화 길잡이》, 서울: 한국문화사, 189쪽.

대소 도구

이 당시에 관한 기록에는 연극의 대소 도구에 대한 정보들도 발견된다. 예컨대, 마한(馬韓)에 관한 기록에 보이는 신성 지역이자 신성한 제의극 극장인 소도(蘇塗)의 대표적인 상징물인 장대·방울·북 등은 바로 이 지역에서 행해지는 제의/제의극의 가장 중요한 대소 도구였던 것이다. 이러한 점을 좀 더 분명하게 인식하기 위해 이 자료를 다시 한번 인용해 보면 다음과 같다.

> 귀신을 믿기 때문에 국읍(國邑)에 각각 한 사람씩 세워서 천신(天神)의 제사를 주관하게 하는데, 이를 천군(天君)이라 부른다. 또 여러 나라에는 각각 별읍(別邑)이 있으니 그것을 소도(蘇塗)라 한다. (그곳에) 큰 나무를 세우고 방울과 북을 매달아 놓고 귀신을 섬긴다.[31]

이 자료에 따르면, 국읍(國邑) 곧 나라의 고을마다 천신의 제사를 주관하는 성소(聖所)/극장인 소도(蘇塗)가 있었으며, 이곳에는 대소 도구로서 큰 나무를 세우고 거기에 북과 방울을 매달아 놓고 귀신을 섬기는 제의/제의극을 공연했음을 분명하게 알 수 있다.

음악과 무용

이 시대 연극에 사용된 음악·무용 등에 관한 기록들도 발견된다. 특히 음악에 관한 자료들에서는 구체적인 악기와 음곡에 관한 기록들도

---

31) 《삼국지》 위서 동이전 마한.

50

찾아볼 수 있다. 그 대표적인 사례들을 들어보면 다음과 같다.

은력(殷曆) 정월에 지내는 제천행사는 국중대회(國中大會)로서, 날마다 마시고 먹고 노래하고 춤추는데, 그 이름을 영고(迎鼓)라 하였다.…… 길에 다닐 때에는 낮에나 밤에나, 늙은이 젊은이 할 것 없이, 모두 노래를 부르기 때문에, 하루 종일 노래 소리가 그치지 않는다.[32]

백성들은 노래와 춤을 좋아하여, 나라 안의 촌락마다 저물어 밤이 되면 남녀가 떼를 지어 모여 서로 노래하며 유희를 즐긴다.[33]

해마다 10월이면 하늘에 제사를 지내는데, 밤낮으로 술을 마시며 노래를 부르고 춤을 추니, 이를 무천(舞天)이라 한다.[34]

해마다 5월이면 씨뿌리기를 마치고 귀신에게 제사를 지낸다. 떼를 지어 모여서 노래와 춤을 즐기며 술 마시고 노는데, 밤낮을 가리지 않는다. 그들의 춤은 수십 명이 모두 일어나서 뒤를 따라가며 땅을 밟고 구부렸다 치켜들었다 하면서 손과 발이 서로 장단을 맞추는데, 그 가락과 율동은 (중국의) 탁무(鐸舞)와 흡사하다. 10월에 농사일을 마치고 나서도 이렇게 한다.[35]

그 나라의 풍습은 노래하고 춤추며 술 마시기를 좋아한다. 비파(琵琶)가 있는데, 그 모양은 축(筑)과 같고 연주하는 음곡(音曲)도 있다.[36]

이상의 근거 자료를 종합해 보면, 이 시기의 음악과 무용에 관해서는

32) 《삼국지》 위서 동이전 부여.
33) 《삼국지》 위서 동이전 고구려.
34) 《삼국지》 위서 동이전 예(濊).
35) 《삼국지》 위서 동이전 마한.
36) 《삼국지》 위서 동이전 변한.

다음과 같은 사실들이 정리된다. 첫째, 이 당시 우리 민족이 세운 모든 부족국가들이 노래와 춤과 유희를 즐겼다. 둘째, 특히 밤이 되면 무리를 지어 모여 서로 노래하며 춤과 유희를 즐겼다. 셋째, 비파(琵琶)라는 악기, 그 비파로 연주하는 음악과 음곡(音曲), 중국의 탁무(鐸舞)와 흡사한 장단과 가락의 음악 등이 있었다. 넷째, 중국의 탁무와 흡사한 율동의 무용, 비파 가락과 음곡에 맞추어 추는 춤 등이 있었다.

이러한 사실들은, 이 당시에 이미 우리의 연극 전통은 매우 다양한 형태의 음악과 무용들을 활용하고 있었음을 충분히 짐작할 수 있게 한다.

한국 희곡/연극 이론의 행방

그러나 이 시기에도 아직 한국 희곡/연극 이론에 관한 직접적인 자료들은 발견되지 않는다. 그것은 이 시기까지만 해도 아직 희곡/연극을 하나의 '의식적'(意識的) 인식의 대상으로 생각하지 않고, 그것을 일종의 '무의식적'(無意識的) 동화의 대상으로 생각하고 있었기 때문일 것이다. 이 시기까지만 해도, 희곡/연극이 하나의 독립적인 문화 양식으로 분화되지 않은 상태였으며, 원시 제천의식과 같은 종합적이고 총체적인 일종의 '문화 복합' 형태로 그것은 존재했다. 그렇기 때문에, 이 시대의 우리 민족은 희곡/연극을 하나의 독립적인 인식의 대상으로 생각하지 않았으며, 단지 그것에 동화되어 자기 삶을 이루어 나아가는 하나의 문화적 제도와 장치의 일부로 생각했던 것이다.

사정이 이러하였기에, 이 당시의 우리 희곡/연극 이론은 아직은 '무의식적 잠재 형태'로 존재했으며, 그것이 하나의 의식적인 문화 행위 양식으로 자리 잡기까지는 아직은 좀 더 많은 시간이 필요했다.

3. 삼국시대의 희곡/연극 이론

삼국시대, 곧 고구려·백제·신라 정립(鼎立) 시기의 한국 희곡/연극 이론 관련 자료들은, 주로 《삼국사기》, 《삼국유사》, 《주서》(周書), 《양서》(梁書), 《남사》(南史), 《북사》(北史), 《수서》(隋書), 《구당서》(舊唐書), 《신당서》(新唐書), 《구오대사》(舊五代史), 《일본서기》(日本書紀), 《교훈초》(敎訓抄) 등에서 찾아볼 수 있다. 이러한 역사서의 기록에 나타나는 희곡/연극 관련 자료들을 종합하면, 다음과 같은 한국 희곡/연극 이론의 이론적인 근거들을 찾아 정리할 수 있다.

가무백희

이 시대에 들어오면, 이른바 '가무백희'(歌舞百戱) 형태의 연극, 곧 연극을 포함한 여러 가지 곡예들로 이루어지는 일종의 '버라이어티 쇼'(variety show) 형태의 공연들이 연극 문화의 중심부에 분명하게 자리하게 된다. 다음 자료는 이러한 저간의 사정을 잘 알려준다.

유리왕 9년(32년)…… 왕이 6부를 정한 후, 이를 반씩 나누어 두 편을 만들어 왕녀 두 사람에게 각각 부(部) 내의 여자들을 거느리게 하고, 그 무리를 나누어 패를 만들어서 가을 7월 17일부터 날마다 일찍 대부(大部)의 뜰에 모여 길쌈을 하다가 밤늦게 파하게 하고, 8월 15일에 이르러 그 결과가 많고 적음을 살펴 진 편에서는 술과 음식을 마련하여 이긴 편에 사례하도록 하였다. 이에 가무백희(歌舞百戱)가 일어났는데 이를 가배(嘉俳)라 했다. 이때 진 편에서 한 여자가 일어나 춤을 추며 탄식하면서 '회소회소'(會蘇

會蘇)라 하니, 그 소리가 슬프고 아름다워 뒷사람들이 그 소리를 따라 노래를 지어 '회소곡'(會蘇曲)이라 했다.[37]

이 자료를 보면 삼국시대 초기인 서기 32년에 이미 우리나라에는 공적인 행사에서 '가무백희'(歌舞百戲)가 나라의 중요한 공연 절차로 자리잡게 되었음을 보여준다.

이 시기에 오면, 연극 양식들은 여러 가지 공연 양식들, 곧 악가무희(樂歌舞戲)의 여러 공연 양식들을 종합한 공연 형태인 '가무백희'(歌舞百戲) 또는 '산악백희'(散樂百戲)를 구성하는 중요한 공연 종목들의 일부로 존재하기 시작한다. 이것은 이 시기 희곡/연극에 나타나기 시작하는 매우 중요한 새로운 특징이라 하겠다.

그러나 이 시기에 들어와서도 연극이 하나의 독립적인 공연 양식으로는 존재하지 않았으며, 연극은 그러한 '악가무희'가 종합된 '가무백희'(歌舞百戲)를 구성하는 주요 요소 또는 레퍼토리로 존재했던 것으로 보인다.

공연 종목의 다양화·구체화

그러나, 이 시기에는 또한 외래의 종교·사상·문화의 영향과 한국 내부의 문화적 발전 등으로 인하여, 희곡/연극 공연 종목들이 이전 시대보다 훨씬 다양화되고 구체화되는 것을 확인할 수 있다. 특히, 이 시기에는 '불교문화'의 영향이 매우 크게 작용한다. 즉, 이 시기에 오면, 이전 시대에는 나타나지 않던 연극의 구체적인 형태와 명칭이 나타날 뿐만 아니

---

37) 《삼국사기》 권1, 신라본기1, 유리이사금.

라, 그것들이 이전 시대보다 현저히 구체화되고 다양해져서, 실제로 가무(歌舞)·인형극·가면극 등의 명칭·형식·내용 등이 구체적으로 나타난다.

그 대표적인 양식 명칭들로는, 고구려의 가무인 '호선무'(胡旋舞)와 '광수무'(廣袖舞), 고구려의 인형극인 '괴뢰희'(傀儡戲)[38], 불교적인 내용으로 된 백제의 무언 가면극인 '기악'(伎樂), 신라의 가무인 검무(劍舞)와 무애무(無㝵舞), 신라의 가면무극(假面舞劇)인 '처용가무'(處容歌舞), '월전'(月顚), '대면'(大面), '속독'(束毒), '산예'(狻猊)[39] 등이 보인다.

세속극의 강화

이 시기에 와서는, 제사장이 주재하는 신 중심의 신성한 '제의극'보다는 군장/지배자가 주재하는 인간 중심의 속화된 '세속극'의 비중이 점차 강화되었다. 이러한 사정은, 이전 시기에서처럼 신성한 제천행사로서의 제의극이 아닌, 궁중과 민간의 축제와 놀이로서의 연극 관련 기록들이 많이 나타난다는 사실로 입증된다. 이에 관해서는 뒤의 '세속극의 독립' 항에서 좀 더 구체적으로 논의하겠다.

형식과 내용

제의 또는 제의극 자체의 형식과 내용이 천지신명에 대한 제사의 성

---

38) 《구당서》(舊唐書) 음악지. 오늘날 전해지는 '꼭두각시놀음'의 원조 격인 고대의 인형극 형태로 추정됨.

39) '월전', '대면', '속독', '산예' 등은 통일신라시대에 나타나는 명칭이지만, 삼국시대 신라에도 있었을 것으로 추측된다. 이것들에 관해서는 '남북국시대의 희곡/연극이론' 조에서 좀 더 구체적으로 논의하겠다.

격이 약화되고, 좀 더 실제적이고 세속적인 국조신제(國肇神祭), 조상신제(祖上神祭), 농신제(農神祭), 산신제(山神祭) 등과 같은 제의 형태가 강화되었다.[40)]

다음은 이 시기에 와서 국가 체제가 정비됨으로써 더욱 강화된 국조신제의 모습을 잘 보여주는 사례이다.

> 불법(佛法)을 경신(敬信)하면서도 음사(淫祀)를 더욱 좋아한다. 또 두 곳에 신(神)을 모시는 사당(祠堂)이 있으니, 한 곳은 부여신(扶餘神)이라 하여 나무를 조각하여 부인(婦人)의 형상을 만들어 놓고, 또 한 곳은 등고신(登高神)이라 하여 (이를) 그들의 시조이며 부여신(扶餘神)의 아들이라고 하였다. 두 곳에 모두 관가(官家)를 두고 관리를 파견하여 이를 수호하는데, 아마 하백(河伯)의 딸과 주몽(朱蒙)인 듯하다.[41)]

고구려 건국신화에 나오는, 하백의 딸 유화(柳花)와 천신 해모수 사이에서 태어난 영웅 추모(鄒牟)/주몽(朱蒙)이, 이 시기에 와서는 이전 시기의 '영고'(迎鼓)와 같은 국중대회 제천행사의 대상 신이 아닌, 나라의 시조신 곧 국조신(國肇神) 제사의 대상 신으로 확고하게 자리를 잡게 되었음을 이 사료는 잘 보여준다.

이러한 국조신제의 모습은 다음과 같은 사례를 통해서도 살펴볼 수 있다.

> 신라의 종묘 제도를 보면, 제2대 남해왕 3년(서기 6년) 봄에 처음으로 시조 혁거세(赫居世)의 사당을 세워 사시(四時)에 제사를 지냈는데, 친누이동

---

40) 《삼국사기》 권32, 잡지1, 제사 참조.
41) 《주서》(周書) 이역열전(異域列傳), 고구려 및 《삼국사기》 32권, 잡지1, 제사.

생 아로(阿老)에게 그 제사를 주관하게 했다. 제22대 지증왕은 시조가 탄생한 땅인 내을(奈乙)에 신궁을 지어 제사를 지냈다. 제36대 혜공왕 때에 이르러 비로소 5묘(五廟)를 정했는데, 미추왕을 김씨의 시조로 삼았고, 태종대왕 문무대왕은…… 미추왕과 함께 대대로 제사를 끊지 않는 조상으로 삼았으며, 어버이 사당 둘을 합하여 5묘로 만들었다.[42]

이 사료를 보면, 신라가 부족국가로 성장한 때가 기원전 57년임을 감안할 때, 그 63년 뒤인 서기 6년(남해왕 3년)에 벌써 시조 박혁거세의 사당을 세워, 그를 국조신으로 제사지내고 있다. 이러한 사료들은 이 시기에 들어와 천신제 이외에 국조신제도 매우 강화되었음을 알 수 있다. 이것은 국가 권력의 강화를 의미하며, 이에 따라 하늘에 제사를 올리는 천신제보다는 국가 권력의 근원인 국조신에게 제사를 올리는 국조신제가 강화되고, 이로 인하여 순수한 '제의극'보다 세속의 권력을 옹호하는 '세속극'의 성격이 사회적으로 점차 더 강화된 것으로 생각할 수 있다.

한편, 농신제와 산신제의 모습은 다음 기록에서 찾아볼 수 있다.

제37대 선덕왕 때에 이르러 사직단(社稷壇)을 세웠다. 또 제사의 전례(典禮)에 나타나는 것은, 경내(境內)의 산천에는 제사를 지내면서도 천지신명에게 미치지 못한 것은 대개 왕제(王制)에 의거하여…… "천자는 천지신명과 천하의 명산대천에 제사지내고, 제후는 자직과 그 땅에 있는 명산대천에 제사 지낸다"고 했으니, 이 때문에 감히 예전(禮典)을 벗어나서 이를 행하지 못한 것이 아니겠는가.……

입춘 후의 해일(亥日)에는 명활성 남쪽 웅살곡에서 선농신(先農神)에게 제사지냈고, 입하 후의 해일에는 신성 북문에서 중농신(中農神)에게 제사

---

42) 《삼국사기》 권32, 잡지1, 제사.

지냈으며, 입추 후의 해일에는 산원에서 후농신(後農神)에게 제사지냈다.

입춘 후 축일(丑日)에는 견수곡문에서 바람을 맡은 풍신(風神)에게 제사 지냈고, 입하 후의 신일(申日)에는 탁저에서 비를 맡은 우신(雨神)에게 제 사지냈으며, 입추 후의 진일(辰日)에는 본피유촌에서 (농사짓는 일을 맡은 별인) 영성(靈星)에 제사를 지냈다.…… 3산(三山) 5악(五嶽) 이하의 명산대 천을 나누어 대사(大祀), 중사(中祀), 소사(小祀)로 삼았다.[43]

이 사료에 보이는 사직단제·농신제·풍신제·우신제·명산대천제 등에 관한 기록도, 이 시대 제의/제의극의 다양한 형식과 내용의 변화를 암시해 주기에 충분하다.

주재자 — 임금과 제관들

이러한 제의 또는 제의극의 중심 담당자는 앞선 시기인 부족국가시대 '천군'(天君)의 전통을 이어받으면서도 정치적인 권력을 이전보다 훨씬 강화한 군장/임금과 그 아래 복속된 제관들이었다.

이러한 경향은 앞선 부족국가시대부터 이미 나타나기 시작하여, 정치 적 지배자가 다스리는 지역과 제사장이 다스리는 지역이 '분리'되는 사 례들을 보여주었다. 그 가장 좋은 사례가 바로 마한의 제사장인 '천군' 이 다스리는 신성지역인 '소도'(蘇塗)와 정치적 군장이 다스리는 그 여타 지역의 분리라고 할 수 있었다.

그런데, 삼국시대에 들어오면, 그러한 분리가 정치적 군장 쪽의 권력 을 더욱 강화시켜, 모든 국가적인 제사가 정치적 군장인 임금의 주관 아 래 이루어지고, 임금 휘하의 제관들이 그 실무를 담당하였다. 다음 기록

---

43) 위와 같음.

은 이러한 사정을 잘 보여주는 사례이다.

> 신라의 종묘 제도를 보면, 제2대 남해왕 3년(서기 6년) 봄에 처음으로 시조 혁거세(赫居世)의 사당을 세워 사시(四時)에 제사를 지냈는데, 친누이동생 아로(阿老)에게 그 제사를 주관하게 했다.[44]

여기서 왕이 직접 시조신에 대한 제사를 주관하지 않고, 그의 누이동생으로 하여금 시조신 제사를 주관하게 했다는 것은, 그만큼 나라의 제사 행위가 이미 강력한 정치 권력의 대변자인 임금의 지배력 휘하로 들어와 있음을 보여주는 것이다.

세속극의 독립

이 시기에 와서는, 제의 또는 제의극으로부터 놀이 또는 세속극이 분리되어, 그것이 가무백희(歌舞百戲)라는 형태로 어느 정도 독립되었다는 것도 알 수 있다.[45]

즉, 이전의 부족국가시대에는 악가무희(樂歌舞戲)가 하나의 총체로 융합되어 '미분화'되어 있었던 반면, 이 시기에 들어와서는 악가무희가 여러 가지의 공연 종목들로 '분화'되어 구성된다는 것이다. 물론, 이 시기에 들어와서도 연극이 하나의 독립된 공연예술 양식으로 '분화'되어 따로 존재하지는 못했다. 그러나, 그렇다고 이전의 부족국가시대에서처럼 완전히 하나의 무의식적인 원시종합예술 형태로 머물러 있었던 것은 아니다. 이 시기에 이르러, 그런 원시종합예술 형태의 제의/제의극이 점차

---

44) 위와 같음.
45) 《삼국사기》 권1, 신라 유리이사금 9년, 가배(嘉俳) 참조.

하나의 독자적인 양식 형태를 갖추기 시작했다는 점에서, 크게 달라진 양식적 판도를 볼 수 있다.

또 한 가지, 일상생활 영역과 공연예능 영역의 의식적인 분리의식이 이 시기에 분명하게 생겨났다는 점도 이 시기의 중요한 변화 가운데 하나이다. 즉, 이 시기 이전의 부족국가시대의 이른바 '원시 제천의식' 형태의 공연 속에서는, 일상생활 영역과 공연예능 영역이 의식적으로는 그다지 분명하게 구분되지 않았다. 이러한 사실은, 앞장에서 이미 검토한 바 있는 부족국가시대의 제의들에 관한 기술 내용들이 잘 암시해 준다.

그러나 삼국시대에 들어오면, 일상생활 영역과 분명하게 구별되는 공연예능 영역이 의식적으로 분명하게 존재하기 시작한다. 이것은 이 시기에 나온 기록을 검토해 보면 잘 알 수 있다.

예컨대, 신라의 '오기'(五伎)에 관한 최치원의 기록을 분석해 보면,[46] 이 다섯 가지 공연 양식들이 일상생활 영역과 합치되어 일종의 원시종합예술적인 시공간 속에서 원시적인 축제 형태로 공연되는 것이 아니라, 일종의 전문적인 공연예능 양식의 하나로서, 청관중들 앞에서 청관중들을 '의식'하면서 공연되는 '전문적인 공연물'의 형태로 묘사 기술되어 있다. 이것은 바로 이 당시 연극 양식들이 하나의 독립된 공연예술 형태로 완전히 분화되지는 못하였으나, 어느 정도 독립적인 여러 가지의 연극 양식들이 이미 형성되어 있었음을 알려 준다.[47]

---

46) 이 자료는 물론 이 시기의 것이 아니라, 이 다음 시기인 남북국시대 통일신라 쪽의 자료이다. 그러나 이 자료를 통해서 그 이전 시기의 사정을 어느 정도 유추해 볼 수는 있을 것이나. 이 자료를 통해 삼국시대의 연극을 유추해 볼 수 있는 근거는, 이 자료에서 묘사하고 있는 이른바 '5기'(五伎), 곧 다섯 가지 기악(伎樂)이란 말의 '기악'은 이미 삼국시대 백제에도 있었기 때문이다. 즉, 삼국시대 백제에 있었던 '기악'이 백제를 복속시킨 남북국시대의 통일신라에 계승된 것이 '오기'(五伎)라 볼 수도 있을 것이다.

47)《삼국사기》권32, 잡지1, 악(樂) 참조. 여기에, 최치원이 쓴 시 〈향악잡영〉(鄕樂雜詠) 5수가 실려 있다.

연극의 존재 양상

희곡/연극의 존재 양상 면에서는, 악(樂), 가(歌), 무(舞), 희(戱)의 종합 형태, 곧 기악·성악·무용·연극 등이 하나로 조화롭게 어우러지는 일종의 '버라이어티 쇼'(variety show) 형태 공연물의 일부 공연 종목들로 존재하였다. 이 사실은 이 당시의 기록들에 나타나기 시작하는 가무백희(歌舞百戱)에 관한 기록[48]에서 잘 입증된다.

특히, 최치원(崔致遠)이 지은 《향악잡영》(鄕樂雜詠) 5수의 기록에 보이는 금환(金丸), 월전(月顚), 대면(大面), 속독(束毒), 산예(狻猊)에 관한 내용은, 이 시기 가무백희의 내용을 가장 구체적으로 보여주는 것으로, 고려시대의 '산대잡극'(山臺雜劇)이나 조선시대의 '나례잡희'(儺禮雜戱)에 앞선 시기에, 가무백희의 일부 레퍼토리로 존재하던 우리나라 희곡/연극의 양식들을 구체적으로 짐작하게 하는 매우 귀중한 자료이다. 이 기록은 비록 삼국시대의 자료가 아닌, 그 이후 남북국시대 통일신라 쪽의 자료이기는 하지만, 이를 통해서 이 삼국시대 '가무백희'의 내용을 어느 정도 미루어 짐작할 수는 있다.

여기에는, 이 시기의 농주지희(弄珠之戱)인 '금환'(金丸), 서역 지방 우전국(于闐國)에서 전한 탈춤으로 추측되는 '월전'(月顚), 귀신을 쫓는 일종의 구나무(驅儺舞)로 보이는 '대면'(大面), 중앙아시아의 타슈켄트와 사마르칸트 지방에서 전래된 건무(健舞)인 호선무(胡旋舞)와 호등무(胡騰舞) 같은 빠른 템포 춤의 영향을 받은 것으로 보이는 '속독'(束毒), 그리고 사

---

48) 이 시기 '가무백희'의 내용을 가장 분명하게 구체적으로 보여주는 기록은 《삼국사기》 권32, 잡지, 악에 보이는 최치원의 시 〈향악잡영〉 5수이다. 이 외에도 《삼국사기》 권1, 신라 유리이사금 9년, 가배(嘉俳)에도 가무백희를 언급한 내용("負者置酒食以謝勝者, 於是 歌舞百戱皆作, 謂之嘉俳")이 있다.

자탈을 쓰고 추는 가면무/탈춤인 '산예'(狻猊) 등의 내용이 시 형태로 묘
사되어 있다.[49]

구성 내용

이 시기에 들어오면, 희곡/연극의 **내용**이 좀더 풍부하고 구체적으로
나타난다. 이러한 사실은, 당시의 대표적인 연극 양식이었던 백제 **기악**
(伎樂)의 구체적인 공연 내용을 기술해 놓은 관련 기록 자료[50]로도 확인
할 수 있다.

백제에서 미마지(味摩之)가 일본에 전했다고 하는 불교적인 내용의 무
언 가면무인 기악(伎樂)의 주요 내용을 보면, 예취(禰取)[51] · 조자(調子)[52] ·
행도(行道) · 용상(踊襐)[53] · 적취(笛吹) · 모관(帽冠) · 타내(打內) · 사자무
(獅子舞) · 오공(吳公) · 가루라(迦樓羅) · 파라문(婆羅門) · 곤륜(崑崙) · 역사
(力士) · 대고(大孤) · 취호(醉胡) · 무덕악(武德樂) 등의 순서로 다양한 내용
의 가면무가 진행된다.[54]

또 이러한 기악의 내용은 우리나라의 현전 탈놀음/가면극인 양주별산
대놀이 및 봉산탈춤의 내용과도 유사한 점이 많다는 사실도 밝혀진 바
있다.[55] 이혜구 선생의 연구에 따르면, 기악 · 양주산대도감극/양주별산
대놀이 · 봉산탈춤의 서로 유사한 대목은 다음과 같다.

---

49) 이두현(1994), 《한국연극사》, 서울: 학연사, 51~55쪽 참조.
50) 正宗敦夫 編(1928), 《教訓抄》 上, 伎樂.
51) 설명 문구에, '舞涉調音'이라 되어 있음.
52) 설명 문구에, '道行音聲'이라 되어 있음.
53) 역귀를 쫓는 춤인 듯함.
54) 正宗敦夫 編(1928), 앞의 책, 伎樂 참조.
55) 이혜구(1996), 《한국음악연구》, 서울: 민속원, 226~236쪽 참조.

기악	양주산대도감극	봉산탈춤
행도/치도	고사(1) 상좌춤(2)	사상좌춤(1)
오공	옴(3·4) 연닢과 눈끔제기(5)	없음
사자무	없음	사자춤
가루라·(금강)	팔먹중·침놀이(완보)(6)	팔먹중춤(2)
파라문	사당놀이(관쓴중)(7)	사당춤(3)
곤륜	노장(8)	노장춤(4)
역사	취발이(10)	취발이(4)
대고	미얄할미(12)	미얄춤(7)
취호	양반(11)	양반춤(5)
무덕악	무당넋두리	다리굿[56]

이러한 사실들은 결국 삼국시대의 가무백희의 주요 레퍼토리 가운데 하나이자 이 시대의 주요 희곡/연극 양식으로 볼 수 있는 기악(伎樂)의 내용 구성이 매우 다양하게 이루어져 있었음을 알게 해주는 것이다.

양 식

희곡/연극의 양식 면에서는, 우리나라 전통극의 3대 양식이라 할 수 있는 인형극, 가면극/탈놀이, 조희(調戲)[57]의 형태가, 이 시기에 이르러 골고루 갖추어진 것으로 보인다.

인형극의 사례로는 고구려의 괴뢰희(傀儡戲)가 기록에 분명하게 나타나고, 가면극/탈놀이는 바로 앞에서 살핀 백제의 기악(伎樂)에 관한 자료

---

56) 위의 책, 226~227쪽 참조.

57) '조희'(調戲)란 주로 어떤 고사(故事)를 부연하거나 '시사적인 이야기'를 재담에 의존하여 전개하는 일종의 소극(笑劇; farce) 형식의 연극을 말한다. 오늘날의 '대화극'(對話劇)/화극(話劇)의 원류가 된다.

로 그 양식의 존재를 분명히 확인할 수 있었다. 조희에 관한 직접적인 기록은 발견되지 않으나, 이와 관련된 당시의 기록58)으로 우리나라에도 조희가 존재했을 것이라 유추할 수 있다.

인형극에 관한 기록으로는 다음과 같은 것이 보인다.

> '굴뢰자'를 '괴뢰자'라고도 한다. 인형을 만들어 노는 것이다. 가무를 잘 한다. 본래 초상집의 악(樂)이었으나, 한(漢)나라 말기에 비로소 경사스런 모임에 사용했다.…… 고구려에도 이것이 있다.(窟礧子亦曰魁礧子 作偶人 以戲 善歌舞 本喪家之樂也 漢末始用之於嘉會 北齊後主高緯尤所子 高麗 之國亦有之.)59)

이 기록을 보면, 고구려에도 분명히 '인형극'이 있었고, 내용은 인형을 만들어 노래하고 춤추게 하는 것이었음을 알 수 있다.

가면극/탈놀이의 존재에 관해서는 앞에서 '기악'(伎樂)에 관해서 설명한 것으로 충분하다고 생각한다.

조희(調戲) 곧 고사의 부연 설명이나 시사적인 이야기들을 가지고 노는 일종의 소극(笑劇) 형태의 대화극/화극의 존재는 직접적인 자료로는 확인하기 어렵고, 다음과 같은 다른 기록으로 간접 확인할 수 있다.

> 각저희(殼抵戲)에 대하여 왕국유(王國維)는 그의 《송원희곡고》(宋元戲曲 考)에서 《당서》(唐書) 악지(樂志)에 보이는 산악백희(散樂百戲)라고 설명하 였고, 다시 이 각저희의 내용을 후한 때 장형(張衡; 78~139)의 〈서경부〉(西京 賦)를 인용하여 설명하였다. 그 내용은 오획강정(烏獲扛鼎),60) 도노심동(都盧

---

58) 장형(張衡), 〈서경부〉(西京賦).
59) 《구당서》 음악지(音樂志).
60) '오획(烏獲 – 전국시대의 역사(力士) – 의 힘 자랑' 정도의 뜻.

尋橦),[61] 도환검(跳丸劍),[62] 주삭(走索),[63] 탄도(呑刀),[64] 토화(吐火), 희표무비(戲豹舞羆),[65] 백호(白虎), 창룡(蒼龍) 등의 가면희와 여와좌이장가(女媧坐而長歌)의 가무(歌舞)며 동해황공(東海黃公)의 부연고사(敷衍古事)한 조희(調戲)마저 나오는 것을 볼 수 있다.[66]

이상의 설명에서 알 수 있는 바와 같이, '각저희'(殼抵戲)는 곧 '가무백희'이고, 가무백희의 레퍼토리 가운데 '조희'가 들어 있었다는 것을 알 수 있다. 그런데, 이 각저희 곧 가무백희는 한(漢)나라 때 서역에서 중국으로 유입되었고, 이것이 다시 수·당(隋唐)에 계승되어 삼국시대에 우리나라로 들어왔으므로, 삼국시대 우리나라의 연극 레퍼토리에도 이 '조희'가 존재하였으리라고 추정할 수 있는 것이다.

한편 삼국시대에 각저희 곧 가무백희가 우리나라에 들어왔음은 다음 기록에서 확인할 수가 있다.

순제 영화 원년(136년)에, 그 왕이 경사(京師)에 와서 조회하므로, 제(帝)가 황문고취[67] 악과 각저희를 하도록 하여 (관람시켜) 보내었다.(順帝永和元年 其王來朝京師 帝作黃門鼓吹殼抵戲以遣之)[68]

각저희 곧 가무백희를 서기 136년에 부여국(夫餘國) 국왕이 중국에 들

---

61) '도노(都盧)-몸이 가벼워 장대 등을 잘 타는 사람-의 장대타기 놀이' 정도의 뜻.
62) 공놀이와 칼놀이.
63) 줄타기.
64) 입에 칼을 물고 하는 곡예.
65) 표범놀이와 곰놀이.
66) 이두현(1981), 《한국연극사》, 서울: 보성문화사, 12~13쪽 및 王國維(1974), 《宋元戲曲考》, 臺北: 藝文印書館, 7~8쪽.
67) 악곡의 일종.
68) 《후한서》, 동이열전30, 부여국.

어가 관람했다는 이 기록은, 이미 이 시기에 우리나라에도 가무백희가 유입되었음을 짐작하게 한다.

그리고 이러한 희곡/연극 양식은 이전 시기보다 훨씬 더 구체화되었다는 점도 여기서 지적할 필요가 있겠다. 즉, 인형극이라 하더라도 좀 더 구체적인 양식 명칭인 '괴뢰희'(傀儡戱), 가면극/탈놀이라 하더라도 좀 더 구체적인 내용의 무언 가면극(假面劇)의 양식 명칭인 '기악'(伎樂), 사자춤이라 하더라도 좀 더 구체적인 양식 명칭인 '사자기'(獅子伎)[69] 능으로 기록되어 나타난다는 것은, 이러한 사정을 말해준다.

이것은 이 시대에 와서 이미 인형극과 가면극/탈놀이가 어느 정도 하나의 연극 양식으로 우리 연극사 속에 자리 잡기 시작하였음을 보여주는 것이라 하겠다.

극장과 무대

이 시기에는 객석과 무대가 의도적으로 분리·구분된 극장과 무대가 처음으로 등장한다는 점이 가장 중요한 사실이다. 그것은 가설극장 무대인 '채붕'(綵棚)이라는 것이다. 그 관련 기록을 보면 다음과 같다.

> 신라 진흥왕 때에 팔관회(八關會)를 베풀었는데, 그 법은 매년 중동(仲冬; 11월)에 승도(僧徒)를 대궐 뜰에 모으고, 윤등(輪燈) 한 좌(座)를 놓고, 향등(香燈)을 사방에 벌여 놓으며, 또 두 개의 채붕(綵棚)을 매고, 백희가무(百戱歌舞)를 올려서 복을 비는 것이었다.(眞興王時說八關會 其法每歲仲冬 會僧徒於闕庭 置輪燈一座列香燈四旁 又結兩綵棚呈百戱歌舞以祈福)[70]

---

69) 《삼국사기》 권32, 잡지1, 악.
70) 《증보문헌비고》 권107, 속악부2.

이 기록에 따르면, 이미 삼국시대에는 우리나라에도 가무백희를 공연하는, 비단을 둘러친 다락 모양의 가설무대인 '채붕'이 존재했음을 알 수 있다. 그리고 그러한 무대는 종전과는 달리, 무대와 객석이 뚜렷하게 구분되었다는 것도 분명하게 나타난다.

또, 이 당시 우리나라의 극장과 무대 모양은 다음과 같은 중국 쪽의 기록으로 간접적으로 추측해볼 수 있다.

> 해마다 정월이 되면 온 나라 사람들이 조정으로 와서 보름에 이르기까지 머무는데, 정전 앞 정문[端門] 밖에 국문(國門)을 세우고 정전 앞 정문 안에는 8리에 걸쳐 비단을 펴서 희장(戲場)을 설치하고, 여러 관리들이 다락[棚]과 좁은 통로를 만든다. 해질 무렵부터 다음날 아침에 이르기까지 이를 마음대로 보고 구경하도록 하며, 그믐에 이르러서야 이를 그만둔다.
> (每歲正月萬國來朝留至十五日　於端門外建國門內錦亘八里列爲戲場　百官起棚夾路　從昏達旦以縱觀之　至晦而罷)[71]

이 기록에서 "8리에 걸쳐 비단을 펴서 희장(戲場)을 설치하고 다락[棚]과 좁은 통로를 만든다"고 한 것은, 앞서 살펴본 진흥왕 때의 우리나라 '채붕'(綵棚) 곧 비단을 둘러친 무대와 별로 다르지 않음을 알 수 있다.

의상과 분장

이 시기에 이르러 의상과 분장도 좀 더 다양하게 발전하였다. 이러한 사정은 《구당서》, 《문헌통고》, 《삼국사기》 및 이백(李白)의 악부시 〈고구려〉(高句麗), 그리고 고구려 벽화 등을 통해서 어느 정도 그 내막을 짐

---

71) 《수서》(隋書) 권15, 지10, 음악 하.

작할 수 있다. 이러한 기록 가운데서 고구려 의상에 관한 몇 가지 자료를 살펴보면 다음과 같다.

　고구려 악의 공연자들은 검은 깃으로 장식을 한 보라색 비단 모자를 쓰고, 옷소매가 큰 누런 색 웃옷을 입고, 보라색 비단 띠를 띠고, 가랑이 끝이 넓은 바지를 입고, 붉은 가죽신을 신고, 오색 끈을 맨다.

　무용수 네 사람은 머리 뒤로 상투를 짜 올리고, 이마에 곤지를 바르고, 황금 귀고리를 장식한다. (이 가운데에) 두 사람은 누런 치마저고리와 적황색 바지를 입고, 두 사람은 적황색 치마저고리와 적황색 바지를 입는데, 소매가 아주 길며, 검은 가죽신을 신고 쌍쌍이 나란히 서서 춤을 춘다.(高句麗樂 通典云 樂工人 紫羅帽 飾以烏羽 黃大袖 紫羅帶 大口袴 赤皮靴 五色緜繩 舞者四人 椎髻於後 以絳抹額 飾以金璫. 二人黃裙襦 赤黃袴 二人赤黃裙襦袴 極長其袖 烏皮靴 雙雙竝立而舞)[72]

　황금빛 꽃을 단 절풍건 모자(金花折風帽)
　흰 말은 작아 느릿느릿 도는데(白馬小遲回)
　편편히 추는 춤 넓은 옷소매(翩翩舞廣袖)
　마치 새가 해동에서 날아온 듯(似鳥海東來)[73]

이러한 의상과 분장에 대한 기록과 묘사는 마치 고구려 무용총(舞踊塚) 벽화에 그려져 있는 춤추는 그림들과도 매우 유사한 느낌을 준다.

음악과 무용

이 시대에 들어와서는 연극 관련 음악과 무용이 매우 다양하고 복잡

---

72) 《삼국사기》 권32, 잡지, 악 및 《구당서》 권29, 지9 음악2.
73) 이백(李白), 〈고구려〉.

68

하게 발달하였다. 이것은 당시의 관련 기록들에 나타난 각종 음악·무용 명칭과 내용에서 입증된다.[74]

이 시기의 악기로는 대금·중금·소금의 3죽(三竹), 현금·가야금·비파의 3현(三絃), 박판(拍板: 박자 맞추는 나무쪽)·북[鼓]·오현금(五絃琴)·쟁(箏)·필률(篳篥)·횡취(橫吹)·소(簫)·적(笛)·도피필률(桃皮篳篥)·공후(箜篌)·각(角)·저[笟]·지(篪) 등이 기록에 보인다. 또한 이러한 악기들로 연주하는 수많은 악곡들이 있었으며, 이러한 악곡들로 연주하는 무용의 명칭들도 보인다.[75]

배우의 행방

이 시기는 따로 배우를 가리키는 명칭은 보이지 않는다. 다만 악가무희(樂歌舞戲)를 담당하는 국가적인 전문인들을 악공(樂工)이라 했고, 신라에서는 이들을 가리켜 따로 '척'(尺)이라고 불렀다는 기록이 보인다.[76]

연극 교육

이 시대에 이르러 연극 관련 교육이 본격적으로 이루어지기 시작하였음을 여러 자료[77]에서 확인할 수 있다. 당시 연극 교육은 연극만 따로 이루어진 것이 아니라, 악가무희(樂歌舞戲) 또는 가무백희(歌舞百戲) 교육의 일환으로 이루어졌다.

---

74) 《삼국사기》 권32, 잡지1, 악 참조.
75) 위와 같음.
76) 위와 같음.
77) 《삼국사기》 권32, 잡지1, 악 및 《고려사》, 악지 참조.

 다음 사료는 이 시대의 연극을 포함한 악(樂)이 얼마나 전문화되었는가를 알려준다.

> 신라의 음악(音樂)은 3죽(三竹)·3현(三絃)과 박판(拍板; 박자를 맞추는 나무쪽)·대고(大鼓)와 가무(歌舞) 등이다. 무(舞)에는 두 사람이 있는데, 방각복두(放角幞頭; 두건의 일종)와 자색대수(紫色大袖; 큰 소매), 공란(公襴; 예복의 일종)에 붉은 띠를 누르며, 노금(鍍金)한 과요대(跨腰帶)의 검은 가죽신을 갖춘다. 3현의 1은 현금(玄琴), 2는 가야금(伽耶琴), 3은 비파(琵琶)이며, 3죽의 1은 대금(大笒), 2는 중금(中笒), 3은 소금(小笒)이다.…… 뒤에는 거문고로 직업을 삼는 자가 하나둘이 아니며, 지은 음곡(音曲)이 두 조(調)가 있으니 1은 평조(平調), 2는 우조(羽調)인데 모두 187곡이었다.…… 가야금에는 두 음조(音調)가 있는데, 1은 하림조(河臨調)요 2는 눈죽조(嫩竹調)이며, 모두 185곡이었다.…… 비파(琵琶)는…… 그 음(音)이 3조(調)가 있으니, 1은 궁조(宮調), 2는 칠현조(七賢調), 3은 봉황조(鳳凰調)이며 모두 212곡이다.…… 3죽적(三竹笛)에는 7조(七調)가 있으니, 1은 평조(平調), 2는 황종조(黃鐘調), 3은 이아조(二雅調), 4는 월조(越調), 5는 반섭조(般涉調), 6은 출조(出調), 7은 준조(俊調)였다. 대금(大笒)은 324곡, 중금(中笒)은 245곡, 소금(小笒)은 298곡이 있다.…… 악기(樂器)의 수효와 가무(歌舞)하는 모습은 후세에 전하여지지 않는다.[78]

 이 당시 기록에 나타나는 당시 악(樂)의 이러한 복잡한 발달과 분화는 결국 악에 대한 전문적인 교육을 필수 요건으로 할 수밖에 없었을 것이며, 그러한 전문적인 악 교육의 일부로 존재했던 연극 교육도 그만큼 전문적인 교육을 필요로 했을 것임은 자명하다.

---

78) 《삼국사기》 권32, 잡지1, 악.

4. 남북국시대의 희곡/연극 이론

이 시기는, 삼국시대가 끝난 뒤 한반도 북쪽에는 발해가 서고 남쪽에는 통일신라가 자리 잡은 6세기 말에서 9세기 초 사이의 시대를 말한다.

이 시기의 한국 희곡/연극 이론 관련 자료들은 《삼국유사》, 《삼국사기》, 《동경잡기》(東京雜記), 《신당서》(新唐書), 《통전》(通典), 《발해국지장편》, 《해동역사》(海東繹史), 《속일본기》(續日本紀), 《일본후기》(日本後紀), 《만엽집》(萬葉集), 《금사》(金史), 《요사》(遼史) 등에서 찾아볼 수 있다. 그러나 발해 쪽의 구체적인 자료들은 아주 미약한 편이다.

그러나 이 시기에 비로소 본격적인 최초의 한국 희곡/연극 이론 자료인 최치원의 한시(漢詩) 《향악잡영》(鄕樂雜詠) 5수가 나타난다는 것은 매우 획기적이고 특기할 만한 사건이다.

이 시대의 자료들을 종합 분석하면 다음과 같은 결과를 얻을 수 있다.

민족축제의 한 시원, 팔관회

이 시기에는, 처음으로 팔관회(八關會)라는 좀 더 '민족적'인 차원의 축제가 형성되어, 이 당시의 공연문화도 이전 시대와는 달리 전통적인 것들과 외래적인 것들, 그리고 중앙적인 것들과 지방적인 것들이 두루 적절히 융합된 새로운 '민족적인'인 차원의 가무백희(歌舞百戲) 형태로 점차 정비 발전되어 나아갔다.

팔관회의 전통은 이미 이보다 앞선 시대인 삼국시대의 다음 사료에서부터 찾아볼 수 있어 주목된다.

진흥대왕(眞興大王) 12년 신미(560)에 왕이 거칠부(居柒夫)와…… 8장군들을 명하여 백제와 더불어 고구려를 침공하였는데, 백제 군사가 먼저 평양을 쳐부수니, 거칠부 등이 이긴 기세를 타서 죽령 밖 고현 안의 열 고을을 빼앗았다. 이때에 혜량법사가 무리를 이끌고 길가에 나오니, 거칠부가 말에서 내려 군대의 예절로써 절하며 그 앞으로 나아가 말하기를, "옛날 고구려에서 배울 때에는 법사의 은혜를 입어 성명을 보전하였는데, 지금 우연히 서로 만나게 되니 무엇으로 보답해야 될지 모르겠습니다." 법사가 대답하기를, "지금 우리나라의 정치가 어지러워 멸망할 날이 멀지 않으니 그대의 나라로 가기를 바란다." 이에 거칠부가 혜량법사를 데리고 신라로 돌아와 왕에게 뵈니, 왕은 그를 승통(僧統)으로 삼아 처음으로 백좌강회(百座講會)와 팔관법(八關法)을 설하였다.[79]

진흥왕 33년(572) 봄…… 겨울 10월 20일에 싸우다가 죽은 병졸들을 위하여 외사(外寺)에서 팔관회(八關會)를 베풀어 7일 만에 마쳤다.[80]

신라 진흥왕 때에 팔관회(八關會)를 베풀었는데, 그 법은 매년 중동(仲冬; 11월)에 승도(僧徒)를 대궐 뜰에 모으고, 윤등(輪燈) 한 좌(座)를 놓고, 향등(香燈)을 사방에 벌여 놓으며, 또 두 채붕(綵棚)을 매고, 백희가무(百戲歌舞)를 올려서 복을 비는 것이었다.[81]

이 자료들 가운데 세 번째 자료에서 삼국시대에 이미 팔관회가 일종의 국가의 제의적 의례 형태로 백희가무(百戲歌舞)를 공연하는 행사로 치러졌음을 알 수 있다.

이러한 팔관회는 남북국시대의 통일신라에서도 행해졌음을 다음 기

---

79) 《삼국사기》 권44, 열전4, 거칠부.
80) 《삼국사기》 권4, 신라본기4, 진흥왕.
81) 《증보문헌비고》 권107, 속악부2.

록을 보아 알 수 있다.

> 광화(光化) 원년 무오(戊午) 신라 효공왕(孝恭王) 2년(898) 2월에 송악성(松岳城)을 수리하고 우리 태조로 정기대감(精騎大監)을 삼아 양주와 견주를 치게 했다. 겨울 11월에 팔관회(八關會)를 개최했다. 3년 경신(900)에 또 태조에게 명하여 광주·충주·당성·청주·괴양 등을 쳐서 이를 모두 평정했는데, 이 공로로 태조에게 아찬의 벼슬을 주었다.[82]

그리고, 앞서 논의한 최치원의 《향악잡영》 5수의 시를 통해서, 이러한 팔관회에서 공연되었던 백희가무의 구체적인 레퍼토리와 공연 내용을 알 수가 있다.

그러나 이 시대의 이와 같은 행사는 고려시대만큼 큰 규모의 국가적인 행사로 완전히 발전하지는 않았을 것으로 보이며, 그렇게 발전해 가는 과정에 있었을 것으로 생각한다.

이 팔관회의 제의적 중심 세력은 역시 겉으로는 임금이었으며, 실제로는 이전 시기의 '천군'과 같은 제사장의 전통을 이어받은 불교 승려 계통의 제관들이었을 것으로 추측된다. 이러한 사실은, 위의 두 기록에서도 드러나는 바와 같이, 왕이 직접 팔관회 행사를 주관한 것이 아니라, 불교적인 사제자로 하여금 주관하도록 한 것으로 보이기 때문이다.

'민족극' 이념의 생성

이 시대에 들어와 좀 더 넓은 영역에 걸쳐 국가의 영토가 확장되고 민족국가적인 정체성이 더욱 강화되면서, 이 시대의 연극문화도 가무백

---

82) 《삼국사기》 권50, 열전10, 궁예.

희의 여러 종목들로 좀 더 분명하게 정착되었고, 불완전하게나마 처음으로 '민족극' 이념이 생성되기 시작한 것으로 보인다. 이러한 사정은 최치원의 《향악잡영》 5수의 내용으로 논증할 수 있다. 최치원의 이 연극 감상비평 시들은 민족극 이념에 관해서 다음과 같은 중요한 점들을 분명하게 보여준다.

첫째, 최치원은 자신이 감상하고 있는 '가무백희'를 '향악'(鄕樂)이라고 부르고 있다. 그가 감상 비평한 다섯 가지 가무백희 종목의 내용들을 보면, 실제로는 외래적인 것들이 대부분이다. 그런데도 이러한 가무백희들을 그가 '향악'이라고 부른 것은, 이러한 종목들이 이 시대에 이미 우리의 가무백희로 인식될 정도로 '토착화'가 이루어졌음을 암시하는 것이다.

그리고 '향악'이라는 용어를 그가 사용한 것은, 우선 이러한 용어들이 당시 사회에 어느 정도 널리 유통되고 있었음을 말해주는 것이고, 이처럼 외래악인 '당악'(唐樂)에 대해 국내악을 '향악'(鄕樂)이라 인식한 것은, 이미 이 시대 한국인들이 외래악에 대응하는 우리 민족악의 범주를 자주적으로 자각하고 있었음을 보여주는 중요한 증거이다. 당시에 사용된 '향악'이란 용어는 외래악(外來樂)에 대응되는 용어로서, 외래악인 '당악(唐樂)에 대하여 상고시대부터 발달하여 내려온 한국의 고유한 악을 일컫는 말'83)이었다.

다시 말하자면, 최치원이 그의 시 《향악잡영》 5수에서 당시 사회에서 행해지던 금환(金丸), 월전(月顚), 대면(大面), 속독(束毒), 산예(狻猊)와 같은 공연물들을 '향악'이라 부른 것은, 당시에 이미 사회적으로 향악이란 용어가 널리 쓰이고 있었음을 암시하는 것이며, 당시에 이러한 용어가 사

---

83) 이희승 편(1981), 《국어대사전》, 서울: 민중서관, '향악' 조.

회적으로 널리 일반화되어 쓰였다는 것은, 당시에 우리 민족은 이미 우리나라와 우리 민족의 문화적 '정체성'을 대외적으로 자각하고 있었음을 방증해 주는 것이다.

이러한 논리는, 바로 이 시대 희곡/연극 이론에도 그대로 적용되는 논리이며, 그것은 최치원의 연극 감상비평 작품인 《향악잡영》 5수에도 나타났다고 할 수 있다.

'외래악에 대응하는 토착악'이란 뜻의 '향악'이란 용어가 이 당시 사회에 이렇게 널리 일반화되어 사용되었다는 것은, 이 시기 북방의 또 하나의 우리 민족국가였던 발해(渤海)에서도 마찬가지 사정이었을 것으로 사료된다.

발해에도 세속적인 축제적 가면무극으로 생각되는 공연 양식인 '답추'(踏鎚)라는 공연물이 사회적으로 널리 공연되고 있었으며, 이것은 일본에까지 전해져 일본 쪽의 역사 기록에도 자주 나오고 있다.[84] 그러나 이것이 구체적으로 어떠한 형태의 공연 양식이었는지는 자세히 알 수 없다.

둘째, 최치원이 이 당시의 향악(鄕樂)을 직접 보고 그에 대한 감상비평을 시로 남겼다는 것은, 당시 지식인들이 그러한 문화 양식을 중시하고 또 그런 문화 양식에 깊은 관심을 가졌음을 암시한다. 또한 당대 최고의 지식인이었던 최치원이 그것을 '외래악에 대응하는 토착악'이란 뜻의 '향악'이라 부른 것은, 이 시대 지식인들이 우리나라와 민족의 문화적 정체성과 주체성을 분명하게 분별하고 자각하고 있었음을 암시한다.

셋째, 이 《향악잡영》 5수의 내용 자체에서도 이러한 민족극 옹호의

---

84) 《일본후기》(日本後紀) 권17, 헤이세이기(平成期), 다이도(大同) 3년 11월 임진 조에 다음과 같은 구절이 있다. "808년 11월 일본에 간 발해 음악무용단은 풍락전(豊樂殿)에서 발해의 풍속가무인 '답추'(踏鎚)를 공연하였다."

이념은 잘 드러난다. 즉, 이 연극 감상비평 자체가 연극을 부정적으로 보는 것이 아니라, 매우 긍정적이고 바람직한 것으로 묘사하고 있다. 이런 점을 좀 더 구체적으로 살펴보면 다음과 같다.

〈월전〉(月顚)이란 시는 밤새워 노는 '월전'이란 집단적 가면놀이에 빠져 날이 새는 줄도 모르고 '포복절도'하는 집단적 공연 행위들을 결코 지루하고 부정적인 것이 아니라, 매우 즐겁고 긍정적인 것으로 그리고 있다. 〈대면〉(大面)이란 시는 '대면'이란 가면극 자체를 '붉은 봉황이 나라의 태평성대를 춤추는 듯하다'고 칭송함으로써, 이 당시 연극이 당대의 태평성대를 위해 필요한 것이라는 작자의 긍정적인 생각, 곧 '연극옹호론'적인 윤리비평의 태도를 드러내고 있다. 〈산예〉(狻猊)는 사자 탈놀음을 '어진 덕을 길들이는 것'[馴仁德]으로 보고 있으니, 이 작품도 궁극적으로는 자사놀음을 '도덕적'인 관점에서 높이 옹호하고 있는 셈이다. 또한, 〈속독〉(束毒)에서는 가무놀이 그 자체의 순수한 즐거움과 아름다움을 찬양함으로써, 예술 행위 그 자체를 찬양하는 비평적 태도 곧 '예술을 위한 예술'식의 '순수비평'적 태도까지도 보여준다.85)

넷째, 이 연극 비평문의 작자는 폐쇄적인 국수주의가 아닌, 개방적인 민족주의를 지향하고 있음도 놓쳐서는 안 될 점이다. 이 연극비평에서 최치원은 거의 대부분이 다 외래적인 오리엔테이션을 갖고 있는 공연물들을 '향악'이라고 이름 붙여 놓았다. 즉 《향악잡영》 5수에서 다루는 다섯 가지 공연물인 '금환·월전·대면·속독·산예' 등은, 이에 대한 학자들의 연구에 따르면, 거의 다 원래는 서역 등에서 외래한 공연물들이다. 그런데 작자는 이런 공연물들을 '향악' 곧 토착악으로 본다는 것

---

85) 최치원의 《향악잡영》 5수에 대한 좀 더 구체적인 분석은 뒷절 '최초의 희곡/연극 이론, 《향악잡영》 5수'를 참조.

이다.

이것은, 작자가 독단적으로 또는 창의적인 지식인의 독창으로 이렇게 이름 붙였다고 보기는 어렵고, 당시 사회에서 그런 공연물들을 '향악'이라고 불렀기 때문에 그렇게 이름 붙였다고 보는 것이 더 타당하다. 왜냐하면, 이 시 작품에서 '향악'이란 말은 시적 창조어가 아니라 이 시의 창작 동기가 되는 사회적 산물(금환·월전·대면·속독·산예)을 가리키는 '사회적 용어'이기 때문이다. 즉, 이 시는 시인의 창작이지만 그 시에서 표현하는 사회적 대상물 자체 및 그것을 가리키는 사회적 지시어인 '향악'이란 말은 당대 사회에 일방적으로 유통되던 사회적 용어였다. 이것은 마치 오늘날의 어떤 시인이 판소리 공연을 보고 쓴 시의 제목에 '판소리'란 말이 보일 경우, 그 '판소리'란 말 자체는 그 시인의 창작이 아니라 그가 사는 시대에 널리 쓰이던 사회적 용어인 것과 마찬가지 논리이다.

이렇게 볼 때, 최치원의 《향악잡영》 5수는 시인 자신의 개방적인 세계관·문화관·예술관을 보여줄 뿐만 아니라, 이 시대 자체가 그만큼 개방적이고 탈국수주의적인 세계관·문화관·예술관을 갖고 있었음을 보여주는 것이라고 하겠다.

세속극의 다양화

이 시대에는, 신성한 제의극으로서의 연극보다는 세속극으로서의 연극이 이전 시기보다 더 강화되고, 세속극의 형식과 내용이 그 이전 시대보다 훨씬 더 정비되고 정형화되고 다양화되었음을 확인할 수 있다. 이러한 사실도 구체적으로는 앞에서 거론한 최치원의 시 《향악잡영》 5수 등 각종 사료에서 찾아볼 수 있다.

예컨대, 최치원의 《향악잡영》 5수의 내용을 검토해 보면, 공던지기 놀이인 〈금환〉을 뺀 연극 종목만 놓고 볼 때, 〈대면〉만이 제의적인 구나 의식무(驅儺儀式舞)의 성격을 강하게 띨 뿐, 나머지 〈월전〉, 〈속독〉, 〈산예〉 등은 세속극적 성격이 매우 강하다. 뿐만 아니라, 이러한 제의극과 세속극이 동시에 한 장소에서 공연되었다는 것은, 그만큼 이 당시의 연극문화가 세속화/생활화되었다는 것을 잘 말해 주는 것이다.

희곡/연극 양식의 다양화

이 시대에 들어오면 연극 양식이 매우 다양해진다. 즉, 이전 시기까지는 보이지 않던 구체적인 민족극의 양식 명칭들이 여러 가지 나오기 시작한다.

삼국시대의 연극 양식 명칭으로는 고구려의 '괴뢰희'(傀儡戲)와 '각저희'(角抵戲), 백제의 '기악'(伎樂) 등 몇 가지만 나타나지만, 이 시대에 들어오면 좀 더 다양하고 구체적인 연극 양식 명칭들이 나타난다.

이 시대의 주요 희곡/연극 양식으로는, 제의적인 가면무극(假面舞劇)으로 보이는 통일신라의 '처용가무'(處容歌舞), '황창무'(黃倡舞), '대면'(大面), 세속적인 가면무극으로 보이는 통일신라의 '월전'(月顚), '속독'(束毒), '산예'(狻猊) 등이 구체적으로 확인된다.

그리고, 《향악잡영》 5수에서 최치원이 이 당시 공연되던 가무백희들을 한꺼번에 통째로 다루지 않고, '금환', '월전', '대면', '속독', '산예' 등 따로따로 구분해서 그 각각에 대해 양식 명칭들을 부여한 것을 보면, 이 시대에 들어와서 희곡/연극의 양식들이 이미 그만큼 분화되고 정형화되었음을 알 수 있다.

극장과 무대

전해지는 관련 자료들을 놓고 볼 때, 이 시대의 극장과 무대는 이전 시대보다 좀 더 정비된 형태의 '채붕'(綵棚)과 같은 극장과 무대들이 더 많이 나타났을 것으로 추측된다. 그 근거로는 앞에서 확인한 바와 같이, 이전 시대에 이미 가설무대인 '채붕'을 설치하고 가무백희를 공연했다는 다음 사실을 한 번 더 상기해볼 필요가 있다.

> 신라 진흥왕(眞興王) 때에 팔관회(八關會)를 베풀었는데, 그 법은 매년 중동(仲冬; 11월)에 승도(僧徒)를 대궐 뜰에 모으고, 윤등(輪燈) 한 좌(座)를 놓고, 향등(香燈)을 사방에 벌여 놓으며, 또 두 채붕(綵棚)을 매고, 백희가무(百戲歌舞)를 올려서 복을 비는 것이었다.[86]

여기서 '채붕'(綵棚)이란 당대 여러 가지 공연물들의 총합인 가무백희를 공연하기 위해 적절한 장소에 임시로 설치한 다락 모양의 일종의 가설극장 무대이다. 이 자료는 남북국시대 이전인 삼국시대 신라 쪽의 자료이다. 그렇다면, 그 뒤인 남북국시대에 이르러서는 이보다 훨씬 더 발전된 '채붕' 무대와 비슷한 가설무대들이 존재했을 것으로 짐작된다. 그러나 이 시기의 극장 무대에 관한 다른 기록들을 찾을 수 없어, 현재로서는 자세한 내막을 알 수가 없다.

배우의 행방

이 시기의 관련 자료들로 유추해 볼 때, 이 시기에 와서 비로소 전문

---

86) 《증보문헌비고》 권107, 속악부2.

적인 배우가 등장했을 것으로 짐작된다. 이 시기에 관한 자료 속에서는 각종 악기를 다루는 전문 악공(樂工)에 관한 내용들이 다수 발견된다. 당시의 악공이란 음악을 연주하는 사람만을 가리키는 것이 아니라, 공연 예능에 종사하는 사람들 전체를 가리키는 용어로 사용되었다. 통일신라 시대의 다음 자료는 이러한 사실을 잘 입증해 준다.

> 《고기》(古記)에 이르기를, 정명왕(政明王; 정명은 신문왕의 이름) 9년 (689)에, 신촌(新村)에 거동하여 잔치를 베풀고 악(樂)을 연주케 하였는데, 가무(茄舞)에는 감(監) 6명, 가척(茄尺) 2명, 무척(舞尺) 1명이며, 하신열무 (下辛熱舞)에는 감(監) 4명, 금척(琴尺) 1명, 무척(舞尺) 2명, 가척(歌尺) 3명 이며, 사내무(思內舞)에는 감(監) 3명, 금척(琴尺) 1명, 무척(舞尺) 2명, 가척 (歌尺) 2명이며, 한기무(韓岐舞)에는 감(監) 3명, 금척(琴尺) 1명, 무척(舞尺) 2명이며, 상신열무(上辛熱舞)에는 감(監) 3명, 금척(琴尺) 1명, 무척(舞尺) 2 명, 가척(歌尺) 2명이며, 소경무(小京舞)에는 감(監) 3명, 금척(琴尺) 1명, 무 척(舞尺) 1명, 가척(歌尺) 3명이며, 미지무(美知舞)에는 감(監) 4명, 금척(琴 尺) 1명, 무척(舞尺) 2명이었다. 애장왕(哀莊王) 8년에 악(樂)을 연주하였을 때 처음으로 사내금(思內琴)을 연주하였는데, 무척(舞尺) 4명은 청의(靑衣) 요, 금척(琴尺) 1명은 적의(赤衣)요, 가척(歌尺) 5명은 채색옷에다 수놓은 부 채에 금으로 아로새긴 띠를 띠었다. 다음에 대금무(碓琴舞)를 연주했을 때 에는 무척(舞尺)은 적의(赤衣), 금척(琴尺)은 청의(靑衣)였다고 하였다. [문 헌이] 이러할 뿐인즉 그 자세한 것은 말할 수 없다. 신라 때에는 악공(樂工) 을 모두 척(尺)이라고 하였다.[87]

여기서 보면, 우선 '악'(樂)이란 말은 그 내용으로 보아 오늘날의 음악 (音樂)이란 뜻이 아니라 오늘날의 악가무희(樂歌舞戲)를 모두 포함한 뜻

---

87) 《삼국사기》 권31, 잡지1, 악.

으로 쓰였음을 알 수 있으며, 이러한 일은 아무나 하는 것이 아니라, 이에 대한 전문적인 능력을 갖춘 사람들이 맡아했다. 그런 직업을 가진 사람들을 따로 '척'(尺)이란 명칭으로 부르고 있음을 보아, 이들은 전문적인 공연자였음을 분명히 알 수 있다. 그리고 이들은 오늘날의 음악가만 뜻하는 것이 아니라, 음악가·무용가·연극인들을 모두 통합하여 지칭하는 것으로 보아야 한다. 이러한 사정은 앞서 살펴본 최치원의《향악잡영》5수에서도 나타나, '향악'이란 용어로 음악뿐만 아니라 연극까지 지칭하였음을 다시 상기할 필요가 있겠다.

그런데, 이러한 '악공'(樂工)을 가리켜 모두 '척'(尺)이라 불렀고, 그들을 전문인으로 따로 구분한 것을 보면, 비록 연극인이 따로 구분되지는 않았을지언정, 이 악공 속에는 연극적인 전문성을 가진 공연자도 포함되었음을 알 수가 있고, 그런 면에서 볼 때 오늘날과 같은 정도로 분화된 것은 아니지만 어느 정도 전문적인 연극인이 따로 존재했을 것으로 보인다.

이러한 사정은 앞에서 이미 그 내용을 분석한 바 있는 최치원의《향악잡영》5수의 내용을 보아도 그렇다. 즉, 이 시의 내용을 검토 분석해 보면, 이 당시 〈월전〉, 〈대면〉, 〈속독〉, 〈산예〉 등의 가면무극 공연이 매우 전문적이었음을 알 수 있으며, 그런 공연물들을 공연하는 공연자들이 비전문적인 공연자일 수는 없었을 것이라는 판단을 내릴 수밖에 없다.

음악과 무용

이 시기가 되면, 연극에 포함되는 음악과 무용이 좀 더 다양하고 세련된 형태로 창조되고 전문화되었음을 알 수 있다. 이러한 사정은 다음 기록 자료에 잘 나타나 있다.

신라의 음악(音樂)은 3죽(三竹)·3현(三絃)과 박판(拍板; 박자를 맞추는 나무쪽)·대고(大鼓)와 가무(歌舞) 등이다. 무(舞)에는 두 사람이 있는데, 방각복두(放角幞頭; 두건의 일종)와 자색대수(紫色大袖; 큰 소매), 공란(公襴; 예복의 일종)에 붉은 띠를 두르며, 도금(鍍金)한 과요대(跨腰帶)와 검은 가죽신을 갖춘다. 3현의 1은 현금(玄琴), 2는 가야금(伽耶琴), 3은 비파(琵琶)이며, 3죽의 1은 대금(大笒), 2는 중금(中笒), 3은 소금(小笒)이다.…… 뒤에는 거문고로 직업을 삼는 자가 하나둘이 아니며, 지은 음곡(音曲)이 두 조(調)가 있으니 1은 평조(平調), 2는 우조(羽調)인데 모두 187곡이었다.…… 가야금에는 두 음조(音調)가 있는데, 1은 하림조(河臨調)요 2는 눈죽조(嫩竹調)이며, 모두 185곡이었다.…… 비파(琵琶)는…… 그 음(音)이 3조(調)가 있으니, 1은 궁조(宮調), 2는 칠현조(七賢調), 3은 봉황조(鳳凰調)이며 모두 212곡이다.…… 3죽적(三竹笛)에는 7조(七調)가 있으니, 1은 평조(平調), 2는 황종조(黃鐘調), 3은 이아조(二雅調), 4는 월조(越調), 5는 반섭조(般涉調), 6은 출조(出調), 7은 준조(俊調)였다. 대금(大笒)은 324곡, 중금(中笒)은 245곡, 소금(小笒)은 298곡이 있다.…… 악기(樂器)의 수효와 가무(歌舞)하는 모습은 후세에 전하여지지 않는다. 다만 《고기》(古記)에 이르기를, 정명왕(政明王; 정명은 신문왕의 이름) 9년(689)에, 신촌(新村)에 거동하여 잔치를 베풀고 악(樂)을 연주케 하였는데, 가무(茄舞)에는 감(監) 6명, 가척(茄尺) 2명, 무척(舞尺) 1명이며, 하신열무(下辛熱舞)에는 감 4명, 금척(琴尺) 1명, 무척 2명, 가척(歌尺) 3명이며, 사내무(思內舞)에는 감 3명, 금척 1명, 무척 2명, 가척 2명이며, 한기무(韓岐舞)에는 감 3명, 금척 1명, 무척 2명이며, 상신열무(上辛熱舞)에는 감 3명, 금척 1명, 무척 2명, 가척 2명이며, 소경무(小京舞)에는 감 3명, 금척 1명, 무척 1명, 가척 3명이며, 미지무(美知舞)에는 감 4명, 금척 1명, 무척 2명이었다. 애장왕(哀莊王) 8년에 악(樂)을 연주하였을 때 처음으로 사내금(思內琴)을 연주하였는데, 무척 4명은 청의(青衣)요, 금척 1명은 적의(赤衣)요, 가척 5명은 채색옷에다 수놓은 부채에 금으로 아로새긴 띠를 띠었다. 다음에 대금무(碓琴舞)를 연주했을 때에는 무척은 적의(赤衣), 금척은 청의(靑衣)였다고 하였다. [문헌이] 이러할 뿐인즉 그 자세한 것은 말할 수 없다.[88]

이상의 자세한 기록만 대강 보아도, 이 시대에 와서는 수백 종의 음악과 무용이 존재했음을 알 수 있으며, 이렇게 음악과 무용의 종류가 많다는 것은, 바로 이러한 음악과 무용이 함께하는 연극도 그만큼 많았을 것임을 암시한다. 왜냐하면, 이 시대에는 앞에서 여러 번 강조한 바와 같이 연극이 따로 독립하여 존재한 것이 아니라, 악가무희(樂歌舞戱)가 하나의 '버라이어티 쇼' 형태로 혼합되어 존재했으므로, 연극도 그만큼 그 이전시대보다 많았을 것으로 생각할 수 있기 때문이다.

연극 교육

이 시기에도 연극 교육이 악(樂) 교육의 일환으로 이전 시기보다 좀더 본격적으로 이루어졌음을 여러 기록[89]으로 알 수 있다. 특히, 다음과 같은 역사 기록은 이러한 사정을 감동적으로 묘사해 놓고 있다.

신라 사람 사찬 공영의 아들 옥보고(玉寶高)는 지리산 운상원(雲上院)에 들어가 금(琴)을 공부한 지 50년 만에 스스로 새로운 곡조 30곡을 지어, 이를 속명득(續命得)에게 전했고, 속명득은 이를 다시 귀금선생(貴金先生)에게 전했는데, 귀금선생 역시 지리산에 들어가 나오지 않았다.

신라왕은 금도(琴道)가 끊어질까 두려워하여 이찬 윤흥(尹興)에게 방편을 써서 그 음곡을 전해 얻으라 하고, 마침내 그에게 남원(南原)의 공사(公

---

88) 위와 같음.
89) 《삼국사기》 권32, 잡지1, 악 및 《고려사》 악지(樂志) 참조.

事)를 맡겼다.…… 윤흥은 안장(安長)·청장(淸長) 두 소년을 시켜 산중에 가서 이어받아 배우도록 했는데, 선생은 이를 가르쳐 주었으나, 그 은미한 부분은 전해 주지 않았다. 이에 윤흥은 아내와 함께 가서 말했다. "우리 임금께서 저를 남원에 보내심은 다름 아니라 선생의 기예를 전수하고자 함인데, 지금까지 3년이나 되었으나, 선생께서는 숨기는 바 있어 전해 주지 아니하시니, 저는 복명을 할 수가 없습니다."

윤흥은 숨을 바쳐 올리고, 그 부인은 잔을 잡고 무릎으로 걸어 앞으로 나아가 예절을 극진히 하고 성의를 다했다. 그러자, 그제야 그는 그가 숨기고 있던 〈표풍〉(飄風) 등 30곡을 전해 주었다.

안장은 이를 아들 극상(克相)·극종(克宗)에게 전했는데, 극종은 7곡을 만들었으며, 극종 이후에는 금(琴)으로써 스스로 업을 삼는 이가 한둘이 아니었다. 그들이 만든 음곡에는 2조(調)가 있었으니, 첫째가 평조(平調)이고 둘째가 우조(羽調)였으며, 모두 187곡이었다.[90]

이상은 통일신라시대 사람 옥보고의 거문고 음악을 전수 교육하기 위해 당대의 임금 이하 신하들이 얼마나 지극한 정성을 다했는가를 잘 전해 주는 일화이다. 이것은 당시의 위정자들이 우리나라의 연극을 비롯한 악(樂)의 교육을 얼마나 중요한 국가적인 사업으로 여겼는지를 잘 암시해 준다.

최초의 희곡/연극 이론, 《향악잡영》(鄕樂雜詠) 5수

이 시기의 자료들은, 전체적으로 볼 때, 이전 시대인 삼국시대에 지역별로 나누어져 존재하던 한국 희곡/연극 이론을 좀 더 넓은 범위에서, 곧

---

90) 《삼국사기》 권32, 잡지1, 악(樂).

‘민족국가적’인 차원에서 종합한 시대적 의의를 갖는다. 그 대표적인 증거 가운데 하나가 바로 통일신라시대 말기에 최치원(857~미상)이 남긴 한시(漢詩)인 《향악잡영》 5수에 나타난 내용이다. 여기에는 당시까지 이루어진 한국 희곡/연극 및 그에 관한 이론의 전체적인 모습이 어느 정도 종합된 모습으로 반영되어 있기 때문이다. 이 5수의 시는 〈금환〉(金丸), 〈월전〉(月顚), 〈대면〉(大面), 〈속독〉(束毒), 〈산예〉(狻猊)인데, 이 가운데에서 희곡/연극 이론과 직접 관련이 있는 것은 〈금환〉을 뺀 네 편의 시이다. 이 네 편의 시를 희곡/연극 이론의 관점에서 자세히 분석해 보면 다음과 같다.

감상비평

이 자료는 우리나라 최초의 연극비평 자료이다. 즉, 이 자료는 비록 한시(漢詩) 형태로 씌어진 자료이긴 하지만, 어떤 청관중/비평가가 어떤 구체적인 연극 공연 작품을 직접 보고 느낀 생각을 처음으로 기록해 놓았다는 점에서, 우리나라 최초의 연극비평이라 할 수 있다.

그리고, 이 연극비평은 어떤 구체적인 실제의 공연 작품들에 대한 비평가의 느낌을 기술하고 있다는 점에서, 추상적인 이론을 문제 삼는 ‘이론비평’이라기보다는 실제의 공연 작품들을 구체적으로 다루는 ‘실천비평’ 또는 ‘감상비평’ 작품이라고 할 수 있다.

윤리비평

그런데, 이 《향악잡영》 5수 가운데에서 〈대면〉과 〈산예〉는 일종의 윤리비평 작품이라 할 수 있다. 〈대면〉의 전문을 보면 다음과 같다.

황금빛 탈을 쓴 저 사람은 그 누구인가
손에 잡은 구슬 채찍으로 귀신을 쫓으며
들뛰다가 다시 느릿느릿 고아한 춤을 추니
붉은 봉황이 태평성대를 춤추는 듯
(黃金面色是其人 手抱珠鞭役鬼神
疾步徐趨呈雅舞 宛如丹鳳舞堯春)

이 작품이 다루고 있는 연극은 귀신을 쫓는 축귀적(逐鬼的)인 목적을
지닌 일종의 탈놀이 곧 일종의 제의적인 가면극으로 보이며, 이 시 작품
은 이러한 '가면극'에 대한 감상비평이다. 그런데, 이 가면극의 목적을
나라의 태평성대 곧 국태민안(國泰民安)을 기원하는 데 있음을 지적한 점
으로 보자면, 이 작품은 우리나라 최초의 '윤리비평' 작품인 셈이다. 이
러한 면에서는, 〈산예〉라는 작품도 마찬가지이다. 다음 그 전문을 보자.

머나먼 사막 건너 만 리 길을 오느라
털옷은 다 해어지고 먼지까지 덮였구나
머리 꼬리 흔들어 어진 덕을 길들이니
웅장한 그 기운 다른 짐승들과 같으랴
(遠涉流沙萬里來 毛衣破盡着塵埃
搖頭掉尾馴仁德 雄氣寧同百獸才)

이 작품은 사자 탈놀음을 본 작자/비평가의 느낌을 표현한 시인데, 감
상 대상인 사자 탈놀음을 '어진 덕을 길들이는 것'[馴仁德]으로 보고 있
으니, 이 작품도 궁극적으로는 감상 대상을 일종의 '도덕적'인 목적의식
의 관점에서 평가하고 있는 셈이다. 이런 관점은 앞에서 본 '대면'이란
비평 작품에서 보여준 관점과 같다고 할 수 있다. 그것은 바로 '윤리비

평’의 관점이다.

미학비평

《향악잡영》 5수 가운데 〈속독〉이란 작품은 요즈음의 희곡/연극 이론
의 관점에서 보자면 일종의 ‘미학비평’ 곧 예술 작품 자체의 미학적 가
치를 강조하는 연극비평의 작품이라 할 수 있다. 그 전문은 다음과 같다.

> 쑥대머리 남빛 얼굴 이상한 사람들
> 떼를 지어 뜰에 나와 난새 춤을 추네
> 북소리 동당동당 바람은 살랑살랑
> 남북으로 뛰노는 모습 끝이 없어라
> (蓬頭藍面異人間　押隊來庭學舞鸞
> 打鼓冬冬風瑟瑟　南奔北躍也無端)

이 작품은 이국적인 모습의 등장인물들, 곧 외래인의 탈을 쓴 공연자
들의 탈놀음을 보고, 그에 대한 자기의 느낌을 표현 것으로서, 그 주제
는 마지막 구절인 “남북으로 뛰노는 모습 끝이 없어라”에 있다. 즉 이
작품에서 비평가가 주목한 공연 작품의 초점은 ‘놀이’ 그 자체, 곧 탈놀
음 그 자체의 ‘순수한 무목적적인 놀이성’에 있다. 이런 측면에서 볼 때,
이 작품은 ‘미학비평’ 즉 ‘예술을 위한 예술’을 지향하는 비평의 시초를
보여준다고 할 수 있다.

희극론

최치원의 《향악잡영》 5수 가운데에서 〈월전〉은 우리나라 최초의 ‘희

극론'으로 볼 수 있는 작품이다. 다음 그 전문을 보자.

> 어깨를 높이고 목은 잘쑥 상투는 뾰족
> 팔을 걷어붙인 광대들이 술잔을 다투니
> 그 노랫소리 들은 사람들 포복절도하여
> 초저녁에 단 깃발에 새벽빛이 비쳐오네
> (肩高項縮髮崔嵬 攘臂群儒鬪酒盃
> 聽得歌聲人盡笑 夜頭旗幟曉頭催)

시의 묘사 내용으로 보아, 이 시에서 묘사되는 공연 작품은 매우 익살맞은 집단 광대놀이로 보이며, 그러기에 이것을 보는 청관중들은 포복절도(抱腹絶倒)의 재미에 빠져, 결국 날이 새는 줄도 모르게 된다고 노래하고 있다. 즉, 이 작품은 우리나라 희곡/연극 이론에서 처음으로 연극 작품을 보는 그 자체의 '재미'와 '웃음'을 논한 최초의 '희극론'이라 할 수 있으며, 그 비평의 핵심은 바로 '포복절도'[盡笑]라는 말에 있다.

연극미학

한편, 이 《향악잡영》 5수의 시 작품들은 우리나라 최초의 연극미학 논의로도 볼 수 있다. 즉, 〈월전〉(月顚)이라는 작품의 "어깨를 높이고 목은 잘쑥 상투는 뾰족/ 팔을 걷어붙인 광대들이 술잔을 다투니/ 그 노랫소리 들은 사람들 포복절도하여"라는 부분을 보면, 오늘날 우리나라에 전승되는 탈놀음의 익살과 해학을 여기서도 확연하게 느낄 수 있으며, 이것은 바로 '해학미'(諧謔美)를 논의한 우리나라 최초의 연극미학이라 할 수 있다.

다음으로, 〈대면〉(大面)이란 작품의 "황금빛 탈을 쓴 저 사람은 그 누구인가/ 손에 잡은 구슬 채찍으로 귀신을 쫓으며/ 들뛰다가 다시 느릿느릿 고아한 춤을 추니/ 붉은 봉황이 태평성대를 춤추는 듯"이란 묘사도 매우 미학적이다. 즉, 이 구절은 커다란 황금빛 귀면형(鬼面形) 탈을 쓰고 축귀적(逐鬼的)이고 구나적(驅儺的)인 목적의 역동적인 춤동작과 봉황새의 모습 같은 고아하고 느린 춤동작을 변화 있게 구사하는 모습을 찬양하고 있다. 이러한 묘사는 공연되고 있는 연극 공연 자체의 아름다움을 묘사한 것이며, 아름다움 가운데서도 일종의 '장엄미'(莊嚴美)를 묘사하고 있다.

또, 〈속독〉(束毒)이란 시의 "쑥대머리 남빛 얼굴 이상한 사람들/ 떼를 지어 뜰에 나와 난새 춤을 추네/ 북소리 동당동당 바람은 살랑살랑/ 남북으로 뛰노는 모습 끝이 없어라"는 묘사는, 공연 행위 그 자체 속에 완전히 '몰입'되어 있는 공연자들의 상황과, 그런 몰입 상태에 일치된 작자/감상자의 감정 상태를 표현하였다. 예술적인 행위 그 자체와, 그런 행위와 일치된 감상자의 심적 상태를 그렸다는 점에서, 이 작품은 일종의 '순수미'(純粹美)를 찬양하였다고 볼 수 있다.

한편, 〈산예〉(狻猊)에서 "머나먼 사막 건너 만 리 길을 오느라/ 털옷은 다 해어지고 먼지까지 덮였구나/ 머리꼬리 흔들어 어진 덕을 길들이니/ 웅장한 그 기운 다른 짐승 같으랴"는, 사자의 모습을 만고풍상을 다 겪고 난 대인의 풍모로 그리고 있다는 점에서, 일종의 '숭고미'(崇高美)를 노래하고 있다고 볼 수 있다.

이와 같이, 최치원의 《향악잡영》 5수의 연극 감상비평 시들은 여러 면에서 우리나라 최초의 연극미학을 제시한 작품이라고 할 수 있겠다.

연극 본질론

비록 몇 줄 안 되는 작품이기는 하지만, 이 《향악잡영》 5수의 작품들에서 주장하는 연극 본질론도 매우 다양하다.

첫째, 〈월전〉에서는 전통적인 연극 본질론의 중핵인 '풍류론' 또는 '신명론'이 잘 나타나 있다. 즉, '어깨를 높이고 목은 잘쑥하게 하고 상투는 뾰족 나온 자세'를 취하고 있는 공연자의 모습과 동작은 바로 흥과 멋에 겨워 몸을 한껏 긴장시켜 신명을 막 터뜨리기 직전의 탄력에 충만된 멋스러운 행동을 묘사한 것이다.

그 다음 구절 '팔을 걷어붙인 광대들[群儒]이 술잔을 다투는' 모습은, 굿판에 가득 차 흘러넘치는 호탕한 기운으로 서로 커다란 술잔들에 술을 부어 벌컥벌컥 들이키는 호방 무쌍한 장면을 묘사한 것이니, 이 또한 풍류와 신명의 세계를 묘사한 연극 본질론이라 하겠다.

또한 이 시의 마지막 구절에서는, 그 호방한 술잔 다투는 소리 다음에 거나하게 취한 풍류객들이 불러 제치는 만화방창한 노래 소리들은, 청관중들로 하여금 '포복절도'[盡笑]에 이르게 하고, 마침내 온갖 현실과 시간의 속박들에서 벗어나 날이 새는 줄도 모르게 만드는 것으로 묘사되어 있다.

또, 이렇게 형성된 풍류와 신명의 '흐름'은, 〈대면〉이란 작품에서는 마침내 나쁜 잡귀잡신들을 몰아내고 붉은 봉황이 춤을 추는 태평성대를 초래하는 데에로 나아가고 있다.

이런 단계를 지나, 그 다음의 시 〈속독〉에 이르면, "북소리 동당동당 바람은 살랑살랑/ 남북으로 뛰노는 모습 끝이 없어라"의 경지, 즉 천지자연 우주 삼라만상이 일체가 된 '천인합일'(天人合一)의 경지에 이르게 되고, 마지막 시 〈산예〉에 이르면, "머나먼 사막 건너 만 리 길을 오느라/ 털옷은 다 해어지고 먼지까지 덮였구나/ 머리 꼬리 흔들어 어진 덕을 길들이니/ 웅장한 그 기운 다른 짐승들과 같으랴”라고 하여, 만고풍상을 다 겪은 사자의 웅장한 기상에 다다르게 되는 것이다.

이러한 점들을 놓고 볼 때, 이 일련의 시 작품들은 우리나라 최초의 연극 본질론이며, 그 핵심은 바로 우리나라 연극 본질론의 핵심이라 할 수 있는 ‘풍류론’(風流論) 또는 ‘신명론’이다.

둘째, 등장인물의 성격 부여(characterization) 문제를 거론한다. 즉, 〈월전〉에서 ‘어깨를 높이고 목은 잘쑥 상투는 뾰족’이라 묘사한 것은 바로 연극이 일차적으로 연기에 의한 등장인물의 성격 부여가 가장 중요함을 암시하는 것이다.

셋째, 연극 공연론이 언급되어 있다. 즉, 〈월전〉에서는 청관중들의 신명을 돋우어 ‘포복절도’[盡笑]의 경지에 이르도록 하는 게 중요하다는 것을 언급한다. 연극 공연은 궁극적으로는 하나의 ‘흐름’(flow)을 형성하여 ‘물아일체’(物我一體)의 경지에 이르도록 해야 하고, 물리적인 시간과 공간을 망각하고 자아와 타자의 구별이 상실되는 ‘망아’(忘我)의 경지에 도달하도록 해야만 한다는 것이다.

최치원은 한편으로 온갖 잡귀잡신, 곧 인간 세상에 해악을 주는 요소들을 물리치도록 해야 하며, 동(動)과 정(靜), 공포와 우아함 등이 적절한 조화를 이루어야 함을 말한다. 이러한 생각은 〈대면〉의 “손에 잡은 구슬 채찍으로 귀신을 쫓으며/ 들뛰다가 다시 느릿느릿 춤을 추니”에 잘 나타나 있다.

이러한 연극적 행위는 마침내 ‘천인합일’의 조화로운 경지에 도달해야 함을 〈속독〉이란 시는 보여준다. “북소리 동당동당 바람은 살랑살랑/ 남북으로 뛰노는 모습 끝이 없어라”는 바로 그런 경지를 노래한 것이다. 이 구절에서 인간의 소리인 ‘북소리’와 자연/천지의 소리인 ‘바람’이 하나로 합일되고, 이렇게 천인합일이 이루어진 연극의 행동은 마침내 천지사방으로 끝이 없이 퍼져 나아가게 되어, 이윽고 '무한'(無限)의 경지에 이르게 되는 것이다. 이렇게 끝없는 '무한'에 다다른 인간의 모습은 〈산예〉에서 '머나먼 사막 만 리 길을 건너온, 먼지를 뒤집어쓴 웅장한 사자의 기상'으로 표현하고 있다.

넷째, 연극의 목적론 및 기능론이 나타난다. 즉, 이 비평문들에 나타난 연극의 목적과 기능은 '포복절도'(盡笑; 〈월전〉), '귀신쫓기'(役鬼神; 〈대면〉), '태평성대 기원'(舞堯春; 〈대면〉), '무한에의 도달'(無端; 〈속독〉), '웅장기운의 체득'(雄氣; 〈산예〉) 등으로 나타나 있다.

이러한 연극의 목적론/기능론을 하나로 묶는다면, 그것은 바로 우리 민족의 '삼신사상'(三神思想) 곧 '천지인합일'(天地人合一)의 '생명사상'이라 하겠다. 즉, 우리 민족은 연극/백희가무의 목적/기능을 온갖 해악들을 물리치고 신명을 얻어 인간과 우주 삼라만상들이 두루 화합하여 하나의 조화로운 세계를 이룩하는 '천인합일'의 경지에 이르도록 하는 것을 연극의 궁극적인 목적이자 기능으로 보았던 것이다.

5. 고려시대의 희곡/연극 이론

민족국가와 민족극의 수립

고려시대에 이르러 비로소 완전한 하나의 민족국가가 이루어짐으로써, 우리나라에서는 처음으로 완전한 의미의 민족적인 공연문화와 민족극이 추구될 수 있었다. 다음 글은 이 시대의 이러한 민족적인 자각을 여실히 보여주는 사례이다.

게송(偈頌)은 부처의 공과(功果)를 칭찬한 것으로 경문(經文)에 나타나 있고, 시가는 보살의 행인(行因)을 드러내어 밝힌 것으로 논장(論藏)에 수록되어 있다. 그러므로 서방에 위치한 중국의 팔수(八水)로부터 동방에 위치한 조선의 삼산(三山)에 이르기까지, 때때로 개사(開士)가 나서 진풍(眞風)을 밝게 읊었다.

저 중국에서는 부대사(傅大士)와 가도(賈島)와 탕혜휴(湯惠休)가 강남에서 시작했고, 현수(賢首)와 징관(澄觀)과 종밀(宗密)은 관중(關中)에서 강단을 벌였다.…… 우리 동방에서는 마사(摩詞)와 문칙(文則)과 체원(體元)이 아곡(雅曲)을 개통했고, 원효와 박범(薄凡)과 영상(靈爽)은 현음(玄音)을 벌여 놓았다.……

그러나 시(詩)는 중국말로 지었으므로 5언7자로 이루어졌고, 가(歌)는 우리말로 배열했으므로 3구6명(三句六名)으로 이루어졌다. 성음(聲音)으로 논하면 삼성(參星)과 상성(商星)처럼 서로 떨어져 있으므로 동방과 서방은 쉽사리 분별할 수 있으나, 이치에 의거하면 창과 방패처럼 실력이 맞서므로 강하고 약함을 분간하기 어렵다.

비록 문장으로써 서로 자랑했으나 그 뜻에서는 함께 귀착됨을 인정할 수 있다. 저마다 그곳을 얻었으니 좋지 않은 것이 있으랴?

다만 한 되는 것은 우리나라의 재자(才子) 명공(名公)들은 당시(唐詩)를 읊을 줄 알지만, 중국의 거유(巨儒)와 석덕(碩德)들은 향가(鄕歌)를 알지 못하는 점이다.

하물며 당문(唐文)은 제망(帝網)이 잘 짜여진 것과 같아서 우리나라 사람들도 쉽사리 읽는데, 향찰(鄕札)은 범서(凡書)가 잇달아 펼쳐진 것 같아서 중국 사람은 알기 어렵다. 그러므로, 양나라 송나라의 구슬 같은 작품은 자주 동방으로 흘러왔지만, 신라의 비단 같은 문장은 서쪽으로 전해지는 것이 드물었다.

그 국한되고 통하게 됨에 있어서는 또한 몹시 탄식할 만한 일이었다.

이것이 어찌 공자가 이 땅에 살고자 했으나 우리나라에 이르지 못한 것이 아니며, 설총이 유학(儒學)을 동방말로 바꾸려 했으나 쑥스럽게 쥐꼬리만 이루었던 것이 아니랴.……91)

이 글은 고려 초 광종 때의 문신 최행귀(崔行歸)가 쓴 글인데, 이 고려 시대 초기에 당대의 지식인이 이미 이와 같이 민족문화의 독자적인 정체성과 자주성에 대한 분명한 자각을 보여준 것은, 이 시대가 그만큼 민족 자주적인 자각을 분명히 한 시대였음을 보여주는 것이라 하겠다.

특히, 이 글의 "그러나 시(詩)는 중국말로 지었으므로 5언7자로 이루어졌고, 가(歌)는 우리말로 배열했으므로 3구6명(三句六名)으로 이루어졌다. 성음(聲音)으로 논하면 삼성(參星)과 상성(商星)처럼 서로 떨어져 있으므로 동방과 서방은 쉽사리 분별할 수 있으나, 이치에 의거하면 창과 방패처럼 실력이 맞서므로 강하고 약함을 분간하기 어렵다"는 대목에서,

91) 최행귀, 《균여전》(均如傳) 서문; 일연 지음/ 이재호 옮김(1997), 《삼국유사》, 서울: 솔출판사, 459~463쪽.

우리 시가와 우리 문화의 독자적인 가치와 상대적인 의의를 분명하게 인식하고 있음을 알 수 있다.

당대 지식인들의 이러한 자각은 비단 이런 시가 분야에서뿐만 아니라, 다른 문화예술 영역인 희곡/연극 분야에서도 마찬가지였을 것임은 말할 것이 없다 하겠다.

'팔관회'의 민족축제화

이 시기에 이르러서는 국가적인 제의가 민족축제 형태로 정립되었으며, 그것은 전통적인 민족축제인 팔관회(八關會)와 외래적인 민족축제인 연등회(燃燈會)라는 두 가지 형식으로 확립되었다. 이에 관한 기록은 다음 사료에 분명하다.

> 태조 원년 11월에 유사가 말하기를, "전의 임금님은 해마다 중동(仲冬)에 크게 팔관회를 설하여 복을 빌었사오니, 바라옵건대 그 제도를 따르소서" 하니, 왕이 이를 수락하여 드디어 구정(毬庭)에 윤등(輪燈) 일좌(一座)를 두고 향등(香燈)을 사방에 나열하였으며, 또 채붕(綵棚) 두 개를 맺었는데, 그 높이가 각각 다섯 길이 넘고, 백희가무(百戲歌舞)를 앞에서 보였는데 그 사선악부(四仙樂部)와 용(龍)·봉(鳳)·상(象)·마(馬)·거(車)·선(船)은 모두 신라의 고사(故事)였다. 백관이 포홀(袍笏)로 행례를 하니 보는 사람들이 도성을 가득 메웠고, 왕이 위봉루(威鳳樓)에 올라 이를 구경하였으며, 이것을 해마다 행하도록 하였다.[92]

이 기록은 고려 초에 팔관회가 어떻게 사회적으로 자리를 잡게 되는

---

92) 《고려사》 권69, 지23, 예11.

가를 잘 알려주는 중요한 자료이다. 이 자료에 따르면, 고려의 팔관회
는 통일신라의 제도를 계승한 것으로서, 이 행사 의식에서 채붕(綵棚)이
라는 가설무대를 설치하고 여기에서 가무백희(歌舞百戲)를 연행하였음
을 알 수 있다.

다음은 연등회(燃燈會) 때 행해지던 가무백희의 다채롭고 화려함을 잘
묘사해 놓은 자료이다.

> 32년 4월 8일에 최이가 연등회(燃燈會)를 하면서 채붕(綵棚)을 가설하고
> 기악(伎樂)과 온갖 잡희(雜戲)를 연출시켜 밤새도록 즐겁게 놀게 하니, 도
> 읍 안의 남녀노소 구경꾼이 담을 이루었다. 또 5월에는 종실(宗室)의 사공
> (司空) 이상과 재추들을 위하여 연회를 베풀었다. 이때 산처럼 높게 채붕을
> 가설하고 수단 장막과 능라 휘장을 둘러치고, 그 안에 비단과 채색 비단
> 꽃으로 장식된 그네를 매었으며, 은과 자개로 장식한 큰 분(盆) 4개를 놓고
> 거기다가 얼음산을 만들었고, 또 큰 통 네 개에다가 10여 종의 이름난 생
> 화들을 꽂아 놓아 보는 사람의 눈을 황홀케 하였다. 그리고 기악과 온갖
> 잡희를 연출시켰는데, 팔방상 공인(八坊廂工人) 1천 350여 명이 모두 성대
> 히 옷차림을 하고 뜰로 들어와서 주악(奏樂)하여 각종 악기소리가 천지에
> 진동했다. 최이는 팔방상에 각각 은 3근씩 주었고, 또 영관(伶官)들과 양부
> (兩部)의 기녀(伎女) 및 재인(才人)들에게 금과 비단을 주어, 그 비용이 거
> 만(鉅萬)에 달하였다.93)

이 기록은 인물들의 전지적인 사실을 다루는 《고려사》 열전(列傳) 부
분의 '역적'(逆賊) 조에 나오는 내용이라서, 그 기술의 관점이 좀 비판적
이기는 하다. 그러나 어쨌든 이 기록은 당시 권력가들의 연회 때에 이루

---

93) 《고려사》 권129, 열전42, 최이(崔怡).

어진 가무백희가 얼마나 대단하고 화려했는가를 잘 보여준다.

이러한 사정은 당시 중국 쪽 사료에도 비슷한 내용으로 나타난다.

> 해마다 음력 11월이면 하늘에 제사를 지냈다. 고려 동쪽에 구멍이 있는
> 데, 이것을 수신(襚神)이라 불렀다.
> 언제나 10월 보름날이면 이 수신을 맞이하여 제사를 지냈는데, 이를 팔
> 관재(八關齋)라고 한다. 이때의 의식이 매우 성대하여 왕은 비빈들과 함께
> 다락에 올라 크게 풍악을 울리면서 연회를 베풀어 술을 마시고, 상인들은
> 비단으로 장막을 만드는데, 비단을 1백 필이나 연결하여 부유함을 과시하
> 기도 하였다. 3년마다 큰 제사를 지내는데 전국을 돌아다녔다.[94]

이 팔관재/팔관회라는 국가적인 행사는, 신라시대부터 이어져 내려온
것으로, 고려시대에 와서는 개경(開京)과 서경(西京)에서 행하여졌으며,
토착신앙에 불교의식이 결부된 국가적인 일종의 대동굿으로, 토속신에
게 제사를 지내던 의식이었다. 앞에서 삼국시대의 희곡/연극 이론 조에
서 설명한 바와 같이, 이 의식은 삼국시대 신라에 관한 기록에서부터 나
타나, 신라 진흥왕이 551년에 고구려의 승려 혜량(慧亮)을 승통(僧通)으
로 삼고 '팔관회법'을 설치한 데서부터 시작되었다 한다.

고려시대에는 태조가 〈훈요십조〉(訓要十條)에서부터 그 중요성을 강
조하여, 즉위하자마자 팔관회를 열고 해마다 이를 계속하여 고려 말까
지 국가 최고 의식으로 이어졌다. 시대에 따라 여러 차례 변화와 성쇠가
있었으나, 몽고 침입으로 강화도에 천도(遷都)했을 때에도 거르지 않을
정도로 중시되었다.

---

94) 《송사》(宋史), 외국열전(外國列傳), 고려(高麗); 국사편찬위원회 편(1986), 《국역 중국정사
　　조선전》, 서울: 천풍인쇄주식회사, 292쪽.

《고려사》에 따르면, 이 행사가 이루어질 때에는 등불을 환히 밝히고 술과 다과를 장만하여 임금과 신하들이 함께 천지신명께 나라와 왕실의 안녕을 기원하고 가무(歌舞)를 즐기던 행사였다고 한다. 서울인 개경(開京)에서는 중동(仲冬; 11월)에 행해졌고, 서경(西京)에서는 맹동(孟冬; 10월)에 행해지는 것이 상례였으며, 예식은 소회일(小會日; 전날)과 대회일(大會日; 당일)로 나뉘어 행해졌다.

즉, 소회일에는 왕이 법왕사(法王寺)에서 부처님을 배알한 다음, 궁중에서 군신들의 하례와 헌수(獻壽) 및 지방 관리들의 축하 선물을 받고, 더불어 함께 가무백희를 베푸는 것이 상례였다. 대회일에도 역시 축하와 헌수를 받았으며, 이 날에는 여진 · 왜(倭) · 아라비아의 상인들로부터 방물(方物; 진상품)을 받아, 이를 계기로 하여 외국과의 무역이 행해지기도 하였다. 의식의 내용 면에서는 연등회와 별 차이가 없었으나, 연등회가 전국적으로 행해진 반면, 팔관회는 개경과 서경에서만 행해졌다.

가무백희의 국제화

이 당시의 공연문화는 이 두 민족축제 곧 팔관회와 연등회를 중심으로 하여, 전체적으로는 전대에 수립된 가무백희의 전통을 계승하면서도, 외래의 공연문화/연극문화를 더욱 폭넓게 받아들여, 당대 공연문화의 중심이었던 가무백희가 좀 더 국제적인 차원으로 두루 종합되고 확장되었다.

이러한 사정은 다음과 같은 사실에서 확인할 수 있다.

고려조는 이와 같이 팔관회와 연등회 등 대연을 축하하는 절차를 갖추기 위하여 전정(殿庭)의 백희(百戱)로는 신라 이래의 종목을 집성했으며,

전상(殿上)의 가무에는 대체로 문종(1046~1083) 때 송(宋)으로부터 대량으로 수입한 교방악(教坊樂)을 사용하여 이를 보강하였다.《고려사》 악지에 보이는 당악(唐樂)의 종목 가운데 가무희(歌舞戲)의 형태를 갖춘 것은 헌선도(獻仙桃)·수연장(壽延長)·오양선(五羊仙)·포구락(抛毬樂)·연화대(蓮花臺)·석노교곡파(惜奴嬌曲破)·만년환만(萬年歡慢)과 같은 7종의 대곡(大曲)들이나, 이 가운데에서 조선조 성현의 《악학궤범》에도 헌선도(獻仙桃)·수연장(壽延長)·오양선(五羊仙)·포구락(抛毬樂)·연화대(蓮花臺)의 5곡은 시용당악정재(時用唐樂呈才)로서 도설되고 그 진행 절차가 상세하게 제시되어 있어, 조선조에도 계속 연행되었음을 알 수 있다.[95]

여기서 언급한 내용 가운데, 헌선도(獻仙桃)·수연장(壽延長)·오양선(五羊仙)·포구락(抛毬樂)·연화대(蓮花臺), 특히 헌선도·포구락·연화대 등은 하나씩 따로 독립된 일종의 아정(雅正)한 가무희들로 볼 수 있는 것이며, 석노교곡파(惜奴嬌曲破)·만년환만(萬年歡慢) 등은 악곡에 불과하다.

이 가운데서 특히 〈헌선도〉는 선경(仙境)에 사는 신선 서왕모(西王母)가 대궐로 찾아와 대왕께 선도(仙桃) 복숭아를 바치는 이야기로 만들어진 매우 훌륭한 가무악극(歌舞樂劇)이다. 〈오양선〉도 하늘에 사는 다섯 명의 신선이 궁궐로 내려와 임금의 만수무강과 나라의 태평성대를 축수하고 돌아가는 내용의 가무악극이라 할 수 있다. 〈포구락〉은 공 모양의 '포구'(抛毬; 용알)를 포구문(抛毬門)에 던져 넣는 놀이를 우아한 궁중 가무악극으로 만든 것이다. 〈연화대〉는 신선들이 사는 선경인 봉래산의 선녀(仙女)가 성상(聖上)의 덕화(德化)에 감동되어 연꽃을 타고 대궐로 내려와 노래와 춤으로 임금에게 위안을 드리는 내용으로 된 가무악극이

---

95) 이두현(1994),《한국연극사》, 서울: 학연사, 66쪽.

다. 그리고 이 가무악극은 "춤을 추는 처녀/선녀가 연꽃 속에 숨어 있다가 꽃잎이 열리면서 나타나므로, 모든 춤 가운데서도 가장 우아하고 절묘한 춤"으로 알려져 있다.

연극문화의 전문화

이 시대의 연극문화는 좀 더 본격화되고 전문화되어 갔다. 이러한 사실은 당대의 연극·음악·무용 관련 자료인《고려사》(高麗史) 악지(樂志)의 분석으로 분명하게 파악된다.

이러한 사실을 좀 더 구체적으로 논증하기 위해, 앞에서 잠깐 언급한 이 시대의 대표적인 가무악극인 〈헌선도〉(獻仙桃)라는 작품을 잠깐 살펴보기로 하겠다. 우선 작품 대본의 일부를 보면 다음과 같다.

> 헌선도(獻仙桃)
> 춤추는 대열[검은 홑옷을 입는다]이 악관(樂官)과 기녀[妓; 악관은 검은 옷에 복두를 쓰고 기녀는 검은 적삼에 붉은 띠를 띤다]들을 인솔하고 남쪽에 서고, 악관과 기녀들은 두 줄로 앉는다. 기녀 한 명이 왕모(王母)로 되고, 그 좌우편에 한 명씩 협무(挾舞 — 왕모의 보좌역) 두 명이 왕모와 나란히 서서 횡렬을 이룬다. 개(盖) 차비[奉盖] 3명이 그 뒤에 서고, 인인장(引人杖) 2명, 봉선(鳳扇) 2명, 용선(龍扇) 2명, 작선(雀扇) 2명, 미선(尾扇) 2명이 좌우로 갈라서고, 정절(旌節) 차비[奉盖] 8명이 매개 대열 사이에 선다.
> 악관이 〈회팔선인자〉(會八仙引子)를 주악하면 죽간자(竹竿子) 차비[奉盖] 2명이 먼저 춤을 추면서 들어와 좌우로 갈라서면, 주악이 멎고 다음과 같은 축하의 말씀[口號致語]을 올린다.
> "머나먼 선경[龜臺]에서 대궐[鳳闕]을 찾아온 것은 천년 선과(仙果)를 받들어 만복을 드리옵고 감히 존안(尊顔)을 뵈옵고 삼가 축하를 올리고자 함

입니다.”

이것이 끝나면 이들 2명은 좌우편으로 마주보고 선다. 악관이 또 〈회팔선 전주곡〉을 주악하면, 위의(威儀) 차비 18명이 전과 같이 춤을 추면서 앞으로 나와 좌우편으로 갈라선다. 왕모 3명과 개 차비[奉盖] 3명이 춤을 추면서 앞으로 나와 정해진 자리에 서면 주악이 멎는다. 악관 1명이 선도반(仙桃盤)을 받들고 와 기녀 1명(나이 어린 기녀를 골라서 정한다)에게 주면, 그 기녀는 그것을 왕모에게 받들어 전하고, 왕모는 그 선도반(仙桃盤)을 받들고, 〈원소 가회(정월 보름날 밤 축하회)에 선도를 드리는 가사〉(獻仙桃元宵嘉會詞)를 다음과 같이 노래한다.

정월 보름 명절 밤에
봄을 즐기는 놀음놀이!
성대할사! 옛날의 상양궁
일을 추억케 한다.
용안을 왕좌에 반가이 바라보니
곤룡포 입으시고 궁전 가운데 좌정하셨네!
한없는 환성 아름다운 곡조와 어울려졌고
가득 찬 화기 속에 어향 연기 어렸도다!
장관이로세! 태평성대 무엇으로 갚으랴.
반도(蟠桃) 한 송이로 온갖 경사를 드리나이다.

노래가 끝나면 악관이 〈헌천수〉(만조)를 주악하고, 왕모 3명은 (다음과 같은) 〈일난풍화사〉(日暖風和詞)를 부른다.

햇볕은 따스하고 바람결은 화창한
봄 햇발은 길기도 하다!
이것이 바로 태평 시절

내 봉래도(蓬萊島)에서 몸맵씨 단속하고
이 대궐로 축하하러 왔나이다.
다행할사! 정월 보름 좋은 밤에
어전에 접근하와 기쁘나이다.
신선의 수명은 영원한 것
당신께 드립니다, 만수무강을.

......

악관이 〈천년만세 전주곡〉(千年萬歲引子)을 주악하면, 위의(威儀) 차비 [奉盖] 18명이 세 바퀴를 돌며 춤을 추고 나서 제자리로 물러간다. 그러면 주악도 멎고 죽간자(竹竿子) 차비가 조금 앞으로 나와 (다음과 같이) 치사 한다.

"옷매무새 바로 잡고, 조금 물러서서, 구름길 가리키며, 돌아갈 하직의 말씀드리오며, 뜰 앞에서 재배하고 서로 작별 하나이다."

(이 인사말이 끝나면) 악관이 〈회팔선 전주곡〉(會八仙引子)을 주악하고, 죽간자가 춤을 추면서 물러가고, 개(盖) 차비[奉盖]와 왕모 각 3명들도 그 뒤를 따라 춤을 추며 물러가고, 위의 차비 18명들도 역시 그와 같이 한다.[96]

우선 이 역사적인 기록은 한 편의 거의 완벽한 가무악극 작품의 대본 이라 할 수 있다.[97] 주요 '등장인물'은 하늘나라 선경에서 대궐로 내려 온 선녀 '서왕모'(西王母)이고, 이야기 줄거리는 이 선녀가 측근들의 도 움으로 하늘 선경에서 가져온 선도(仙桃)를 임금님께 바진 다음, 임금님 의 만수무강과 나라의 태평성대를 축수하고, 다시 하늘나라 선경으로

---

96) 《고려사》, 악지, 당악, 〈헌선도〉.
97) 이 작품의 좀 더 구체적인 내용은 뒷절 '교방가무희'에서 다시 다룬다.

돌아간다는 내용으로 되어 있다. 송나라에서 수입한 여러 편의 '교방악' 계통 가무악극들은 대부분 다 이런 정도의 길이와 완성도를 지녔다.

이상에서 살펴본 사례와 같이, 이 시대의 희곡/연극은 기존의 가무백희의 전통을 이어받으면서도, 매우 높은 수준의 완성된 가무악극의 희곡/대본 작품과 연극 공연 작품을 이룩하였던 것이다.

뿐만 아니라, 이 시기에는 기존의 토착화된 가무백희의 전통은 그런 전통 대로 다시 발전적으로 계승되었다. 가장 대표적인 것은 향악백희(鄕樂百戲) 가운데 하나인 '처용가무'(處容歌舞)일 것이다. 고려시대의 처용가무 대본은 다음과 같다.

> (전강) 신라 성대 밝은 성대
> 천하태평 라후(羅睺)의 덕이여
> 처용아비여
> 이로써 인생에 늘 말씀을 안 하실 것 같으면
> 이로써 인생에 늘 말씀을 안 하실 것 같으면
> (부엽) 삼재 팔난이 일시에 소멸하는도다
> (중엽) 아, 아비의 모습이여, 처용아비의 모습이여
> (부엽) 머리 가득 꽃을 꽂아 기울어진 머리에
> (소엽) 아, 수명장원(壽命長遠)하시어 넓으신 이마에
> (후엽) 산상(山象)인 듯 무성(茂盛)하신 눈썹에
> 애인을 서로 보시어 온전하신 눈에
> (부엽) 바람이 뜰에 들어차 우글어지신 귀에
> (중엽) 붉은 복숭아꽃 같이 붉으신 얼굴에
> (부엽) 오향(五香)을 맡으시어 우묵하신 코에
> (소엽) 아, 천금(千金)을 먹으시어 넓으신 입에
> (대엽) 백옥 유리 같이 희신 이빨에

인찬복성(人讚福盛)하시어 내미신 턱에

칠보(七寶) 겨우시어 숙어지신 어깨에

길경(吉慶) 겨우시어 늘어지신 소매에

(부엽) 슬기 모두어 유덕(有德)하신 가슴에

(중엽) 복과 지혜가 다 넉넉하여 부르신 배에

붉은 가죽띠 겨우시어 굽으신 허리에

(부엽) 동락태평(同樂太平)하여 길으신 허리에

(소엽) 아, 계면조(界面調)로 돌으시어 넓으신 발에

(전강) 누가 지어 세웠느뇨, 누가 지어 세웠느뇨

바늘도 실도 없이, 바늘도 실도 없이

(부엽) 처용아비를 누가 지어 세웠느뇨

(중엽) 많고도 많은 사람들이여

(부엽) 12제국이 모여 지어 세웠으니

(소엽) 아, 처용아비를, 많고 많은 사람들이어

(후강) 버찌야, 오얏아, 푸른 오얏아

빨리 나와 내 신코를 매어라

(부엽) 아니 곧 매면 나오리라 흉한 말

(중엽) 서울 밝은 달에 밤새도록 노닐다가

들어와 내 자리를 보니 다리가 넷이로구나

(소엽) 아, 둘은 내것이거니와 둘은 뉘것인고

(대엽) 이럴 때에 처용아비를 곧 보시면

열병신(熱病神)이야 횟감이로다

천규(千金)을 줄까 처용아비야

칠보(七寶)를 줄까 처용아비야

(부엽) 천금 칠보도 그만두고

열병신을 나에게 잡아 주소서

(중엽) 산이여 들이여 천리 밖에

> 처용아비를 피해 갈지어다
> (소엽) 아, 열병대신(熱病大神)의 발원이로소이다[98]

지금 전해지는 이 고려가요 〈처용가〉는 이 자체가 완전한 희곡 곧 연극 대본은 아니다. 이것은 《악학궤범》이란 조선시대의 악서(樂書)에 여기(女妓)가 부르는 노래 가사로 기록되어 있는 것이다. 고려시대 당시의 처용가무가 구체적으로 어떠하였는지는 기록된 자료가 없어 자세히 알 수 없다.

그러나, 고려시대의 처용가무는 매우 활달하고 개방적이고 놀이적인 성격의 가면극이었을 것으로 추측된다. 이와 같은 사실은 다음과 같은 기록들에서 확인해 볼 수 있다.

> 경자일에 원나라 사신 감승(監丞) 오라고(吾羅古)가 왕을 접대하기 위하여 초청하였더니 왕이 말하기를, "오늘은 꼭 묘련사에 가서 즐겁게 놀아야 하겠다"라고 하였다. 그리하여 오라고가 먼저 가서 기다리고 있었는데, 왕이 두 궁인을 데리고 저녁때나 되어 도착하였으며, 이어 절 북쪽 봉우리에 올라가 풍악을 잡혔다. 천태종(天台宗) 승려 중조(中照)가 일어나 춤을 추니, 왕이 기뻐서 궁인을 시켜 마주 춤추게 하고, 왕도 역시 일어나 춤추면서 또 옆에 있는 사람들을 시켜 모두 춤추게 하였다. 그러다가 처용놀이[處容戱]도 하였다.[99]

> 6월에 신우가 뭇기녀들을 데리고 말머리를 나란히 하여 동교로 나가서 놀며 사냥도 하다가 저물 무렵에 돌아왔다. 돌아오는 길에 신우는 노래와

---

98) 《악학궤범》(樂學軌範) 권5 및 《악장가사》(樂章歌詞). 원문을 현대어로 쉽게 풀어 놓은 것이다. 성현의 《용재총화》에도 이에 관한 기록이 있다.
99) 《고려사》 권36, 세가36, 충혜왕 계미 후 4년(1343).

풍악을 하고 떠들썩하면서 말 위에서 춤을 추었다.…… 신우가 호곶에서 사냥하고 밤에 화원으로 돌아와서 처용놀이[處容戲]를 하였다.[100]

병인 12년(1386년) 정월에 신우가 이인임의 집에 있었는데 이인임의 처가 큰 잔을 올리며 말하기를, "오늘은 삼원(三元)인즉 삼가 축수(祝壽)합니다"라고 하였다. 신우가 잔을 드리면서, "나는 한편으로 따지면 손자가 되고 또 한편으로 보면 비부(婢夫)도 되는데 이제 이렇게 마주 앉아서 술 마시는 것이 실례가 아닐까?"라고 농담을 하면서, 이어 처용(處容) 가면을 쓰고 놀이를 하며 웃고 즐겼다.[101]

이상의 세 자료를 보면, 처용가무는 모두 즐겁고 개방적인 분위기에서 호탕하게 노는 가면놀이[假面戲]였음을 짐작하게 한다. 이러한 사정은 물론 고려시대의 개방적이고 열정적인 시대 분위기와도 깊은 관련이 있을 것이다.

세속극의 전문화

이 시기에는, 제의극으로서의 연극보다는 세속극으로서의 연극의 성격이 더욱 강화되었다. 이러한 사실은, 이 시대의 자료에서는 엄숙한 제의적 행사와 결부된 연극 관련 자료들은 거의 보이지 않고, 환영식·연회와 같은 세속적인 행사와 결부된 연극 관련 자료들이 자료의 거의 대부분을 차지한다는 점에서 입증된다.[102] 대표적인 사례들을 몇 가지 들어보면 다음과 같다.

---

100) 《고려사》 권135, 열전48, 신우3, 을축 11년.
101) 《고려사》 권136, 열전49, 신우4, 병인 12년.
102) 이 점은 당시의 가장 대표적인 자료집인 《고려사》 속에서 매우 분명하게 확인된다.

계축일에 왕이 장단현 응덕정(應德亭)에 가서 뱃놀이를 하였는데, 배 안에 비단 장막을 치고 여악(女樂)과 잡희(雜戱)를 실어 강 중류에서 놀았다. 이때에 배 19척을 모두 비단으로 장식하였다. 왕이 좌우의 사랑하는 신하들을 데리고 밤 5경까지 즐겁게 놀다가, 강(江) 서편 언덕에 올라 과녁을 세우고 그 위에 촛불을 밝힌 다음, 좌우 시신들에게 명령하여 활을 쏘게 하였는데, 한 사람도 과녁을 맞히는 자가 없었다.103)

정유일에 왕이 평주로부터 돌아올 때 채붕(綵棚)을 만들고 잡희(雜戱)를 차려서 왕을 영접하였다. 2월 무신일에 정전(正殿)에서 제주 달로화적을 위하여 연회를 배설하였다.104)

5월 신유일에 왕과 공주가 원나라에서 귀국하였는데, 서울에서 산붕(山棚)을 가설하여 결채(結彩)하고 잡희(雜戱)를 차리었으며, 가요(歌謠)를 지어 바치면서 환영하였다. 이 날에 상왕이 연경의 저택[燕邸]에서 죽었다.105)

기묘일에 왕이 양릉(陽陵)에 참배하였다. 도상에서 잡희(雜戱)를 연주케 하며 궁으로 돌아왔다.106)

최충헌의 사위 임효명(任孝明)이 과거(科擧)에 급제했으므로 왕은 즉시 내시(內侍)에 속하게 하고 교지(敎旨)를 내려서 임시로 각문지후(閣門祗候)라는 벼슬을 주었다. 박진재는 호사로운 성대한 축하연을 배설했고, 최충헌은 손님들을 데리고 갔다. 신급제(新及第) 임효명의 문전을 지나가는 사람이면 누구든지 불러 들여서 술상을 차려 주었는데, 그것이 극히 사치스

---

103) 《고려사》 권18, 세가18, 의종2, 정해 21년(1167).
104) 《고려사》 권30, 세가30, 충렬왕3, 을유 11년(1285).
105) 《고려사》 권35, 세가35, 충숙왕, 을축 12년(1325).
106) 《고려사》 권43, 세가43, 공민왕6, 임자 21년(1272).

러웠으며, 또 고달고개[高達坡]로부터 가조리(加造里)에 이르는 사이에 연이은 채붕(綵棚)을 매고, 기악(伎樂)과 잡희(雜戲)를 크게 벌여 놓아 구경꾼이 담을 이루었다.107)

32년 4월 8일에 최이가 연등회(燃燈會)를 하면서 채붕(綵棚)을 가설하고 기악(伎樂)과 온갖 잡희(雜戲)를 연출시켜 밤새도록 즐겁게 놀게 하니, 도읍 안의 남녀노소 구경꾼이 담을 이루었다. 또 5월에는 종실(宗室)의 사공(司空) 이상과 재추들을 위하여 연회를 베풀었다. 이때 산처럼 높게 채붕을 가설하고, 수단 장막과 능라 휘장을 둘러치고, 그 안에 비단과 채색 비단 꽃으로 장식된 그네를 매었으며, 은과 자개로 장식한 큰 분(盆) 네 개를 놓고 거기다가 얼음산을 만들었고, 또 큰 통 네 개에다가 10여 종의 이름난 생화들을 꽂아 놓아 보는 사람의 눈을 황홀케 하였다. 그리고 기악과 온갖 잡희를 연출시켰는데, 팔방상 공인(八坊廂工人) 1천 350여 명이 모두 성대한 옷차림을 하고 뜰로 들어와서 주악(奏樂)하여, 각종 악기 소리가 천지에 진동했다. 최이는 팔방상에 각각 은 3근씩 주었고 또 영관(伶官)들과 양부(兩部)의 기녀(伎女) 및 재인(才人)들에게 금과 비단을 주어, 그 비용이 거만(鉅萬)에 달하였다.108)

갑술일. 신우가 내수(宦竪)들을 데리고 동지(東池)에서 말을 목욕시키고 또 함께 말을 달렸다. 신우가 친히 저[笛]를 불고 내수들에게 잡희(雜戲)를 시켰다. 이때 김원길(金元吉)에게 당인놀음[唐人戲]을 시켰는데, 김원길은 낙마(落馬)하여 다리를 다쳤다는 이유로 사절하였더니, 신우가 노하여 곤장을 쳐서 목숨이 거의 끊어질 지경에 이르렀다. 그러나 신우는 분이 아직 풀리지 않아서 김원길을 순군에 가두었다가 바로 석방하였다.109)

---

107) 《고려사》 권129, 열전42, 반역3, 최충헌.
108) 위와 같음.
109) 《고려사》 권135, 열전48, 신우3, 갑자 10년.

을유일에 왕이 새 대궐을 건축하는 역군들을 위하여 음식을 차렸는데, 문무 관리들과 창고들에서 모두 주찬과 비단을 바쳐 그 비용을 보조하였다. 왕이 주연을 배설하고 나희(儺戲; 귀신의 가면을 쓰고 잡귀를 축출하는 놀이)를 구경하다가 심히 유쾌하여 일어나 춤을 추면서 재상들에게도 춤추라고 하니, 재상들이 번차례로 단판(檀板; 가무의 장단을 맞춰 주는 악기)을 치면서 춤을 추었다. 왕이 은 100냥을 내고 공주와 은천 옹주도 또 각각 50냥씩 내어 연폐(宴幣; 연회의 예물)로 하였다. 그런데 어떤 사람이 걸호놀이[乞胡戲]를 놀았더니 은 50냥을 주고 그 나머지는 모두 회수하였다. 이때부터 여러 신하들에게 주찬을 성대하게 차리게 하고 날마다 주연을 차리었는바, 음식을 썩 잘 차리기를 경쟁하게 되어, 한 번 음식 차리는 비용이 베 200에서 300필이 소비되기 때문에 사람들이 심히 괴로워하였다.110)

병신일에 증산봉(甑山峰)에 머물면서 밤새도록 화산나놀이[火山儺戲]를 설치하고 구경하였으며, 정유일에는 나희(儺戲)를 벌이면서 궁성으로 돌아왔다.111)

신우가 근비(謹妃) 전(殿)으로 가서 나희(儺戲) 놀음을 하였으며, 이튿날 기악(妓樂)을 꾸미고 놀러 나갔다. 그때 일기가 춥고 바람이 사납게 불었는데, 신우가 스스로 저[笛]를 불면서 기녀(妓女)들에게 말하기를, "손이 얼어서 저 불기가 매우 괴롭구나"라고 하였다.112)

신사일에 왕이 궁으로 돌아왔다. 이에 앞서 여러 종친에게 명령하여 광화문(光化門) 좌우편 행랑(行廊)에 채단 장막을 치게 하였다.

관현방(管絃房) 대악서(大樂署)에서는 채붕(綵棚)을 세우고 각종 희극을

---

110) 《고려사》 권36, 세가36, 충혜왕, 계미 후 4년.
111) 《고려사》 권36, 세가43, 공민왕6, 임자 21년.
112) 《고려사》 권135, 열전48, 신우3, 계혜 9년.

늘여놓고 왕을 영접하였는데, 여기에는 금은·주옥(珠玉)·금수(錦繡)·나기(羅綺)·산호(珊瑚)·대모(玳瑁) 등으로 꾸미며, 기묘하고 사치스럽기가 전고에 비할 바 없었다.113)

섣달 그믐날 밤에는 나례(儺禮)를 차리고 잡기(雜技)를 하였는데, 왕이 친히 나와 구경을 했고 내시(內侍)·다방(茶房)·견룡(牽龍)들이 서로 뛰놀며 즐겼다.114)

임자일에 이 날은 세자의 생일인 까닭에 왕이 여러 신하들을 위하여 연회를 배설하였는데, 상장군 정인경은 난쟁이놀음[侏儒戱]을 하고 장군 간홍(簡弘)은 광대 노릇을 하였으며 왕도 또한 손뼉을 치며 일어서서 춤을 추었다.115)

예종(睿宗) 11년 12월 기축일에 큰 액막이굿을 하기로 되었다. 이보다 앞서 환관(宦官)들이 굿을 좌우 두 패로 갈라 맡고 서로 이기겠다고 하는데, 왕은 친왕(親王)을 주장으로 패를 갈라 맡겼다. 그리하여 모든 광대와 여러 재주꾼 이외에 지방에서 놀음바치 기생들까지 모조리 불러들이고, 원근에서 구경꾼들이 모여들어, 깃발이 길에 연달았으며 궁중에 빼곡히 찰 지경이었다. 이 날 간관(諫官)들이 합문(閤門)에 가서 간절히 간한 결과 겨우 그들 가운데서 가장 추잡한 자들을 축출하게 하였으나, 날이 저물어지자 다시 모여 들었다. 왕이 구경을 하려 할 때, 좌우 양편에서 제가끔 먼저 재주를 보이려고 서두는 통에 질서가 아주 문란하였다. 그래서 다시 400여 명을 축출하였다.116)

---

113) 《고려사》 권19, 세가19, 의종3, 경인 24년.
114) 《고려사》 권128, 열전41, 반역2, 정중부.
115) 《고려사》 권30, 세가30, 충렬왕3, 무자 14년.
116) 《고려사》 권64, 지18, 예6, 군례.

이상의 여러 사례에서 살펴본 바와 같이, 이 시대의 연극은 어떤 진지한 제의극으로보다는 주로 공공의 행사에서 세속극으로 많이 공연되었으며, 나례와 같은 제의적 행사에서조차도 연극은 매우 활기차고 개방적인 세속극의 분위기 속에서 행해졌음을 짐작할 수 있다. 크고 작은 차이는 있겠으나, 이러한 사정은 민간 백성들 사회에서도 비슷하였을 것으로 추측된다. 그러나 민간에서의 사정은 기록이 없어 자세히 알 수는 없다.

주요 양식들

이 당시의 연극도 비록 종래의 가무백희 전통에서 아주 벗어난 것은 아니었으나, 우리 전통 연극사의 가장 중요한 연극 양식인 인형극, 가면극, 조희(調戲), 교방가무희(教坊歌舞戲)의 전통이 이 시기에 와서 아주 분명하게 확립되었다.

즉, 고려시대의 주요 희곡/연극 양식은 인형극·가면극/탈놀음·조희/대화극·교방가무희였다. 이들 주요 희곡/연극 양식들에 관한 기록들을 살펴보면 다음과 같다.

인형극

먼저 인형극 양식 관련 자료들을 살펴보면 다음과 같다.

> 조물주는 사람을 꼭두각시 다루듯 하고
> 달인은 꼭두각시를 자신을 보듯 하는구나
> 사람 사는 게 꼭두각시와 한 가지이니
> 끝내 누가 참이며 또 누가 거짓인가

고개를 들었다 숙였다, 얼굴을 찡그렸다 폈다, 신체의 미묘함을 갖추니
누가 장차 마음의 장인이라 천기를 빼앗는가
사람도 한 기운을 따라 어리석게 꿈틀거리나니
그 기운이 다 빠지면 꼭두놀음 마치고 돌아감과 같으리
(造物弄人如弄幻　達人觀幻似觀身
　人生幻化同爲一　畢竟誰眞復匪眞
　俯仰嚬伸具體微　孰將心匠奪天機
　人緣一氣成蚩蠢　氣出還同罷幻歸)[117]

이 시를 자세히 보면 마치 오늘날의 꼭두각시놀음을 보는 듯하다. 특
히, "고개를 들었다 숙였다, 얼굴을 찡그렸다 폈다, 신체의 미묘함을 갖
추니"(俯仰嚬伸具體微)라는 부분은 오늘날의 꼭두각시놀음의 동작을 묘
사하는 듯하다. 이만큼 실감나게 꼭두각시놀음을 시로 묘사하고 있다는
것은, 이 당시 이 시의 작자인 이규보가 실제로 꼭두각시놀음을 보고,
그 경험을 바탕으로 하여 이 시를 지었기 때문이라고고 볼 수 있겠다.
이러한 증거는 바로 이 시대에도 세간에는 꼭두각시놀음/인형극이 유행
하고 있었음을 짐작하게 한다.

　인형극 자체는 아니지만, 인형극과 관련될 수 있는 다음과 같은 자료
도 있어 여기에 기록해 둔다.

　일찍이 태조가 팔관회를 열어 군신들과 더불어 서로 즐기다가, 전쟁에
서 죽은 공신들의 은공이 생각나는데 함께 있지 못함을 슬프게 생각하여,
유사에게 명하여 풀을 엮어 신숭겸 공과 김락의 상을 만들어, 좌석 순서에
따라 반열 위에 앉혀 놓고 술과 음식을 대접하게 하였더니, 술잔의 술이

---

117) 《동국이상국집》(東國李相國集) 권3, 고율시(古律詩).

문득 스르르 말렸으며, 인하여 그 만들어 놓은 가상(假像)이 일어나 춤을
추었는데, 마치 살아 있는 사람과 같았다. 이로부터 악(樂)을 궁정에 배치
하여 정기적으로 연주하게 하였다.…… 예종 15년 경자년 가을에 서도(西
都) 지역을 살필 즈음에, 팔관회를 열어 가상 두 개를 설치해 두었더니, 그
가상이 관복을 갖추어 입고 홀기를 잡고 금판을 돌리며 말을 타고 궁정 뜰
을 뛰어 돌았다. 왕이 이 말을 듣고 이상하게 생각하여, 좌우를 가리켜 말
하기를, "이는 신숭겸(申崇謙)과 김락(金樂)이다" 하였다. 그 일의 자초지종
을 자세히 아뢰니, 왕이 초연히 슬픔을 느껴 그 두 사람의 후사(後嗣)를 물
어, 사운(四韻) 율시(律詩)로 된 단가 2장을 지어서 하사하였다.118)

가면극/탈놀음

다음으로, 이 시대의 가면극 관련 주요 기록들을 정리해 보면 다음과
같다.

을유일에 왕이 새 대궐을 건축하는 역군들을 위하여 음식을 차렸는데,
문무 관리들과 창고들에서 모두 주찬과 비단을 바쳐 그 비용을 보조하였
다. 왕이 주연을 배설하고 나희(儺戲; 귀신의 가면을 쓰고 잡귀를 축출하는
놀이)를 구경하다가 심히 유쾌하여 일어나 춤을 추면서 재상들에게도 춤추
라고 하니, 재상들이 번차례로 단판(檀板; 가무의 장단을 맞춰 주는 악기)
을 치면서 춤을 추었다.119)

병신일에 증산봉(甑山峰)에 머물면서 밤새도록 화산나놀이[火山儺戲]를
설치하고 구경하였으며, 정유일에는 나희(儺戲)를 벌이면서 궁성으로 돌아

118) 《평상신씨고려태사장절공유사》(平山申氏高麗太師壯節公遺事), 쪽수 불명.
119) 《고려사》 권36, 세가36, 충혜왕, 계미 후 4년(1343).

왔다.[120)]

신우가 근비(謹妃) 전(殿)으로 가서 나희(儺戲) 놀음을 하였으며, 이튿날 기악(妓樂)을 꾸미고 놀러 나갔다. 그때 일기가 춥고 바람이 사납게 불었는데, 신우가 스스로 저[笛]를 불면서 기녀(妓女)들에게 말하기를, "손이 얼어서 저 불기가 매우 괴롭구나"라고 하였다.[121)]

이 자료는 앞에서도 한 번 살펴본 바 있다. 이 자료들에 의해 우리는 이 시대에는 가면을 쓰고 하는 가면극/탈놀음을 '나희'(儺戲)라고도 불렀으며, 이런 나희는 잡귀를 축출하기 위한 나례(儺禮)에서도 하였을 뿐만 아니라, 그렇지 않은 즐거운 일반 연회에서도 많이 공연하였음을 알 수 있다.

이 시대 탈놀음/가면극에 관한 가장 자세한 문헌 자료는 목은(牧隱) 이색(李穡)의 〈구나행〉(驅儺行)이란 시이다.

천지의 움직임은 어찌 이리 아득한고
선도 있고 악도 있어 어지러운 모양이네
혹 상서로운가 하면 또는 재앙이 되고
잡스럽게 뒤섞이니 어찌 인심 편안하리
사악함 물리침은 옛부터 있었던 의례
십이지신은 항상 밝은 신령이셨네
나라에선 크게 나례청(儺禮廳)을 두어
해마다 안뜰[內庭]을 밝히는 일 맡으니
내시와 아이 초라니들 소리 서로 이어

120) 《고려사》 권36, 세가43, 공민왕6, 임자 21년(1272).
121) 《고려사》 권135, 열전48, 신우3, 계해 9년(1383).

재앙을 물리침이 빠른 번개와 같네
사평부에선 대궐을 돌며 경비를 하고
모여선 열사들은 모두 힘센 장사들
충의의 격렬함은 병장(屛障)을 대신하네
기괴한 나례 끝나자 나희 광대들 종종걸음
오방귀신 춤과 백택(白澤)122) 놀이 하며
불을 뿜기도 하고 칼을 삼키기도 하네
가을의 정령이자 서호(西胡)의 귀신 있어
또는 검고 또는 누렇고 눈은 파랗고
그 중의 늙은인 곱사등이에 키가 크네
사람들은 모두 곧 남극노인에 장탄식
강남의 장사꾼은 난쟁이가 떠났다 하고
진퇴 동작 빠르기는 바람 속 반딧불 같네
신라의 처용(處容)은 칠보를 두르고
꽃가지 머리에 꽂고 향기도 풍기네
긴 소매 낮게 휘두르며 태평무 추니
취한 뺨 더욱 빨개져 술이 덜 깬 듯,
누렁개는 방아 찧고 용은 구슬 다투니
온갖 짐승 너울너울 요임금 뜰 같구나
(天地之動何冥冥 有善有惡粉流形
或爲禎祥或祅蘗 雜糅豈得人心寧
辟除邪惡古有禮 十又二神恒赫靈
國家大置屛障房 歲歲掌行淸內庭
黃門振子聲相連 掃去不祥如迅霆
司平有府備巡警 烈士成林皆五丁
忠義所激代屛障 畢陳怪詭趨群伶

---

122) 중국 신화에 나오는 상상의 동물. 사람 말을 하며, 유덕한 임금의 치세에 출현한다 함.

舞五方鬼踊白澤　吐出回祿呑青萍
金天之精有古月　或黑或黃目青螢
其中老者傴而長　衆共驚嗟南極星
江南賈客語侏離　進退輕捷風中燹
新羅處容帶七寶　花枝壓頭香露零
低回長袖舞太平　醉臉爛赤猶未醒
黃犬踏碓龍爭珠　蹌蹌百獸如堯庭)[123]

　이 시는 고려시대의 구나의례(驅儺儀禮)를 관람하고 그것을 진행 순서 대로 묘사하면서, 그에 대한 작자의 느낌을 첨가한 시이다. 이것은 시 작품이라서 그 속에 묘사된 내용의 사실성을 자세히 정확하게 파악할 수는 없지만, 대강의 내용과 윤곽은 짐작할 수 있게 되어 있다.

　이 시의 내용은 구나의례의 행사 절차에 따라 우선 전반부와 후반부 두 부분으로 나뉜다. 전반부(1∼13행)는 잡귀를 쫓는 나례의식에 대해 노래하고 있는 부분이다. 후반부(14∼끝)는 나례의식이 끝난 다음 벌이는 연희 부분인 나희(儺戲) 부분이다. 나희 부분에는 여러 가지 놀이 곧 이 시대까지 전래되어 온 '가무백희'의 레퍼토리와 그 대강의 내용이 묘사 되어 있다.

　후반부의 묘사 내용으로 보아, 이색이 이때 본 나희로서의 가무백희 내용은 ① 나희 광대들이 빠른 걸음으로 등장하는 모습, ② 오방신장무 (五方神將舞), ③ 몇몇 현전 탈놀음에도 전승되는 신이한 동물춤, ④ 불 품기[吐火], ⑤ 칼삼키기[呑刀], ⑥ 서역인(西域人) 모습의 딜놀음/가면극, ⑦ 남극노인[南極星] 형상의 탈놀음/가면극, ⑧ 장사꾼과 난쟁이 탈놀음, ⑨ 처용 탈놀음, ⑩ 각종 동물 탈놀음(누렁개, 용 등) 등, 대체로 총 10여

---

123) 목은 이색의 〈구나행〉(驅儺行) 전문.

가지 정도의 가무백희를 묘사하고 있는 것으로 보인다.

이것은 이 시대에도 구나의식에 가무백희를 연행하였으며, 그 속에 오늘날의 연극 양식들도 다수 포함되어 있었고, 그런 연극 양식들은 대체로 탈놀음/가면극 형태로 되어 있었음을 알 수 있다.

조 희(調戲)

다음으로, 조희(調戲) — 어떤 고사를 부연하거나 시사적인 이야기를 대화체 연극 형태로 표현하는 일종의 대화극/화극(話劇) — 의 내막을 살펴볼 차례이다. 조희에 관한 기록으로는 다음과 같이 많은 자료들이 발견되고 있어, 이 시대에는 조희 양식도 매우 일반화되었음을 알게 한다.

9월 갑술일에 천수전(天授殿)에서 연회를 배설하여 모든 종친 재상들과 함께 놀다가, 날이 샐 녘이 되어서야 헤어지면서, 각각 선물을 주었다. 이날 왕이 시를 지어 유신들로 하여금 화답시를 바치게 하고, 물품을 차등 있게 주었다. 이때에 광대[優人] 한 사람이 인하여 희[戲; 연극]를 만들어 선대 적의 공신 하공진(河拱辰)을 예찬하자, 왕이 하공진의 공로를 회상하여 그의 현손(玄孫)인 내시위위주부(內侍衛尉注簿) 하준(河濬)을 합문지후로 임명하고, 그 자리에서 시 한 절[2구]을 지어 주었다.[124]

염흥방의 집종[家奴]과 이임(李琳)의 사위 판밀직 최렴(崔濂)의 집종들이 부평(富平)에 거주했는데, 주인의 세력을 믿고 횡포한 짓을 마음대로 하였다.……

염흥방은 어느 때 이부형(異父兄) 이성림과 함께 고향 집에 갔다가 돌아오는데, 말 탄 추종자가 길을 메우고 따라갔다. 이때 어떤 사람들이 우희(優戱)로 극렬한 세도가 종놈들이 백성들을 약탈하며 도조를 받는 형상을 연출하고 있는 것을 보고, 이성림은 부끄러워했는데 염흥방은 깨닫지 못하고 그저 좋다고 보기만 하였다.[125]

고려 장사랑(將仕郎) 영태(永泰)는 배우희(俳優戱; 광대놀이)를 잘하였다. 겨울인데도 용연(龍淵) 가에 뱀이 나타나니, 절의 중이 용의 새끼라고 가져다 길렀다. 하루는 영태가 옷을 벗고 전신에 오색(五色)으로 용의 비늘을 그리고 승방(僧房)의 창을 두드리며, "선사(禪師)는 두려워하지 말라. 나는 못 속의 용신(龍神)인데, 선사가 나의 자식을 애호한다는 소문을 듣고 그 은덕에 감동하여 왔다. 어느 날 어느 저녁에 내가 다시 와서 선사를 다시 맞으러 오겠다"는 말을 마치고는 자취를 감추었다. 약속한 날, 중은 새 옷으로 잘 차려 입고 기다리고 있으려니, 이윽고 영태가 와서 중을 업고 연못가로 뛰어와서 말하기를, "꽉 잡지 마시오. 바로 들어갈 수 있을 것이오" 하니, 중은 눈을 감고 손을 놓자, 영태는 중을 물 속으로 던지고는 가버렸다. 잘 차려 입은 중의 옷이 모두 더러워지고, 몸에 상처를 입고 기어서 돌아와 이불을 덮고 누었다. 다음날 영태가 와서, "스님은 어쩌다가 그렇게 심하게 아픕니까" 하니, 중은 말하기를, "용연의 신이 늙어서 노망을 하여 무고한 나를 이렇게 만들었다" 하였다.

또 영태가 충혜왕(忠惠王)을 따라 사냥을 갔을 때도 늘 우희(優戱; 광대놀이)를 하니, 임금은 그를 물 속에 던져버렸다. 영태가 물을 헤치고 나오니, 임금은 크게 웃으며, "너는 어디로 갔다가 지금 어디서 오느냐" 하니, 영태는 "굴원(屈原)을 보러 갔다가 옵니다" 하였다. 임금이 "굴원이 뭐라고 하더냐" 하니, "굴원이, '나는 어리석은 임금[暗主]을 만나 강에 몸을 던져 죽었지만, 너는 명군[明主]을 만났는데 어찌되어 왔느냐' 하였습니다" 하니, 임금은 기뻐서 은구(銀甌) 하나를 주었다. 옆에 있던 우인(虞人; 사냥하

---

125) 《고려사》 권126, 열전39, 간신2, 염흥방(廉興邦).

는 하급관리)이 이것을 보고 역시 물에 몸을 던졌다. 임금이 사람을 시켜 머리카락을 붙잡고 끌어내서 그 이유를 물으니, "우인은 굴원을 보러 갔다" 하였다. 임금이, "굴원이 뭐라고 하더냐" 하니, 우인이, "그인들 뭐라 말하겠으며, 낸들 무엇이라 말하겠습니까" 하니, 삼군(三軍)이 크게 웃었다.[126]

갑신일에 좌우번(左右番) 내시(內侍)들이 저마다 다투어 가면서 왕에게 진기한 물품을 바쳤다. 이때에 우번(右番)에 속한 인원은 부호집 자제가 많아서 환자(宦者)들을 통하여 왕의 명령을 빌려 공사(公私)간에 보관하고 있는 진귀한 물품과 서화 등속을 많이 토색해 냈으며, 또 채붕(綵棚)을 만들어 거기에 온갖 잡기(雜伎)를 실어 외국 사람들이 공납을 바치는 형상을 꾸며 가지고 청홍(靑紅) 두 가지 일산과 준마(駿馬) 두 필을 바쳤다. 좌번(左番)에 속한 인원은 모두 선비(儒士)들이어서 여러 가지 잡희(雜戲)에 익숙하지 못하고, 그들이 왕에게 바치는 품종도 백에 하나를 당치 못하였다. 이들은 우번만 못한 것이 부끄러워서 남의 준마(駿馬) 다섯 필을 빌려다가 바쳤는데, 왕이 좌우번에서 바친 물품들을 다 받아들이고 좌번에게는 은 10근과 단사(丹絲) 65근을 주었으며, 우번에게는 은 10근과 단사 95근을 주었다. 그 후 좌번에서는 말값을 갚지 못해서 날마다 빚에 졸리니 당시 사람들이 이를 비웃었다.[127]

임자일에 이 날은 세자의 생일인 까닭에, 왕이 여러 신하들을 위하여 연회를 배설하였는데, 상장군 정인경은 주유희(侏儒戲; 난쟁이놀음)를 하고 장군 간홍(簡弘)은 창우희(倡優戲; 광대 노릇)를 하였으며, 왕도 또한 손뼉을 치며 일어서서 춤을 추었다.[128]

---

126) 성현, 《용재총화》(慵齋叢話) 권3.
127) 《고려사》 권18, 세가18, 의종, 을유 19년.
128) 《고려사》 권30, 세가30, 충렬왕, 무자 14년.

양부의 풍악 소리 옥을 바수는 듯하고
대궐의 등불 빛은 별빛처럼 찬란하네
못난 선비 창우들만도 못하면서
오히려 관복을 입고 대궐로 들어가네
(兩部笙歌淸碎玉 九門燈火爛分星
愚儒不及倡優輩 猶著緋衣入帝庭)[129]

이상의 여러 기록에서 확인되는 이 당시 연극에 관한 기록들은 모두 대화극인 조희(調戱)와 관련된 내용으로 볼 수 있는 것들이다. 이 자료들에 보이는 명칭들 곧 '희'(戱), '우희'(優戱), '배우희'(俳優戱), '창우희'(倡優戱) 등의 명칭은, 그 문맥상의 의미로 보아, 모두 조희/대화극을 지칭하는 것으로 보인다. 또한 이 시대는 아직 오늘날의 현대 희곡과 같은 형태의 기록문학 작품의 관습이 이루어지지 않은 시대였기에, 이 시대의 조희는 일종의 즉흥극(improvisation) 형태로 이루어지는 구비전승의 대화극으로 존재했을 것이다. 그러나 이 시대의 조희 전통은 이때에 이르러 대화극 전통을 분명하게 수립했다는 중요한 의의를 지니는 것이다.

교방가무희

끝으로, 교방가무희(敎坊歌舞戱) 양식과 관련된 자료들을 검토해 보겠다. 이 연극 양식은 중국 송나라에서 전래된 양식으로, 매우 높은 수준으로 세련된 음악과 무용과 연극이 골고루 종합된 일종의 가무악극(歌舞樂劇) 형태의 궁중극이다.

대표적인 작품으로는 〈헌선도〉(獻仙桃), 〈포구락〉(抛毬樂), 〈연화대〉(蓮

---

129) 이규보, 《동국이상국집》(東國李相國集) 권10, 燈夕入闕有感二首, 1.

花臺) 등이 있다. 이 가운데 연극 형태를 가장 잘 갖춘 것은 〈헌선도〉이다. 이 연극의 텍스트는 《고려사》에 온전하게 기록되어 있어서, 그 구체적인 작품을 살펴볼 수가 있다. 이 〈헌선도〉의 텍스트 전문(全文)을 옮겨 보면 다음과 같다.

헌선도(獻仙桃)

춤추는 대열[검은 홑옷을 입는다]이 악관(樂官)과 기녀[악관은 검은 옷에 복두를 쓰고 기녀는 검은 적삼에 붉은 띠를 띤다]들을 인솔하고 남쪽에 서고, 악관과 기녀들은 두 줄로 앉는다. 기녀 한 명이 왕모(王母)로 되고, 그 좌우편에 한 명씩 협무(挾舞 ; 왕모의 보조역) 두 명이 왕모와 나란히 서서 횡렬을 이룬다. 개(盖) 차비[奉盖] 3명이 그 뒤에 서고, 인인장(引人杖) 2명, 봉선(鳳扇) 2명, 용선(龍扇) 2명, 작선(雀扇) 2명, 미선(尾扇) 2명이 좌우로 갈라서고, 정절(旌節) 차비[奉盖] 8명이 매개 대열 사이에 선다.

악관이 〈회팔선인자〉(會八仙引子)를 주악하면 죽간자(竹竿子) 차비[奉盖] 2명이 먼저 춤을 추면서 들어와 좌우로 갈라서면, 주악이 멎고 다음과 같은 축하의 말씀[口號致語]을 올린다.

"머나먼 선경[龜臺]에서 대궐[鳳闕]을 찾아온 것은 천년 선과(仙果)를 받들어 만복을 드리옵고 감히 존안(尊顔)을 뵈옵고 삼가 축하를 올리고자 함입니다."

이것이 끝나면 이들 2명은 좌우편으로 마주보고 선다. 악관이 또 〈회팔선 전주곡〉을 주악하면, 위의(威儀) 차비 18명이 전과 같이 춤을 추면서 앞으로 나와 좌우편으로 갈라선다. 왕모 3명과 개 차비[奉盖] 3명이 춤을 추면서 앞으로 나와 정해진 자리에 서면 주악이 멎는다. 악관 1명이 선도반(仙桃盤)을 받들고 와 기녀 1명(나이 어린 기녀를 골라서 정한다)에게 주면, 그 기녀는 그것을 왕모에게 받들어 전하고, 왕모는 그 선도반(仙桃盤)을 받들고, 〈원소 가회(정월 보름날 밤 축하회)에 선도를 드리는 가사〉(獻仙桃元宵嘉會詞)를 다음과 같이 노래한다.

정월 보름 명절 밤에
봄을 즐기는 놀음놀이!
성대할사! 옛날의 상양궁
일을 추억케 한다.
용안을 왕좌에 반가이 바라보니
곤룡포 입으시고 궁전 가운데 좌정하셨네!
한없는 환성 아름다운 곡조와 어울려졌고
가득 찬 화기 속에 어향 연기 어렸도다!
장관이로세! 태평성대 무엇으로 갚으랴.
반도(蟠桃) 한 송이로 온갖 경사를 드리나이다.

노래가 끝나면 악관이 〈헌천수〉(만조)를 주악하고, 왕모 3명은 (다음과 같은) 〈일난풍화사〉(日暖風和詞)를 부른다.

햇볕은 따스하고 바람결은 화창한
봄 햇발은 길기도 하다!
이것이 바로 태평 시절
내 봉래도(蓬萊島)에서 몸맵씨 단속하고
이 대궐로 축하하러 왔나이다.
다행할사! 정월 보름 좋은 밤에
어전에 접근하와 기쁘나이다.
신선의 수명은 영원한 것
당신께 드립니다, 만수무강을.

이 노래가 끝나면 이어서 악관이 (다음과 같은) 〈헌천수 영(令)〉 최자조를 주악한다.

선경과 인간 세상 다르오나
높으신 성덕 멀리서도 들었기로
서녘에서 선경 떠나 인간 세상 내려와
천년 선도(仙桃)를 드리나이다.
당신의 만수무강 비오며
춤과 환희로써 성대를 축하하나이다.
이웃 나라 사절단 사방에서 밀려오니
국운이 태평하여 나라가 길이 융성하오리다.

주악이 끝나면 악관이 또 〈금잔자〉(金盞子) 만조를 주악하는데, 왕모는 대열에서 나오지 않고 둘레를 돌며 춤을 추고, 그것이 끝나면 주악도 멎는다.

이때 왕모가 조금 앞으로 나오며 소매를 들고, (다음과 같은) 〈여일서장사〉(麗日舒長詞)를 부른다.

따스한 봄날은 길고
평화스러운 기운 서울 안에 가득 찼네!
높은 하늘 오색구름 어린 데
붉고 푸른 누각이 솟아 있구나!
큰 잔치 여는 곳에 비단 장막
여기 저기 벌여 있네
정월이라 좋은 날에
군신이 함께 모여 태평 시절 즐기도다.
넓은 궁정에 미인들 분주히 오가는데
일련의 풍악 곡조도 다 새롭도다.
봉래 궁전은 선경일시 분명한데
왕성에 잇닿은 봄빛 호탕도 하구나!

비 멎자 구름 흩어지니
갠 날씨에 밤은 더욱 맑도다!
높은 나무에 어슷비슷 달아 놓은 등불은
달빛에 어리어 유난히 선명하도다.

이 노래가 끝나고 왕모가 물러서면, 악관이 〈금잔자 영〉(金盞子令) 최자조를 주악하고, 두 협무(挾舞; 왕모의 보조역)가 춤을 추며 나왔다가 물러가 먼젓번 자리로 돌아가면, 주악이 멎고 두 협무가 (다음과 같은) 〈동풍보난사〉(東風報暖詞)를 부른다.

동풍에 실린 봄빛 따스하기도 하다.
화창한 기운 사람 마음 풀어 주네.
웅대한 대궐 안에
오산(鼇山)은 높이 구름 밖에 솟았네.
이원(梨園) 제자(악사)가 연주하는 새 곡조
반나마 훈(壎)이요 지인데.

좌석에 가득 찬 대관들이 취포하여 〈녹명시〉(鹿鳴詩)를 노래한다.
(이 노래가) 끝나면 악관이 〈서자고.〉 만조를 세 번 주악한다. 주악이 끝나면 왕모가 조금 앞으로 나와 (다음과 같은) 〈해동금일사〉(海東今日詞)를 부른다.

우리나라 오늘날은 태평 시절
군신이 함께 즐기도다.
바라다보니
미선(尾扇)을 벌이는 곳에
왕의 좌석이 빛나 있고

124

발을 높이 걷었는데
어향 연기 자욱하다.
내조하는 각국 사신
궐문 밖에 설레이고
각색 예물은 궁전 뜰에 쌓이었다.
제가 성수 만세 드리오니
봉인(封人)의 축수는
따로 소용이 없어라.

(이 노래가) 끝나고 제자리로 돌아가면, 악관이 〈서자고〉 만최자를 주악하고, 양편의 협무가 나란히 서서 춤을 추며 나아갔다가 춤을 추며 물러서면서 제자리로 돌아가면, 주악이 멎는 동시에 양 협무가 (다음과 같은) 〈북포동완사〉(北暴東頑詞)를 부른다.

북방의 포악한 무리,
동쪽의 완악한 무리들도 성의를 표명하고
덕의를 사모하여 앞을 다투어 내조하네.
새로운 성덕(聖德) 날로 더욱 밝으시니
노랫소리 거리에 찼도다.
천하태평 다른 일 없거니
만백성과 함께 동산에 놀이하네!
해마다 맞이하는 정월 대보름날
취토록 마시소서 만년 축하의 술을.

악관이 〈천년만세 전주곡〉(千年萬歲引子)을 주악하면, 위의(威儀) 차비[奉盖] 18명이 세 바퀴를 돌며 춤을 추고 나서 제자리로 물러간다. 그러면 주악도 멎고 죽간자(竹竿子) 차비가 조금 앞으로 나와 (다음과 같이) 치사

한다.

"옷매무새 바로 잡고, 조금 물러서서, 구름길 가리키며, 돌아갈 하직의 말씀드리오며, 뜰 앞에서 재배하고 서로 작별 하나이다."

(이 인사말이 끝나면) 악관이 〈회팔선 전주곡〉(會八仙引子)을 주악하고, 죽간자가 춤을 추면서 물러가고, 개(盖) 차비[奉盖]와 왕모 각 3명들도 그 뒤를 따라 춤을 추며 물러가고, 위의 차비 18명들도 역시 그와 같이 한다.130)

이 작품은 우선 한 편의 온전한 희곡 텍스트이며, 우리나라 최초의 가장 온전한 형태의 가무악극 대본이라는 의의를 부여할 수 있는 것이다. 이 텍스트가 희곡일 수 있는 가장 분명한 근거는, 이 작품의 다음과 같은 대목이다.

춤추는 대열[검은 홑옷을 입는다]이 악관(樂官)과 기녀[악관은 검은 옷에 복두를 쓰고 기녀는 검은 적삼에 붉은 띠를 띤다]들을 인솔하고 남쪽에 서고, 악관과 기녀들은 두 줄로 앉는다. 기녀 한 명이 왕모(王母)로 되고, 그 좌우편에 한 명씩 협무(挾舞; 왕모의 보좌역) 두 명이 왕모와 나란히 서서 횡렬을 이룬다.

즉, 이 대목에서 '기녀 한 명이 왕모(王母)로 된다'는 기술 내용이 이 작품을 희곡/연극으로 만들어주는 것이다. 이것은 기녀 한 명이 임금에게 선도 복숭아를 바치는 '서왕모'(西王母)라는 '등장인물'이 된다는 말이다. 그리고 이 작품은 이 '서왕모'라는 등장인물이 하늘 선경(仙境)에서 대궐로 내려와 임금에게 선도(仙桃)를 바친다는 내용의 이야기를 극

---

130) 《고려사》, 악지, 당악, 〈헌선도〉 전문.

화한 작품이다.

이 작품은 '서왕모'라고 분명하게 '성격부여'(characterization)가 이루어진 '등장인물'이 작품의 주인공으로 무대에 등장하여, 그 등장인물이 임금에게 선도를 바치는 행동을 청관중들에게 보여준다. 이것은 이런 면에서 분명한 하나의 희곡이요, 이것을 무대화한 공연은 틀림없는 연극이 되는 것이다.

'기악'(伎樂)의 행방

한편, 삼국시대에 처음 나타났던 불교적인 내용의 가면묵극(假面默劇) 형태인 '기악'(伎樂)의 전통도 이 시기에까지 이어져 왔음을 알 수 있는 자료[131]도 발견된다. 다음은 그런 자료들 가운데 하나이다.

> 고종 30년 4월 8일 최이(崔怡)가 연등회(燃燈會) 모임에서 채붕(綵棚)을 설치하고 기악백희(伎樂百戲)를 베풀고 밤을 새워 즐기었다. 이를 보는 도읍의 사녀(士女)들이 담과 같이 늘어섰다.[132]

이 역사 기록을 보면, 고종 30년 곧 1243년에도 삼국시대에 사용되던 '기악'(伎樂)이란 말이 '백희'(百戲)라는 용어와 붙어 사용되는 것을 볼 수 있는데, 이것은 삼국시대의 '기악'이 당시까지도 전승되고 있었거나, 아니면 적어도 그와 비슷한 어떤 공연 양식이 가무백희 속에 남아 전해지고 있었음을 암시하는 것이다.

---

131) 《동국이상국집》 권138, 도량재(道場齋) 외 참조.
132) 《고려사》 권129, 열전42, 충헌(忠獻), 최이(崔怡).

내용과 형식

이 시대 연극의 구체적인 내용과 형식은 다음과 같은 자료들에서 살펴볼 수 있다. 즉, 인형극은 앞에서 한 번 언급한 바 있는 이규보의 시 〈관롱환유작〉(觀弄幻有作)에서 짐작할 수 있고, 가면극/탈놀음은 앞서 살펴본 목은 이색의 〈구나행〉(驅儺行)에서 찾아볼 수 있으며, 조희/대화극의 내용과 형식 및 교방가무희의 형식과 내용은 앞에서 언급한 《고려사》의 여러 기록들에서 충분히 확인해 볼 수가 있다. 각 양식별로 그 내용과 형식을 살펴보면 다음과 같다.

인형극 : 인형극의 내용과 형식을 알아보기 위해 앞에서 언급한 바 있는 이규보의 시를 다시 한번 검토해 보기로 하자.

조물주는 사람을 꼭두각시 다루듯 하고
달인은 꼭두각시를 자신 보듯 하는구나
사람 사는 게 꼭두각시와 한 가지이니
끝내 누가 참이며 또 누가 거짓인가

고개를 들었다 숙였다, 얼굴을 찡그렸다 폈다, 신체의 미묘함을 갖추니
누가 장차 마음의 장인이라 천기를 빼앗는가
사람도 한 기운을 따라 어리석게 꿈틀거리나니
그 기운이 다 빠지면 꼭두놀음 마치고 돌아감과 같으리
(造物弄人如弄幻 達人觀幻似觀身
人生幻化同爲一 畢竟誰眞復匪眞
俯仰頓伸具體微 孰將心匠奪天機
人緣一氣成蚩蠢 氣出還同罷幻歸)[133]

이 시가 꼭두각시놀음을 다루고 있다는 것은 그 내용으로 보아 쉽게 확인이 된다. 이 시에서 추측되는 꼭두각시놀음의 내용과 형식에 관련된 부분은, "고개를 들었다 숙였다, 얼굴을 찡그렸다 폈다, 신체의 미묘함을 갖추니"라는 부분이다.

특히 이 부분과 유사한 느낌을 주는 오늘날의 꼭두각시놀음 대목은, 맨 앞부분인 '박첨지 마당'의 둘째거리인 '피조리 거리'에서 몰락 양반 박첨지의 딸과 며느리가 뒷절 중들과 놀아나는 장면이다.[134] 이 대목에 보면, 특히 남녀 간의 사랑 싸움에서, 서로 간의 시기와 질투로 '고개를 숙였다 들었다, 얼굴을 찡그렸다 폈다' 하며 신체의 미묘함을 갖추었다는 느낌을 주기 때문이다.

앞에서도 한 번 언급한 바 있는 다음과 같은 자료는 좀 더 진지하고 숙연한 내용의 새로운 인형극의 가능성을 암시하고 있어 주목된다.

일찍이 태조가 팔관회를 열어 군신들과 더불어 서로 즐기다가, 전쟁에서 죽은 공신들의 은공이 생각나는데 함께 있지 못함을 슬프게 생각하여, 유사에게 명하여 풀을 엮어 신숭겸 공과 김락의 상을 만들어, 좌석 순서에 따라 반열 위에 앉혀 놓고 술과 음식을 대접하게 하였더니, 술잔의 술이 문득 스르르 말랐으며, 인하여 그 만들어 놓은 가상(假像)이 일어나 춤을 추었는데 살아 있는 사람과 같았다. 이로부터 악(樂)을 궁정에 배치하여 정기적으로 연주하게 하였다.…… 예종 15년 경자년 가을에 서도(西都) 지역을 살필 즈음에, 팔관회를 열어 가상 두 개를 설치해 두었더니, 그 가상이 관복을 갖추어 입고 홀기를 잡고 금판을 돌리며 말을 타고 궁정 뜰을 뛰어 돌았다. 왕이 이 말을 듣고 이상하게 생각하여, 좌우를 가리켜 말하기를,

---

133) 《동국이상국집》 권3, 고율시(古律詩).
134) 남형우·양도일·최성구 구술/ 심우성 채록(1974), 〈꼭두각시놀음 재담 및 가사〉, 《남사당패연구》, 서울: 동화출판공사, 309~310쪽 참조.

"이는 신숭겸(申崇謙)과 김락(金樂)이다" 하였다. 그 일의 자초지종을 자세히 아뢰니, 왕이 초연히 슬픔을 느껴 그 두 사람의 후사(後嗣)를 물어, 사운(四韻) 율시(律詩)로 된 단가 2장을 지어서 하사하였다.……135)

이 기록에서 '가상'(假像)은 분명 짚으로 만든 '인형'의 형태이며, 나중에 이런 사실과 관련된 악(樂)을 궁정에 배설하여 정기적으로 공연하게 하였다면, 이런 '가상'이 움직이는 공연물, 곧 신숭겸과 김락이란 '등징 인물들'이 나와 관복을 입고 홀기를 들고 금판을 돌리며 말을 타고 궁정의 뜰을 뛰어 도는, 그런 내용의 인형극이 그 악(樂) 속에 포함되지 않았을까를 조심스럽게 추측해 볼 수 있다.

가면극 : 가면극/탈놀음의 형식과 내용은 앞서 본 바 있는 목은 이색의 시 〈구나행〉(驅儺行)에 제일 자세하다. 이 시 가운데서 가면극/탈놀음에 관한 묘사로 보이는 부분을 다시 보면 다음과 같다.

> 충의의 격렬함은 병장(屛障)을 대신하네
> 기괴한 나례 끝나자 나희 광대들 종종걸음
> 오방귀신 춤과 백택(白澤) 놀이 하며
> 불을 뿜기도 하고 칼을 삼키기도 하네
> 가을의 정령이자 서호(西胡)의 귀신 있어
> 또는 검고 또는 누렇고 눈은 파랗고
> 그 중의 늙은인 곱사등이에 키가 크네
> 사람들은 모두 곧 남극노인에 장탄식
> 강남의 장사꾼은 난쟁이가 떠났다 하고

---

135) 《평산신씨고려태사장절공유사》(平山申氏高麗太師壯節公遺事), 쪽수 불명.

진퇴 동작 빠르기는 바람 속 반딧불 같네

신라의 처용(處容)은 칠보를 두르고

꽃가지 머리에 꽂고 향기도 풍기네

긴 소매 낮게 휘두르며 태평무 추니

취한 뺨 더욱 빨개져 술이 덜 깬 듯,

누렁개는 방아 찧고 용은 구슬 다투니

온갖 짐승 너울너울 요임금 뜰 같구나

(舞五方鬼踊白澤　吐出回祿呑靑萍

金天之精有古月　或黑或黃目靑螢

其中老者傴而長　衆共驚嗟南極星

江南賈客語侏離　進退輕捷風中螢

新羅處容帶七寶　花枝壓頭香露零

低回長袖舞太平　醉臉爛赤猶未醒

黃犬踏碓龍爭珠　蹌蹌百獸如堯庭)[136]

이 부분이 묘사하는 내용 가운데서 가면극/탈놀음 부분만 골라 다시 정리해 보면 다음과 같다. 즉, 이 부분의 탈놀음에 관한 묘사 내용은, ① 나희 광대들이 빠른 걸음으로 등장하는 모습, ② 오방신장무(五方神將舞), ③ 신이한 동물춤, ④ 서역인(西域人) 모습의 탈놀음/가면극, ⑤ 남극노인[南極星] 형상의 탈놀음/가면극, ⑥ 장사꾼과 난쟁이 탈놀음, ⑦ 처용 탈놀음, ⑧ 각종 동물 탈놀음(누렁개, 용 등) 등등, 대체로 모두 여덟 가지 정도로 추측된다. 이러한 이 당시 탈놀음의 레퍼토리는, 남북국시대 통일신라 쪽의 탈놀음/가면극을 계승한 것임을 짐작하게 한다. 즉, 이 레퍼토리들을 최치원이 《향악잡영》 5수에서 기술한 탈놀음/가면극

---

136) 이색, 〈구나행〉(驅儺行).

레퍼토리들과 비교하면, 상당히 유사하면서도 다른 점들이 발견된다. 이런 점에서, 이 자료는 고려시대 이전의 탈놀음/가면극과 그 이후의 탈놀음/가면극을 비교하는 데에서 매우 중요한 자료이다.

 조희 : 탈을 쓰지 않고 하는 조희/대화극의 내용과 형식은 앞서 언급한 바 있는 다음과 같은《고려사》속의 기록 자료들을 통해서 파악할 수 있다. 주요 자료들을 다시 검토해 보면 다음과 같다.

 ① 9월 갑술일에 천수전(天授殿)에서 연회를 배설하여 모든 종친·재상들과 함께 놀다가, 날이 샐 녘이 되어서야 헤어지면서, 각각 선물을 주었다. 이 날 왕이 시를 지어 유신들로 하여금 화답시를 바치게 하고, 물품을 차등 있게 주었다. 이때에 광대 한 사람이 인하여 희[戱; 희극]를 만들어 선대 적 공신 하공진(河拱辰)을 예찬하자, 왕이 하공진의 공로를 회상하여 그의 현손(玄孫)인 내시 위위 주부(內侍衛尉注簿) 하준(河濬)을 합문지후로 임명하고, 그 자리에서 시 한 절[2구]을 지어 주었다.137)

 ② 염흥방의 집종[家奴]과 이임(李琳)의 사위 판밀직 최렴(崔濂)의 집종들이 부평(富平)에 거주했는데, 주인의 세력을 믿고 횡포한 짓을 마음대로 하였다.……
 염흥방은 어느 때 이부형(異父兄) 이성림과 함께 고향 집에 갔다가 돌아오는데, 말 탄 추종자가 길을 메우고 따라갔다. 이때 어떤 사람들이 우희(優戱)로, 극렬한 세도가 종놈들이 백성들을 약탈하며 도조를 받는 형상을 연출하고 있는 것을 보고, 이성림은 부끄러워했는데 염흥방은 깨닫지 못하고 그저 좋다고 보기만 하였다.138)

---

137)《고려사》 권13, 세가13, 예종, 경인 5년.
138)《고려사》 권126, 열전39, 간신2, 염흥방(廉興邦).

③ 고려 장사랑(將仕郞) 영태(永泰)는 배우희(俳優戲; 광대놀이)를 잘하였다. 겨울인데도 용연(龍淵) 가에 뱀이 나타나니, 절의 중이 용의 새끼라고 가져다 길렀다. 하루는 영태가 옷을 벗고 전신에 오색(五色)으로 용의 비늘을 그리고 '승방(僧房)의 창을 두드리며, "선사(禪師)는 두려워하지 말라. 나는 못 속의 용신(龍神)인데, 선사가 나의 자식을 애호한다는 소문을 듣고 그 은덕에 감동하여 왔다. 어느 날 어느 저녁에 내가 다시 와서 선사를 다시 맞으러 오겠다"는 말을 마치고는 자취를 감추었다. 약속한 날, 중은 새 옷으로 잘 차려 입고 기다리고 있으려니, 이윽고 영태가 와서 중을 업고 연못가로 뛰어와서 말하기를, "꽉 잡지 마시오. 바로 들어갈 수 있을 것이오" 하니, 중은 눈을 감고 손을 놓자, 영태는 중을 물 속으로 던지고는 가버렸다. 잘 차려 입은 중의 옷이 모두 더러워지고, 몸에 상처를 입고 기어서 돌아와 이불을 덮고 누었다. 다음날 영태가 와서, "스님은 어쩌다가 그렇게 심하게 아픕니까" 하니, 중은 말하기를, "용연의 신이 늙어서 노망을 하여 무고한 나를 이렇게 만들었다" 하였다.

또 영태가 충혜왕(忠惠王)을 따라 사냥을 갔을 때도 늘 우희(優戲; 광대놀이)를 하니, 임금은 그를 물 속에 던져버렸다. 영태가 물을 헤치고 나오니, 임금은 크게 웃으며, "너는 어디로 갔다가 지금 어디서 오느냐" 하니, 영태는 "굴원(屈原)을 보러 갔다가 옵니다" 하였다. 임금이 "굴원이 뭐라고 하드냐." 하니, "굴원이, '나는 어리석은 임금[暗主]을 만나 강에 몸을 던져 죽었지만, 너는 명군[明主]을 만났는데 어찌되어 왔느냐.' 하였습니다." 하니, 임금은 기뻐서 은구(銀甌) 하나를 주었다. 옆에 있던 우인(虞人; 사냥하는 하급관리)이 이것을 보고 역시 물에 몸을 던졌다. 임금이 사람을 시켜 머리칼을 붙잡고 끌어내서 그 이유를 물으니, "우인은 굴원을 보러 갔다." 하였다. 임금이, "굴원이 뭐라고 하드냐." 하니, 우인이, "그인들 뭐라 말하겠으며, 낸들 무엇이라 말하겠습니까." 하니, 삼군(三軍)이 크게 웃었다.[139]

---

139) 성현, 《용재총화》(慵齋叢話) 권3.

④ 갑신일에 좌우번(左右番) 내시(內侍)들이 저마다 다투어 가면서 왕에게 진기한 물품을 바쳤다. 이때에 우번(右番)에 속한 인원은 부호집 자제가 많아서 환자(宦者)들을 통하여 왕의 명령을 빌려 공사(公私)간에 보관하고 있는 진귀한 물품과 서화 등속을 많이 토색해 냈으며, 또 채붕(綵棚)을 만들어 거기에 온갖 잡기(雜伎)를 실어 외국 사람들이 공납을 바치는 형상을 꾸며 가지고 청홍(靑紅) 두 가지 일산(日傘)과 준마(駿馬) 두 필을 바쳤다. 좌번(左番)에 속한 인원은 모두 선비(儒士)들이어서 여러 가지 잡희(雜戲)에 익숙하지 못하고, 그들이 왕에게 바치는 품종도 백에 하나를 당치 못하였다. 이들은 우번만 못한 것이 부끄러워서 남의 준마(駿馬) 다섯 필을 빌려다가 바쳤는데, 왕이 좌우번에서 바친 물품들을 다 받아들이고 좌번에게는 은 10근과 단사(丹絲) 65근을 주었으며, 우번에게는 은 10근과 단사 95근을 주었다. 그 후 좌번에서는 말값을 갚지 못해서 날마다 빚에 졸리니 당시 사람들이 이를 비웃었다.140)

⑤ 임자일에 이 날은 세자의 생일인 까닭에, 왕이 여러 신하들을 위하여 연회를 배설하였는데, 상장군 정인경은 주유희(侏儒戲; 난쟁이놀음)를 하고 장군 간홍(簡弘)은 창우희(倡優戲; 광대 노릇)를 하였으며, 왕도 또한 손뼉을 치며 일어서서 춤을 추었다.141)

이상 자료들의 기록 내용을 하나하나 분석해 보면 다음과 같다.

①에서는 '광대[優人] 한 사람이 인하여 희(戲; 연극)를 만들어 선대적 공신 하공진(河拱辰)을 예찬'했다는 부분이 핵심이다. 여기서, '광대'[優人]는 고려시대의 배우를 가리키는 말이며, 그가 '희(戲; 연극)를 만들었다'는 이야기는, 이 연극이 기존 가무백희의 전통 속에서 이루어진

---

140)《고려사》 권18, 세가18, 의종, 을유 19년.
141)《고려사》 권30, 세가30, 충렬왕, 무자 14년.

전통 가면극/탈놀음이 아니라, 당대의 문제들을 대화극 형식으로 다룬 창작 조희/대화극이었다는 말이며, '선대 적 공신 하공진을 예찬했다'는 말은 이 연극의 내용이 공신 하공진의 공로를 표현하는 것이었음을 말해준다.

②에서는 '어떤 사람들이 우희(優戲)로 극렬한 세도가 종놈들이 백성들을 약탈하며 도조를 받는 형상을 연출'했다는 부분이 핵심이다. 여기서 '우희'라는 말은 이 연극이 고려시대의 배우인 '우인'(優人)들이 만든 연극 곧 '조희'를 가리키는 말이다. 그리고 '세도가 종놈들이 백성들을 약탈하며 도조를 받는 형상을 연출'했다는 말은, 곧 이 조희의 구체적인 내용이다.

③에서는 두 편의 이야기가 나오는데, 이 글의 필자는 이 두 이야기들을 배우희(俳優戲)/우희(優戲)와 관련시켜 기술하고 있다. 이 두 편의 이야기를 일종의 우회적인 수법으로 된 이야기로 기술하고 있다. 즉 이 기록의 작자는 우희가 이런 식으로 이루어진다고 보고 있는 것이다. 이 글의 작자가 산 시대는 고려시대가 아니라 조선시대이니, 조선시대의 우희를 전제로 해서 이런 이야기를 기술했을 것이다. 그런데, 고려시대의 우희 전통이 조선시대에까지도 발전적으로 이어졌음을 여러 관련 자료들이 입증하고 있다.[142]

그렇다면, 이 자료 ③의 작자가 살았던 조선시대의 우희도 표현 양식상으로는 고려시대의 우희와 크게 다르지 않았다고 볼 때, ③에 보이는 이 두 편의 우희 관련 이야기 자료는 바로 고려시대 우희의 내용과 형식을 조선시대의 그것과 연관시켜 살펴볼 수 있는 매우 중요한 자료인 셈이다.

---

142) 이에 관해서는 뒷장인 '조선시대의 희곡/연극 이론' 항을 참조.

④에서는, 우선 '잡기'(雜技)라는 말과 '잡희'(雜戲)라는 말이 거의 같은 뜻으로 사용되었음을 알 수 있다. 그리고 궁중의 내시들이 채붕 무대를 세우고 그 위에서 스스로 잡기/잡희를 만들어 공연하였음을 알 수 있다. 그리고 그 공연물들의 내용은 '외국 사람들이 공납을 바치는 형상'을 그린 것이었다. 이 내용으로 보아, 이 연극은 역시 기존의 백희가무 계통의 전통 '가면극' 양식이 아닌, 이 당시 사회의 시사적인 이야기를 제재로 하여 만든 일종의 '조희'로 보인다. 이 기록은 또한 궁중의 내시들도 이런 연극 곧 잡기/잡희에 어느 정도 능숙한 능력을 갖추고 있었음을 암시하며, 한편으로는 조희라는 희곡/연극 양식 자체가, 하나의 형태로 정리된 희곡/연극 양식이라기보다는, 그때그때의 상황에 따라 그 상황에 맞추어 공연이 이루어지는, 일종의 '즉흥극'의 성격을 많이 지녔다는 것을 암시한다.

⑤에서 "상장군 정인경은 주유희(侏儒戱; 난쟁이놀음)를 하고 장군 간홍(簡弘)은 창우희(倡優戱; 광대 노릇)를 하였으며, 왕도 또한 손뼉을 치며 일어서서 춤을 추었다"는 말도, 그 전후의 문맥으로 볼 때, 이러한 조희가 어느 정도 즉흥극의 성격을 띠고 있음을 암시한다.

이상의 조희(調戱) 관련 자료들을 종합할 때, 고려시대의 조희는 대체로 다음과 같은 내용과 형식으로 이루어졌음을 알 수 있다. 첫째, 그 제재는 주로 당대 현실의 시사적인 이야기들에서 구하였다. 둘째, 그러다 보니, 내용은 주로 당대 사회의 시사적인 문제들이었다. 이것은 이 연극 양식이 당대 사회의 중심 문제들을 다루는 일종의 '사회극' 형태를 취하였음을 암시한다. 셋째, 연극의 표현 방식은 그런 시사적인 이야기들을 배우들 간의 '우유적'(寓喩的)인 대화들을 통해서 비판적으로 표현하는 방향을 취하였다. 넷째, 그 길이와 구성은 시사적인 문제의 핵심을 짧은 시간 동안에 효과적으로 드러낼 수 있도록 짤막한 촌극(寸劇) 형태를 취했을 것으로 추측된다. 다섯째, 이 양식은 미리 작품을 정교하게 짜서 만드는 예술극보다는, 그때그때 발생하는 문제적 상황에 따라 배우들이 사건을 즉흥적으로 전개해 나아가는, 일종의 시사적인 '즉흥극'(improvisation) 형태를 취하였을 것이다. 여섯째, 이 희곡/연극 양식에는 탈/가면이 거의 사용되지 않은 것으로 보인다.

교방가무희 : 궁중극인 교방가무희(敎坊歌舞戱)의 내용과 형식을 검토해 보자. 이 교방가무희는 고려 문종 때부터 송에서 수입한 것으로, 궁중 전상(殿上)에서 하는 가무악극 형태로 공연되었다 한다.

《고려사》 악지에 보이는 당악(唐樂)의 종목 가운데 가무희(歌舞戱)의 형태를 갖춘 것은 〈헌선도〉(獻仙桃), 〈수연장〉(壽延長), 〈오양선〉(五羊仙), 〈포구락〉(抛毬樂), 〈연화대〉(蓮花臺) 등이고, 〈석노교곡파〉(惜奴嬌曲破), 〈만년환만〉(萬年歡慢) 등은 가무극이 아니라 악곡이다. 이 가운데서, 특히 〈헌선도〉, 〈포구락〉, 〈연화대〉 등은 하나씩 따로 독립된 일종의 아정(雅正)한 궁중 가무악극 대본 형태로 되어 있다.

앞에서도 잠깐 언급한 바와 같이, 〈헌선도〉는 선경(仙境)에 사는 신선 '서왕모'(西王母)가 대궐로 찾아와 대왕께 선도(仙桃) 복숭아를 바치는 이야기로 만들어진 매우 훌륭한 가무악극이다. 〈오양선〉도 하늘에 사는 다섯 명의 신선이 궁궐로 내려와 임금의 만수무강과 나라의 태평성대를 축수하고 돌아가는 내용의 가무악극이라 할 수 있다. 〈포구락〉은 용의 알 모양의 '포구'(抛毬)를 포구문(抛毬門)에 던져 넣는 놀이를 우아한 궁중 가무악극 형태로 만든 것이다. 〈연화대〉는 신선들이 사는 선경인 봉래산의 선녀(仙女)가 성상(聖上)의 덕화(德化)에 감동되어 연꽃을 타고 대궐로 내려와 노래와 춤으로 임금에게 위안을 드린다는 내용으로 된 가무악극이다. 그리고 이 가무악극에서는 춤을 추는 처녀/선녀가 연꽃 속에 숨어 있다가 꽃잎이 열리면서 나타나므로, 이때 처녀/선녀가 추는 춤은 매우 우아하고 절묘한 춤으로 알려져 있다. 이 교방가무희 양식의 대본은 앞에서 거듭 인용하여 설명하였으므로, 여기서는 생략한다.

극장과 무대

이 시기의 극장과 무대로는, 전대의 '채붕'(綵棚)과 함께 '산붕'(山棚), '산대'(山臺)라는 용어가 나타난다. 그리고 이러한 용어들을 중심으로 하여 화려하게 펼쳐지는 이 시대의 가설무대들에 대한 묘사가 이 당시 연극에 관한 기록들에 자주 나타난다. 이것은 이 시기에 이르러 기존의 극장과 무대가 좀 더 다양하고 세련되게 발전했음을 보여주는 증거라 하겠다. 이에 관한 대표적인 자료들을 검토해 보면 다음과 같다.

32년 4월 8일에 최이가 연등회(燃燈會)를 하면서 채붕(綵棚)을 가설하고 기악(伎樂)과 온갖 잡희(雜戲)를 연출시켜 밤새도록 즐겁게 놀게 하니, 도읍 안의 남녀노소 구경꾼이 담을 이루었다. 또 5월에는 종실(宗室)의 사공(司空) 이상과 재추들을 위하여 연회를 베풀었다. 이때 산처럼 높게 채붕을 가설하고, 수단 장막과 능라 휘장을 둘러치고, 그 안에 비단과 채색 비단 꽃으로 장식된 그네를 매었으며, 은과 자개로 장식한 큰 분(盆) 네 개를 놓고 거기다가 얼음산을 만들었고, 또 큰 통 네 개에다가 10여 종의 이름난 생화들을 꽂아 놓아, 보는 사람의 눈을 황홀케 하였다. 그리고 기악과 온갖 잡희를 연출시켰는데, 팔방상 공인(八坊廂工人) 1천 350여 명이 모두 성대한 옷차림을 하고 뜰로 들어와서 주악(奏樂)하여, 각종 악기 소리가 천지에 진동했다. 최이는 팔방상에 각각 은 3근씩 주었고, 또 영관(伶官)들과 양부(兩部)의 기녀(伎女) 및 재인(才人)들에게 금과 비단을 주어, 그 비용이 거만(鉅萬)에 달하였다.[143)

여기에는 이 시대의 화려한 가설극장의 모양이 상당히 자세하게 묘사되어 있다. 그 구체적인 모양을 보면, "산처럼 높게 채붕을 가설하고, 수단 장막과 능라 휘장을 둘러치고, 그 안에 비단과 채색 비단 꽃으로 장식된 그네를 매었으며, 은과 자개로 장식한 큰 분(盆) 네 개를 놓고 거기에다가 얼음산을 만들었고, 또 큰 통 네 개에다가 10여 종의 이름난 생화들을 꽂아 놓아, 보는 사람의 눈을 황홀케 하는" 것이었다.

이 극장 묘사를 통해서 우리는 다음과 같은 사실을 알 수 있다. 첫째, 이 극장은 우선 상설극장이 아니라, 공연이 이루어질 때마다 임시로 설치하는 '가설극장'이었다. 둘째, 이런 극장은 폐쇄적인 옥내극장이 아니라 매우 개방적인 '옥외극장'이었다. 셋째, 무대는 지상 위로 '산처럼 높게' 달아 올려 또는 세워 올려 만든 '다락무대'[樓臺]였다. 그래서 이런 무대를 '산대'(山臺) 또는 '산붕'(山棚)이라 불렀다. 넷째, 무대 둘레를 비단 등의 천으로 둘러쌌다. 그래서 이런 무대를 '채붕'이라 불렀다. 다섯째, 그 무대 안은 비단, 비단꽃, 은자개 장식 분(盆), 얼음산, 생화 화병 등의 대소 도구들로 화려하게 장식되었다.

이 극장과 무대에 관한 묘사는, 당시 가장 호사스러운 극장 무대에 대한 다소 비판적인 태도의 묘사라는 점에서 볼 때, 이보다 더 소박한 형태의 극장과 무대도 많았을 것으로 추측된다. 그렇다 하더라도, 우리는 여기서 묘사되고 있는 극장 무대의 일반적인 형태와 구조는 대체로 널리 일반화되어 있었을 것으로 추정할 수 있다. 다음과 같은 기록 자료에도 극장과 무대에 관한 묘사가 보인다.

5월 신유일에 왕과 공주가 원나라에서 귀국하였는데, 서울에서 산붕(山

---

143) 《고려사》 권129, 열전42, 반역3, 최충헌.

棚)을 가설하여 결채(結彩)하고 잡희(雜戱)를 차리었으며, 가요(歌謠)를 지
어 바치면서 환영하였다.144)

이 자료에서는 고려시대의 극장에서는 '산붕'(山棚)을 가설하여 '결
채'(結綵)를 하였다는 점을 알려준다. 즉, 산처럼 높다랗게 다락을 설치
하고[山棚], 그곳을 색실이나 색종이 등으로 아름답게 장식[結綵]을 하
였다는 것이다.

> 계축일에 왕이 장단현 응덕정(應德亭)에 가서 뱃놀이를 하였는데, 배 안
> 에 비단 장막을 치고 여악(女樂)과 잡희(雜戱)를 실어 강 중류에서 놀았
> 다.145)

이 자료는, 뱃놀이와 같은 동적인 놀이 장소에서도 '채붕'과 비슷하게
장막을 쳐서 가설무대를 만들고, 거기에서 여러 가지 잡희를 공연했음
을 알려준다. 다음은 길거리에 설치한 극장 무대에 관한 기록이다.

> 최충헌의 사위 임효명(任孝明)이 과거(科擧)에 급제했으므로 왕은 즉시
> 내시(內侍)에 속하게 하고 교지(敎旨)를 내려서 임시로 각문지후(閣門祗候)
> 라는 벼슬을 주었다.…… 임효명의 문전을 지나가는 사람이면 누구든지 불
> 러 들여서 술상을 차려 주었는데, 그것이 극히 사치스러웠으며, 또 고달고
> 개[高達坡]로부터 가조리(加造里)에 이르는 사이에 연이은 채붕(綵棚)을
> 매고, 기악(伎樂)과 잡희(雜戱)를 크게 벌여 놓아 구경꾼이 담을 이루었
> 다.146)

---

144) 《고려사》 권35, 세가35, 충숙왕, 을축 12년.
145) 《고려사》 권18, 세가18, 의종2, 정해 21년.
146) 《고려사》 권129, 열전42, 반역3, 최충헌.

신사일에 왕이 궁으로 돌아왔다. 이에 앞서 여러 종친에게 명령하여 광화문(光化門) 좌우편 행랑(行廊)에 채단 장막을 치게 하였다.

관현방(管絃房) 대악서(大樂署)에서는 채붕(綵棚)을 세우고 각종 희극을 늘여놓고 왕을 영접하였는데, 여기에는 금은·주옥(珠玉)·금수(錦繡)·나기(羅綺)·산호(珊瑚)·대모(玳瑁) 등으로 꾸며, 기묘하고 사치스럽기가 전고에 비할 바 없었다.[147]

정유일에 왕이 평주에서 돌아올 때 채붕(彩棚)을 만들고 잡희(雜戲)를 차려서 왕을 영접하였다.[148]

위의 네 가지 자료들은 이 시대의 극장과 무대가 가설극장과 가설무대로 존재했을 뿐만 아니라, 길거리의 축제적 행진(parade)을 위한 전시용 '거리극장', '거리무대' 형태로도 많이 존재했음을 알 수 있다. 이러한 극장과 무대의 설행은 특히 외국 사신들의 영접과 왕이나 고위 관리들의 행차를 위한 일종의 환영의식의 일환으로 주로 행하여졌다. 다음은 이 시대의 극장 무대를 알려주는 목은 이색(李穡)의 시이다.

> 산대를 꾸민 것이 봉래산 같은데
> 과일 바치는 선인이 바다에서 오니
> 놀이꾼 징소리 지축을 흔들고
> 처용의 옷소매 바람 따라 휘돈다
> 장간에 매달린 사람 평지 가는 듯하고
> 폭죽은 번개처럼 하늘에 솟네
> 태평스런 참모습 그리려 하나

---

147) 《고려사》 권19, 세가19, 의종3, 경인 24년.
148) 《고려사》 권30, 세가30, 충렬왕3, 을유 11년.

늙은 신하 글 솜씨 없어 부끄러워라

(山臺結綴似蓬萊 獻果仙人海上來

雜客鼓鉦轟地動 處容衫袖逐風廻

長竿倚漢如平地 爆竹衝天似疾雷

欲寫太平眞氣像 老臣簪筆愧非才)[149]

위의 시는 이 시대의 가무백희의 내용 또는 '산대잡극'(山臺雜劇)의 구체적인 내용을 알려준다는 점에서도 중요하지만, 이 시대의 극장 무대에 '산대'(山臺)라는 용어가 사용되고 있음을 알려주는 자료라는 점에서도 중요하다.

이상의 자료 내용들을 다시 한번 종합해 보면, 고려시대의 극장 무대에 관해서는 다음과 같은 사실들을 정리할 수 있다.

첫째, 이 시대의 극장은 공연만을 위한 '상설극장'은 존재하지 않았으며, 임시로 설치해서 사용하는 '가설극장'만 존재했던 것으로 보인다.

둘째, 이 시대의 극장 무대는 일정한 장소에 고정시켜서 설치하는 '고정식 극장 무대'도 있었고, 움직이는 배 위와 같은 곳에 설치하는 '이동식 극장 무대'도 있었다.

셋째, 무대는 땅 위로 산처럼 높게 세우거나 달아 올려 만들었으며, 이런 무대를 '산대'(山臺) 또는 '산붕'(山棚)이라 불렀다.

넷째, 무대 둘레는 비단 등의 천으로 둘러쳤으며, 이런 무대를 '채붕'(綵棚)이라 불렀다.

다섯째, 무대 안에는 비단·자개·생화·화병 등의 대소 도구로 장식하기도 했다.

여섯째, 이 시대에는 길거리에 설치하는 '거리극장', '거리무대' 형태

---

149) 《목은집》(牧隱集) 권33, '산대잡극'(山臺雜劇).

도 많았다.

전문 직업배우의 등장

이 시기에 들어오면 비로소 전문적인 직업배우가 사회적으로 전면에 드러난다는 것을 이 시기의 기록들[150]을 통해서 확인할 수 있으며, 이 당시 직업배우를 가리키는 명칭으로는 '영관'(伶官), '창우'(倡優), '우인'(優人), '광대'(廣大) 등이 있었음을 알 수 있다. 그리고, 이 당시의 '광대'(廣大)란 말은 주로 가면극을 하는 배우를 가리키는 것으로 나타난다. 이 시대의 배우들에 관한 주요 기록들을 검토해 보면 다음과 같다.

영관(伶官) : 먼저, '영관'에 관한 기록 자료를 살펴보면 다음과 같다.

① 봄 정월 초하루 정유일에 정조 축하 의식을 정지하였다. 신해일에 연등회를 열고 왕이 봉은사에 갔다.

계축일에 왕이 강안전(康安殿)에 나가서 채붕(綵棚)과 영관(伶官) 양부악(兩部樂)을 구경하였다. 이에 앞서 전날 밤에 벌써 연등 대회를 치렀다 하여 모든 시설을 다 철거해 버렸는데 왕이 갑자기 명령을 내려 처음대로 하게 하였던 것이다. 왕은 곤한 줄도 모르고 재미있게 보다가 한낮이 되어서야 파하였다.……

을묘일에 상춘정(賞春亭)에서 연회를 배설하고 영관(伶官)들을 시켜 각종 유희를 혼합 연주하게 하였다.[151]

---

150) 《고려사》 권72, 악지; 《고려사》 권136, 열전49; 《고려사》 권121, 열전34; 《고려사》 권129, 열전42; 《고려사》 권124, 열전37.
151) 《고려사》 권17, 세가17, 의종 6년, 임신 6년.

② 예식 전날에 해당 기관에서 왕태자의 좌석을 여정전 동편 벽 아래 한 가운데서 서쪽으로 향하게 펴고, 또한 3사 3소, 재신, 추밀관 이하 문무백관의 절하는 자리를 전상과 전정에 보통 절차와 같이 준비한다. 그날 동궁 부솔(府率)은 위병들을 정돈하여 보통 절차와 같이 문을 경비하고 의장을 정렬한다. 문무백관들은 모두 궁문 밖에 자리에 모여서 기다린다. 시위하는 관리 및 영관(伶官)과 악공들이 먼저 들어가 자리에 선다. 왕태자가 도포를 입고 신을 신고 문에 나올 때 주악이 시작되고 좌석에 오르자 주악이 멎는다.[152]

③ 32년 4월 8일에 최이가 연등회(燃燈會)를 하면서 채붕(綵棚)을 가설하고 기악(伎樂)과 온갖 잡희(雜戱)를 연출시켜 밤새도록 즐겁게 놀게 하니 도읍 안의 남녀노소 구경꾼이 담을 이루었다.…… 그리고 기악과 온갖 잡회를 연출시켰는데 팔방상 공인(八坊廂工人) 1천 350여 명이 모두 성대한 옷차림을 하고 뜰로 들어와서 주악(奏樂)하여, 각종 악기 소리가 천지에 진동했다. 최이는 팔방상에 각각 은 3근씩 주었고, 또 영관(伶官)들과 양부(兩部)의 기녀(伎女) 및 재인(才人)들에게 금과 비단을 주어, 그 비용이 거만(鉅萬)에 달하였다.[153]

우선 ①의 자료를 보면, '영관'(伶官)이 국가 기관인 양부(兩部)에 속해 있으면서 나라의 악(樂)을 담당하였으며, 이들은 국가 연회에서 '각종 유희를 혼합 연주'하는 사람들로 기술되어 있다. 이 자료는 '영관'이 각종 유희를 담당한 국가의 전문 배우, 곧 오늘날의 국립극단 '배우'와 같은 존재였음을 알 수 있다.

②에 보면, "시위하는 관리 및 영관(伶官)과 악공들이 먼저 들어가 자

---

152) 《고려사》 권67, 지21, 예9, 가례3.
153) 《고려사》 권129, 열전42, 반역3, 최충헌.

리에 선다"라는 기록으로 보아, 이 '영관'은 '악공'과는 다른 존재로 따로 구분되고 있었음을 알 수 있다. 즉 '영관'은 음악 연주를 담당하는 악공과는 다른, 연희 또는 연극 공연을 담당하는 국가 전문 직업인들인 것으로 보인다.

③의 기록에 보이는바, "최이는 팔방상에 각각 은 3근씩 주었고, 또 영관(伶官)들과 양부(兩部)의 기녀(伎女) 및 재인(才人)들에게 금과 비단을 주어, 그 비용이 거만(鉅萬)에 달하였다"는 기록으로 보아, 이 '영관'은 양부에 속해 있는 기녀 및 재인들과도 다른 존재였음을 알 수 있다.

창우(倡優) : '창우'에 관한 자료들을 살펴보면 다음과 같다.

① 도당 대신들이 정비에게 문안한즉 정비가 발[簾]을 드리우고 접견하면서 현릉 시대의 성덕(盛德)과 신우의 실도(失道)에 대하여 이야기하고 술을 주었다. 신우가 중추(中秋)를 기하여 6도(道)의 노래패, 광대와 창우(倡優)들을 불러 올려서 동강에서 각종 놀음 놀이를 차려 놓고 국고를 털어서 그 비용에 썼으므로 재정이 고갈 탕진되었으나, 성재(省宰)나 대간(臺諫)들이 그것을 시정하여 주지 못하였으며, 심지어는 기묘한 놀음을 안출하여 그의 비위를 맞추어 주는 자까지도 있었다.154)

② 신축일에 양반 자제들을 선발하여 세자부(世子府)의 숙위(宿衛)에 충당하였다. 을사일에 원나라의 창우(倡優) 남녀들이 왔는데 왕이 그들에게 쌀 3석을 주었다.…… 기유일에 대전(大殿)에서 연회가 있었는데 원나라의 배우들이 백희(百戲)를 연기하였다. 왕이 그들에게 은(白銀) 3근을 주었다.155)

154)《고려사》권136, 열전49, 신우, 정묘 13년.
155)《고려사》권29, 세가29, 충렬왕, 계미 9년.

③ 벼슬을 하여서 이미 유품(流品)에 이른 자와 원나라 때에 일찍이 급제하였거나 벼슬한 자는 응시(應試)할 수 없다. 그러나 그 외에는 어떠한 자라도 또 각지에 유랑하는 자라도 모두 응시할 수 있다.

과오가 있어서 파면당한 사람과 아전과 창우(倡優) 등은 모두 응시할 수 없다.156)

①의 자료에 보이는 "신우가 중추(中秋)를 기하어 6도(道)의 노래패, 광대와 창우(倡優)들을 불러 올려서 동강에서 각종 놀음놀이를 차려 놓고"라는 기록으로 보아, 이 시대에는 '광대'와 '창우'가 서로 다른 명칭이었음을 알 수 있다. 같은 의미로도 쓰인 것 같으나, 이렇게 구분하여 쓸 경우에는, '창우'는 주로 직업적인 배우들을 지칭하는 일반적인 용어로 사용된 것 같고, '광대'는 탈놀음을 담당하는 사람들이란 뜻으로 쓴 것 같다.

②의 자료에서 원나라 창우들을 배우라는 말과 같은 말로 쓰고, 그들이 '백희'(百戲)를 하였다고 한 것으로 보아, 백희를 하는 배우를 창우라고도 한 것 같다.

③은 과거시험 자격을 규정해 놓은 기록인데, 여기서 창우들은 과거에 응시할 수 없다 한 것은, 그들의 사회적 계층적 신분상의 제약을 분명하게 보여주는 자료이다.

우인(優人) : '우인'이란 명칭에 관한 자료를 보면 다음과 같다.

군만은 우인(優人)이었다. 공양왕 원년에 그의 부친이 밤중에 범에게 물려갔다. 군만이 하늘을 우러러 통곡하고는 활과 화살을 가지고 산으로 들

---

156) 《고려사》 권42, 세가42, 공민왕, 경술 19년.

어갔다. 범은 군만의 부친을 다 먹어 버리고 산모퉁이에 엎드려 있다가 군
만을 보고 으르렁대며 앞으로 와서 먹은 뼈마디를 토해 놓았다. 군만은 그
범을 단번에 쏘아 죽이고 칼을 뽑아 범의 배를 가르고 부친의 해골을 추려
모아서 불에 태워 매장하였다.[157]

이 자료로 보아서는 '우인'이 이 시대에 무엇을 지칭하던 말인지 정확
하게 알 수 없다. 추측하건대, 이것은 이 당시의 배우들을 범칭하는 말
로 쓰인 것으로 보인다.

광대(廣大) : '광대'란 용어에 관한 자료들을 살펴보면 다음과 같은 것
들이 있다.

① 충숙왕이 원나라에 체류할 때에 심왕(瀋王) 고(暠)가 왕위를 빼앗아
보려고 모략하였고 간신들이 이와 결탁하였다. 충숙왕이 박인평(朴仁平)을
보내 재상들에게 전달하기를,
 "옛날에 작은 광대가 큰 광대를 따라서 강을 건너가려는데 나룻배가 없
었다. 그때에 작은 광대가 여러 큰 광대에게 말하기를 '나는 키가 작아서
물의 깊이를 알기 어렵다. 그대들은 키가 크니 앞서서 수심을 재어 보라!'
고 하니, 모두 다 그렇게 하자 하고 물에 들어가서 다 빠져 죽고 작은 광대
만 남았다. 지금 우리나라에 작은 광대 두 사람이 있는데 그것은 전영보와
박허중(朴虛中)이다. 나를 위험한 곳에 두고 태연하게 앉아서 구경하고 있
으니, 이것과 무엇이 다른가!"라고 하였다. 우리나라 말로, 가면을 쓰고 놀
이하는 자를 광대(廣大)라 한다.[158]

---

157) 《고려사》 권121, 열전34, 효우, 군만(君萬).
158) 《고려사》 권124, 열전37, 폐행, 전영보.

② 雙花店에 雙花사라 가고신댄

回回아비 내손모글 주여이다

이말삼미 이店밧긔 나명들명

다로러거디러 죠고맛감 삿기광대 네 마리라 호리라[159]

①의 자료에서 분명하게 드러나는 것은, 고려시대의 '광대'란 말은 '가면을 쓰고 놀이하는 자'를 가리키는 말로 시용되었음을 알 수 있다. 그런데, 이 기록이 실려 있는《고려사》가 편찬된 시기는 조선시대 초인 15세기이므로, 이 기록에서 "우리나라 말로, 가면을 쓰고 놀이하는 자를 광대라 한다"는 발언을 한 시기는 고려시대가 아니라, 조선시대 초기인 15세기이다. 그러나, 이 시기가 고려시대와 시대상으로 그다지 먼 시기가 아니므로, 이런 용어 사용법이 고려시대에도 통용되었을 것으로 추정할 수는 있다.

②의 자료는 고려 충렬왕 때 유행했다고 전해지는 노래이므로, 이 노래 속에 나타난 '삿기광대'[160]란 말은 실제로 고려시대에 쓰였음을 알 수 있으며, 이 시에서의 '삿기광대'란 말은 만두 가게의 사환이란 뜻으로 쓰이고 있다. 이러한 '광대'의 용법은, 고려시대에는 '광대'란 말이 사회적으로 널리 일반화되어 사용되었음을 알려준다.

이상에서 검토한 바와 같이, 고려시대에는 '영관'(伶官), '광대'(廣大), '창우'(倡優), '우인'(優人)이라 불리는 배우들이 있었는데, '영관'이란 국가 기관의 전문 배우를 지칭하는 용어였으며, '광대'란 가면극/탈놀음 배우를 가리키는 말이었고, '창우' 또는 '우인'이란 당대의 배우를 일반적으로 지칭하는 보편적인 용어였던 것으로 보인다.

---

159) 고려가요 〈쌍화점〉(雙花店)의 첫대목.
160) 새끼광대. 어린 광대.

연극 교육

이 시기에는 직업배우가 전면에 등장함으로 해서, 연극 교육도 그만큼 본격적으로 이루어지게 되었음을 여러 자료들161)을 통해 알 수 있다. 대표적인 자료 몇 가지를 살펴보면 다음과 같다.

예종 11년 6월 경인일에 왕이 회경전(會慶殿)에서 재추(宰樞)와 시신(侍臣)들을 소집하고 대성 신악(大晟新樂)을 감상하였다. 8월 기묘일에 다음과 같은 명령을 내렸다.

"문(文)과 무(武)의 길[道]은 한편으로 치우치거나 폐지할 수 없는 것이다. 그런데 근래에 번적(蕃賊)이 점차 치열하므로 모신(謀臣)과 무관[武將]들은 모두 갑옷을 수선하고 군졸들을 훈련시키는 것을 긴급한 일로 간주하고 있다. 옛날 제순(帝舜)이 문교와 덕화를 보급시키고 간우(干羽) 춤을 양계(兩階)에서 추게 하였더니 70일 만에 유묘(有苗)가 감화되었다는 사실을 나는 매우 사모하는 바이다. 더욱이 이번에 송나라 황제가 대성악(大晟樂)을 특별히 선물로 보냈으니 마땅히 문무와 무무를 우선 종묘에 드리고 연회와 제향에까지 사용하여야 한다."

10월 무진일에 왕이 친히 건덕전(乾德殿)에서 대성악을 검열하였다.……

3월 을유일에 평장사 최세보(崔世輔)를 시켜 왕을 대신하여 여름 체제를 지내게 되었는데 그때에 대성악을 썼으며, 초헌(初獻 - 첫번 술잔을 드리는 의식)에는 약과 적(翟)을 쓰고 아헌(亞獻)과 종헌(終獻)에는 모두 간과 척의 춤(干戚之舞)을 추면서 향악(鄕樂)과 향무(鄕舞)를 첨가하여 썼다.

공민왕 8년 6월 신묘일에 어사대(御史臺)에서 건의하기를 "수도를 옮긴 이후 악공들이 분산되었으며 음악이 없어졌으니 유관 관리들에게 명령하

---

161) 《고려사》 권72, 지26, 여복, 의위; 《고려사》 권70, 지24, 악, 아악; 《고려사》 권71, 지25, 악, 속악.

여 새로 악기를 제작하게 하는 것이 좋겠습니다"라고 하였더니 왕이 그 의
견을 좇았다.……

7월에 강사찬(姜師贊)을 명나라에 파견하여 '모든 음률에 정통하고 기타
기예도 구비한 악공을 보내 전습하여 줄 것'을 청하였다.

20년 5월 신미일에 강사찬이 경사로부터 귀국하였는데, 황제가 "태상악
공(太常樂工)을 경사로 보내서 음악을 전습 받으라"고 하였다.

21년 3월 갑인일에 홍사범(洪師範)을 파견하여 중서성에 다음과 같은 공
문을 보냈다. "근래 병란이 있은 후에 아악이 분산 유실되었으며 귀국에서
보내준 악기는 다만 종묘에만 사용하며 기타 사직, 적전 갈이[耕籍], 문묘
(文廟)에 소용되는 아악 가운데 종과 경은 모두 결여되었다. 그래서 이번에
돈을 가지고 경사(京師)로 사람을 보내서 악기를 사려 한다."

9월 병자일에 구정(毬庭)에서 태묘악(太廟樂)을 연습하였다.

공양왕 원년 3월 을유일에 예조(禮曹)에서 '조회(朝會) 시에 악(樂)을 사
용할 것'을 청하였으므로 그 의견대로 시행하였다.[162]

이 자료에 보이는 "이번에 송나라 황제가 대성악(大晟樂)을 특별히 선
물로 보냈으니 마땅히 문무와 무무를 우선 종묘에 드리고 연회와 제향
에까지 사용하여야 한다"는 임금의 명령이나, '왕이 친히 건덕전(乾德殿)
에서 대성악을 검열하였다'는 기록, 공민왕 때에, '어사대(御史臺)의 건의
에 따라, 유관 관리들에게 명령하여 새로 악기를 제작하게 한 것', 강찬
사를 명나라에 파견하여, '모든 음률에 정통하고 기타 기예도 구비한 악
공을 보내 전습하여 줄 것'을 청한 기록, 이러한 청에 대해 명나라에서
'태상악공(太常樂工)을 경사로 보내서 음악을 전습 받으라'고 한 것, 명
나라 경사로 사람을 보내어 악기를 사려 한 것, '구정(毬庭)에서 태묘악

---

162) 《고려사》 권70, 지24, 악1, 아악.

(太廟樂)을 연습하였다’는 기록 등등은, 모두 고려시대 연극을 포함한 악(樂)의 교육에 국가적으로 얼마나 많은 심혈을 기울였는가를 잘 알게 해준다. 이러한 희곡/연극 교육은 넓은 의미의 악 교육의 일환으로 이루어졌음은 물론이다. 이러한 자료들은 〈악지〉(樂志)를 비롯한 《고려사》 전반의 여러 곳에서 다수 발견된다.

희곡/연극 이론 자료들

이 시기가 되면 희곡/연극 이론에 관한 자료들이 전대에 비해 좀 더 많이 나타난다. 예컨대, 목은(牧隱) 이색(李穡)의 〈구나행〉(驅儺行), 〈산대잡극〉(山臺雜劇) 등은 그 좋은 사례이다.

먼저 관련 자료들을 검토해 보면, 이규보(李奎報)의 시 〈관롱환유작〉(觀弄幻有作), 〈창우희병정〉(倡優戲幷呈), 〈등석입궐유감〉(燈夕入闕有感, 2수), 이숭인(李崇仁)의 시 〈처용무〉(處容舞), 이첨(李詹)의 시 〈고적〉(古蹟), 이색(李穡)의 시 〈산대잡극〉(山臺雜劇)과 〈구나행〉(驅儺行) 등이 있다. 모두 한시(漢詩)라는 공통점이 있다. 이러한 사실은 이 시기에 와서도 우리나라의 희곡/연극 이론은 희곡/연극을 직접 보거나 염두에 두고 쓴 일종의 ‘감상비평’ 형태의 시로 존재했음을 알게 해준다. 그러나 이전 시대보다 훨씬 다양한 자료들이 나타난다는 점은 앞 시대와 달라진 점이다. 이 자료들을 구체적으로 분석해 보면 다음과 같다.

감상비평

먼저, 이색(李穡)의 〈산대잡극〉(山臺雜劇)이란 다음의 한시(漢詩)는 일종의 연극 감상비평 작품이다.

산대를 꾸민 것이 봉래산 같은데

과일 바치는 선인이 바다에서 오니

놀이꾼 징소리 지축을 흔들고

처용의 옷소매 바람 따라 휘돈다

장간에 매달린 사람 평지 가는 듯하고

폭죽은 번개처럼 하늘에 솟는다

태평스런 참모습 그리려 하나

늙은 신하 글 솜씨 없어 부끄러워라

(山臺結綴似蓬萊 獻果仙人海上來

雜客鼓鉦轟地動 處容衫袖逐風廻

長竿倚漢如平地 爆竹衝天似疾雷

欲寫太平眞氣像 老臣簪筆愧非才)[163]

이 시는 고려 말기 또는 조선시대 초기에 공연되던 '산대잡극'/가무백희를 보고, 그에 대한 작자의 감회를 적은 것이다. 그러므로 이 시는 고려시대 말기에서 조선시대 초기 사이의 우리나라 가무백희의 모습과 행방을 시각적으로 묘사하여 제시해 준다는 점에서 매우 중요한 비평 자료가 된다.

이 연극비평은 우선 매우 사실적인 비평, 곧 '기술비평'(descriptive criticism)의 태도를 견지한 비평문이다. 이 기술비평 내용을 시행별로 나누어 그 묘사 대상과 내용을 차례대로 분석해 보면 다음과 같다.

제1행 ─ 산대잡극 무대 모양 묘사

제2행 ─ 산대잡극 중 '헌선도'(獻仙桃)란 가무극 묘사

제3행 ─ 산대잡극 반주 음악을 묘사

---

163) 《목은집》(牧隱集) 권33, '산대잡극'(山臺雜劇).

제4행 - 산대잡극 중 '처용무'(處容舞)를 묘사
제5행 - 산대잡극 중 '광대줄타기'를 묘사
제6행 - 산대잡극 중 '폭죽' 터트리는 장면 묘사
제7, 8행 - 산대잡극 공연에 대한 작자의 심회 표현

　작품의 전체적인 분위기로 보아, 고려시대 말기의 분위기라기보다는 조선시대 초기의 분위기로 보인다. 이 작풍에는 고려조를 섬기던 작자가 새로운 왕조 건설 초기에 벌어지는 〈산대잡극〉의 공연에 대해 무어라 표현해야 할지 몰라 하는 노년기의 태도가 드러나고 있다. 그래서 그런 심정은 "태평스런 참모습 그리려 하나/ 늙은 신하 글 솜씨 없어 부끄러워라"라는 기술로 끝을 맺는 것으로 보인다.

　아무튼, 이 시는 고려시대 말기에서 조선시대 초기 사이의 우리나라 산대잡극의 공연 양상을 매우 사실적으로 평이하게 묘사하여 기록해 놓고 있는 기술비평 자료라는 점에 중요한 의의가 있다 하겠다.

　아울러, 이 당시의 희곡/연극도 가무백희 형태로 공연되었으며, 그 주요 레퍼토리로는 '헌선도', '처용무', '광대줄타기' 등이 있었음도 알려준다.

　다음은 이색의 〈구나행〉(驅儺行)이란 시이다.

천지의 움직임은 어찌 이리 아득한고
선도 있고 악도 있어 어지러운 모양이네
혹 상서로운가 하면 또는 재앙이 되고
잡스럽게 뒤섞이니 어찌 인심 편안하리
사악함 물리침은 예부터 있었던 의례
십이지신은 항상 밝은 신령이셨네
나라에선 크게 나례청(儺禮廳)을 두어
해마다 안뜰[內庭]을 밝히는 일 맡으니

내시와 아이 초라니들 소리 서로 이어
재앙을 물리침이 빠른 번개와 같네
사평부에선 대궐을 돌며 경비를 하고
모여 선 열사들은 모두 힘센 장사들
충의의 격렬함은 병장(屛障)을 대신하네
기괴한 나례 끝나자 나희 광대들 종종걸음
오방귀신 춤과 백택(白澤) 놀이 하며
불을 뿜기도 하고 칼을 삼키기도 하네
가을의 정령이자 서호(西胡)의 귀신 있어
또는 검고 또는 누렇고 눈은 파랗고
그 중의 늙은인 곱사등이에 키가 크네
사람들은 모두 곧 남극노인에 장탄식
강남의 장사꾼은 난쟁이가 떠났다 하고
진퇴 동작 빠르기는 바람 속 반딧불 같네
신라의 처용(處容)은 칠보를 두르고
꽃가지 머리에 꽂고 향기도 풍기네
긴 소매 낮게 휘두르며 태평무 추니
취한 뺨 더욱 빨개져 술이 덜 깬 듯,
누렁개는 방아 찧고 용은 구슬 다투니
온갖 짐승 너울너울 요임금 뜰 같구나
(天地之動何冥冥 有善有惡粉流形
或爲禎祥或祅蘖 雜糅豈得人心寧
辟除邪惡古有禮 十又二神恒赫靈
國家大置屛障房 歲歲掌行淸內庭
黃門振子聲相連 掃去不祥如迅霆
司平有府備巡警 烈士成林皆五丁
忠義所激代屛障 畢陳怪詭趨群伶

舞五方鬼踊白澤　吐出回祿吞靑萍
金天之精有古月　或黑或黃目靑熒
其中老者傴而長　衆共驚嗟南極星
江南賈客語侏離　進退輕捷風中螢
新羅處容帶七寶　花枝壓頭香露零
低回長袖舞太平　醉臉爛赤猶未醒
黃犬踏碓龍爭珠　蹌蹌百獸如堯庭[164]

이 시는 고려시대의 말기에 이색이 구나의례(驅儺儀禮)를 관람하고 그 것을 진행 순서대로 사실적으로 묘사해 나아간, 기술비평 형태의 연극비평이다.

이 비평문의 내용은 구나의식의 진행 절차에 따라 다음과 같이 전반부와 후반부 두 부분으로 나눌 수 있다.

전반부 — 1~13행 : 나례의식(儺禮儀式) 묘사 — 제사의식 묘사
후반부 — 14~28행 : 나희(儺戱) 묘사 — 가무백희 묘사

이 시를 이렇게 전반부와 후반부로 나누어 놓고 보면, 연극비평에 해당하는 부분은 후반부이다. 이 후반부의 묘사 내용에는 이 시대의 가무백희 내용이 비교적 가장 자세히 그려져 있다. 후반부를 다시 구체적으로 분석 정리해 보면 다음과 같다.

14행 — 나희 광대/공연자들의 발 빠른 등장 모습
15행 — 오방신장무와 신성한 동물[白澤]의 춤

---

164) 이색, 〈구나행〉, 《목은집》 권21.

16행 − 불뿜기[吐火], 칼삼키기[呑刀] 놀이

17~19행 − 서역인(西域人) 모습의 탈놀음/가면극

20행 − 남극노인[南極星] 형상의 탈놀음/가면극

21~22행 − 장사꾼과 난쟁이 탈놀음(?)

23~26행 − 처용무(處容舞)

27~28행 − 각종 동물 탈놀음(누렁개, 용 등)

이렇게 분석 정리해 보면, 이 기술비평에 묘사되어 있는 이 당시의 가무백희 종류는 대체로 대략 여덟 가지 정도가 된다. 이 가운데서 연극/탈놀음으로 볼 수 있는 내용만 다시 그 묘사 순서대로 정리하면 다음과 같다.

14행 − ① 나희 광대/공연자들 등장

15행 − ② 오방신장무 ③ 신성 동물춤[白澤舞]

17~19행 − ④ 서역계 탈놀음/가면극

20행 − ⑤ 남극노인[南極星] 탈놀음/가면극

21~22행 − ⑥ 장사꾼·난쟁이 탈놀음/가면극

23~26행 − ⑦ 처용무(處容舞)

27~28행 − ⑧ 각종 동물 탈놀음(누렁개, 용 등)

이러한 당시 탈놀음/가면극의 구성/과장과 순서는 대체로 오늘날 전승되는 우리나라 각종 탈놀음/가면극의 순서 및 내용과 상당 부분 서로 일치함을 알 수 있다. 그러면서 이 시는 그 이전의 탈놀음/가면극과도 깊은 관련을 가진다.[165] 이런 점에서, 이 시는 우리나라 탈놀음/가면극

---

165) 이혜구(1996), 《보정 한국음악연구》, 서울: 민속원, 301~303쪽 참조.

에 관한 매우 중요한 기술비평 자료라 할 수 있으며, 이 점이 이 자료의 가장 큰 의의라 하겠다.

미학비평

다음은 이첨(李詹)의 〈고적〉(古蹟)이란 한시이다.

시냇물 가득 밝은 달밤 깊어가는데
동쪽바다 신인이 시정에 내려왔네
길은 넓어 가객 긴 소매 춤을 추고
세상은 태평해 돈꾸러미 걸고 놀 만하네
고고한 발자국 아득히 선부로 돌아가고
남긴 노래 흘러흘러 경주에 남아 있어
거리 입구에 봄바람 철 한 번 일어나니
불현듯 꽃 꽂은 머리 불려 움직인다
(滿川明月夜悠悠　東海神人下市樓
路闊歌客長袖舞　世平宜掛百錢遊
高蹤縹緲歸仙府　遺曲流傳在慶州
巷口春風時一起　依然吹動揷花頭)[166]

　이 작품은 고려 말 14세기에 작자가 경주 거리에서 '처용무'(處容舞)를 보고, 그에 대한 느낌을 표현한 시로 보인다. 이렇게 본다면, 이 시기까지도 경주에는 '처용무'가 실제로 남아 존재했음을 이 시를 통해 짐작할 수 있다.

---

166) 《동경잡기》(東京雜記) 권2, '고적'(古蹟).

이 비평문은 다분히 미학적이다. 즉, 달빛이 가득 비쳐 반짝이는 시냇물을 자연적 배경으로 하여 거리에서 처용무를 추는 모습을, 동해 바다의 신인이 시정에 내려온 것으로 상상하여 비유한 다음, 넓은 길거리에서 추는 처용무의 모습을 잠시 태평연월에 비유한다. 마지막으로, 넓은 길거리에서 너울너울 추는 처용무의 모습을 봄바람에 피어 흔들리는 꽃에 비유하고 끝을 맺는다. 이 시 작품은 결국 처용무를 다음과 같이 3단계의 비유로 표현하고 있는 셈이다.

> ① 처용무 – 시정에 내려온 동해바다 신인
> ② 처용무 – 평화로운 세상의 기미
> ③ 처용무 – 봄바람에 피어 흔들리는 꽃

이러한 세 단계에 걸친 비유와 표현 방법은 원경에서 근경으로, 천상에서 지상으로, 배경에서 대상으로, 곧 역삼각형 구조로 점차 대상 쪽으로 시야를 좁혀, 대상을 초점화하면서, 처용무의 아름다움을 표현하고 있다. 이런 점에서, 이 시는 처용무의 아름다움을 시적으로 묘사한 일종의 미학비평이라 할 수 있다.

연극본질론

끝으로, 연극본질론을 언급한 자료를 분석해 보자. 다음은 이규보의 시 〈관롱환유작〉(觀弄幻有作)의 전문이다.

> 조물주는 사람을 꼭두각시 다루듯 하고
> 달인은 꼭두각시를 자신 보듯 하는구나
> 사람 사는 게 꼭두각시와 한 가지이니

끝내 누가 참이며 또 누가 거짓이란 말인가
고개를 들었다 숙였다, 얼굴을 찡그렸다 폈다, 신체의 미묘함을 갖추니
누가 장차 마음의 장인이라 천기를 빼앗는가
사람도 한 기운을 따라 어리석게 꿈틀거리나니
그 기운이 다 빠지면 꼭두놀음 마치고 돌아감과 같으리
(造物弄人如弄幻　達人觀幻似觀身
人生幻化同爲一　畢竟誰眞復匪眞
俯仰嚬伸具體微　孰將心匠奪天機
人緣一氣成蚩蠢　氣出還同罷幻歸)[167]

이 시 작품은 우선 작자가 감상한 연극의 내용을 사실적으로 묘사하는 기술비평적인 태도와 실제를 보여주고 있다. "고개를 들었다 숙였다, 얼굴을 찡그렸다 폈다, 신체의 미묘함을 갖추니"라는 부분이 특히 그런 부분이다. 이 부분은 마치 오늘날 전해지는 꼭두각시놀음의 '박첨지 마당' 둘째 거리인 '피조리 거리'에서 박첨지 딸과 며느리가 뒷절 상좌 중들과 놀아나는 대목을 보는 듯하다.

그러나 이 작품은 궁극적으로 희곡/연극 이론 또는 이론비평의 방향을 지향하고 있다. 즉, 이 시에서 작자는 꼭두각시놀음을 보고, 거기에서 '인생'을 발견한다. 이 시의 주제로 볼 때 핵심 되는 부분은 "사람 사는 게 꼭두각시와 한 가지다"라는 표현과 "기운이 다 빠지면 꼭두놀음 마치고 돌아감과 같으리"라는 부분이다. 즉, "인생은 꼭두각시놀음과 같다"는 것이 이 시의 기본 주제이다.

작자 이규보는 결국 '인생은 연극이다'라는 위대한 명제를 우리나라 고려시대의 꼭두각시놀음에서 발견하고 있는 것이다. 이것은 16세기에

---

167) 《동국이상국집》 권3, 고율시(古律詩).

이르러서야 셰익스피어가 서양에서 발견한 "연극은 인생을 자연에 비추어보는 것이다"라는 자각보다 4세기 먼저이다. 이규보는 이 시 작품에서 셰익스피어보다 400년 먼저 훨씬 더 분명하게 연극의 본질 및 연극과 인생의 상호관계를 꿰뚫어보고 있다.

이런 면에서, 이 시는 고려시대의 꼭두각시놀음에 대한 연극비평일 뿐만 아니라, 우리나라의 매우 중요한 '연극본질론'이라 할 수 있다.

다음은 이규보의 시 〈등석입궐유감〉(燈夕入闕有感)이다.

> 양부의 풍악 소리 옥을 바수는 듯하고
> 대궐의 등불 빛은 별빛처럼 찬란하네
> 못난 선비 창우들만도 못하면서
> 오히려 관복을 입고 대궐로 들어가네
> (兩部笙歌淸碎玉 九門燈火爛分星
> 愚儒不及倡優輩 猶著緋衣入帝庭)[168]

이 시는, 대궐 안 양부(兩部)에 속한 악공·영관·기녀들이 가무백희를 벌이는데, 이것을 보기 위해 밤중에 등불을 밝혀 들고 대궐로 들어가면서 느끼는 관료 선비의 감회를 시로 읊은 것이다. 이 시에서의 핵심 주제는 "관료 선비가 창우들만 못하다"는 자각이다. 앞서 살펴본 시에서 이규보는 "인생은 연극/꼭두각시놀음이다"라고 했는데, 이 시에서는 그 인생 가운데서도, "배우의 인생이 관료/지배층의 인생보다 **낫다**"고 주장하고 있다.

이런 두 편의 시를 놓고 볼 때, 이규보 자신은 비록 배우가 아닌 시인이었으나, 배우 못지않게 연극의 본질 및 연극과 인생의 유비적 관계를

---

168) 《동국이상국집》 권10, 〈등석입궐유감〉(燈夕入闕有感) 2수 가운데 1수.

꿰뚫어 파악하고 있음을 알 수 있으며, 이것은 우리 희곡/연극 이론에서 매우 중요한 역사적 계기를 이루는 것이라 할 수 있다.

이것은 앞선 남북국시대에 최치원이 당시의 연극/가무백희를 보고 인식한 것보다 훨씬 더 희곡/연극을 깊이 성찰하고, 희곡/연극의 본질을 훨씬 더 깊이 자각하고 있음을 보여준다. 이런 점에서, 이 비평문도 궁극적으로 연극이론, 그 가운데서도 '연극 본질론'을 다룬 것이라 할 수 있다.

이상에서 살펴본 바와 같이, 이규보의 이 두 편의 시에 대하여 우리는 고려시대의 대표적인 '연극본질론'이라는 역사적 의의를 부여할 수 있겠다.

6. 조선시대의 희곡/연극 이론

전반적인 상황

첫째, 이 시기에 오면, 우선 연극 관련 자료들이 이전 시기에 비할 수 없을 만큼 많아지고 다양해진다. 다음에 열거하는 몇 가지 관련 자료들만 보아도, 다수로 늘어난 이 시대의 희곡/연극 관련 자료들의 수효를 짐작하고도 남는다. 예컨대, 이 시대의 희곡/연극 이론 관련 주요 자료들을 몇 가지만 열거하자면, 《조선왕조실록》, 《성호사설》(星湖僿說), 《백허당시집》(虛白堂詩集), 《증보문헌비고》(增補文獻備考), 《반계수록》(磻溪隧錄), 〈조선부〉(朝鮮賦),[169] 《어우야담》(於于野談), 〈관우희〉(觀優戲),[170] 〈광한루악부〉(廣寒樓樂府),[171] 《경세유표》(經世遺表), 《국조보감》(國朝寶鑑), 《다산시문집》(茶山詩文集), 《동사강목》(東史綱目), 《삼봉집》(三峯集), 《신증동국여지승람》(新增東國輿地勝覽), 《양촌집》(陽村集), 《연려실기술》(燃藜室記述), 《청강선생후청쇄어》(淸江先生侯鯖瑣語),[172] 《국조보감》(國朝寶鑑), 《백호전서》(白湖全書),[173] 《오주연문장전산고》(五洲衍文長箋散稿), 《응천일록》(凝川日錄),[174] 《잠곡유고》(潛谷遺稿),[175] 《청장관전서》

---

169) 명나라 사신 동월(董越)이 지은 시.
170) 송만재(宋萬載)의 시.
171) 윤달선(尹達善)의 시.
172) 이제신의 문집.
173) 윤휴의 문집.
174) 작자 미상의 기록집.
175) 김육의 문집.

(靑莊館全書),《담헌서》(湛軒書),《백사집》(白沙集),《패관잡기》(稗官雜記),《열하일기》(熱河日記),《성소부부고》(惺所覆瓿藁),《동문선》(東文選),《대동야승》(大東野乘),《신재효 판소리사설 전집》 등이다.

둘째, 이 시기에 오면, 단일 민족국가의 주체적 이념이 더욱 강력하게 진전되었으며, 정치 이념이 불교 이념에서 유교 이념으로 전환되었다. 유교적 문화가 크게 발전하여, 기존의 전통 토착 고유문화와 불교문화와 유교문화가 서로 활발한 상호작용을 일으키게 된다. 그리고 이를 통해, 우리 민족문화의 폭과 깊이가 크게 심화 확장되어 발전하였다. 따라서 우리의 희곡/연극 이론 분야도 크나큰 발전을 가져왔다.

셋째, 국가적인 축제 행사도 매우 다양하게 발전하여, 기존의 고유 전통 축제인 팔관회나 불교적인 축제인 연등회의 전통은 바뀌었으나, 나례(儺禮)와 산대잡극(山臺雜劇)의 전통은 계승되어 더욱 성행하였다. 그리고 이러한 축제의 전통은 단군제(檀君祭) 등의 나라굿·고을굿·마을굿 전통으로 이어졌으며, 불교 전통 축제인 연등회는 영산재(靈山齋) 등으로 변화하면서 정치의 후면에서 폭넓은 기반을 형성하기도 하였다. 또한 새로운 유교식 전통 축제인 문묘제례(文廟祭禮)와 종묘제례(宗廟祭禮) 등이 정비되어 새로운 국가적인 축제문화의 중심으로 자리를 잡게 되었다.

넷째, 잡귀를 쫓는 구나의식(驅儺儀式)인 나례(儺禮)는 제의적인 전반부인 나례[儺禮]와 놀이적인 후반부인 나희[儺戱]로 나누어 이루어진 것인데, 이 시기에 들어와 제의적인 전반부보다 놀이적인 후반부가 더욱 더 강화되어 나타났다.[176)]

다섯째, 산대희(山臺戱)/산대잡극(山臺雜劇), 곧 산대(山臺)라는 무대를

---

176) 이두현(1994), 앞의 책, 86쪽 참조.

설치하고 그 무대에서 공연하는 가무백희는 조선시대에 들어와서는 '나례도감'(儺禮都監) 또는 '산대도감'(山臺都監) 등의 국가 기관에서 관장하였으며, 그 명칭은 '산대희'(山臺戲), '산대나례'(山臺儺禮), '산대잡희(山臺雜戲), '나희'(儺戲) 등으로 불리었고, 사신 영접, 겨울철 나례의식, 과거 시험, 진풍정(進豊呈), 내농작(內農作), 각종 환영식, 국가 연회 등등에서 광범위하게 사용되었다.177)

가무백희

조선시대 가무백희의 전통이 어떠했는가는 다음 기록들을 통해 짐작할 수 있다.

백희(百戲)를 베풀고 온갖 짐승들이 춤을 추는 모양을 보여주었다.……성 안으로 인도되어 들어가 대동관(大同館)에 이르렀는데, 문밖 동쪽과 남쪽 두 면에 각각 오산채붕(鰲山綵棚)을 세우고 그 위와 아래에다가 영기(伶伎)들의 여러 가지 연극[戲]들을 늘어놓았다. 황주(黃州)에 이르러 보니, 고악잡희(鼓樂雜戲)를 하고 오산채붕(鰲山綵棚)은 황해도와 같았다.…… 서울 근교에 이르러 보니, 고악잡희(鼓樂雜戲)를 하고 성안으로 인도되어 들어가 보니 경복궁 동쪽과 서쪽 두 면에 성대하게 오산(鰲山)을 설치하였으며…….178)

또 의논하기를, "의논하는 자가 말하기를, '국가의 경사가 고명과 면복을 받는 것보다 더 큰 것이 없으니, 채붕(綵棚)을 맺어서 영접하는 것이 가하나, 채붕은 나례(儺禮)의 희학(戲謔)하는 일이 있고, 다정(茶亭)은 나례가

---

177) 위의 책, 86~87쪽 참조.
178) 동월(董越), 《조선부》(朝鮮賦).

없으니, 마땅히 다정으로 맞아야 한다'고 하니[작은 채붕을 설치하고 그 앞에 사람과 짐승 등 잡상(雜像)을 벌려 세우고, 채붕 뒤에서 큰 통(筒)을 놓고 물을 부으면 물이 잡상의 입으로부터 흩어져 나와서 솟아오른다. 시속(時俗)에서 이것을 다정(茶亭)이라 한다], 이 말이 그러한가?" 하니, 모두 말하기를, "채붕(綵棚)은 《번국의주》(藩國儀注)에 실려 있지 않고, 또 바야흐로 상중(喪中)에 있으니 할 수 없고, 다정(茶亭)은 비록 희학(戲謔)은 아니더라도 또한 불가합니다" 하였다.

임금이 말하기를, "채붕을 맺어서 영명(迎命)하는 것은 본국의 풍속이니 하는 것이 가하나, 상사를 당하였으니 감히 못한다. 다만 사신의 뜻에 우리더러 졸(拙)하다고 할까 두려워한다" 하였다.[179)

"채붕(彩棚)의 제도는 우리나라 풍속이기는 하나, 그 유래가 이미 오래여서, 비록 크게 길한 경사가 아니더라도 모두 설치하는 것은 중국에서 본래 알고 있으니, 다시금 이 큰 경사에는 마땅히 채붕을 설치하여야 합니다."…… "정부에서 또 말하기를, '채붕을 얽으면 반드시 희학(戲謔)을 해야 하므로 이것을 할 수 없으니, 만일 희학을 하지 않는다면 채붕을 얽을 필요가 없다.'고 하였다. 내가 생각하기에 그 말이 그럴 듯하나, 의복은 밖에 있고 희학은 마음에 있으니, 과연 정부의 말과 같이 만일 조사(朝士)로 하여금 희학을 한다면 참으로 이 의논과 같지마는, 지금 재주를 부리는 자는 모두 미천한 백성이니, 비록 희학을 하게 하더라도 또한 무방하다. 백성들이 고비(考妣)를 잃은 것과 같이 하고, 함부로 떠들고 희학할 수 없다고 한다면, 광대(廣大), 서인(西人), 주질(注叱), 농령(弄鈴), 근두(斤頭) 등과 같은 규식이 있는 유희[規式之戲]는 예전대로 하고, 수척(水尺), 승광대(僧廣大) 등과 같은 웃고 희학하는 놀이[笑謔之戲]는 늘여 세워서 수만 채우는 것이 가하다."…… "전날에 예겸(倪謙)과 사마순(司馬恂) 두 사신이 왔을 때, 천자(天子)가 새로 보위(寶位)에 오르고, 우리나라도 또한 변고가 없었

---

179) 《문종실록》 원년 6월 5일(정축).

으므로 채붕을 맺고 나희(儺戲)를 하여 영명(迎命)하는 것이 마땅하였지마
는, 지금은 그렇지 않고 나라의 큰 상사를 만났는데, 이것을 전례로 삼아서
채붕을 맺고 나희를 할 수는 없습니다. 비록 천한 백성의 손을 빌려서 한
다지만, 천한 백성이 스스로 하는 것이 아니니, 정지하는 것이 편할까 합니
다.”…… “채붕 같은 것은 우리나라 풍속이고, 번왕(藩王)이 조서를 받는
의주(儀注)에 없는 것이니, 부득이 길할 때에 빌려 쓰는 것은 아닙니다.”[180]

이상의 기록들에서 보면, 이전의 가무백희 전통은 이 시대에 들어와
서도 여전히 전승되어 행해진 것을 알 수 있으며, 특히 중국 사신을 맞
이하는 데에는 사신들의 행로 전역의 요지에 걸쳐 채붕을 설치하고 성
대하게 행하여졌음을 알 수 있다. 그리고 그 주요 레퍼토리로는, 광대(廣
大), 서인(西人), 주질(注叱), 농령(弄鈴), 근두(斤頭) 등과 같은 ‘규식이 있는
유희’[規式之戲]와 수척(水尺), 승광대(僧廣大) 등과 같은 ‘웃고 희학하는
놀이’[笑謔之戲]로 구분되었음을 알 수 있다.

판소리 양식의 탄생

이 시대의 전반적인 변화에 따라, 공연문화/연극문화의 중심인 가무
백희(歌舞百戲)의 전통도 고유 전통의 공연문화와 불교 전통의 공연문화
와 유교 전통의 공연문화 등이 상호작용을 활발히 하여, 매우 다양하게
변화 발전하게 되었다.[181] 이러한 변화 발전 가운데서도 특히, 고유 전
통의 공연문화/연극문화 쪽에서는 판소리라는 새로운 연극 양식이 탄생
하는 등, 기존에 이루어진 각종 공연문화/연극문화 양식들이 좀 더 다양

---

180) 《문종실록》 원년 6월 10일(임오).
181) 송만재, 〈관우희〉(觀優戲) 등 참조.

한 발전을 이룩하게 되었다.

　이러한 변화를 잘 보여주는 자료, 곧 조선시대 가무백희의 전통이 구체적으로 어떻게 분화·발전하였는가를 자세히 알게 해주는 매우 중요한 자료는 조선시대 후기인 18, 19세기에 송만재(宋晩載; 1788~1851)가 쓴 〈관우희〉(觀優戲)라는 시이다. 이 시는 조선 후기인 순조 34년(1834) 무렵에 창작된 것으로 추측된다.182) 이 시에서 볼 수 있는 조선시대 가무백희의 변화 가운데서 가장 큰 변화는 '판소리'라는 양식의 등장과 발전이다. 이 방대한 분량의 한시가 노래하고 있는 대상 공연물들을 시행별로 정리해 보면 다음과 같다.

　　　　서사(序詞) : 길잡이(제1수~제2수)
　　　　영산(靈山) : 가곡(제3수~제8수)
　　　　타령(打令) : 판소리(제9수~제25수)
　　　　포희(絅戲) : 줄타기(제26수~제35수)
　　　　장기(場技) : 땅재주(제36수~제42수)
　　　　총론(總論) : 마무리(제43수~제50수)

　이 시의 내용을 이렇게 분석해 놓고 보면, 작자 송만재가 조선시대 후기에 본 우리나라 가무백희/우희(優戲)의 주요 레퍼토리로는 가곡·판소리·줄타기·땅재주 등이 주요 종목으로 존재하였음을 알 수 있다.

　이 시가 보여주는 조선시대 우희(優戲)의 가장 중요한 변화는 바로 판소리가 우희의 중심 양식으로 등장 발전하였다는 것이다. 즉, 이 '우희를 보고 짓다'[觀優戲]라는 제목의 시가 노래하고 묘사하고 있는 조선시대 후기의 새로운 한국 희곡/연극의 양식은 결국 '판소리'뿐이기 때

---

182) 윤광봉(1987), 《한국연희시연구》, 서울: 이우출판사, 97쪽 참조.

문이다.

또한 여기서 기존에는 '가무백희'라 부르던 것을 이 시대에 와서는 '우희'(優戲)라고도 부르게 되었다는 것도 눈에 뜨인다.

양식들의 다양한 분화

이러한 문화 배경 속에서 이 시기에는 대표적인 주요 희곡/연극 양식으로, 무당굿/무당굿놀이·풍물굿·인형극/괴뢰희·가면극/탈놀이·조희/광대소학지희·판소리·궁중 가무악극(歌舞樂劇) 등이 매우 구체적으로 다양하게 분화 발전되었다. 이러한 사정과 면모들을 각 양식별로 좀 더 구체적으로 살펴보면 다음과 같다.

무당굿

무당굿 가운데 특히 중부 이북지방의 강신무의 무당굿은, '청신-공수-유흥-송신'의 순서로 펼쳐지는데, 이 진행 순서의 '청신' 과정 이후에 무당은 사제로부터 구체적인 등장인물로서의 신으로 그 성격이 전환되므로, '청신' 과정 이후 무당이 트랜스(trance) 상태에서 행하는 공연 전체가 다 하나의 연극으로 볼 수고 있고, 좀 더 좁게는 굿거리 후반부에서 신이 노는 모양을 골계적인 대사와 행위로 표현하는 연극적인 부분만을 따로 떼어 연극이라고 볼 수도 있다.

무당굿놀이

'무당굿놀이'는 무당굿 공연 가운데 등장인물들이 등장하여 극적인 대화와 행위를 통하여 일종의 연극 형태로 전개되는 부분을 말하며, 이 것을 '무극'(巫劇) 또는 '굿놀이'라고도 한다. 무당굿놀이는 무당굿 전체 굿거리의 한 부분으로 삽입되어 있는 경우도 있고, 어떤 굿거리 전체가 굿놀이로 되어 있는 경우도 있다. 이 시대의 무당굿놀이가 실제로 어떠 하였는가는 구체적인 기록이 없어 자세히 알 수 없으나, 오늘날까지 전 승되고 있는 무당굿놀이들을 통해서 간접적으로 유추해볼 수는 있다.

이 무당굿놀이의 공연방법은 다음과 같다. 공연 가운데 시간과 공간 의 처리는 몇 마디의 말에 의해 관념적으로 이루어지고, 등장인물도 내 가 누구라는 몇 마디 말로 성격이 구현된다. 노 젓는 흉내를 내면 극중 장소는 바다가 되고, 밥하는 행위를 하면 부엌이 되며, 거름 주는 행위 를 하면 논이나 밭이 된다. 장단에 맞추어 굿판을 한 바퀴 돌면 공간이 시골에서 서울로 단번에 변환되고, 몇 발짝 걷고 나면 집에서 장터로, 또는 집에서 들판으로 이동되기도 한다.

시간의 처리도 자유롭게 축약 처리된다. 아기를 낳고 기르고 병이 들 고 죽고 하는 과정이 잠깐 사이에 전개된다. 극중장소와 극중시간이 공 연장소와 공연시간과 쉽게 수시로 일치되고, 극의 전개 과정에 청관중 들이 상당히 자유롭게 개입할 수 있다.

무당굿놀이의 유형은 크게 두 가지가 있다. 하나는 주무당이 악사/반 주무당의 도움을 받아가며 여러 등장인물들의 배역을 맡아 '일인다역 식'(一人多役式)의 유형으로 공연을 진행시키는 방식이고, 다른 하나는 둘 이상의 등장인물이 굿판에 등장하여 배역을 분담하여 진행하는 '다 인다역식'(多人多役式) 유형이다.[183]

'일인다역식' 무당굿놀이 유형에서는, 주무당은 서서 등장인물들의

---

183) 황루시(1980), 〈무당굿놀이 개관〉, 《이화어문논집》 3집, 이화어문학회, 155~182쪽 참조.

역할 연기를 하고, 악사/반주무당은 앉아서 주무당의 연기 행동을 도와주는 식으로 공연이 진행된다. 악사/반주무당은 주무당이 묻는 날에 대답을 하기도 하고, 주무당이 이야기하는 도중에 말참견을 하기도 하며, 주무당이 노래를 부르거나 춤을 출 때 장단을 맞추어주기도 한다.

주무당은 일정한 이야기를 하되 행위로 묘사하여 극적인 제시를 할 뿐만 아니라, 필요한 등장인물을 청관중들 가운데서 지적하여 굿판으로 끌어내어 배역을 맡기고, 즉흥적으로 극적인 행위를 연출하기도 한다.

주무당의 분장은 극중 등장인물의 성격에 따라 수시로 변하며, 그 역할이 일인다역이므로, 굿판 내에서 분장에 필요한 의장과 도구들을 조달받는다. 예컨대, 주무당이 〈며느리거리〉를 할 때에는 청관중석에서 치마를 빌려 입고 수건을 빌려 쓰며, 〈어부거리〉를 할 때에는 평복을 입고 수건을 이마에 두르고 장대를 들고 등장하여 노 젓는 모습을 연출한다. 이와 같이 등장인물의 분장은 기본적인 특징을 나타내는 정도에 그치고, 그 도구들은 현장에서 조달 받는다.

한편, 청관중들 속에서 뽑혀 등장한 등장인물은 주무당의 지시에만 따르며, 자신의 창조적인 행동은 없다. 주무당이 시키는 대로만 할 뿐이다. 이 방식의 대표적인 사례로는 경기도 양주의 〈양주 소놀이굿〉과 동해안 무당굿의 〈거리굿〉, 그리고 호남 세습무굿의 〈중천멕이〉 등을 들 수 있다.

'다인다역식' 무당굿놀이 유형에서는, 몇 사람이 미리 배역/등장인물을 나누어 등장하여 이들의 대화와 행동으로 공연이 이루어진다. 이 방식에는 반주무당이 나타나지 않거나, 나타나더라도 극의 진행에 직접 개입하지 않고 필요할 때 장단만 쳐준다.

장면이 바뀌면 하나의 배역을 맡았던 사람이 다른 등장인물 분장을 하고 다른 인물로 등장하기는 하지만, 여러 극중 등장인물들의 배역을 한 사람의 주무당이 간단한 설명만으로 혼자서 감당하지는 않는다.

분장이나 도구도 미리 준비한 것들을 사용하고, 굿판 현장에서 조달받지 않는다. 이러한 형태의 무당굿놀이는 전자 곧 일인다역식 무당굿놀이보다 더 완벽한 연극적 형태를 갖추고 있다. 이 방식의 대표적인 사례로는 동해안 무당굿의 〈도리강관원놀이〉와 〈탈굿〉, 황해도 무당굿의 〈사또놀이〉 등이 있다.

무당굿놀이의 주제는 일상생활의 묘사, 성적인 내용의 노출, 상류층에 대한 풍자 등이 주류를 이루며, 넓은 의미에서 볼 때 가면극/탈놀이의 그것과 유사한 점이 많다고 한다.184)

풍물굿

풍물굿/농악은 악가무희(樂歌舞戲)가 종합된 가무백희적 공연 양식으로서, 그 속에 연극적인 분장을 하고 등장하는 등장인물인 '잡색'(雜色)들의 행동이 매우 활발하다는 점에서, 일종의 연극적인 양식으로 다룰 수 있다. 풍물굿/농악은 부족국가시대 또는 삼국시대 이전부터 존재해 왔다고 하며, 또 그런 증거들도 찾아볼 수 있다.185) 남북국시대를 거쳐, 고려시대의 기록에도 일부 그 존재를 확인할 수 있으나,186) 역시 자세한 기록은 찾기 어렵다. 이렇게 된 이유는 풍물굿이 서민들의 공연/연극 문화 양식으로 존재해 왔기 때문이다. 조선시대부터는 풍물굿/농악에 관한 기록이 상당 수 나타난다.187) 가장 먼저 나타나는 것은 다음과 같은

---

184) '무당굿놀이'에 관해서는 필자가 깊이 연구할 기회를 아직 갖지 못하고 있다. 이 부분에 대한 좀 더 본격적인 연구는 훗날을 기약하고자 한다.

185) 홍현식·김천흥·박헌봉(1967), 《호남농악》, 문교부 문화재관리국, 7~8쪽 참조.

186) 정병호(1986), 《농악》, 서울: 열화당, 29쪽.

187) 이하 조선시대의 농악 관련 자료들은 제자 김정헌이 〈호남 좌도 농악 연구〉란 박사논

15세기의 두레 풍물굿에 관한 묘사이다.

> 해마다 가을 곡식이 넉넉하고 풍족해지면
> 마을마다 두레음악[社鼓樂] 소리 높고 곧아지네[188]

위의 시는 작자인 이승소(李承召; 1422~1484)가 충청도 관찰사를 지낼 때인 1465년 충청도의 들녘 풍경을 노래한 깃이다. 지금까시 알려진 바에 따르면, 두레는 이앙법이 전국적으로 확산된 조선 후기 무렵에 성행하였다고 하는데,[189] 이 시에서는 15세기 중엽에 이미 '마을마다 두레음악[社鼓樂] 소리 높고 곧아지네'라고 하였으니, 조선 전기인 15세기에도 두레는 상당히 확산되었고 그에 따르는 두레악[社鼓樂] 또는 두레음악이 존재했던 것으로 보인다.

또 다른 다음과 같은 기록에도 15세기의 두레 풍물굿의 존재가 드러난다.

> 사군(使君)이 오지 않았을 적엔
> 농민들이 토착(土着)하지 못했더니
> 사군이 이미 수레에서 내리매
> 풍년 들어 밥 짓는 연기 나오네
> 왼쪽엔 밥이요, 오른쪽엔 죽
> 시골 노래는 두레악[社樂]과 섞여서 들려오네[190]

문을 작성하기 위해 모은 자료이다. 여기서 활용할 수 있게 허락해 준 데 대해 감사한다.
188) 이승소(李承召), 《삼탄선생집》(三灘先生集) 권4. 원문 전체는 다음과 같다. "山下孤城一帶橫 靑樓蔚起綵霞明 浮雲遠岫無心出 芳草長堤滿意生 歲歲秋禾登大有 村村社鼓樂昇平 我來聽得輿人頌 刺史仁明體下情."
189) 신용하(1984), 〈두레공동체와 농악의 사회사〉, 《한국사회연구》 2, 서울: 한길사, 15~17쪽 참조.

이 시는 서거정(徐居正; 1420~1488)이 지은 시로써 역시 농촌의 풍물 굿을 묘사하고 있다. 이 기록도 조선 전기부터 두레 공동노동에 북[鼓]을 중심으로 한 타악기 연주음악이 사용되었음을 알려주는 매우 중요한 증거라고 할 수 있다.

15세기 자료에는 다음과 같은 축원 풍물굿에 관한 기록도 나타난다.

한 해의 명절에 거행하는 일이 한 가지뿐이 아니니, 섣달 그믐날에 어린 아이 수십 명을 모아 동자로 삼아 붉은 옷에 붉은 두건을 씌워 궁중으로 들여보내면, 관상감(觀象監)이 북과 피리를 갖추어 소리를 내고 새벽이 되면 방상씨(方相氏)가 이들을 쫓아낸다. 민간에서도 또한 이 일을 모방하여 비록 진자는 없으나 녹색 죽엽(竹葉), 자색 형지(荊枝), 익모초(益母草) 줄기, 도동지(桃東枝)를 한데 합하여 빗자루를 만들어 대문[欞戶]을 마구 두드리고, 북과 방울을 울리면서 문 밖으로 몰아내는 흉내를 내는데, 이를 방매귀(放枚鬼)라 한다.(歲時名日所擧之事非一 除夜前日 聚小童數十名爲侲子 被紅衣紅巾 納于宮中 觀象監備鼓笛 方相氏臨曉驅出之 民間亦倣此事 雖無侲子 以綠竹葉紫荊枝益母莖桃東枝 合而作帚 亂擊欞戶 鳴鼓鈸而驅出 門外 曰放枚鬼)[191]

16세기에도 다음과 같은 두레 풍물굿에 관한 기록이 보인다.

해마다 삼월 되어 두레북[社鼓] 울리면
하늘 밖에서 날개 치며 사뿐하게 나는구나
(年年三月社鼓鳴 天外差池翅輕擧)[192]

---

190) 《신증동국여지승람》 권7, 경기 여주목(驪州牧).
191) 성현(成俔), 《용재총화》(慵齋叢話) 권2.
192) 김성일(金誠一), 《학봉집》(鶴峯集) 권2 차오산사연행(次五山社燕行).

18세기에 오면 호남 지방에 두레 풍물굿이 크게 성행하였음을 알려주는 다음과 같은 자료가 나타난다.

> 임금이 대신과 비국 당상 및 호남 어사 남태량(南泰良)을 인견하였다. 남태량이 전 부안현감(扶安縣監) 안복준(安復駿)이 탐오(貪汚)하고 불법(不法)하여 속공(屬公)한 징(錚鉦)을 가져다 부수어 편철(片鐵)을 만들어 사사롭게 소득으로 했음을 논핵(論劾)하니, 임금이 놀라서 잡아다가 죄를 묻도록 명하였다. 남태량이 이어 말하기를, "전 어사 원경하(元景夏)가 속공(屬公)한 징·북·기치(旗幟)는 마땅히 백성들에게 돌려주어야 합니다" 하였다.[193]

19세기에 이르면 풍물굿에 관한 새로운 용어가 등장한다. 지금까지 논의된 바에 따르면 '농악'이라는 용어는 일제강점기 무렵 일본인 학자 무라야마 지준(村山智順)의 저서 《부락제》(部落祭)에서 처음 사용된 것으로 되어 있다.[194] 그러나 농악이라는 용어는 그 이전 19세기 조선인의 다음과 같은 기록에 처음 나타난다.

농악(農樂)/두뢰(頭耒)
아침에 창 밖에서 징과 북소리가 어지럽게 울렸다. 창 쪽으로 다가가 보니 이편 마을 사람들이 두레북을 두드리고 있었다. 용 한 마리가 그려진 깃발을 세웠는데 장대가 삼장이나 되었다. 청령기 한 쌍과 징과 장고 등속이 섞여 시끄럽게 나아가고 있었다. 또 하나 새로운 마을 패(牌)가 있어 깃발과 북과 복색을 곱고 아름답게 고쳤다. 이쪽 마을이 먼저 북을 두드리며 기를 세우는데 이것을 선생기라고 한다. 새로운 마을기가 두 번 인사하면

---

193) 《조선왕조실록》 영조 14년 무오(1738) 11월 17일 을축.
194) 정병호(1986), 《농악》, 서울: 열화당, 17쪽.

이쪽 마을의 기는 한 번 인사함으로써 이에 답한다. 두 마을이 요란하게 하나가 되어 마당을 둘러싸고 북을 두드리다 파했다. 이렇게 마을마다 있는 풍속의 이름을 두뢰(頭耒)라 하는데 예로부터 오랜 마을의 풍속이다. (〈農樂/頭耒〉 早聞鉦鼓亂鳴於窓外 推窓視之 乃村民農鼓也 建畵龍旗一面 桿長三丈, 靑令旗一雙 鉦鼓·杖鼓等屬雜進聒耳 又有新村一牌 旗鼓服色更 鮮好 以此村先建旗鼓 謂之先生旗 新村旗二偃 本村旗一偃以答之 兩村合 鬧 繞場鼓擊而罷 此俗村村有之名頭耒 古之眉州之俗)[195]

김윤식의 이 기록에 기술된 '농악'의 내용은 오늘날 호남지방, 특히 옥구·익산·전주 지방에 전해지는 고을 풍물굿 놀이인 '기싸움/기세배/기접놀이'와 매우 유사한 것이다.

이 '농악'이라는 용어는 매천(梅泉) 황현(黃玹)에 의해 좀 더 구체적으로 설명된다. 황현은 1894년 이전에 쓴 자신의 저서 《매천야록》(梅泉野錄)에서 다음과 같이 두레 풍물굿을 '농악'이라 부르고 있다.

호남의 부호 가운데 오영석(吳榮錫)이란 사람이 있었다. 그의 논밭에서 생산되는 벼는 1만 석쯤 되었다. 민영환은 그를 끌어들여 자신의 문하에 출입하게 하였다. 서울 사람들은 그를 오금(烏金)이라고 하였다. 오(吳)와 오(烏)가 동음이기 때문이다. 그는 음사(蔭仕)로 누차 군읍(郡邑)의 수령을 지냈다.

그가 임피(臨陂)의 수령으로 있을 때 대내에서 유기(鍮器)를 다섯 그릇씩 500쌍을 바치라고 하였다. 그러나 갑자기 유기를 마련할 수 없으므로 가격을 배나 주면서 민가에서 구입하여 여러 마을의 징과 꽹과리가 모두 바닥이 났다. 대개 시골에서는 여름철에 농민들이 징과 꽹과리를 치면서 논을 맸다. 이것을 농악(農樂)이라고 한다. 징과 꽹과리는 놋쇠와 백철(白鐵)이

195) 김윤식(金允植), 《속음청사》(續陰晴史) 권5, 신묘(1891) 7월 초4일.

아니면 만들 수 없다.(湖南之富 有吳榮錫者 庄租亦稱萬石 閔泳煥引之出門 下 京師目以烏金 以吳烏同音也 蔭仕屢典郡邑 其令臨陂也 內下別卜定鍮 錫五盆五百事 倉卒無以辦 倍價購貿于民間 數郡錚鐃之屬皆盡 盖野鄕夏月 農人擊錚鐃 以相鉏耘 謂之農樂 而錚鐃非鍮錫不能鑄也)[196]

이 기록에서, "대개 시골에서는 여름철에 농민들이 징과 꽹과리를 치면서 논을 맸다. 이것을 농악이라고 한다"라고 기록한 것으로 볼 때, 이 '농악'이라는 말은 일본 학자 무라야마 지준(村山智順)이 '농악'이라는 용어를 사용하기 훨씬 전부터 우리나라의 농민들이 사용하던 명칭 용어임을 알 수 있다.

한편, 무당들의 '걸립'(乞粒)에 관한 기록도 있어 주목된다. 다음은 그런 자료이다.

이날 저녁에 매귀지악(埋鬼之樂)을 연주하였다. 나는 외부인으로서 다섯 번이나 이곳에 왔지만 이처럼 귀신과 무당이 섞인 모양의 음악은 오늘 처음 들었다. 실로 정인군자가 들을 만한 소리는 아니다.(是昏奏埋鬼之樂, 余 自外任五次以來, 今始聞此樂鬼巫雜態也, 實非正人君子之所可聞也)[197]

해마다 설날부터 보름날까지 무당이 신을 그린 기, 즉 신독(神纛)을 받들고 나와서 잡귀를 물리치는 행사인 나희(儺戲)를 한다. 주민들이 징과 북을 치면서 신독을 인도하여 동리로 들어가면 사람들이 모두 다투어 재물과 돈을 내놓고 굿을 한다. 이것을 화반(花盤)이라고 한다.(每自元日至上元 名巫覡神纛 作儺戲 錚鼓前導出入閭里 民人爭 捐財錢 以賽神 曰花盤)[198]

---

196) 황현(黃玹), 《매천야록》(梅泉野錄) 권1하 갑오 이전.
197) 노상추(盧尙樞), 《노상추일기》(盧尙樞日記) 4, 순조 11년(1810) 신미일기 12월 30일 갑술.
198) 《동국세시기》(東國歲時記) 정월 원일(元日).

정초에 무부(巫夫) 최한주 등이 걸공(乞功)을 하였다. 옛부터 연초에 화랭이(花郎)들이 풍년을 기원하고 장인의 기예를 보존케 해달라고 하소연하는 것이다.(歲初巫夫崔漢柱等乞功歲首花郎故託穰爭持工藝也 相當最中童子尤奇絶箳弄身才盖一場)199)

승려들의 '걸립'에 관한 다음과 같은 기록들도 눈여겨볼 만하다. 승려들은 공동작업 이외에도 걸립을 할 때 북과 방울을 사용하였다. 정월 초하룻날 승려들의 마당밟이를 '법고'(法鼓), '걸공'(乞功)이라는 명칭으로 부르기도 하였다.

중들이 북을 지고 시가로 들어 와서 북을 치면서 집집이 도는 것을 법고(法鼓)라 한다. 또는 모연문(募緣文)을 펴놓고 방울을 울리면서 염불을 하면 사람들은 다투어 돈을 던진다.(僧徒負鼓 入街市搋動 謂之法鼓 或展募緣文 즉 鈸念佛 人爭擲錢)200)

흥국사 중들이 걸공희(乞功戱)를 일삼다.(興國寺僧徒乞功戱述卽事)201)

또한 '마당밟이' 또는 '걸립농악'에 관한 기록들도 보인다. 이를 지칭하는 말로는 다음과 같이 '매귀희'(魅鬼戱), '매귀유'(埋鬼遊), '화반'(花盤) 등의 이름도 나타난다.

매년 정월 보름에 마을 사람들이 기를 세우고 북을 두드리는데, 이를 일러 매귀놀이[埋鬼遊]라 한다.(埋鬼遊每年正月望日 閭里之人建旗擊鼓 謂之

---

199) 《총쇄록》(叢鎖錄) 17(1898).
200) 《동국세시기》 정월 원일.
201) 《총쇄록》 12(1898).

埋鬼遊)202)

　　정월 초이틀에 떠들썩하며 창밖 길을 지나는 자가 있어 엿보았다. 종이
깃발을 잡은 사람이 앞을 서고, 구리로 만든 작은 동발(銅鈸)을 잡고 있는
사람 셋하고, 징을 잡고 있는 사람 둘하고, 북을 잡고 있는 사람 일곱이 모
두 붉은 색 쾌자를 걸치고 전립을 썼다. 전립에는 종이꽃을 꽂고 있다. 인
가에 들어와서 떠들썩하게 놀다가 그 집에서 소반에다 쌀을 줘야 문을 나
선다. 이름하여 화반(花盤)이라 한다. 아마 나례의 유풍인 듯하다.(正月二日
喧而過窓外路者 窺之 執紙旄白拂先者一人 執銅小鈸者三人 執銅鉦者二人
執鼕鼓者七人 皆衣紅掛子 戴氈笠 笠上搜紙花 到人家噪戲 其家盤供米出
門 名曰花盤 其亦儺之餘風歟)203)

　　다음으로, 풍물굿의 연극적 요소인 '잡색놀음'을 언급한 다음 자료도
있어 주목된다.

　　섣달 열아흐레 날 저녁, 고을 사람들이 봉성문 밖에서 매귀희(魅鬼戲)를
벌이는 것이 전례로 되어 있었다. 어린아이가 보고 돌아와서 말한다. "미
친 사람 셋이 가면을 썼는데, 하나는 서생이고, 하나는 노파고, 하나는 귀
신의 얼굴이어요." 꽹과리를 번갈아 치고 다함께 노래 부르며 즐긴다.(十二
月十九日夕 邑人設魅鬼戲于鳳城門外例也 童子觀而歸言 狂夫三人着假面
一措大二老婆 三鬼臉 金鼓迭作 謳謠竝唱以樂之)204)

　　위의 인용문은 풍물굿의 '잡색'(雜色)에 관한 기록이다. 서생·노파·
귀신 형상의 가면을 쓰고 벌이는 '잡색놀음'이 나타나 있어 주목을 요한

---

202) 《여지도서》(輿地圖書) 하권 보유(補遺)편 경상도(1757).
203) 이옥, 《봉성문여》(鳳城文餘); 정용수 역(2001), 《봉성에서》, 서울: 국학자료원, 109쪽.
204) 위와 같음.

다. 이들이 매귀희를 하면서 부르는 노래는 오늘날의 '고사소리'로 짐작
된다.

풍물굿의 '잡색놀음'에는 역귀를 쫓는 내용의 탈놀음이 존재했음을
알려주는 다음과 같은 기록도 있어 주목된다.

북소리 둥둥둥 징소리 쾅쾅쾅 질장고
따당따당 피리소리 삐리삐리
깃발은 펄럭펄럭 춤은 너울너울
사나운 짐승탈에 높다란 범관이네
마당 우물 부엌을 우레처럼 울리며
조수처럼 밀려왔다 우르르 나가네
문호의 신령에게 새로이 공경 더하니
숲과 계곡의 도깨비들 급히 도망가네
종규(鍾馗)가 잡자마자 눈알을 파먹으니
피 뿜으며 불붙어 온몸이 타버리네
귀신도 간담이 있다면 응당 터져버리리
엉덩이 쳐들고 살려 달라 애원하네
엄하고 급하게 문 밖으로 내쫓으니
세상이 말끔해지고 달과 별도 빛나네
쇳소리 한 번 울려 끊는 듯 멈춰지니
장수가 적진 친 뒤 징소리로 끝내는 듯
부엌 구석에서 삽살개 비로소 짖으니
텅 빈 듯한 울타리엔 쓸쓸함만 더하네
우스워라 다섯 궁귀 보내지 못하고
한퇴지(韓退之)는 잘못하여 문호가 되었네
(鼓淵淵鉦洸洸　缶坎坎角嘈嘈
旗獵獵舞蹮蹮　獸面獰獰虎冠嶢

園場井竈雷殷地 捲進擁退奔驚潮
門靈戶神增新敬 林魈澗俱忙遁逃
鐘馗手戄立啖睛 噴血作火全身燒
鬼也有膽亦應破 剡剡乞命高其尻
急急嚴嚴驅出門 天地遼廓月星昭
鳴金一揮截然止 壯士破陣歌收鐃
廚深始出尨吠聲 曠然籬落增寥寥
却笑五窮送不得 退之枉作文中豪)[205]

풍물굿/농악의 치배/공연자들은 기수들, 꽹과리 · 징 · 새납 · 북 · 장고 · 소고 등으로 이루어지는 '앞치배', 그리고 중 · 포수 · 양반 · 할미 · 소무 · 각종 동물 등으로 분장한 '뒷치배'/'잡색'으로 구성된다. 기수들이 기춤을 추는 가운데, 먼저 앞치배가 여러 가지 반복 · 축적 · 순환적인 기악 연주와 여러 가지 진법과 춤동작을 보여주고, 앞치배의 상쇠를 중심으로 하는 집단적인 노래[노래굿]를 거쳐, 뒷치배가 각종 연극적인 행동을 보여주어, 청관중들을 '굿판' 안으로 끌어들여 '청관중의 공연자화'[206]를 이룩하고자 하는 독특한 연극적 공연 양식이다. 특히 뒷치배들이 벌이는 '뒷굿'인 '잡색놀음'은 이 공연 양식의 연극적인 핵심 부분이다.

이 풍물굿의 판굿 공연을 저세히 관찰해 보면, 맨 처음 공연이 시작될 때에는 기수를 포함한 앞치배들의 공연이 중심을 이루면서, 반복 · 축적 · 순환을 계속하는 기악의 연주와 진법과 집단적인 춤을 통해 청관중

205) 황현(黃玹), 〈상원잡영〉(上元雜詠); 국립민속박물관(2005), 《조선대세시기Ⅱ》, 287~288쪽에서 재인용.
206) 김익두(1995), 〈풍물굿의 공연원리와 연행적 성격〉, 《한국민속학》 27집, 민속학회, 110~116쪽.

들의 굿판 참여에의 욕구를 끊임없이 자극하고, 뒷치배들은 굿판의 공연자 공간과 청관중 공간을 수시로 넘나들면서 그 사이를 '탈경계화'한다. 이런 과정 속에서 청관중들은 점차 '집단적 신명'이 오르게 된다. 이런 일련의 과정을 '앞굿'이라 한다.

이렇게 해서 굿판에 '집단적 신명'의 에네르기가 충만하게 되면, 앞치배 상쇠의 주도로 굿판 참여자들 전체가 참여하는 집단적 노래 공연인 '노래굿'을 벌인다. 그 다음에는 이렇게 하여 더욱 충만된 집단 에네르기를 토대로 하여, 뒷치배들을 중심으로 그들 각자 맡은 등장인물의 역할(대포수·양반·할미·각시·무동 등) 특유의 행동으로 '잡색놀음'이라는 연극놀이를 벌인다. 그리고 이 '잡색놀음'이 끝나면, 모든 치배들이 자기네들의 공연 능력을 한껏 자랑하는 '개인놀이'(기놀이·쇠놀이·징놀이·장구놀이·소고놀이·무동놀이 등)를 벌인다. 이러한 일련의 과정(노래굿·잡색놀음·개인놀음 등)을 '뒷굿'이라 한다.

이렇게 해서, 앞굿과 뒷굿을 모두 마치게 되면, 굿판에 참여한 청관중들은 이러한 일련의 과정들을 통해서 '집단적 신명'이 한껏 무르익게 되어, 이런 집단적 신명에 트랜스된 청관중들이 스스로 소리를 지르며 춤을 추며 굿판의 공연공간 안으로 공연자들을 밀치고 들어간다. 이렇게 되면, 점차 공연자/치배들은 공연공간 밖으로 밀려나게 되고, 청관중들이 공연공간을 차지하게 되어, 마침내 치배/공연자들은 청관중들의 신명을 돋우는 보조공연자가 되고, 청관중들은 주공연자가 되어, '청관중의 공연자화'가 이루어지는 것이다. 이 '청관중의 공연자화'야말로 풍물굿의 가장 중요한 연극적 특징이다. 이러한 풍물굿의 공연 양식에서의 특징은 페루 민중극을 이끌어온 아우구스토 보알(Augusto Boal)의 '피압박자의 시학'과 잘 부합되는 연극이라는 점에서도 주목된다.

인형극

인형극/괴뢰희는 삼국시대 또는 그 이전 부족국가시대부터 흔적이 확인되는 연극 양식인데, 이 시대에까지 구체적인 전승이 이루어졌다. 그러나 조선시대에 기록된 구체적인 대본이나 공연 기록 자료들은 찾아보기는 어렵다. 다음과 같은 자료에서 이 시대에도 인형극이 존재했음을 엿볼 수 있다. 이 자료는 조선 성종 때 성현(成俔; 1439~1504)이 지은 〈관괴뢰잡희시〉(觀傀儡雜戲詩)와 〈관나시〉(觀儺詩)라는 한시(漢詩)이다.

> 번쩍이는 금띠에 붉은 옷 빛나고
> 발뒤꿈치에 줄 걸고 몸을 던지니 나는 듯하네
> 줄타기 공놀리기 교묘한 재주도 많아
> 실 꿰고 나무 새겨 신기(神機)를 다했네
> 어찌 오직 송나라 꼭두만이 아름답겠나
> 한고조(漢高祖)의 성(城)까지도 풀만 하네
> 조정을 공경하기 위해 번잡한 예절을 베푸니
> 중국은 안목이 높아 정녕 이를 조롱하리
> (煌煌金帶耀朱衣　跟絓投身條似飛
> 走索弄丸多巧術　穿絲刻木逞神機
> 宋家郭禿奚專美　漢祖平城可解圍
> 爲敬朝廷陳縟禮　皇華眼大定嘲譏)207)

> 비밀스런 궁전 봄빛 속에 채붕(彩棚)이 떴다
> 붉은 옷 그림 바지 종횡(縱橫)으로 어지럽고
> 구슬놀이[弄丸] 참으로 마땅히 예쁘고 교묘하네

---

207) 성현, 《허백당집》(虛白堂集) 권4, 〈관괴뢰잡희시〉(觀傀儡雜戲詩).

줄타기는 도리어 가볍게 나는 제비와 같고
작은 무대[小室] 네 곁에 인형[傀儡]들을 두고
긴 장대 백 척 위에서 춤추는 병들과 뿔잔들
임금님은 창우희(倡優戱)를 즐겨하시지 말아
요컨대 여러 신하들 더불어 태평을 누리소서
(秘殿春光泛彩棚 朱衣畵袴難縱橫
弄丸眞似宜僚巧 步索還同飛燕輕
小室四旁藏傀儡 長竿百尺舞壺觚
君王不樂倡優戱 要與群臣享太平)[208]

위의 첫 번째 시에서는 "실 꿰고 나무 새겨 신기(神機)를 다했으니/ 어찌 오직 송나라 꼭두만이 아름답겠나"라고 하여, 이 당시 인형극의 인형들이 나무와 실로 만들어졌으며, 그것을 만드는 솜씨가 매우 뛰어나다는 것을 말해주고 있다. 그리고 두 번째 시에서 작자는 궁전 뜰에 높다랗게 매어 놓은 채붕(彩棚) 무대 위에서 공연되는 구슬놀이[弄丸]·줄타기[步索]·인형극/괴뢰희·솟대놀이[長竿戱]·창우희(倡優戱) 등을 노래하고 있다. 이 시의 문맥상으로 보아, 여기서의 '창우희'란 말은 이 시에서 묘사하고 있는 백희가무(百戱歌舞)를 가리키는 말로 사용한 것으로 보인다.

이 시에서 묘사된 바, "작은 무대[小室] 네 곁에 인형[傀儡]들을 두고"라는 대목에서 우리는 이 시대에도 궁중에서까지 인형극을 공연하였음을 알 수 있다.

한편, 이 희곡/연극 양식은 오늘날까지 전승되고 있으므로, 지금까지 전승되는 대본과 공연 관련 자료들을 통해서, 조선시대 꼭두각시놀음의

---

208) 성현, 《허백당집》(虛白堂集) 권7, 〈관나시〉(觀儺詩).

구체적인 내막을 살펴볼 수 있다.

오늘날 전승되는 꼭두각시놀음 대본을 분석해 보면, 조선시대 꼭두각시놀음은 다음과 같은 몇 가지 중요한 특징을 지녔을 것으로 추측된다.

첫째, 하나의 연극 양식으로 독립되어 존재했을 것이다. 이것은 이것을 담당한 조선시대의 떠돌이 예인집단인 남사당패들의 후예인 오늘날의 남사당패 꼭두각시놀음이 하나의 독립된 연극 양식으로 존재하는데[209]에서 유추해 볼 수 있다. 눌째, 이 인형극 양식은 우리 연극사 속에 존재하는 중요한 '서사극'(epic theatre) 양식이다. 즉, 이 연극 양식은 전체적으로는 몰락 양반 박첨지가 자기 자신의 새로운 근대적 정체성을 찾아가는 과정을 자기 자신의 입장에서 보여주는 서사극으로 짜여져 있다.[210] 이것은 오늘날 남아 있는 우리나라 유일의 전통 '서사 인형극'이다.

가면극

가면극/탈놀이는 조선시대 전기에 산대나희(山臺儺戲) 형태로 크게 성행하였으나, 조선시대 후기에 들어와서는 여러 가지 정치적 경제적인 사정으로 인하여 국가적인 행사로서는 점차 약화되고, 민간의 연극 양식으로 각 지역에 정착되기에 이르렀다. 조선시대 가면극/탈놀이에 관한 정보로는 다음에 보이는 중국 명나라 사신 동월(董越)의 시 〈조선부〉(朝鮮賦; 1488)와 유득공의 《경도잡지》 등에 잘 나타나 있다.

---

209) 오늘날 전하는 남사당패의 레퍼토리는 풍물·버나·살판·어름·덧뵈기·덜미 등 총여섯 가지의 레퍼토리를 운용하고 있다.[심우성(1974), 《남사당패연구》, 서울: 동화출판공사, 목차 참조]

210) 김익두(2001), 〈꼭두각시놀음의 의미와 그 한계〉, 《한국극예술연구》 13집, 한국극예술학회, 12~19쪽.

수레와 말 요란한 소리 내며 끝없이 들어오고

어룡(魚龍)의 유희는 한없이 질펀하게 펼쳐진다

자라는 삼산을 이고 봉영(蓬瀛)의 바다 해를 안고

원숭이는 새끼를 안고 무산현(巫山峽)의 물을 마신다

몸을 뒤집는 땅재주는 상국사(相國寺) 곰도 당할 수 없고

휘파람 부는 마상재(馬上才) 보니 소금수레 끄는 천리마 어찌 있을쏘냐

온갖 줄을 타니 가볍기는 물결 위를 걷는 신선 같고

외나무다리 밟는 것은 날뛰는 양산의 귀신인 듯 놀라 본다

사자와 코끼리 분장은 모두 말가죽 벗겨 뒤집어 쓴 것이고

춤추는 봉황과 난새는 들쭉날쭉 꿩 꼬리를 모은 것이라

황해도 서경(西京)에서 두 번이나 솔무(率舞)를 보았지만

둘 다 이처럼 좋고 아름답지는 못하였도다

(駢闐動車馬之音　曼衍出魚龍之戲

鼇戴山擁蓬瀛海日　猿抱子飲巫山峽水

飜筋斗不數相國之熊　嘶長風何有鹽車之驥

沿百索輕若凌波仙子　躡獨趫驚見跳梁山鬼

飾獅象盡蒙解剝之馬皮　舞鵁鸞更簇參差之雉尾

盖自黃海西京兩見其陳率舞　而皆不若此之善且美也)[211]

이 시의 1구는 요란하게 소리를 내며 각종 거마가 들어와 행사가 시작되었음을 보여주고, 2구의 어룡의 유희란 '어룡만연'(魚龍曼衍)이라고도 하는데, 물고기가 용으로 변하는 과정을 연희한 놀이라 한다.[212] 3구는 광화문 앞에 광화문의 높이로 설치한 산대(山臺)를 이렇게 표현한 것이라 한다.[213] 4구는 어깨 위에 어린 아이를 올려 세우고 추는 무동춤을

---

211) 동월(董越), 《황화집》(皇華集) 권10, 〈조선부〉(朝鮮賦).

212) 이혜구(1996), 《한국음악연구》, 서울: 민속원, 321~322쪽 및 이민홍(2001), 《한국 민족 예악과 시가문학》, 서울: 성균관대출판부, 90~94쪽 참조.

마치 원숭이가 무산협에서 물을 먹는 듯하다고 표현했다. 5구의 '근두'
(筋斗)는 곤두박질치며 부리는 땅재주를 말한다. 중국 송나라의 수도에
상국사(相國寺)라는 절이 있는데, 그 앞에 곰의 땅재주를 구경하는 장소
가 있었다고 한다. 땅재주 부리는 것이 말로만 듣던 상국사의 곰보다 더
훌륭하다고 감탄하고 있다. 6구의 '사장풍'(嘶長風)은 '마상재', 곧 말 위
에서 부리는 여러 재주를 말한다.214) 이 구절은 재주 부리는 사람뿐 아
니라 말도 모두 훌륭하니, 소금수레나 끌도록 버려진 천리마는 아마 없
을 것이라고 감탄한 말이다. 7구는 줄타기 광대의 재주를 칭찬한 것이
다. 8구도 줄타기를 묘사한 것으로 보인다. 9, 10구는 사자·코끼리와
봉황·난새 등을 어떻게 만들었는지를 묘사하고 있다. 여기서 사자는
사자탈을 쓰고 추는 사자무(獅子舞)로 보기도 한다.

이상에서 검토한 바와 같이, 이 시에는 조선시대의 여러 가지 가무백
희를 보고 묘사한 시로서, 여기에는 어룡놀이[魚龍曼衍]·무동춤·곤두
박질/땅재주·마상재·줄타기·동물탈/동물가면극 등의 가무백희가 묘
사되어 있다.

다음 자료는 유득공(1749~미상)의 《경도잡지》(京都雜誌)의 기록이다.

> 연극에는 산희(山戲)와 야희(野戲)의 양부(兩部)가 있는데, 모두 나례도
> 감에 속해 있다. 산희는 다락을 매고 포장을 치고 사자춤·호랑이춤·만석
> 중춤을 보인다. 야희는 당녀(唐女)·소매(小梅)로 분장하고 연극을 한다.(演
> 劇有山戲野戲兩部 屬於儺禮都監 山戲結棚下帳 作獅虎曼碩僧舞 野戲扮唐
> 女小梅戲)215)

---

213) 신태영(2004), 〈명나라 사신 동월(董越)의 '조선부'(朝鮮賦)에 나타난 조선 인식〉, 《한문
학보》 10, 우리한문학회, 111~142쪽.
214) 장한기(2002), 《증보 한국연극사》, 서울: 동국대출판부, 125쪽.
215) 유득공, 《경도잡지》(京都雜誌) 권1 성기(聲伎).

이 기록에서 우리는 다음과 같은 몇 가지 중요한 사실을 확인할 수 있다. 첫째, 처음으로 '연극'(演劇)이란 말이 나온다. 여기서는 '극을 연출한다'는 뜻으로 사용된 것으로 보인다. 둘째, '나례도감'(儺禮都監)이라는 국가기관에서 연극을 관리했다. 셋째, 연극은 산희(山戲)와 야희(野戲)로 구분된다. 넷째, 산희는 다락을 매고 포장을 쳐서 '산대'(山臺)를 만들고 그 위에서 사자춤·호랑이춤·만석중춤 등을 공연하는 것이었다. 다섯째, 야희는 (산대와 같은 다락무대가 아닌 마당에서) 당녀·소매 등의 등장인물들로 분장을 하고 연극[戲]을 하는 것이다.

이 기록에 따르면, 오늘날까지 전해지는 가면극/탈놀음은 주로 후자, 곧 야희(野戲) 쪽에 속해 있던 것으로 보인다. 그것은 오늘날까지 전승되는 가면극의 등장인물인 '당녀'(唐女), '소매'(小梅) 등과 같은 인물들이 이 '야희' 속에 들어 있기 때문이다.

조 희

조희/대화극/소학지희(笑謔之戲)는 다음과 같은 자료들에서 확인된다. 이 시대에는 이것을 '잡희'(雜戲), '창우지희'(倡優之戲), '배우희'(俳優戲)라고도 불렀다.

앞서 강옥(姜玉) 등이 궁시(弓矢) 만드는 공인(工人)을 구하여, 상의원 첨정(尙衣院僉正) 문수덕(文修德)과 군기시 첨정(軍器寺僉正) 조준(趙崚) 등이 명(命)을 받고 역사를 동독(董督)하였는데, 이에 이르러 문수덕이 와서 아뢰기를, "야장(冶匠) 고용(高龍)은 본시 우인(優人)으로 맹인(盲人)·취인(醉人)의 형상을 하는 놀이[戲]를 하매, 강옥 등이 보고서 기뻐하며 여러 번 유희를 시켰는데, 이와 같이 하기를 말지 않으니, 끝내는 잡희(雜戲)를 갖추어 올리어 이르지 않는 바가 없지 않을까 두렵습니다. 청컨대, 다른 사람으로 대신하게 하소서” 하니, 승정원(承政院)에서 문수덕 등이 아랫사람을 능히 검찰하지 못하였다 하여 죄주기를 청하므로, 어서(御書)로 보이기를, “네가 임무를 삼가지 않았으니, 무슨 일인들 위임하여서 믿을 만하겠느냐? 뒤로는 망령되게 살아서 날을 보내지 말라” 하였다.[216]

임금이 중궁(中宮)과 더불어 사정전(思政殿)에 나아가서 나례(儺禮)를 구경하니, 왕세자(王世子)가 입시(入侍)하고, 종친(宗親)과 재추(宰樞), 승지(承旨) 등도 입시(入侍)하니, 술자리를 베풀었다. 왕세자가 술을 올리고 종친과 재추가 차례로 술을 올리었다. 잡희(雜戲)가 함께 시작되어, 밤 2고(鼓)에 역귀(疫鬼)를 쫓는 우인(優人)들이 잡희를 통하여 스스로 서로 문답하면서 관리의 탐오(貪汚)하고 청렴(淸廉)한 모양과 여리(閭里)의 더럽고 잡다한 일까지 들춰내지 아니하는 바가 없었다.[217]

무자년 사이에 우인(優人) 수십 명이 나례(儺禮)로 인하여 모두 당상관의 복장을 갖추고 전정(殿庭)에 들어와서 서로 희롱하기를, “영공(令公)은 어느 때에 당상관이 되었기에 복장이 이러한가?” 하니, 한 사람이 응하기를, “내가 경진년에 무과에 급제하여 신사년 겨울에 양전 경차관(量田敬差官)이 되고, 정해년에 이시애(李施愛)를 잡아서 드디어 여기에 이르렀다” 하니, 듣는 자가 모두 조소하였다.[218]

전교하기를, “나례(儺禮)의 설치는 본래 놀이하기 위한 것으로 매우 잡스러운 놀이이기는 하지만 볼 만한 것이다. 우인(優人) 은손(銀孫)이란 자가 원래 온갖 놀이를 잘하였는데, 이미 죽었다. 은손을 따라서 그 재주를

---

216) 《세조실록》 권46, 세조 14년 5월 17일(병자).
217) 《세조실록》 권34, 세조 10년 12월 28일(정미).
218) 《예종실록》 권4, 예종 1년 3월 11일(을미).

이어받은 자가 있느냐" 하니, 승지 이손(李蓀)이 아뢰기를, "우인(優人) 중산(仲山)이 대강 그 재주를 전하였습니다" 하니, 전교하기를, "명일 색승지(色承旨)가 의금부(義禁府)에 가서 중산의 놀이가 은손과 같은가 여부를 시험해 보라" 하였다.[219]

왕이 나례를 인양전(仁陽殿)에서 구경하고 전교하기를, "금일 나례를 구경할 때에, 우인(優人) 공결(孔潔)이란 자가 이신(李紳)의 민농시(憫農詩)를 외우기를,

벼를 김매는데 오정이 되니
벼포기 아래로 땀이 떨어지누나
그 누가 알아주랴, 소반 위의 쌀밥이
한 알, 두 알 모두가 신고(辛苦)인 것을

하고, 또 삼강령(三綱領)과 팔조목(八條目) 등의 말을 논하므로, 승전색(承傳色)을 시켜 묻기를, '네가 문자를 아느냐. 글은 몇 책이나 읽었느냐' 하니, 공결이 서서 대답하기를, '글은 알지 못하고, 전해들은 것뿐입니다' 하고, 물러가 놀이를 하라 하여도 따르지 않았으니 자못 무례하다. 의금부에 내려서 형장 60을 때려 역졸(驛卒)에 소속시키라" 하니, 승지 등이 아뢰기를, "공결은 우인으로서 놀이하는 것을 알 뿐입니다. 어찌 예절로 책망하오리까" 하였다.[220]

전교하기를, "《주례》(周禮)에 방상씨(方相氏)가 나례를 맡아 역질을 쫓았다면 역질 쫓는 것과 나례가 진실로 두 가지 일이 아닌데, 우리나라 풍속이 이미 역질은 쫓았는데 또 나례를 하여 역질을 쫓는 것은, 묵은 재앙

219) 《연산군일기》 권35, 연산군 5년 12월 19일(계묘).
220) 《연산군일기》 권35, 연산군 5년 12월 30일(갑인).

을 쫓아버리고 새로운 경사를 맞아들이려는 것이니, 비록 풍속을 따라 행하더라도 오히려 가하거니와, 본디 나례(儺禮)는 배우의 장난으로 한 가지도 볼 만한 것이 없으며, 또 배우들이 서울에 떼를 지어 모이면 표절(剽竊)하는 도둑이 되니, 앞으로는 나례를 베풀지 말아 옛날 폐단을 고치게 하라” 하였다.

이보다 앞서 배우 공길(孔吉)이 늙은 선비 장난[老儒戲]을 하며, 아뢰기를, “전하는 요순(堯舜) 같은 임금이요, 나는 고요 같은 신하입니다. 요순은 어느 때나 있는 것이 아니나 고요는 항상 있는 것입니다” 하고, 또《논어》(論語)를 외워 말하기를, “임금은 임금다워야 하고 신하는 신하다워야 하고, 아비는 아비다워야 하고 아들은 아들다워야 한다. 임금이 임금답지 않고 신하가 신하답지 않으면 아무리 곡식이 있더라도 내가 먹을 수 있으랴” 하니, 왕은 그 말이 불경한 데 가깝다 하여 곤장을 쳐서 먼 곳으로 유배(流配)하였다.[221]

전교하였다. “관나(觀儺)할 때, 정재인(呈才人)에게 백성들의 질고(疾苦)와 구황(救荒)의 절차 및 공채(公債)를 염산(斂散)하는 형상을 연출하게 하라. 또 내농작(內農作)은 비록 빈풍(豳風) 칠월도(七月圖)를 형상하여 하는 것이지만, 어찌 그 형상을 곡진(曲盡)하게 할 수 있겠는가? 빈풍 칠월장은 주공(周公)이 농사의 어려움을 갖춰 기록해 놓은 것이기 때문에 내가 자세히 구경하고자 하니 칠월도와 똑같게 자세히 하게 하고, 차후에도 이를 영원한 항식(恒式)으로 삼으라.”[222]

예부터 우희(優戲)를 배설하는 것은 관객을 웃기려고 하는 것이 아니라, 요컨대 세교에 보탬이 되기를 구하는 데 있었으니, 우맹(優孟)[223]과 우전

---

221) 《연산군일기》 권60, 연산군 11년 12월 29일(기묘).
222) 《중종실록》 권60, 중종 22년 12월 23일(병인). 관나와 내농작의 일을 협상하라고 하다
223) 옛날 초나라의 이름난 배우. 죽은 손숙오(孫叔敖)의 의관을 차리고 손숙오 아들의 곤궁

(優旃)224)이 그 예이다.

공헌대왕(명종, 1546~1567)이 대비전(大妃殿)을 위하여 진풍정(進豊呈)225)을 대궐 안에 베풀었을 때, 서울의 광대[優人] 귀석(貴石)이 배우희(俳優戲)를 잘하여 진상하였다. 그는 풀을 묶어 꾸러미 네 개를 만들었는데, 큰 것 두 개, 중간 것 하나, 작은 것 하나였다. 그러고는 자칭 수령이라고 하면서 동헌에 앉더니, 진봉색리(進奉色吏)226)를 불러 앞으로 나오게 하였다. 한 광대[優人]가 자칭 진봉색리라고 하면서 무릎으로 기어 앞으로 나왔다. 귀석이 목소리를 낮추더니 큰 꾸러미 한 개를 들어 그에게 주면서 말했다.

"이것을 이조판서에게 드려라."

또 큰 꾸러미 하나를 들어 그에게 주면서 말했다.

"이것은 병조판서에게 드려라."

중간 크기의 꾸러미를 들어 그에게 주면서 말했다.

"이것을 대사헌에게 드려라."

그런 후에 작은 꾸러미를 그에게 들려주며 말했다.

"이것은 임금님께 진상하여라."

귀석은 종실(宗室)의 노비였다. 그 주인이 시예(試藝)227)에 참여하여 승자(陞資)228)하였는데도 실직(實職)229)을 가지지 못하고, 봉록(俸祿)도 더 받지 못하였으며, 추졸(騶卒)230)도 갖추지 못하였는데다가, 각 능전(陵殿)에 차출되어 거의 조금도 쉴 틈이 없었다.

귀석은 주인의 이러한 처지를 변호하기 위해, 진풍정에 들어가, 여러 광

을 구해냈다는 고사가 전함.
224) 중국 진(秦)나라의 광대. 우스갯소리를 잘 하였는데 대도(大道)에 맞았다 함.
225) 대궐 잔치의 일종.
226) 진상하여 바치는 것을 담당하는 아전.
227) 재주를 시험하여 봄.
228) 당하관(堂下官)이 당상관(堂上官)의 자급(資級)에 오름.
229) 실무를 맡아 하는 실제의 관직.
230) 상전을 따라다니는 하인.

대들[優人]과 더불어 미리 약속을 하여, 다음과 같은 **연극**을 꾸몄다.

배우 한 사람은 시예종실(試藝宗室)이라 칭한 뒤 삐쩍 마른 말을 탔고, 귀석은 그의 노비 역할을 맡아 스스로 말고삐를 잡고 나갔다. 다른 한 사람은 재상으로 분장을 하고 준마를 타고, 시종들이 그를 옹위하고 나갔다. 앞장선 재상의 졸개가 벽제(闢除)231)를 하였는데도 시예종실이 범필(犯蹕)232)을 하자, 시예종실의 노비[귀석]를 잡아다가 매를 치니, 노비[귀석]가 다음과 같이 큰 소리로 하소연을 하였다.

"소인의 주인은 시예종실입니다. 관계의 높음이야 영공보다 아래에 있지 않을 것이나 봉록이 더해지지를 않고, 추졸도 갖추어 있지 않은데다가, 늘상 각 능(陵)과 각 전(殿)의 제사에 차출되어 쉬는 날이 거의 없으니, 도리어 시예(試藝)로 자품(資品)이 오르기 전보다도 못하옵니다. 소인이 무슨 죄가 있습니까?"

재상 역을 맡은 광대[優人]가 경탄하며 그를 풀어주었다.

이런 내용의 연극이 있은 지 얼마 지나지 않아, 왕의 특명으로 귀석의 주인에게 실직(實職)이 더해졌다.233)

세상에 전하기를, "관청에서 무당에게 세포(稅布)를 너무 많이 거두어들였으므로, 매양 관원이 문에 이르러 외치면서 들이닥치면 온 집안이 쩔쩔매고 술과 음식을 갖추어 대접하면서 기한을 늦추어 달라고 애걸하였다." 하였다. 이런 일이 하루걸러 있거나 연일 계속되어 그 괴로움과 폐해가 헤아릴 수 없었다. 설이 되면 광대들이 이 무세포놀이를 대궐 뜰에서 상연하였더니, 임금이 명을 내려 그 세포를 면제하게 하였으니, 광대도 백성에게 유익하다 하겠다. 지금의 광대들도 아직 그 놀이를 전하므로 그것이 고사

---

231) 지위가 높은 사람이 지나갈 때 구종별배(驅從別陪)가 잡인의 통행을 통제하던 일.
232) 임금이 거동할 때 임금의 연(輦)이나 가교(駕轎)에 접근하거나 그 앞을 지나가는 무엄한 짓.
233) 유몽인 지음/시기선 · 이월영 역주(1996), 《어우야담》, 서울: 한국문화사, 72~74쪽 참조.

(故事)가 되었다.

중종 때에 정평부사(定平府使) 구세장(具世璋)이 토색질하여 만족함이 없었는데, 안장을 팔려는 사람을 부(府)의 뜰로 끌고 들어와서 친히 홍정을 하여 며칠 동안 그 값을 따지다가 끝내 관청의 돈으로 샀다. 광대가 설에 그 상황을 놀이로 상연하였더니, 임금이 그게 무엇이냐고 물었다. 이에 광대가 대답하기를 "정평부사가 안장을 사는 장면입니다" 하였다. 드디어 명을 내려 정평부사를 잡아다가 심문을 하고 마침내 장물죄로 처벌하였으니, 광대 같은 자도 능히 탐관오리(貪官汚吏)를 규탄(叫彈)하고 공박(攻駁)할 수가 있는 것이다.234)

명종 22년(1567)의 일로, 왕이 심기가 불편하여 소요 삼아 창우희(倡優戲)를 구경하였다. 배우가 도목정사(都目政事), 즉 벼슬아치의 성적을 평가하여 벼슬자리를 떼어버리거나 더 좋은 데로 승진시키거나 하는 일을 놀이로 보여주었다. 즉, 이조판서와 병조판서가 서로 못난 조카와 사위에게 정실(情實)을 쓰는 내막을 연출함으로써 왕이 크게 웃었다.235)

지금 과거에 급제한 자들이 창우(倡優)를 써서 악(樂)으로 삼으니, 창우들의 놀이에 노유희(老儒戲)라는 것이 있다. 다 떨어진 의관에 온갖 추태를 연출하여 축하연의 즐거움으로 삼는다.236)

성균관 유생들이 연례적으로 놀던 놀이로 궐희(闕戲, 儒戲, 遷都戲)와 속리산 법주사 좌수희(座首戲) 같은 것이 있었다. 궐희(闕戲)라는 것은 매년 여름과 겨울에 성균관 유생들이 종이에 '闕'자를 써 붙이고 공자를 임금으

---

234) 어숙권(魚叔權), 《패관잡기》(稗官雜記) 권2.
235) 《지양만록》(芝陽漫錄) 소재. 쪽수 미상.
236) 《성호사설류선》(星湖僿說類選) 권5 하.

로 모시고, 동학을 안자국(顔子國), 서학을 증자국(曾子國), 남학을 자사국
(子思國), 중학을 증자국(曾子國)으로 하여, 제후가 천자 섬기듯 하고,……
사람으로 백관의 직을 내어, 말하자면 모의조정(模擬朝廷) 놀이 같은 것이
었다.[237]

이상에서 살펴본 바와 같이, 조선시대에는 고려시대보다 훨씬 더 다
양한 조희/대회극 자료들이 발견되며, 이러한 연극 양식은 가면을 쓰고
하는 탈놀음/가면극 양식이 아니라, 오늘날의 연극과 같이 '등장인물들'
로 분장하고[扮] 하는 일종의 대화극(對話劇)/화극(話劇)이었음을 짐작할
수 있다.

이러한 자료들은 우리나라 희곡/연극에도 적어도 고려시대부터 면면
히 이어져 내려온 대화극/화극 전통이 있으며, 이 전통은 조선시대에 들
어와 더욱 크게 발전하였고, 이 발전된 전통은 다시 오늘날의 대화극/화
극 전통으로 이어져 온다는 것을 분명히 알려 준다.

이런 자료들은, 우리나라 대화극/화극 전통이 근대 서양 연극에서 온
것이 아니라, 우리의 아주 오래된 희곡/연극 전통이라는 점을 분명하게
확인해 준다는 점에서 매우 중요한 것이다.

판소리

판소리는 이 시대에 처음 나타난 새로운 연극 양식으로서, 조선시대
에 판소리 양식이 어떠했는가는 앞에서 잠깐 살펴본 송만재(宋晚載)의
〈관우희〉(觀優戲)라는 시에 잘 나타나 있다.[238] 이 방대한 시에서 판소리

---

237) 최남선(1947), 《조선상식문답》, 서울: 동명사 참조.
238) 송만재의 〈관우희〉 전문은 이 책 215~224쪽 참조.

194

와 관련된 내용을 기술한 부분은 총 50수 가운데 제1수에서 제25수까지 스물다섯 수이다. 전체 시의 절반을 판소리와 관련된 내용으로 채울 정도로 이 시에서는 판소리를 중심 양식으로 다루고 있다. 이 부분을 분석해 보면, 이 시대의 판소리 내용은 다음과 같다.

첫째, 판소리는 정자 등의 개방된 장소와 공간에서 높다랗게 횃불을 밝히고 공연하기도 하였다. 공연장은 북쪽에 청관중의 중심이 위치하였고, 그 서쪽에 소리꾼이 서며, 동쪽에 고수가 자리를 잡는다.(제2수 참조)

둘째, 판소리 청관중석으로는, 당상의 자리보다는 당하의 자리가 '대중과 함께 즐길 수 있기 때문에' 더 좋다고 생각하는 경향도 있었다.(제2수 참조)

셋째, 판소리/본사가(本事歌)를 부르기 전에 먼저 가곡(歌曲)/단가(短歌)/허두가(虛頭歌)를 불렀으며, 그것을 '영산'(靈山)이라 불렀다.(제3수·제5수·제8수 참조)

넷째, 판소리 광대의 소리와 곡조는 문장법과 잘 조화를 이루어야 한다고 생각했다.(제5수 참조)

다섯째, 이 시대의 유명한 가곡/허두가로서는 〈진국명산〉(鎭國名山), 송강 정철의 가사인 〈관동별곡〉(關東別曲) 등이 있었던 것 같다.(제4수~제8수 참조)

여섯째, 이 당시 판소리의 레퍼토리로는 〈춘향가〉, 〈적벽가〉, 〈흥보가〉, 〈강릉매화타령〉, 〈변강쇠가〉, 〈왈자타령〉, 〈심청가〉, 〈배비장타령〉, 〈옹고집타령〉, 〈가짜신선타령〉, 〈토끼타령〉, 〈장끼타령〉 등의 '열두 마당'이 있었음을 알 수 있다.[239](제9수~제20수 참조)

일곱째, 판소리 광대는 오래도록 소리를 해도 목이 잘 쉬지 않았다는

---

239) 이혜구(1996), 《보정 한국음악연구》, 서울: 민속원, 318~364쪽 참조.

기록으로 보아, 이 당시의 판소리 광대들도 '득음'에 많은 공력을 들였음을 알 수 있다.(제21수 참조)

여덟째, 판소리 광대는 청관중의 반응, 곧 '추임새'를 유도하기 위해 여러 가지 표현기법(창·아니리·발림 등)을 사용하였다.(제22수 참조)

아홉째, 이 당시 판소리의 언어 표현 방법에는 전라도 사투리와 상말과 익살이 적절하게 활용되었으며, 광대·고수·청관중들은 장단을 공유하면서 서로 혼연일체가 되고, 광대는 즉흥성을 효과적으로 발휘하였다.(제23수 참조)

열째, 이 당시에도 판소리 광대는 부채를 '타선가영'(打扇歌詠)의 소도구로 효과적으로 사용하였다.

열한째, 이 당시 판소리 광대는 다양한 인정곡절(仁情曲折)을 온갖 몸재주(창·아니리·발림)를 동원하여 그리고자 하였다.(제25수 참조)

궁중 가무악극

조선시대 궁중 가무악극 양식은 고려시대의 것들을 계승 발전시키는 방향으로 이루어졌다. 다음과 같은 사례를 통해서 그 양식적 특징을 자세히 알 수 있다. 그것은 지금 전하는 조선시대 《악학궤범》의 〈학·연화대·처용무 합설〉(鶴蓮花臺處容舞合設)이란 일종의 공연 대본이다. 이 자료에 따르면, 당시 처용가무의 공연은 대략 다음과 같이 이루어졌다.

먼저, 섣달그믐 하루 전날, 5경 초에, 악사·여기·악공 등이 대궐로 나아가, 이 날 나례 때에 악사가 여기와 악공들을 거느리고 음악을 연주한다. 다음 이 구나(驅儺) 행사가 끝난 뒤에 내정에다 지당구(池塘具)를 설치하고, 악사가 두 동녀를 거느리고 들어가 연화(蓮花) 가운데 앉히고 (내정에서) 나와 절차를 기다린다. 이 구나 행사 뒤에 처용가무(處容歌舞)를 전도 (前度)와 후도(後度)로 나누어 2회를 춘다. 그 순서는 다음과 같다.

전도 : 악사가 동발(銅鈸)을 잡고 목제 처용 가면을 쓴 청·홍·황·흑· 백 등 다섯 명의 오방 처용(處容)들 및 여기·악사·향악공 등을 인도한다. 악사들이 〈처용만기곡〉을 연주한다. 여기(女妓)는 앞의 〈처용가〉를 부르며 차례로 들어가 내정에 벌여 선다. 다음에 처용 5인이 악사들의 연주에 따라 여러 가지 대형과 동작의 가면무를 춘다. 이 춤은 일종의 귀신을 쫓는 5방 신장무의 축귀 나례적 성격을 띠는 것 같다. 음악이 점점 잦아지면 악사들 은 〈봉황음 중기〉를 연주하고, 여기(女妓)는 〈봉황음〉 가사를 노래한다. 5 방 처용들은 이 곡에 맞추어 다시 여러 가지 대형과 동작의 가면무를 춘다. 음악이 점점 작아지면 악사들은 〈봉황음 급기〉를 연주하고, 이어서 〈삼진 작〉을 연주하며, 여기는 다시 〈삼진작〉 노래를 부르고, 5방 처용들은 이에 맞추어 다시 여러 가지 대형과 동작의 가면무를 춘다. 다음 다시 악사들이 〈정읍 급기〉를 연주하면, 여기는 그 노래를 부르고, 5방 처용들은 이에 따 른 가면무를 춘다. 이어서 악사들이 〈북전 급기〉를 연주하면, 여기는 그 〈북전 급기〉 노래를 부르고, 5방 처용들은 이에 맞추어 가면무를 춘다. 이 것이 끝나면 5방 처용들이 나가고, 악사·여기·악공들이 차례로 나가고, 음악이 그친다.

후도 : 학·연화대·의물 등 제구를 갖추어 진설한다. 동발을 든 악사가 앞에서 선도하여, 청학·백학이 그 다음을 따르고, 5방 처용들이 그 뒤를 따르고, 인인장·정절·개·봉화무동 등이 그 뒤를 따르고, 그 다음에 여 기·악사·향당악공이 순서대로 그 뒤를 따른다. 악사들의 여러 가지 악곡 연주와 여기의 노래에 따라 5방 처용무, 가면을 쓴 무동춤, 학춤, 5방 처용 무 등의 순서로 춤을 춘 다음, 다시 다른 악곡의 연주와 노래 가창 속에서 퇴장한다.[240]

---

240) 성현 편찬/이혜구·정연탁 옮김(1978),《악학궤범》Ⅱ, 서울: 민족문화추진회, 29~44쪽 참조.

이상에서 보인 바와 같이, 조선시대의 '처용가무'는 일종의 구나의식(驅儺儀式)의 성격을 지닌 무언 가면무용극이었으며, 이 처용가무는 따로 독립되어 공연되지 않고, 여러 가지 노래와 기악이 연주되는 가운데 다섯 명의 처용 가면을 쓴 등장인물들이 무대에 나와 가면무를 추는, 매우 종합적인 형태의 무언 가면 가무악극이었음을 알 수 있다.

문자 희곡/대본의 등장

이 시기에 오면, 이전 시기와는 달리, 문자기록 형태로 이루어진 희곡/대본이 나타나기 시작한다. 대표적인 자료로는, 유진한(柳振漢; 1711~1791)의 〈가사춘향가〉(歌詞春香歌; 200구), 문양산인(汶陽山人)이 썼다고 전해지는 〈동상기〉(東廂記; 1791), 윤달선(尹達善)의 〈광한루악부〉(廣寒樓樂府; 1852, 108첩), 그리고 동리 신재효의 판소리 사설집 등이 있다. 이 자료들은 우리나라 희곡/대본의 관습을 마련하는 데 매우 중요한 역할을 하였다. 이를 차례대로 검토해 보면 다음과 같다.

유진한의 〈가사춘향가〉(歌詞春香歌; 200구)는 판소리 〈춘향가〉의 이야기를 일종의 서사시 형태로 개작한 한시(漢詩) 작품이다. 이것을 일명 '만화본(晩華本) 춘향가(春香歌)'라고도 부른다.

이 작품은 희곡/연극 이론 자체로서의 가치는 그다지 크다 할 수 없으나, 우리가 현재 볼 수 있는 가장 오래된 문자기록 형태의 '유사 희곡 텍스트'라는 의의를 지닌다. 이 작품은 비록 완전한 희곡 형태의 텍스트는 아니지만 판소리 〈춘향가〉를 기록한 일종의 유사 희곡 텍스트이다. 이 작품은 이런 측면에서 우리 희곡 텍스트 발전사 연구에서 매우 중요한 의의를 지닌 자료라 하겠다.

다음으로 나온, 문양산인(汶陽山人)의 〈동상기〉(東廂記)는 한국 희곡/연극 이론에서 다음과 같은 몇 가지 중요한 의의를 지닌다.

첫째, 이 작품은 유진한의 〈가사춘향가〉 이후에 나온, 우리나라 최초의 완전한 형태의 희곡 텍스트이다. 물론 당시대의 중국 희곡의 영향을 받아 창작된 한문(漢文) 희곡이긴 하지만, 이 작품의 이러한 의의는 인정할 수밖에 없을 것이다.

둘째, 이 작품은 우리나라 희곡사상 처음으로 등장인물별로 대사를 나누어 기록하는 최초의 분창 형식(分唱形式)의 대본 양식을 보여준 작품이다. 다음은 이 작품이 시작되는 처음 부분이다.

> 목차 : 가난한 서생은 남동에서 가만히 탄식하고
> 늙은 처녀는 북궐(北闕)에서 소문이 나서
> 여러 재상들이 서성에서 혼사를 주관하여
> 좋은 부부 혼사 치르고 임금 은혜 느끼다

제1절

[김생] (등장하여) 밝은 천하에 집 없는 나그네요, 태백산 산중에 머리 기른 중이로다. 어쭙잖은 나의 성은 김가요, 이름은 희집이요, 집안 문벌과 대대의 계통은 경주 김씨로되, 그 가운데서 쇠망한 집안이로소니, 가까운 조상들이 벼슬하고, 조상들의 영예가 전해 내려오기로, 동네 웃어른들이나 아래 사람들이 모다 수재라 부르니라.……

[상화시] [김희집 창] 세상 인간 천하 가운데 궁하디 궁한 것이 그 누가 가장 궁하던고. 한 간 집이 남의 대궐 맞잡이라. 이문동 작은 마을에 홀로 살고 있는 사나이는 외톨이로다. 이 달이 어느 달인가. 눈앞에 괴로운 망상은 산란하고 푸른 강둑에 새 잎이 파릇파릇하도다. 달바자는 쨍쨍 울고, 종달새는 삼 년 묵은 망아지인가 오호롱지호롱거리니, 늙은 도령 심사 차마 감내키 어렵도다.

[점강순] 여러 소년들이 꽃가마와 곱게 단장한 말로 서로 맞고 보내어 아가씨는 열다섯에 시집을 가고 도령님은 열네 살에 장가를 들도다.

正目 窮措大南洞竊歎 老處女北闕徹門

諸尙書西城主婚 好夫婦東床感恩

第一折

[金] 上 大明天地無家客 太白山中有髮僧 賤生姓金名喜集家世慶州金氏白𤃩冠冕不遠簪纓相傳洞內上下皆以金秀才. (下略).

[賞花時] [金唱] 世上人間天下中 窮也窮寒誰最窮 一間屋阿房 宮寄 住著里門小洞 單隻漢條條紅.

今月是那箇月 眼花裏空花擾擾莎堤新葉尖尖亂笆子鳴也錚錚 三年陳的馬皮兒鳥乎龍柢乎龍老都今心事最是難耐. (中略).

[點絳脣] 多小童蒙花轎繡鞚相迎送阿只氏十五乘龍都龍今主十四漂鸞鳳.

이상에서 볼 수 있는 바와 같이, 이 작품은 등장인물별로 대사와 행동을 나누어 기록하는 '분창 형식'을 갖추었음을 알 수 있다.

셋째, 이 작품은 오늘날 씌어지는 희곡 작품들의 모든 희곡적 관습들, 곧 해설·지문·대사 및 노래와 대사의 구분, 도창(導唱) 또는 코러스의 구분 등, 모든 희곡의 의장들과 관습들이 두루 갖추어져 있음을 알 수 있다.

넷째, 이 작품은 또한 오늘날 창극(唱劇) 또는 악극(樂劇)이 갖추어야 할 거의 모든 희곡적 관습들을 두루 갖추고 있다. 특히, 희곡의 모든 부분에 필요한 경우에는 큰 방점과 작은 방점들을 찍고 악곡 이름들을 기록하여, 음악극으로서의 지시 사항들을 자세히 기록한 것은, 우리 희곡사상 매우 중요한 진전이요 발전이다.

윤달선(尹達善)의 〈광한루악부〉(廣寒樓樂府)는 악부 형태의 장편 시로서, 요령(要令; 2첩), 전화(轉話; 1첩), 이생창(李生唱; 55첩), 향낭창(香娘唱;

35첩), 관동창(官童唱; 3첩), 월매창(月梅唱; 4첩), 농부창(農夫唱; 5첩), 단낭창(壇郎唱; 1첩), 총론(總論; 2첩) 등 모두 108첩으로 이루어져 있는, 장편의 가극(歌劇) 양식 작품이다.

이 작품에서는 다음과 같은 몇 가지 희곡/대본에서의 특징과 희곡/연극 이론사적 의의를 찾아볼 수 있다.

첫째, 이 작품은 판소리 〈향낭가〉(香娘歌)/〈춘향가〉를 장편 한문 '악부시'(樂府詩) 형태로 개작한 작품인데, 양식적 특징은 오늘날의 가극(歌劇) 형태를 취하고 있다. 다음을 보자.

제1첩 요령
전라도의 산천은 정녕 아름다운데
태평세월은 세세년년 깃들었네
쉰세 고을의 소리판마다에는
대방[남원]의 예술이 지금도 전하는구나

제2첩 요령
오작교라 동쪽엔 광한루 있고
푸른 대 깊은 숲엔 가을이 깃들었네
견우 직녀 좋은 연분 그 누가 다시 이으랴
은하수의 외로운 달 휘영청 넓은 하늘에 찼네

제3첩 전어
이 고을 사또 자제 풍류 속 활달하여
열여섯의 그 풍채 따를 이 바이 없네
이 고장의 좋은 경치 구경하려고
글 읽는 짬을 타서 길을 나섰네

> 제4첩 이도령의 소리
> 녹색 띠 깁 복건에 청도포 입고
> 서산 나귀 좋은 안장 얹어 타고서
> 꽃잎 지는 길을 따라 어디로 갈까
> 방자를 앞세우고 광한루에 왔네.……241)

작품 첫 부분에 나타난 바와 같이, 이 작품은 각 첩(疊)마다 노래[樂府]를 부르는 주체/등장인물이 달라지며, 그것을 부르는 주체/등장인물이 한 사람씩으로 정해진다. 그래서 각 첩은 악극의 한 노래 파트로 되어 있다. 이러한 악부(樂府) 형식을 띤 악극(樂劇) 양식의 작품이 우리 희곡사에 처음으로 분명하게 나타났다는 점에서, 이 작품은 매우 중요한 의의가 있다.

둘째, 이 작품은 작품이 씌어진 1852년 당시의 판소리계에 관한 몇 가지 정보를 제공해 준다. 다음은 그러한 정보를 제시하는 이 시의 마지막 첩인 '제108첩 총론'이다.

> 제108첩 총론
> 소리판에 전하는 열두 마당은
> 사람들을 짝 없이 쾌활케 하네
> 고(高)·송(宋)·염(廉)·모(牟) 네 명창 노래소리는
> 봄바람에 북장단과 함께 울린다.242)

이 마지막 첩을 보면, 이 당시에 고수관·송흥록·염계달·모흥갑 등의 판소리 명창 광대들이 활동하고 있었음을 짐작할 수 있다.

---

241) 윤달선 지음/ 권택무 옮김(1989), 〈광한루 악부〉,《조선 민간극》, 서울: 예니, 308~309쪽.
242) 위의 책, 339~340쪽.

이 작품 이후 약 한 세기가 지난 뒤, 고창의 동리 신재효는 판소리 사설/대본 여섯 마당—춘향가·심청가·토별가·박타령·적벽가·변강쇠가—을 정리하여, 판소리의 새로운 희곡/대본의 관습을 남겨 놓았다. 신재효의 중요한 업적은 첫째, '동창'(童唱), '남창'(男唱) 등의 '분창'(分唱)의 관습을 마련한 점, 둘째, 구비전승으로 전해지던 판소리 창본/대본을 비교적 구술성을 잘 살려 가다듬어 문자언어 텍스트로 정리 기록한 점 등을 들 수 있겠다.

이 시기의 주요 연극 공연 양식들은 대부분이 오늘날까지 살아남아, 지금도 구체적인 공연 작품들과 구체적인 공연 대본들을 접할 수 있다. 이 시기의 가무백희 전통 가운데서 주요 희곡/연극 양식들은 훗날 남사당패 등의 전통 예인 집단들에 의해서 후대에까지 전승되었다.

한국 희곡/연극 이론의 기본틀 수립

이 시기에 오면, 비로소 좀 더 전문적인 희곡/연극 이론가들이 출현하여 한국 희곡/연극 이론의 기본틀을 마련하게 된다. 그 대표적인 사람들로는 성현(成俔), 신위(申緯), 강이천(姜彛天), 송만재(宋晩載), 윤달선(尹達善), 정현석(鄭顯奭), 신재효(申在孝) 등을 꼽을 수 있다. 이들이 남겨놓은 한국 희곡/연극 이론 관련 자료들은 다음과 같은 것들이 있다.

> 성현(成俔) : 〈관나시〉(觀儺詩), 〈관괴뢰잡희〉(觀傀儡雜戱)
> 신위(申緯, 1769~1845) : 〈관극절구〉(觀劇絕句; 12수)
> 강이천(姜彛天; 1768~1801) : 〈남성관희자〉(南城觀戲子)〉
> 송만재(宋晩載, 1788~1851) : 〈관우희〉(觀優戱; 50수) 및 그 서문·발문
> 윤달선(尹達善) : 〈광한루악부〉(廣寒樓樂府; 1852, 108첩)의 서문 및 일부

본문 내용

정현석(鄭顯奭; 1817~1899) : 〈증동리신군서〉(贈桐里申君書; 2통)

신재효(申在孝; 1812~1884) : 〈광대가〉(廣大歌)

벽동병직 : 〈기완별록〉(奇玩別錄; 1864)

이상의 자료들은 주로 판소리를 중심으로 해서 이루어진 견해들이 그 내용의 중심을 이루고 있다. 이 지료들을 중심으로 이 시기에 이루어진 희곡/연극 이론의 요점들을 분석해 보면 다음과 같다.

윤리비평

우선, 성현(成俔)의 〈관괴뢰잡희시〉(觀傀儡雜戲詩)는 작자가 당시의 인형극/괴뢰희를 보고 지은 감상비평이다. 그 전문을 보면 다음과 같다.

번쩍이는 금띠에 붉은 옷 빛나고

발뒤꿈치에 줄 걸고 몸을 던지니 나는 듯하네

줄타기 공놀리기 교묘한 재주도 많아

실 꿰고 나무 새겨 신기(神機)를 다했네

어찌 오직 송나라 꼭두만이 아름답겠나

한고조(漢高祖)의 성(城)까지도 풀 만하네

조정을 공경하기 위해 번잡한 예절을 베푸니

중국은 안목이 높아 정녕 이를 조롱하리

(煌煌金帶耀朱衣 跟絓投身條似飛

走索弄丸多巧術 穿絲刻木逞神機

宋家郭禿奚專美 漢祖平城可解圍

爲敬朝廷陳縟禮 皇華眼大定嘲譏)[243]

이 감상비평 시의 내용은 다음과 같이 짜여 있다. 즉, 1~4행에서는 인형들의 뛰어난 연기력과 인형 자체의 훌륭한 모양새를 찬양하고, 5~6행에서는 우리나라 인형/인형극이 외래 인형/인형극 못지않게 훌륭하다고 판단을 내리며, 7~8행에서는 이런 인형/인형극이 마치 우리나라가 중국을 섬기기 위해 벌이는 사대주의적인 예절과 같으니, 이러한 번잡한 예절은 중국으로부터 오히려 비웃음을 당할 것이라고 노래하고 있다.

이 시에서는 다음과 같이 두 가지 중요한 비평적 안목이 나타나 있어 주목된다.

첫째, 우리의 인형극 자체에 대한 주체적인 안목이 나타나 있다. 즉, "줄타기 공놀리기 교묘한 재주도 많아/ 실 꿰고 나무 새겨 신기(神機)를 다했네/ 어찌 오직 송나라 꼭두만이 아름답겠나"라는 표현은, 우리나라의 꼭두/연형극도 송나라의 그것 못지않게 아름답다는 자주적인 주장이라고 볼 수 있다. 이 작자는 여기에서, 우리나라 인형극/연극을 비교문화적인 입장에서 보아, 우리나라 인형극은 송나라의 인형극에 비해 결코 뒤지지 않는다고 주장함으로써, 우리 인형극/연극의 자주적 독창적 가치를 서술하고 있다.

둘째, 정치적인 측면에서의 주체적인 안목이다. 즉, 그는 인형극에 대한 이러한 자주적인 가치판단 의식을 당대의 정치 사회적 맥락으로 심화 확장하여, 우리나라가 당대에 중국에 대해 취하는 정치적 태도가 마치 꼭두놀음과 같아, 그런 정치적 태도에 대해 중국 황제의 위엄[皇華]은 조롱을 할 것이라고 비판하고 있다. 그래서 다음과 같이 노래하고 시를 끝마치는 것이다. "조정을 공경하기 위해 번잡한 예절을 베푸니/ 중국은 안목이 높아 정녕 이를 조롱하리."

---

243) 성현, 《허백당집》 권4, 〈관괴뢰잡희시〉.

이런 면에서 이 시는 연극 감상비평임과 동시에, 연극과 사회를 동시
에 보면서 그 표현의 목표와 중심이 연극보다는 사회/정치 쪽에 있는,
일종의 윤리비평인 셈이다.

다음은 성현(成俔)의 〈관나시〉(觀儺詩) 전문이다.

> 비밀스런 궁전 봄빛 속에 채붕(彩棚)이 떴다
> 붉은 옷 그림 바지 종횡(縱橫)으로 어지럽고
> 구슬놀이[弄丸] 참으로 마땅히 예쁘고 교묘하네
> 줄타기는 도리어 가볍게 나는 제비와 같고
> 작은 무대[小室] 네 곁에 인형[傀儡]들을 두고
> 긴 장대 백 척 위에서 춤추는 병들과 뿔잔들
> 임금님은 창우희(倡優戲)를 즐겨하시지 말아
> 요컨대 여러 신하들 더불어 태평을 누리소서
> (秘殿春光泛彩棚 朱衣畵袴難縱橫
> 弄丸眞似宜僚巧 步索還同飛燕輕
> 小室四旁藏傀儡 長竿百尺舞壺觥
> 君王不樂倡優戲 要與群臣享太平)[244]

이 시는 각종 레퍼토리로 이루어지는 나희(儺戲)를 감상하고 지은 일
종의 나희 감상비평이라 할 수 있는데, 인형극·창우희 등의 연극을 다
루고 있어 주목된다.

이 시의 중심은 "임금님은 창우희(倡優戲)를 즐겨 하시지 말아/ 요컨대
여러 신하들과 더불어 태평을 누리소서"에 있으니, 이 시도 역시 앞에서
살펴본 성현의 시와 같이 일종의 '윤리비평'인 셈이다. 그러나 이 작품

---

244) 성현, 《허백당시집》 권7, 〈관나시〉.

에서는 창우희/연극을 임금은 즐겨할 것이 아닌 것, 다소 부정적인 것으로 보고 있다는 점에서, 희곡/연극에 대한 좀 더 부정적인 성격을 띤 '윤리비평'이라 하겠다.

기술비평

다음은, 강이천(姜彝天; 1769~1801)의 〈성남관희자〉(城南觀戲子)란 시의 전문이다.

① 노장스님은 어디서 오셨는지?
　석장을 집고 장삼을 걸치고
　구부정 몸을 가누지 못하고
　수염도 눈썹도 도통 하얀데
　사미승의 뒤를 따라오면서
　연방 합장하고 배례하고
　이 노장 힘이 쇠약해
　넘어지기 그 몇 번이던고?
　한 젊은 계집이 등장하니
　그 만남에 깜짝 반기며
　흥을 스스로 억제하지 못하여
　파계하고 청혼을 하더라
　광풍이 문득 크게 일어나
　당황하여 어쩔 줄 모를 즈음
② 또 웬 중이 대취해서
　고래고래 외치고 주정을 부리는데
　추레한 늙은 유생

> 이 판에 끼어들다니 잘못이지
> 입술은 언청이 눈썹이 기다란데
> 고개를 길게 뽑아 새 먹이를 쪼듯
> 부채를 부치며 거드름을 피우는데
> 아우성치고 꾸짖는 건 무슨 연고인고?
> ③ 한걸 차다 웬 사나이
> 장사로 뽑힘 직하구나
> 짧은 창옷에 호신수
> 호매하니 누가 감히 거역하랴!
> 유생이고 노장이고 꾸짖어 물리치는데
> 마치 어린애 다루듯
> 젊고 어여쁜 계집을 홀로 차지하여
> 손목 잡고 끌어안고
> 칼춤은 어이 그리 기이한고!
> 몸도 가뿐히 도망치는 토끼처럼[245]

이 시는 18세기 탈놀음/가면극의 구체적인 모습을 매우 사실적으로 묘사하고 있다는 점에서, 일종의 '기술비평'(descriptive criticism) 작품으로 볼 수 있다. 이 시를 분석해 보면, 다음과 같은 기술비평으로서의 의미와 가치들을 발견하게 된다.

첫째, ①에서는 '노스님'[老釋]이 '소매'(小妹)를 만나 파계하는 내용을 묘사해 놓고 있어, 오늘날 전해지는 탈놀음/가면극의 '노장과장'을 연상시킨다.

둘째, ②에서는 '늙은 유생'이 거드름을 피우는데 '술 취한 중'이 그 유생을 꾸짖는 내용을 그리고 있어, 오늘날 전해지는 탈놀음/가면극의

---

245) 임형택 편역(1992), 《이조시대 서사시》 하, 서울: 창작과비평사, 304~305쪽.

‘노장과장’의 ‘취발이’라는 인물과 ‘양반과장’의 ‘양반’이 연결된 듯한 어떤 과장을 연상시켜 준다.

셋째, ③에 묘사되어 있는 ‘사나이’[武夫]라는 등장인물은 오늘날 전해지는 탈놀음의 ‘포도부장’을 연상시켜주는 등장인물이다. 그런데, 이 등장인물이 노장과 유생을 모두 꾸짖는 인물로 묘사되어 있는 것으로 보아, 오늘날 전해지는 탈놀음에서와는 달리, 이 시대에는 이 인물이 유교적인 등장인물인 양반들뿐만 아니라 불교적인 등장인물인 노장도 비판하는 인물이었음을 짐작하게 해준다.

전체적으로 보아, 이 시는 18세기 우리나라 탈놀음/가면극의 구체적인 양상을 자세히 묘사해 주고 있다는 점에서, 그리고 그런 사실적인 묘사들을 통해서 감상 대상에 대한 객관적인 사실 기술이라는 ‘기술비평’의 가치를 충분히 살린 점에서, 한국 희곡/연극 이론 자료로서의 중요한 의의와 가치가 있다.

최초의 본격 판소리 감상비평

이 시대의 중요한 희곡/연극 이론 자료들 가운데는, 처음으로 판소리에 대한 본격적인 감상비평 형태를 갖춘 한시 작품이 있어 주목된다. 그것은 신위(申緯; 1769～1845)의 〈관극절구〉(觀劇絶句; 12수)란 장편 한시(漢詩)인데, 먼저 그 번역문 전문을 보면 다음과 같다.

> 무르익는 봄기운에 휘장 친 마당
> 북소리 맞추어 춤추며 돌고 돈다
> 노곤하여 졸음 겨운 바느질 아씨들
> 누가 불렀나, 담 너머 나란히 내다보네

총각은 상투 틀어 맵시를 자랑하고
흰 모시 봄 적삼 은빛이 어른어른
열없이 서 있는 나무 아래 다홍치마
저 무리들 그 누구와 눈들이 맞을까

영산회상 북채 소리에 해는 기울고
궁상(宮商)의 잦은 가락, 치우(徵羽)의 낮은 가락
하늘에 사무치다 가느다란 메아리
일시에 운변(雲變)하니 추운 새벽녘

춘향이 분장에 눈에는 추파 띠고
부채 그림자 옷 무늬 어색하고나
이어사(李御使)는 도대체 어떤 자손이기에
지금도 극(劇)의 풍류를 독점하는가

고(高)·송(宋)·염(廉)·모(牟)는 호남의 소문난 광대
하 좋아 나를 홀려 시 읊게 하고
우렁차다 비분강개 김용운 솜씨
'형채기'(荊釵記) 연희로야 당할 자 없지

감상이 격해지면 가끔 '얼씨구' 한 마디
넓은 뜨락엔 구경꾼들 인산인해(人山人海)라
오늘밤엔 부질없이 햇불 거정 마오
반달이 구름 끝에 걸려 있으니

구부리고 휘돌고 맑고 또 맑고
정속(正俗)이 함부로 엇갈리누나

형화(邢和)의 구슬을 다시 말하지 말라
손숙오(孫叔敖)가 재생했다 말할 수 있네

둥둥둥 북채 잦아 소리 뽑으니
명창의 노래 소리 천하를 휩쓸어
이 노래는 우리 고을 '삼도부'(三都賦)이니
예사로운 놀이라고 보지를 마오

저기 저 명산을 오를 수 있다면
꽃이 핀 깊은 곳에 물소리 흥건
내 마음 저 산의 새소리 모아
자고새 우는 속에 앉고나 지고

춤추는 횃불 빛 사창에 너울거려
불에 비친 웃는 뺨 하냥 곱구나
늙은 몸이 사라져 젊음을 얻었는가
이 춥고 쓸쓸한 속에 번화함을 얻었네

천생의 아협(牙頰)을 광대[伶優]에게 점지하니
궁상(宮商)의 미세한 표현 마디마다 수심일세
귀고리 비녀가 떨어져도 아깝지 않고
밤새도록 갈길 잊고 그대 위해 머무네

보고난 뒤 죽임이 어찌 명사(名士)들뿐이랴
사람들의 시기 두려워 도처에 몸을 숨기네
광대들[伶官]이 떠난 뜨락 물같이 고요
쓸쓸타 앵무새 소리 제비 소리만 도네[246]

이 한시 형태의 연극비평 작품은 작자가 실제로 판소리 공연을 보고, 자기가 본 판소리 공연에 대해 처음부터 끝까지 자기의 느낌을 피력한 매우 자세하고 실제적인 판소리 감상비평 작품이다. 이 작품을 분석해 보면, 한국 희곡/연극 이론상으로 다음과 같은 몇 가지 중요한 의미와 가치를 찾아볼 수 있다.

첫째, 우선 이 시의 제목을 '관극절구'(觀劇絶句)라고 한 것을 보면, 이 작자는 판소리를 분명히 일종의 '극'(劇) 곧 연극으로 인식하고 있음을 알 수 있다.

둘째, 이 작품은 실제 공연을 보고 쓴 감상비평 작품으로서, 최초의 본격적인 판소리 비평이다. 이 시는 판소리의 전체 공연과정—준비과 정·공연과정·공연 이후 과정—을 자세히 묘사하고, 그 각 과정에 대 한 작자의 직관적인 감상을 매우 효과적으로 표현한 감상비평이다.

이 시가 묘사하는 판소리의 전체 공연과정을 정리해 보면 다음과 같 다. ① 먼저 한창 무르익은 봄날, 마당에 휘장을 치고 소리패가 북 장단 에 맞추어 마당을 춤추며 돈다.(1, 2수) ② 그 다음에는 〈영산회상〉 곧 단 가(短歌)를 부른다.(3수) ③ 이어서 '본사가'(本事歌)인 〈춘향가〉를 부른 다.(4수) ④ 그 다음에는 판소리를 부르는 광대들—고수관·송흥록·염 계달·모흥갑·김용운 등—이 언급된다.(5수) ⑤ 이어서, 소리판이 무르 익어 청관중들이 추임새를 하게 되는 상황과, 그 이후에 판소리 공연 속 에 깊숙이 빠져 들어간 작자의 심정을 그린다.(6~11수) ⑥ 마지막으로, 판소리 공연이 끝난 뒤의 소리판의 정황을 묘사하고 끝을 맺는다.(12수)

셋째, 이 작품은 당시 판소리의 실제 공연상황과 공연순서에 대한 비

---

246) 신위, 《경수당전고》(警修堂全稿) 7책, 〈관극절구십이수〉(觀劇絶句十二首); 윤광봉(1987), 《한국연희시연구》, 서울: 이우출판사 참조.

교적 자세한 정보들을 제공해 준다. 우선 1, 2수에서는 해가 질 무렵, 판소리 공연이 시작되기 전에 먼저 소리판을 만들기 위해 마당에 휘장을 둘러치고, 주위에 처녀 총각들까지 모여들고 기웃거리는 주변 상황이 묘사되었다. 3수에서는 광대가 먼저 '영산회상'/단가를 부르기 시작하는 대목이 그려진다. 이어서 4수에서는 판소리 공연으로 들어가, 새벽녘까지 판소리 공연이 이어진다는 말이 나온다. 이 4수는 실제로 판소리 〈춘향가〉를 부르는 판소리 광대의 행동이 묘사되어 있다. 5수에서는 당대의 주요 판소리 명창들의 이름과 특징을 언급하고, 6수에서는 판소리 감상에 깊숙이 빠져 자발적인 추임새가 나오기 시작하는 소리판의 정황을 묘사한다. 7~8수에서는 판소리 광대의 무궁무진한 공연 능력을 찬양하고, 9~10수에서는 그러한 광대의 공연 능력에 의해 이루어지는 작자 및 청관중들의 감동적인 변화를 그린다. 11수에서는 이렇게 하여 광대/공연자와 청관중이 하나의 '흐름'(flow) 상태로 혼연일체가 된 모습을 묘사한 다음, 마지막 12수에서는 판소리 공연이 끝난 다음의 고요해진 정황을 그리고 끝을 맺고 있다.

넷째, 이 작품은 판소리/연극 감상비평의 한 전범(典範)을 보여준다. 이 작품은 비록 한시(漢詩) 형태를 취한 작품이기는 하지만, 그 내용을 자세히 분석해 보면, 매우 잘 짜여진 판소리 감상비평 작품임을 알 수 있다. 즉, 이 비평문은, 공연 이전의 공연장 안팎의 정황 묘사(1~2수), 공연의 시작과 그 전개 과정의 요약(3수), 공연자의 공연 모습 묘사(4수), 공연자들에 대한 관련 정보의 진술(5수), 공연자-청관중 상호작용 양상 묘사(6수), 공연자의 뛰어난 공연 능력 지적(7수), 그 공연의 의의와 가치 언급(8수), 공연의 감동과 효과 묘사(9~11수), 마무리(12수) 등으로 짜여 있다. 이런 내용 구성과 짜임새로 볼 때, 이 작품은 오늘날의 연극 감상비평의 견지에서 보더라도 매우 치밀하고 조리 있게 잘 짜여진 연극 감상비평 작품이라 할 수 있다.

다섯째, 이 작품은 여러 가지 비유법을 활용하여, 매우 높은 수준의 뛰어난 미학비평을 보여준다. 이러한 면모는 특히 7~11수에서 볼 수 있다. 7수는 판소리 광대가 뛰어난 공연 능력을 발휘하여 판소리의 온갖 '이면'을 자유자재로 능수능란하게 표현해 내는 모양을 중국 초나라 때의 배우 우맹(優孟)이 손숙오(孫叔敖)를 흉내 낸 공연 능력에 비유하여 표현하고 있다. 이러한 식의 미학비평의 태도와 방법은 나중에 동리 신재효의 〈광대가〉에 그대로 계승된다. 8수는 판소리 공연에 참여하고 있는 청관중인 작자가 공연자인 광대의 예술 세계와 동화되고픈 안타까운 심정, 또는 광대의 판소리 공연에 차차 동화되어 가고 있는 작자의 심정을, "명산 속 꽃 핀 깊은 골짜기의 물소리 새소리 속에 앉고 싶다"고 비유적으로 표현하고 있다. 10수는 판소리 공연에 동화되어 깊은 감동을 받은 상태를 마치 "공연장 마당가에 피워 놓은 횃불 불빛에 몸이 녹아 붉어지는 것"에 비유하여 아름답게 표현하고 있다. 11수에서는 판소리 공연에서 공연자—광대·고수—와 청관중이 완전히 혼연일체가 된 상태를 '귀고리와 비녀가 떨어져도' 그런 것에 신경을 쓰지 않는 상태로 표현하여, 그 지극한 미학적 동화 상태를 절묘하게 표현하고 있다.

여섯째, 이 시는 또한 간접적으로 판소리/연극 이론의 주요 원리들을 제시해 준다. 특히, 이 시는 판소리 공연자와 청관중 사이의 '상호작용의 원리', 즉 판소리 공연자와 청관중 사이의 '비움—채움의 원리', 그리고 공연자와 청관중이 하나의 통일체를 형성하는 '흐름 형성의 원리'를 제시하고 있어 주목된다.247) 다음을 보자.

---

247) 김익두(2004), 《판소리, 그 지고의 신체 전략》, 서울: 평민사, 174~194쪽 참조.

> 감상이 격해지면 가끔 '얼씨구' 한 마디
> 넓은 뜨락엔 구경꾼들 인산인해(人山人海)라
> 오늘밤엔 부질없이 횃불 걱정 마오
> 반달이 구름 끝에 걸려 있으니

이 부분에서 "감상이 격해지면 가끔 '얼씨구'[一聲哄] 한마디"를 해야 한다는 것은, 바로 '추임새'를 통해서 공연자와 청관중이 부단한 상호작용을 긴밀하게 수행해야 하는 것이 판소리임을, 즉 판소리에는 공연자인 광대·고수와 청관중이 매우 개방적이고 부단한 '상호작용의 **원리**'를 수행해 나아가는 공연예술임을 지적한 것이라 할 수 있다.

또한, 다음 부분에서는 '흐름 형성의 원리'를 제시하고 있다.

> 천생의 아협(牙頰)을 광대[伶優]에게 점지하니
> 궁상(宮商)의 미세한 표현 마디마다 수심일세
> 귀고리 비녀가 떨어져도 아깝지 않고
> 밤새도록 갈길 잊고 그대 위해 머무네

즉, 이 부분에서는 광대가 표현하는 극진한 표현들에 감동 감화된 청관중이 귀고리와 비녀가 땅에 떨어져도 아깝지 않은 상태, 곧 공연자와 청관중이 하나로 혼연일체가 되어, 하나의 '흐름' 속에 들어간 상태를 그리고 있다. 이것은 바로 판소리 광대가 시간적인 '공소'(空所; blanks)를 끊임없이 배치하고, 그 공소들을 청관중이 '추임새'로써 메워 나아가는 '비움－채움의 원리'의 부단한 상호작용을 통해서, 궁극적으로는 공연자－청관중이 하나의 '흐름' 속에 들어가는 '흐름 형성의 원리'를 제시한 것이다.248)

19세기 초반 판소리/연극 이론의 보고, 〈관우희〉(觀優戲)

송만재(宋晚載)의 〈관우희〉(觀優戲; 50수)라는 장시(長詩)는, 이 시기 희곡/연극의 이론상으로 볼 때, 여러 면에서 매우 귀중한 자료이다. 이 시는 조선시대 후기인 순조 10년(1810) 무렵에 창작된 것으로 추정하고 있다.[249] 다음은 이 시의 번역문 전문이다.

① 재주 놀면 판을 치는 광대 놀이판
　길게 뽑는 소리는 본래 화랑과 비슷
　꼭두각시 재주꾼의 갖가지 재주들
　익살스런 한 두 마당 적어 볼거나

② 정자에 높다랗게 횃불을 밝히고
　소리꾼[優人]은 고수 동편에 마주 섰네
　당상보다 당하가 더 좋고말고
　그래야만 대중과 함께 즐기지

③ 빈 뜨락에 꽃잎 져서 바닷빛인데
　한 가닥 장고 가락 봄바람을 일으키고
　목청을 골라 뽑는 '영산곡'의 시김새
　진국명산 만장봉 멋들어지다

④ 국태민안 우리 성군 길이 만만세
　태평세월 요순시절 그려를 보네

248) 위의 책, 178~188쪽 참조.
249) 윤광봉(1987), 《한국연희시 연구》, 서울: 이우출판사, 97쪽.

성군이 나시자 봉황새 모여드니
응당 남산 한양에도 나타나리

⑤ 산의 조종은 곤륜산 물의 조종은 황하수
첫소리 뽑아내니 최고 심장(深長)하고
노래와 곡조 또한 문장법을 터득했네
처음 시작할 때는 먼저 한두 행을 베푸는 법

⑥ 관동팔경을 노닐어 펴는 것 좋을시고
경치 따라 가락마다 한 폭의 그림
발음도 진진(津津)하여 만물을 포섭하니
이치를 널리 통해 신 선비[酸儒] 뒤지지 않네

⑦ 잔잔히 흐르다 번뜩이며 일어나는 물결
평지에서 만장봉으로 날아오르고
제비 말 앵무새 소리 온갖 재주들
버들바람 꽃비 한바탕 봄이 무르익었네

⑧ '영산회상' 거두고 북채를 쉬니
다락 위 다락 아래가 조용해지고
추녀 끝에 가는 꽃잎 날리고 봄 구름 갠다
귀 기울여 장차 '본사가'(本事歌)를 듣자

⑨ 금슬(錦瑟)의 번화함 '회진기'(會眞記)를 떠올리고
광한루에 수의 사또가 당도하였네
사랑하는 이도령 백년가약 어기지 않아
옥에 갇힌 춘향이를 다시 살려내었네

⑩ 가을비에 화용도(華容道)로 도망친 조조(曹操)
   관운장은 칼을 쥐고 말에서 바라다볼 뿐
   군졸들 앞에서 비는 꼴 정녕 여우일세
   우습구나, 간웅(奸雄)의 모골이 오싹함

⑪ 제비가 박씨 물어다 원은(怨恩)에 보답하는데
   어진 아우와 못난 형을 분명케 하는구나
   박 속에는 형형색의 보배와 괴이한 물건들
   톱질 한 번 할 때마다 매양 와르르

⑫ 매화와 이별한 뒤 늘 눈물의 흔적
   돌아와 보니 님은 가고 외로운 무덤뿐
   반한 정 얽히고 설켜 인정이 흐려져
   황혼을 정혼(情魂)으로 착각을 하네

⑬ 큰길가 장승 패서 땔감을 삼으니
   모진 상판 부라린 눈 꿈에도 호통
   고운 얼굴 속절없이 산에서 우니
   벼슬에 어리미침 몇이란 말인가

⑭ 장안의 한량으로 왈짜패들은
   붉은 옷 초립을 쓴 우림 패거리
   동원에서 술 마시며 놀이판을 벌이니
   뉘라서 의랑을 잡아 한몫을 뵈노

⑮ 효녀가 가난으로 몸을 팔아서
   상선 따라 가서는 물귀신 아내,

하느님 가호로 왕비가 되어
잔치 끝에 아버님 눈 뜨시게 해

⑯ 애랑에 홀딱 반해 체통도 잊고
상투 자르고 이빨 빼길 마지를 않아
술자리에서 기생 업은 배비장이니
일로부터 멍청이라 웃음을 샀네

⑰ 옹생원이 하찮은 꼭두와 싸워
맹랑한 이야기 맹랑촌에 자자
붉은 부적 부처님 영험 아니면
진짜인지 가짜인지 뉘 분간하리

⑱ 흰한 사람 못난 주제 신선 되려고
금강산에 들어가 노승을 찾아
천년도와 천일주에 매이이다니
뭐라고 속였는고 왕교(王喬)와 악전(偓佺)

⑲ 동해의 자라가 사신이 되어
용왕 위한 단심으로 약 찾아나서
얄궂게도 토끼의 요설에 속아
간을 두고 왔다고 용왕을 우롱

⑳ 푸른 종지 붉은 가슴 장끼 까투리
묵정밭에 팥이라니 의심하면서도
한 번 쪼아보다 덫에 걸려 요절
싸늘한 마른 가지 눈이 녹는데

㉑ 가슴에서 뽑아낸 타령(打令) 몇 편이
극희장(劇戲場) 열리니 샘처럼 솟네
높은 소리 여러 번 불러도 목이 안 쉼은
강남의 이귀년이 다시 살아났나

㉒ 야릇한 온갖 재간 눈매에 서려
소매 걷고 앉으니 의기도 버젓
한평생 목청 돋움 업이고 보니
선달님 웃는 낮을 보려는 건가

㉓ 사투리와 상말에다 익살을 섞어
마디마디 신이 나는 묘한 재주라
주고받는 장단을 희롱하면서
없는 가락 지어 내어 달리 부르니

㉔ 소매를 치돌리며 쥘부채 치며
높낮은 궁상 장단 우스개인 양
뉘 댁의 머리 늘어뜨린 나른한 색시
살구꽃 담장 머리로 얼굴 내미네

㉕ 웃을 때는 흘기는 척 온 재주 부려
인정의 곡절이 거기 드러나
모르괘라, 시골 색시 무슨 상관에
슬프다가도 기뻐하고 마구 넘나뇨

㉖ 손뼉 치며 펼쳐보네, 오십살 부채
좌우 소매 흔들면서 줄에 오르니
타령 장단 봄하늘에 울려 퍼지자

나풀나풀 복사꽃이 바위에 지듯

㉗ 소맷자락 펄럭이며 걸음은 비틀
한쪽 어깨 으쓱하면 한쪽은 기웃
둥둥둥 자진모리 성화 같으니
촌무당이 첫 점괘를 풀어내는 듯

㉘ 밤이 깊어 술 다해도 웃음은 여전
재주 하나 마치면 행전을 고쳐
득의양양 객석 향해 절을 올리며
사방을 둘러보며 주저주저해

㉙ 일자의 밧줄 위가 곧 내 집이라
앉고 서고 사뿐사뿐 어긋남 없어
풍악소리 요란하게 춤 재촉하면
온갖 재간 다 부리며 관객에 과시

㉚ 매인 줄 흔들려도 걸음 편안코
그 위에서 살판 재주 순식간이라
매달리면 잠자리요, 붙으면 거미
구경꾼들 어쩔해서 차마 못 보아

㉛ 일자로 매인 줄에 여덟팔자걸음
장삼에 석장 짚어 중이 되다니
방탕한 넋 하얀 고깔 신원의 장단
덩실덩실 미친 노래 흥을 못 이겨

㉜ 허리 굽혀 구르고 느린 줄 차며
　　비 갠 뒤에 바람 돌 듯 중천에 훌쩍
　　물 가득 찬 둑길 가는 색시와 같이
　　푸른 버들 속에서 그네 뛰는 듯

㉝ 검기의 번쩍임이 혼태무 같고
　　장대 위에서 거꾸로 재주 부리네
　　떨어질 듯 되오르면 한 발이 우뚝
　　징검다리 오똑 선 해오리랄까

㉞ 뒤뚱거려 미끄러지듯 서에서 동으로
　　줄 타는 어지러움 제비 나는 듯
　　흐드러진 춤사위에 이는 그림자
　　다락의 약한 바람 두렵지 않아

㉟ 줄을 튀어 힘찬 오름 호반 아니고
　　허공 걷되 흔들림 신선도 아냐
　　휘파람 불며 몸 뒤집으니
　　꽁무니 높아라 발은 하늘로

㊱ 사뿐사뿐 걸음은 물결 타듯이
　　뛰려다 멈춰 서서 수다를 떨어
　　땅을 굴러 곤두서니 그림자 없어
　　발 밖에 거꾸로 떨어지는 꽃잎

㊲ 손 비비며 걸음 삐끗 몸 공그르니
　　청산은 거꾸로, 물은 비껴 흐르는 듯

빙그르 바람 차며 공중에서 춤을 추니
임목(林木) 누대(樓臺) 흩어져 거둘 수 없네

㊳ 굽은 허리 장단마다 허리 굽히니
그 재주 아니라면 애태우겠나
우거진 녹음에서 보는 인 많고
숭어뜀이 용으로 금방 변하네

㊴ 손을 짚고 물구나무서며 게걸음 하니
날렵한 몸놀림 물 차는 제비
완릉(宛陵)의 형옥(荊玉)도 다만 그것뿐
우리 광대 천하에 드문 재주라

㊵ 양반님네 자세히 보라 자주 알리며
재주야 쉽지 않아, 나니 한다나
땅에다 칼날 꽂고 위험한 재주
높새 맞은 돛배 부림 그 재주로세

㊶ 바람 타고 상투 위 갓을 뛰넘고
술잔 들고 넘어도 그대로 있네
아무리 생각해도 이해 어려워
화로 이고 넘어도 재가 안 날려

㊷ 무릎 굽혀 팔짝 뜀은 춘초분(春草墳)이요
발굽 모아 팔짝 뜀은 추산엽(秋山葉)이라
평생에 능한 일 한 마당 이루니
해당화 밑에 나는 나비와 같네

㊸ 신라 때 황창(黃昌)이란 재주꾼 있어
　　칼 들고 한바탕 춤을 추었지
　　그 기교 천 년 넘은 지금도 남아
　　기묘한 재주로 황창을 대신

㊹ 재주[劇技]는 호남 출신 가장 많으니
　　말하기를 우리도 과거 보러 간다네
　　먼저는 진사시험 뒤에는 무관이야
　　과거가 다가오니 거르지 마세

㊺ 급제한 집 잔치에 재주 뽑히려
　　광대들[呈才]은 재(齋) 든 중처럼 법석
　　제각기 무리 지어 마당에 나와
　　따로따로 음조 골라 재주를 시험

㊻ 방 붙자 홍패 받고 덕담 드리니
　　청운의 걸음마다 나래를 펴네
　　한림(翰林) 주서(注書) 거쳐서 경상(卿相)에 올라
　　한 마당 단꿈일랑 부끄러운 일

㊼ 푸른 깃 산호 갓끈 화려한 깁옷
　　관대 초립 화사함 내기 하는 듯
　　한 소리 긴 피리에 뽑는 한 소리
　　서울의 봄바람 곳곳마다 꽃밭

㊽ 아름답고 고운 모습 소년이지만
　　돌아보며 소리하니 좌중이 놀라
　　노래와 춤 한판의 놀이 벌이니

사설 속에 북과 피린 한결같구나

㊼ 장안에 이름 높긴 우춘대(禹春大)이니
당대에 누가 능히 그 소릴 잇나
술자리서 한 곡 빼면 천 필의 비단
권삼득과 모흥갑은 젊은이였지

㊿ 재주꾼은 근자엔 더욱 희미해
모든 이 온갖 재주 이미 다 틀려
하찮은 재주조차 치졸해지니
동국엔 재주꾼 몇이나 되나.250)

이 시 작품에서 우리는 다음과 같은 희곡/연극 이론의 의미들을 찾아
볼 수 있다.

첫째, 이 작품도 연극 면에서는 앞에서 살펴본 신위의 〈관극절구〉라
는 시와 같이, 판소리를 중심으로 하여 한국 희곡/연극 이론을 제시하고
있다.

둘째, 이 작품의 구성은 다음과 같이, 서사(1~2수) · 단가/가곡(3~8
수) · 판소리(9~25수) · 줄타기(26~35수) · 땅재주(36~42수) · 총론(43~50수)
등으로 이루어지는데, 이 가운데서 희곡/연극 이론에 직접 관련된 부분
은 1~25수와 총론 부분인 43~50수이다.

셋째, 이 시는 판소리 공연이론을 제시해 준다. 즉, 2수에 묘사된 바에
따르면, 판소리 공연장의 배치는 북쪽의 당상관석을 중심으로 하여, 서
편에 판소리 광대가 위치하고 동편에 고수가 위치한다. 뿐만 아니라, 당

---

250) 윤광봉(1987), 앞의 책, 110~183쪽 참조.

시의 판소리 공연 절차도 언급해 놓고 있다. 즉, 이 시에 따르면 당시 판소리도 요즈음과 같이 먼저 '영산곡'/단가를 부르고, 분위기가 어느 정도 무르익은 다음에 '본사가'(本事歌)/판소리를 부르는 것으로 묘사되어 있다.

넷째, 처음으로 판소리/연극의 청관중이론을 제시하고 있다. 즉, 이 시의 제2수에 따르면, 이 시기에는 청관중석에 '당상'(堂上)과 '당하'(堂下)의 구분이 있었음을 알 수 있다. 전자는 양반들이 앉는 청관중석이고, 후자는 일반 서민들이 앉는 청관중석이다. 그런데 작자는 좋은 청관중의 위치는 양반들이 앉는 '당상'의 위치보다는 일반 서민들이 주로 앉는 낮는 '당하'의 위치가 더 좋다고 말한다. 그 이유는 그래야만 서민 대중들과 함께 더불어 즐길 수 있기 때문이라고 하였다. 이것은 우리 희곡/연극사에서 처음으로 판소리/연극의 '청관중론'을 제기한 것이라 할 수 있다.

다섯째, 판소리의 중요한 본질인 공연자―청관중의 부단한 '상호작용의 원리'와 '비움―채움의 원리'를 지적하고 있다. 즉, 2수에 따르면, '당상'의 청관중석보다 '당하'의 청관중석이 더 좋은데, 그 이유는 그래야만 대중들과 함께 즐길 수 있기 때문이라 하였다. 이것은 판소리의 본질이 그저 공연자가 보여주고 청관중들은 지켜보는, 일방적이고 수동적인 공연예술이 아니라, 광대·고수·청관중들이 서로 부단히 개방적으로 상호 개입하는 공연예술, '공연자―청관중의 상호작용 원리'가 매우 중요한 공연예술임을 암시적으로 주장하고 있다. 바꾸어 말하자면, 공연자는 공연 가운데 부단히 시간적 '공소'(空所; blank)를 만들어 주고, 청관중들은 이 '공소'들을 '추임새'로써 메워 나아가는 '비움―채움의 원리'를 극대화하는 공연예술임을 간접적으로 지적한 것이다.[251)

---

251) 김익두(2004), 앞의 책, 183~188쪽 참조.

 여섯째, 훗날 동리 신재효가 원리화한 판소리 광대의 ‘4대 법례’(인물치레·사설치레·득음·너름새)를 이 작품에서도 어느 정도 본격적으로 다루고 있다.

 먼저, 광대의 ‘인물치레’에 관해서 언급한 대목이 발견된다. 22수를 보면, “야릇한 온갖 재간 눈매에 서려/ 소매 걷고 앉으니 의기도 버젓”이라 하여, 광대의 인물 됨됨이를 묘사하고 있다.

 다음으로, ‘사설치레’를 언급한 대목은 5수와 23수이다. 즉, 5수에서 작자는, “첫소리 뽑아내니 최고 심장(深長)하고/ 노래와 곡조 또한 문장법을 터득했네”라고 하여, ‘소리’/노래뿐만 아니라 그 ‘소리’의 곡조/음악이 ‘문장법’/문학을 터득해야만 함을 지적하고 있다. 이것은 바로 판소리에서의 ‘사설치레’ 곧 문학의 중요성을 지적한 것이다. 또 23수에서도, “사투리와 상말에다 익살을 섞어/ 마디마디 신이 나는 묘한 재주라” 하여 판소리 광대의 ‘사설치레’ 곧 문학이 전라도 사투리와 상말들과 익살 등을 적절히 섞어 조화시킨 것임을 지적하였다.

 ‘득음’에 관해서도 언급하고 있다. 즉, 6수를 보면, “관동팔경을 노닐어 펴는 것 좋을시고/ 경치 따라 가락마다 한 폭의 그림/ 발음도 진진(津津)하여 만물을 포섭하니/ 이치를 널리 통하여 신 선비[酸儒] 뒤지지 않네”라고 하고 있다. 말하자면, 판소리 광대는 소리의 ‘득음’을 위해서, 발음[舌끗]을 윤택하게 하여 만물을 포섭해 만물의 이치를 널리 통해야만 한다는 것이다. 7수와 21수에서도 ‘득음’의 경지를 비유적인 표현으로 다음과 같이 묘사하고 있다.

> 잔잔히 흐르다 번뜩이며 일어나는 물결
> 평지에서 만장봉으로 날아오르고
> 제비 말 앵무새 소리 온갖 재주들

버들바람 꽃비 한바탕 봄이 무르익었네.(제7수)

가슴에서 뽑아낸 타령(打令) 몇 편이
극희장(劇戱場) 열리니 샘처럼 솟네
높은 소리 여러 번 불러도 목이 안 쉬은
강남의 이귀년이 다시 살아났나.(제21수)

위의 시에서 '제비 말 앵무새 소리 온갖 재주들'이란 표현은, 훗날 동
리 신재효의 〈광대가〉에서 '4대 법례'를 설명할 때에도 다시 사용되는
표현이며, 명창을 중국 역대 문장가에 비유하는 관습도 신재효의 〈광대
가〉에 다시 계승된다.

'너름새'에 관한 묘사도 나타나고 있어 주목된다. '너름새'에 관한 언
급은 24, 25수에서 볼 수 있다. 즉, 24수에 보면, "소매를 치돌리며 쥘부
채 치며/ 높낮은 궁상 장단 우스개인 양/ 뉘 댁의 머리 늘어뜨린 나른한
색시/ 살구꽃 담장 머리로 얼굴 내미네"라고 하여 광대가 '너름새'로 머
리를 늘어뜨린 '색시'의 부끄러워하는 모습을 연기하는 모양을 묘사하
는 것으로 보인다.252) 25수에서는, "웃을 때는 흘기는 척 온 재주 부려/
인정의 곡절이 거기 드러나/ 모르쾌라, 시골 색시 무슨 상관에/ 슬프다
가도 기뻐하고 마구 넘나뇨"라고 하여, 판소리 광대가 온갖 너름새/연기
의 재주를 부려서 등장인물의 미묘한 감정들을 표현해 내는 행동을 묘
사하고 있다.

아홉째, 이른바 판소리 '열두 마당'에 관한 정보를 처음으로 자세하게
제시해 준다. 이 판소리 비평문에 따르면, 이 당시의 판소리 '열두 마당'
은 〈춘향가〉, 〈적벽가〉, 〈흥보가〉, 〈강릉매화타령〉, 〈가루지기타령/변강

---

252) 이 부분에 대한 의미 해석은 원문의 해석 태도에 따라 달라질 수도 있으리라 본다.

쇠가〉, 〈왈짜타령〉, 〈심청가〉, 〈배비장타령〉, 〈옹고집타령〉, 〈가짜신선 타령〉, 〈토끼타령〉, 〈장끼타령〉 등이다. 이것은 이 당시에도 이미 판소 리의 주요 레퍼토리로서 '열두 마당'이 존재하고 있었음을 말해 주는 중 요한 정보이다.

열째, 이 감상비평은 이전에 나온 비평자료들보다 좀 더 진전된 연극 비평의 전범(典範)을 보여준다. 즉, 이 글은 앞에서 살펴본 바 있는 신위 의 〈관극절구〉(12수)보다 훨씬 더 본격화된 판소리 감상비평이다. 우선, 전체적으로 보면, 신위의 〈관극절구〉(12수)는 판소리만 12수의 한시로 다룬 것이고, 이 송만재의 〈관우희〉(50수)는 판소리 말고도 줄타기 · 땅 재주 등을 더 다루고 있다. 분량으로 보아서도 전자가 12수인 데 비해, 이것은 50수나 되는 장편 대작이다.

그리고 이 가운데서 판소리를 다룬 부분만 하여도 총 50수 가운데서 30수 이상을 차지한다. 판소리를 다룬 부분만을 가지고 앞의 〈관극절 구〉와 비교해 보면, 전체적으로 보자면 구성과 내용이 〈관극절구〉와 비 슷하나, 후자의 내용이 훨씬 더 다양하고 풍부하다. 특히, 후자에는 판 소리 열두 마당이 모두 언급되어 있다는 점은 가장 큰 차이라 하겠다. 뿐만 아니라 광대들의 공연 모습과 삶의 모습을 후자가 훨씬 더 자세하 게 기술하고 있다. 이 두 한시로 된 연극비평 작품 사이에는 연대로는 10여 년 정도의 차이밖에 나지 않기 때문에, 그 사이에 일어난 판소리의 역사적 변화는 그다지 크지 않을 것으로 보인다.

〈관우희〉의 서문과 발문에 나타난 희곡/연극 이론

다음으로, 송만재의 〈관우희〉 서문(序文)과 발문(跋文)을 검토해 보겠 다. 우선 그 서문 전문을 보면 다음과 같다.

서문[觀優戱竝序]

짓건대, 배우(俳優)의 무리와 골계의 명성은 진(秦)나라 배우 순(楯)이 대단하나, 초(楚)나라 철검(鐵劍)만 못했다. 제(齊)나라 순우곤(淳于髡)의 갓끈 끊는 큰 웃음과, 한(漢)나라 동방삭(東方朔)의 그루터기 없는 지론은 해학의 풍조가 넘쳐 놀음놀이[戱藝] 장난[玩]으로 빠졌다. 장난꾸러기 아이들 무리는 항상 춤추고 노래하여 사랑을 받는 동자의 흥겨움으로 신선 창용(昌容)과 같은 아름다운 복색을 한다. 약(籥)과 적(翟)을 연주하며 춤을 추니, 슬프다 남창(男唱)들의 노래여. 북 치고 향초 뿌리는 오신(娛神)놀이는 아름다운 여창(女唱)들이 즐기는 모습이요, 화려와 사치를 다투는 것은 어룡만연(魚龍曼衍)의 놀이요, 편을 갈라 사람을 뽑아 노는 것은 닭과 개가 공을 차는[鷄狗蹋鞠] 마당이다.

고관대작의 문 앞에 산붕(山棚)을 벌여 차려 놓고, 붉은 소매 여인들은 줄다리기를 하고, 여간(犁軒)의 요술쟁이들은 토화(吐火)놀이를 하고, 파사(波斯)의 선녀가 추었다는 포구락(抛毬樂)을 춤추고, 서경기(西京伎) 탈춤[假面]의 대사에 오랑캐 아이가 사자를 희롱하고, 우리나라 처용무(處容舞)는 신선이 바닷가에 노는 춤으로, 혹 개부(開府)의 문관을 기롱하고, 혹 선비를 희롱하다가 배척을 당하기도 하니, 풍속에 따라 그 숭상하는 바가 다르며, 이보다 더 유치한 것들도 마찬가지이다.

이로써 창우(倡優)는 창화(唱和)의 이름을 알게 하고 광대[優]는 광대의 노는 뜻을 담고 있어, 거문고를 타고 피리를 불며, 촛불을 밝히고 밤새도록 놀며, 서늘한 정자나 높은 누대에서 꽃이 바람에 떨어져 귀신과 북이 어울려 동하면, 소리로써 온갖 모습을 흉내 내어 한바탕 희학의 노래가 벌어진다.

말이 입술과 이 사이에서 샘처럼 흘러나오니, '영산회상'(靈山會相) 제1 투조(第一套調)의 장단이요, 타령 잡가 오만 가지 별체(別體)를 노래하는데, 때로는 앉아서, 또는 쭈그리고, 또는 서서, 또는 말하고 노래를 부르는가 하면, 북도 쳐가며, 혹 웃기도 하고 울기도 하면서, 한 번 길게 뽑으면 한 번은 짧게, 한 번은 맑게, 한 번은 흐리게, 한 번은 올리고, 한 번은 떨어뜨리고, 빠른가 하면 느리게 소리를 한다.

그리하여 깡마른 선비들이 훌륭한 문장을 찾고 구절을 뒤지는 모습을 시늉내기가 자못 굳은 것을 흰 것이라 하는 변사(辯士) 같아, 다른 것이 어울려 같게 이루어지도록 한다. 이때에 가인과 낭군이 서로 그리워하며, 또한 무당의 제석(帝釋)거리를 흉내 내며, 천 리를 떨어져 소식이 없는 것이 마치 병풍에 그려진 닭이 소리가 없듯이 표현하고, 만수산 신선이 산꼭대기의 청송처럼 빛나게 그려낸다. 또한 여인들이 노래 가락을 멈추고 시험 삼아 기생방의 춘향 이름을 들으니, 옥지환의 이별은 악창(樂昌)이 눈물을 뿌리며 헤어지는 장면이요, 수의(繡衣)를 입고 노래하고 춤추는 것은 봄이 성남(城南)의 꽃을 다시 피게 하는 마당이다. 나머지는 모두 뜻이 어긋나 인정[情]에 맞지 않아 반벙어리와 같아, 듣기조차 어렵다.

이에 이르게 되면, 기교는 놀이꾼[戲子]의 근본을 다함에 있고, 연극(演劇)은 놀이를 노는 마당에서 벌이는 것이다. 소매를 벌려 자리에 맞닥뜨리면 패물 소리 우습고, 허리를 젖혀 땅에 대고 옥비녀를 누가 물어 올리나. 발을 올려 궁둥이 위로 솟으면 갑자기 누대(樓臺)가 거꾸로 비친다. 몸을 돌이켜 손을 재빠르게 움직여 칼과 방울을 번쩍이니 연기가 나는 듯하고, 두 손을 짚고 나란히 가니 풀이나 진흙의 게걸음이요, 한 발로 오뚝 서니 갈대 뿌리를 밟고 선 해오라기 모습이요, 그러고는 토끼처럼 뛰어 소가 엎드려 웃는 것 같이 하고, 마침내 물고기처럼 튀어 오르더니 용으로 변한다.

살판 재주가 겨우 끝나자, 광대가 획 돌아 줄에 뛰어올라, 거미가 거미줄에 매달리듯 디룽거리며 장대를 당겨 잡고, 완희(宛姬)가 북을 치며 신호하자 제비가 날세게 날듯 줄 위를 뛰어 달리니, 장대 위에서 노는 서역(西域)의 이 장대놀이는 도노심당(都盧尋橦)이로다.

어여쁘구나, 여인의 그네 뛰는 모습이여. 흥청거리는구나, 어리 미친 스님이 석장을 짚고 춤을 추며 나아갔다 물러섰다 하는 모습. 바람 지난 뒤에 비 몰아오듯, 위태롭기도 하고 편안하기도 하네. 별똥이 떨어지고 번개가 끊어지는 듯, 분명히 금을 긋듯, 휘파람 불며 사방을 두리번거리다가, 매어 놓은 줄을 밟고 올라 빙그르르 도니, 무인들도 아니면서 용맹스럽기도 하구나. 기뻐서 웃고 화가 나서 성을 내며 꾸짖는 것도, 능히 그 소리로 꾸며내니, 광대의 북과 피리 소리에 떠돌이의 재주가 일단 멈춘다.

꼭두각시가 줄에 의지해서 기묘하게 허깨비처럼 움직이는 것도 볼 만하다. 느닷없이 허공을 거닐어 가로지르니, 구경꾼들은 넋이 나가 어리둥절한데, 노는 모양은 여전히 계속되고, 보는 군중들은 칭찬을 아끼지 않는다. 이는 거문고를 잘 타 구름이 스러지는 듯하니, 마음과 정신이 모조리 나간 듯하다. 텅 빈 뜰에 바닷물이 밀려와 구경꾼들은 조용히 돌아갈 바조차 잊어, 그들로 하여금 조마조마한 마음에 빠지게 하고, 시름의 구름까지 사방에서 일어나다가, 별안간 다시 장단이 바뀌어 봄바람이 갑자기 부는 듯하다.

하찮은 말단의 재주를 부려 오히려 이러하기에, 그 변화를 부린 것으로 인하여 서로 이상야릇하게 생각했으나, 공손대랑(公孫大娘)의 검기혼탈무(劍器渾脫舞)와 같이 그 기묘함이 신들린 듯하고, 포정(庖丁)이 칼을 쓰듯이 여유작작하게 놀아 붙이니, 이는 지극한 이치가 담긴 것이 되어, 할 수 있는 일은 다 하고 끝을 마친다.

놀음놀이라는 것은 즐겁도다. 어즈버, 기묘한 재주와 음탕한 소리가 정신을 놀라게 하고, 뜻을 빼앗아 사물에 감격하매 성정이 움직여 혹 중화(中和)를 잃는가 싶으며, 소리로 인하여 슬픔과 기쁨을 베풀어 서로 앞뒤에서 대신한다. 화노(花奴)가 북을 치니 삼랑(三郎)이 듣고 굳은 얼굴을 풀고, 옹문주(雍門主)가 거문고를 타니 공자 맹상군(孟嘗君)이 눈물을 주르르 흘린 것은 그 소리가 음탕함을 막는 까닭이다. 또한 풍악을 좋아하는 선비는 황당무계함이 없고, 목숨을 가볍게 여겨 황금을 중히 여기지 않으니, 유종원(柳宗元)이 지은 〈간아지계〉(竿兒之戒)에 웃음을 띠어 자리에 임해 있고, 왕안석(王安石)이 뜰에서 광대놀음 때문에 시름을 잊은 것이다. 촉투주(蜀渝州) 땅의 춤, 파(巴) 땅의 노래, 오(吳) 땅의 놀음놀이, 초(楚) 땅의 교활한 짓거리들, 간드러진 소리와 어지러운 행색의 무리들은 임금을 총명함에 머물지 못하게 않고, 춤에 꼽추놀이[戲侏]를 하는 필부는 죽어 마땅하다. 난리의 기미를 보이는 화성(火星)인 '형혹'(熒惑)은 음란하여 나라를 망친 소리인 '상간복상'(桑間濮上)이니, 어찌 정(鄭)나라 위(衛)나라의 번잡한 소리라고 탓하겠는가. 강구연월(康衢煙月)의 격양가(擊壤歌)도 요순(堯舜)의 대도에 밑바탕을 같이 하였던 것이다.[253]

이 서문에서도 우리는 다음과 같은 희곡/연극 이론을 찾아낼 수 있다. 첫째, 이 시대 희곡/연극의 전반적인 공연 양상과 레퍼토리들을 알려 준다. 다음 대목에 이런 사실들이 잘 나타나 있다.

고관대작의 문 앞에 산붕(山棚)을 벌여 차려 놓고, 붉은 소매 여인들은 줄다리기를 하고, 여간(犁靬)의 요술쟁이들은 토화(吐火)놀이를 하고, 파사(波斯)의 선녀가 추었다는 포구락(抛毬樂)을 춤추고, 서경기(西京伎) 탈춤[假面]의 대사에 오랑캐 아이가 사자를 희롱하고, 우리나라 처용무(處容舞)는 신선이 바닷가에 노는 춤으로, 혹 개부(開府)의 문관을 기롱하고, 혹 선비를 희롱하다가 배척을 당하기도 하니, 풍속에 따라 그 숭상하는 바가 다르며, 이보다 더 유치한 것들도 마찬가지이다.

이 기록에 따르면, 이 시대의 연극은 먼저 무대인 '산붕'을 설치하고, 줄다리기·토화·포구락·서경기·탈춤·처용무 등이 그곳에서 벌어지는 것으로 되어 있다.

둘째, 판소리 공연이 이루어지는 장소의 배경과 정황을 언급하고 있다. 다음 대목에 그런 사실들이 잘 나타나 있다.

---

253) 윤광봉(1987), 앞의 책, 183~187쪽 참조.

이로써 창우(倡優)는 창화(唱和)의 이름을 알게 하고 광대[優]는 광대의 노는 뜻을 담고 있어, 거문고를 타고 피리를 불며, 촛불을 밝히고 밤새도록 놀며, 서늘한 정자나 높은 누대에서 꽃이 바람에 떨어져 귀신과 북이 어울려 동하면, 소리로써 온갖 모습을 흉내 내어 한바탕 희학의 노래가 벌어진다.

셋째, 판소리의 실제 공연에서 일어나는 공연 순서와 표현 방법들을 매우 구체적으로 묘사해 제시하고 있다. 이런 점은 다음 대목에 잘 나타나 있다.

① 말이 입술과 이 사이에서 샘처럼 흘러나오니, '영산회상'(靈山會相) 제1투조(第一套調)의 장단이요, ② 타령 잡가 오만 가지 별체(別體)를 노래하는데, 때로는 앉아서, 또는 쭈그리고, 또는 서서, 또는 말하고 노래를 부르는가 하면, 북도 쳐가며, 혹 웃기도 하고 울기도 하면서, 한 번 길게 뽑으면 한 번은 짧게, 한 번은 맑게, 한 번은 흐리게, 한 번은 올리고, 한 번은 떨어뜨리고, 빠른가 하면 느리게 소리를 한다. ③ 그리하여 깡마른 선비들이 훌륭한 문장을 찾고 구절을 뒤지는 모습을 시늉내기가 자못 굳은 것을 흰 것이라 하는 변사(辯士) 같아, 다른 것이 어울려 같게 이루어지도록 한다. ④ 이때에 가인과 낭군이 서로 그리워하며, 또한 무당의 제석(帝釋)거리를 흉내 내며, 천 리를 떨어진 소식이 없는 것이 마치 병풍에 그려진 닭이 소리가 없듯이 표현하고, 만수산 신선이 산꼭대기의 청송처럼 빛나게 그려낸다. 또한 여인들이 노래 가락을 멈추고 시험 삼아 기생방의 춘향 이름을 들으니, 옥지환의 이별은 악창(樂昌)이 눈물을 뿌리며 헤어지는 장면이요, 수의(繡衣)를 입고 노래하고 춤추는 것은 봄이 성남(城南)의 꽃을 다시 피게 하는 마당이다.

이 인용문에서, ①은 단가/'영상초장'을 부르는 대목에 대한 묘사이고, ②는 '본사가'/판소리를 부르는 과정에 대한 구체적인 묘사이며, ③은 양반 선비들을 '시늉내기' 하는 장면, 곧 양반 선비들의 행동을 연기하는 '너름새'를 묘사하고 있다. ④는 '춘향가'에서 춘향과 이도령이 서로 그리워하는 모습, 춘향과 이도령이 이별하는 장면, 그리고 다시 만나 상봉하는 장면 등을 표현하는 광대의 모습을 그리고 있다.

다섯째, 여기에는 또한 이 당시의 '살판/땅재주'의 연극적인 공연 모습에 대한 묘사도 들어 있어 주목된다. 다음은 그런 대목이다.

> 이에 이르게 되면, 기교는 놀이꾼[戲子]의 근본을 다함에 있고, **연극(演劇)**은 놀이를 노는 마당에서 벌이는 것이다. 소매를 벌려 자리에 맞닥뜨리면 패물 소리 우습고, 허리를 젖혀 땅에 대고 옥비녀를 누가 물어 올리나. 발을 올려 궁둥이 위로 솟으면 갑자기 누대(樓臺)가 거꾸로 비친다. 몸을 돌이켜 손을 재빠르게 움직여 칼과 방울을 번쩍이니 연기가 나는 듯하고, 두 손을 짚고 나란히 가니 풀이나 진흙의 게걸음이요, 한 발로 오뚝 서니 갈대 뿌리를 밟고 선 해오라기 모습이요, 그러고는 토끼처럼 뛰어 소가 엎드려 웃는 것 같이 하고, 마침내 물고기처럼 튀어 오르더니 용으로 변한다.

이상은 '땅재주'를 노는 놀이꾼의 민첩하고 다양하고 변화무쌍한 신체 동작들을 시적으로 세세하게 묘사한 것이다.

여섯째, 여기에는 '광대줄타기'에 관한 묘사도 있어, 당시 '광대줄타기'의 구체적인 모습을 살펴볼 수 있게 한다. 다음은 그런 대목이다.

> 살판 재주가 겨우 끝나자, 광대가 획 돌아 줄에 뛰어올라, 거미가 거미줄에 매달리듯 디룽거리며 장대를 당겨 잡고, 완희(宛姬)가 북을 치며 신호하자 제비가 날세게 날 듯 줄 위를 뛰어 달리니, 장대 위에서 노는 서역(西

域)의 이 장대놀이는 도노심당(都盧尋撞)이로다.

어여쁘구나, 여인의 그네 뛰는 모습이여. 흥청거리는구나, 어리 미친 스님이 석장을 짚고 춤을 추며 나아갔다 물러섰다 하는 모습. 바람 지난 뒤에 비 몰아오듯, 위태롭기도 하고 편안하기도 하네. 별똥이 떨어지고 번개가 끊어지는 듯, 분명히 금을 긋듯, 휘파람 불며 사방을 두리번거리다, 매어 놓은 줄을 밟고 올라 빙그르르 도니, 무인들도 아니면서 용맹스럽기도 하구나. 기뻐서 웃고 화가 나서 성을 내며, 꾸짖는 것도 능히 그 소리로 꾸며내니, 광대의 북과 피리 소리에 떠돌이의 재주가 일단 멈춘다.

일곱째, '인형극/꼭두각시놀음'을 묘사하는 듯한 대목도 있어 주목된다. 다음은 그런 대목이다.

꼭두각시가 줄에 의지해서 기묘하게 허깨비처럼 움직이는 것도 볼 만하다. 느닷없이 허공을 거닐어 가로지르니, 구경꾼들은 넋이 나가 어리둥절한데, 노는 모양은 여전히 계속되고, 보는 군중들은 칭찬을 아끼지 않는다. 이는 거문고를 잘 타 구름이 스러지는 듯하니, 마음과 정신이 모조리 나간 듯하다. 텅 빈 뜨락에 바닷물이 밀려와 구경꾼들은 조용히 돌아갈 바조차 잊어, 그들로 하여금 조마조마한 마음에 빠지게 하고, 시름의 구름까지 사방에서 일어나다가, 별안간 다시 장단이 바뀌어 봄바람이 갑자기 부는 듯하다.

여덟째, '연극본질론'에 관한 중요한 언급이 있다. 이는 연극의 효용론 곧 연극의 사회적 기능에 관한 다음과 같은 언급이다.

하찮은 말단의 재주를 부려 오히려 이러하기에,…… 이는 지극한 이치가 담긴 것이 되어, 할 수 있는 일은 다하고 끝을 마친다.

> 놀음놀이라는 것은 즐겁도다.…… 소리로 인하여 슬픔과 기쁨을 베풀어
> 서로 앞뒤에서 대신한다.…… 풍악을 좋아하는 선비는 황당무계함이 없고,
> 목숨을 가볍게 여겨 황금을 중히 여기지 않으니, 유종원(柳宗元)이 지은
> 〈간아지계〉(竿兒之戒)에 웃음을 띠어 자리에 임해 있고, 왕안석(王安石)이
> 뜨락에서 광대놀음 때문에 시름을 잊은 것이다.
>
> 촉투주(蜀渝州) 땅의 춤, 파(巴) 땅의 노래, 오(吳) 땅의 놀음놀이, 초(楚)
> 땅의 교활한 짓거리들, 간드러진 소리와 어지러운 행색의 무리들은 임금을
> 총명함에 머물지 못하게 않고, 춤에 꼽추놀이[戲侏]를 하는 필부는 죽어
> 마땅하다.

여기서 작자는 연극의 두 가지 사회적 기능/효용을 지적하고 있다. 하
나는 긍정적인 기능/효용이고, 다른 하나는 부정적인 기능/효용이다. 긍
정적인 기능으로는 "그 기묘함이 신들린 듯하여, 지극한 이치를 담고 있
어, 이를 좋아하는 선비는 황당무계함이 없고, 목숨을 가볍게 여겨 황금
을 중히 여기지 않는다"는 것이다. 부정적인 기능으로는 "임금을 총명
하지 못하게 하고, 필부들의 마음을 어지럽힌다"는 것이다. 이러한 점에
서, 이 연극비평은 도덕적 윤리적인 연극효용론을 주장하는 일종의 '윤
리비평'인데, 그 주장이 한쪽으로 치우쳐 있지 않고 긍정적인 측면과 부
정적인 측면을 모두 지적하고 있다는 점에서 균형 잡힌 비평 안목을 보
여준다.

일곱째, 오늘날에 통용되는 용어인 '연극'(演劇)이란 말이 나온다는 것
도 참고가 된다.

> 이에 이르게 되면, 기교는 놀이꾼[戲子]의 근본을 다함에 있고, 연극(演
> 劇)은 놀이를 노는 마당에서 벌이는 것이다.(至若遝 巧於戲子之本 演劇於
> 淨丑之場)

여기서의 ‘연극’(演劇)이란 말의 뜻은 오늘날 사용되는 ‘연극’이란 용어의 의미와는 좀 다르게, ‘극(劇)을 펼쳐 보인다’는 뜻으로 사용되었다. 다음은 송만재의 〈관우희〉 발문을 검토해 보자. 먼저 그 전문(全文)의 번역문을 보면 아래와 같다.

발문[倡優戲跋]

무릇 악(樂)을 관찰하려면 반드시 운치[韻]를 살펴야 하니, 운치란 그 성음(聲音)의 끝인 압운(押韻)을 말함은 아니다. 성정의 감촉한 바에는 소리로써 이치를 펼쳐 천지자연의 운에 마음이 흔들리는 것이다. 이것이 여자와의 관계를 즐겨 읊은 《시경》(詩經)의 〈국풍〉(國風)이요, 귀신을 즐겁게 하는 초나라의 노래이니, 그 까닭은 정(情)으로 말미암아 그 기운을 발하고, 기운으로 인하여 소리가 이루어지고, 소리로 말미암아 운치를 얻게 마련이기 때문이다. 이어져 끊어지지 않고, 서로 관계를 맺어 당기고 맞서고, 얼크러지고 꿰뚫어져서, 가까우면서도 얽매이지 않고, 성글면서도 뻐개지지 않으니, 운치를 어찌 썩은 무리들이나 쩨쩨한 이들이 알 수 있겠는가.

이제 생각건대 창우(倡優)와 극희(劇戲)라는 것은, 함부로 노래하고 어지럽게 춤을 추어 더럽고 거칠고 조잡한 감이 없지 않으나, 진실로 그 운을 얻으면 운사(韻士) 또한 이를 취하게 된다. 그러기에, 시험 삼아 그 박자를 살피고 어깨를 들먹이며 드높게 창을 하고 술에 취해 거만스럽게 웅얼거리는 자는 달사(達士)의 운치요, 시골 앞 시냇가에서 질탕하게 시시덕거리는 것은 막된 자의 운치요, 허리띠를 부여잡고 헤어짐을 안쓰러워하고 엿보며 말하지 않는가 하면, 함부로 너스레를 떨기도 하는 것은 원과 한을 품은 여인의 운치요, 농환놀이를 하고[跳丸] 칼춤을 추며 허리를 젖혀 땅에 닿게 하는 것은 용맹스런 지아비의 운치요, 손을 흔들어 득의로운 형상을 짓는 것은 신선을 익힌 사람의 운치요, 석장을 우뚝 짚고 범패를 부르는 모양은 스님을 가차(假借)한 자의 운치이고, 경을 외워 깨우친 운치는 소경의 운치요, 점괘가 내린 무녀의 운치는 닭의 선웃음소리와 제비의 지

저귐과 꿩의 비죽거리는 울음과 토끼의 느즈러진 모양과 해오라기의 오그린 발목의 모양을 짓는다.

　(광대의 운치는) 한 손으로의 동작[觸]과 한 입으로의 능변[給]으로 천하 인물의 정상을 다 그려내어, 그 자연의 운치를 얻지 않음이 없고, 썩은 무리나 쩨쩨한 이들의 추잡함이 없다. 그러므로, 이런 운치란 큰 해탈의 마당이다.

　나라의 풍속에, 과거에 오르면 반드시 광대놀이[倡]를 베푸는데, 그 하나는 소리[聲]요 둘은 기예[技]이다. 우리 집 아이가 올 봄에 합격하였다는 기쁜 소식을 듣고 그 소원풀이를 하려 하였으나, 집안이 너무 가난하여 한 바탕의 놀이를 갖추어 차릴 수가 없다. 하여, 서울에서 노는 풍물놀이인 유가(遊街)의 모습을 듣보고 이에 흥취를 좀 되살려, 그 소리와 모양을 본떠 잠깐 두어 운을 노래로 불러, 같이 글을 하는 친구들에게 화답을 위촉하려 하였더니, 무릇 이렇게 몇 장의 시가 되었다. 매양 등불 앞과 달빛 아래서 스스로 거문고를 튕기고 소리 내어 읊조려 그 안쓰러운 마음을 푼다. 사람들이 혹 송나라 나대경(羅大經)의 동자라고 할지 모르겠다. 노래와 시가 품탄(品彈)보다 나아, 나도 곧 중용(仲容)의 장간(長竿)과 괘선(掛禪)으로 본을 삼았으나, 능히 그 속됨은 면치 못하였다. 인하여, 그 운(韻)을 풀어서 악원(樂苑)의 유운(遺韻)에 보탬이 되고자 한다.[254]

이 발문에서는 다음과 같은 희곡/연극 이론의 의의를 찾아볼 수 있다. 첫째, 운치[韻]란 용어를 활용하여 판소리/연극의 효용과 기능을 밝히고 있다. 그 기능/효능은 '큰 해탈의 마당'을 가져온다는 것이다. 다음은 그 핵심적인 부분이다.

　(광대의 운치는) 한 손으로의 동작[觸]과 한 입으로의 능변[給]으로 천

---

254) 위의 책, 106～108쪽 참조.

하 인물의 정상을 다 그려내어, 그 자연의 운치를 얻지 않음이 없고, 썩은 무리나 쩨쩨한 이들의 추잡함이 없다. 그러므로, 이런 운치란 큰 해탈의 마당[大解脫之場]이다.

여기서 작자는 판소리 광대야말로 '한 손으로의 동작[너름새]과 한 입으로의 능변[창·아니리]'을 통해서 세상의 모든 사람들의 정상(情狀)을 두루 그려내고 천지 자연의 이치까지 그려내는 것이므로, 연극의 운치 곧 운치를 갖춘 판소리/연극은 큰 해탈의 마당이 된다고 하였다.

둘째, 연극 곧 광대놀이[倡]에는 두 가지 부류가 있다는 견해가 나타나 있다. 그 하나는 소리를 중심으로 하는 광대놀이[聲]이고, 다른 하나는 재주/기예를 중심으로 하는 광대놀이[技]이다. 다음은 이 점을 지적한 부분이다.

> 나라의 풍속에, 과거에 오르면 반드시 광대놀이[倡]를 베푸는데, 그 하나는 소리[聲]요 둘은 기예[技]이다. 우리 집 아이가 올 봄에 합격하였다는 기쁜 소식을 듣고 그 소원풀이를 하려 하였으나, 집안이 너무 가난하여 한 바탕의 놀이를 갖추어 차릴 수가 없다.

'광대놀이'[倡]를 이렇게 소리를 중심으로 하는 것과 재주/기예를 중심으로 하는 것으로 나눈 사례는 이 자료 이전의 자료들에서는 찾아볼 수 없다. 이러한 구분 방법은 이 시기에 들어와 이루어진 우리나라 희곡/연극 양식들의 다양한 분화를 반영한 것이라 생각된다. 여기에는, 이 시대에 이루어진 판소리와 같은 성악 중심의 광대놀이[倡]의 발달이 큰 영향을 미쳤을 것으로 보인다.

〈광한루악부〉 서문의 희곡/연극 이론

다음에는 윤달선(尹達善)의 〈광한루악부〉(廣寒樓樂府; 1852, 108첩)에 붙어 있는 서문을 검토해 보겠다. 먼저 그 번역문의 중요한 부분만 옮겨 보면 다음과 같다.

(조선) 창우(倡優)의 놀이는 한 사람이 서고 한 사람이 앉는데, 선 사람이 소리를 하고 앉은 사람이 북으로 장단을 짚는다. 무릇 잡가(雜歌)는 열두 마당인데 〈향낭가〉는 그 가운데 하나이다. 〈향낭가〉를 들으면 마땅히 세 가지 기특한 사실이 있는 것을 알 수 있다. 처음에 이 낭군과 더불어 옛말에 나오는 주인공들처럼 서로 만나게 된 것이 하나의 기특한 사실이다. 중간에 파란과 곡절을 다 겪고 수청을 거절한 탓으로 받은 바 박해가 극심하였지만 끝끝내 절개를 지킨 것도 하나의 기특한 사실이다. 끝으로 마침내 사랑하는 낭군이 어사가 되어 남원에 내려와서 헤어졌던 두 사람이 다시금 만나게 되는 것 역시 하나의 기특한 사실이다. 이것은 비록 한때의 패관이어(稗官俚語)에서 나온 것으로되, 옛날의 한 노래가 그러하였던 바와 같이 사랑에 대하여 묘사하고 있으나 음란하지 않으니, 옛날의 음란한 노래와는 거리가 있다. 아깝도다! 향낭이가 세상을 떠난 후에 몇 백 년이 지나갔으며, 그 사이에 글 잘하는 사람인들 어찌 헤아릴 수 있을 정도였으리오만, 한 사람도 이를 시가로 옮겨 읊은 이는 없고 다만 극희(劇戲)의 무대에만 붙여 두었다. 나의 벗 호산자(壺山子)는 옛것을 널리 보아 아는 것이 많은 사람이라 향낭의 사실이 글로 전하는 것이 없음을 개탄하고서, 그 소리에 의거하여 소곡 108첩을 지어 기록하고 그 이름을 '광한루 악부'라 하였다. 아! 거기에 묘사된 몸짓 하나, 동작 하나, 웃음 하나, 말 한 마디, 눈물 한 방울이 향낭의 넋이 깃들어 있지 아니한 것이 없다.

    ……

임자년 임월에 옥전산인이 면금헌에서 쓰다.[255]

이상의 서문 전문에서 우리는 다음과 같은 희곡/연극 이론상의 의미를 찾아볼 수 있다.

첫째, 이 서문에서 우리는 판소리의 가장 기본적인 공연원리를 발견한다. 그것은 다음과 같은 진술이다.

> (조선) 창우(倡優)의 놀이는 한 사람이 서고 한 사람이 앉는데, 선 사람이 소리를 하고 앉은 사람이 북으로 장단을 짚는다. 무릇 잡가(雜歌)는 열두 마당인데 〈향낭가〉는 그 가운데 하나이다.

이 진술은 판소리 공연의 가장 기본적인 원리인 '한 사람이 서서 소리를 하고, 한 사람이 앉아서 북을 치는' 기본적인 공연 원리를 분명하게 지적하고 있다.

둘째, 이 당시(1852년)에는 판소리를 '잡가'(雜歌)라 불렀으며, 판소리의 레퍼토리로 '열두 마당'이 있었음을 알 수 있다. "무릇 잡가(雜歌)는 열두 마당인데 〈향낭가〉는 그 가운데 하나다"란 말이 이 사실을 입증한다.

셋째, 판소리의 도덕적 효용론에 관해 언급하고 있다. 이 점은 앞에서 살펴본 송만재의 〈관우희〉 서문과 발문에서 지적한 판소리 효용론과 그 궤를 같이하는 것이다. 다음을 보자.

> 이것은 비록 한때의 패관이어(稗官俚語)에서 나온 것이로되 옛날의 한 노래가 그러하였던 바와 마찬가지로 사랑에 대하여 묘사하고 있으나 음란하지 않으니 옛날의 음란한 노래와는 거리가 있다.

즉, 〈향낭가〉/〈춘향가〉는 '패관이어에서 나온 것이지만, 음란하지 않

---

255) 권택무(1966), 《조선민간극》, 평양: 조선문학예술동맹출판사, 306~307쪽.

기 때문에' 세상에 유용하다는, 이른바 판소리의 도덕적 효용 가치를 주장하는 '윤리비평'인 것이다.

정현석의 판소리/연극 이론

다음은 정현석(鄭顯奭; 1817~1899)의 〈증동리신군서〉(贈桐里申君書)라는 서간문 두 편의 번역문 전문이다. 여기에는 이전에는 나타나지 않던 판소리/연극에 관한 중요한 이론들이 나타난다.

> 동리 신군에게 주는 서(序) 1
>
> 시 삼백 편 가운데 선한 것은 사람의 양심을 감발하게 할 만하며, 악한 것은 사람의 뜻 잃음을 칭창(懲創)할 만하다. 까닭에 왕은 교화에 힘쓰고 풍속을 고쳐 사람들로 하여금 모두 올바른 성정을 갖도록 하였다. 후세에 골계(滑稽)를 일삼는 배우(俳優)들이 일어나 그것을 논변하고 풍자하니, 그것을 말하는 자는 죄가 없으나 그것을 듣는 자는 경계해야 했으니, 공우맹과 동방삭 등의 부류가 곧 이것이다. 우리나라 광대[倡夫]가 부르는 노래는 자못 옛날 배우(俳優)의 그것과 흡사한데, 〈춘향가〉, 〈심청가〉, 〈흥부가〉 등의 노래는 모두 권선징악할 만한 것들이다. 다만 그것을 부르는 사람이 천하고 그 노랫말이 속되어, 말이 도리에 어긋난 것과 저속한 것이 많아서, 듣는 자가 한갓 놀이나 웃음거리라고 여길 따름이니, 또한 그 본래의 뜻이 이해되지 못한 것이다. 하루는 광대[倡夫] 이경태가 나에게 아뢰기를 "고창 신처사 재효는 집이 그리 가난하지 않고, 스스로 검소하고 담박한 것을 받드니, 고아하고 소박함이 마치 시골 노인과 같습니다. 일찍이 여러 광대들을 불러 '모두 내게 오라'고 하면서, 문자를 가르치고 그 음과 뜻을 바로잡으며, 그 비속하고 조야함이 심한 것을 고쳐서 그들에게 때때로 익히게 하니, 이에 원근의 배우고자 하는 자들이 나날이 문에 가득한데,

그들을 모두 집에 재우고 먹이면서, 항상 음악 소리가 흘러나오니, 사람들이 모두 그를 기이하게 여깁니다"라고 하였다. 내가 이 말을 듣고 "이 이는 진실로 뜻이 있는 선비다"라고 감탄하였다. 골계의 일은 몸소 행하기 어려운 즉, 창부의 혀를 빌려서 사람들을 풍자하고 깨우치는 권징(勸懲)의 뜻을 나타냈으니, 그 마음 쓰는 바가 수고로울 것이다. 해내(海內)를 돌아보아 그 마음을 알아주는 자가 과연 몇이나 되며, 지음(知音)한 자 또한 몇이나 되겠는가. 신군은 진실로 풍속의 교화를 도운 착한 사람이며, 창부의 노래는 시 삼백 편의 유음이다.

계유년(고종 10년, 1872) 중춘(음력 6월), 부득이 벼슬을 하고 있으나 마음은 은거(隱居)하고자 하는 박원(璞園)은 씀

동리 신군에게 주는 서(序) 2

〈춘향가〉, 〈심청가〉, 〈흥부가〉 등은 쉽게 사람의 마음을 감동시켜 선을 권장하고 악을 징계하는 데 충분하지만, 그 나머지는 들을 만한 것이 없다. 요즘 불려지는 노래를 하나하나 다 들어보니, 서사(敍事)가 사리에 맞지 않은 것이 많고, 또한 전해진 말들은 간혹 조리가 없었다. 하물며 글을 아는 자가 창(唱)을 하는 경우는 극히 드물어, 고저(高低)가 뒤바뀌고 미친 듯이 소리나 내질러서, 열 구절을 들어서 한 구절을 알아듣기가 어렵다. 또 머리를 흔들고 눈동자를 굴리며 온 몸을 난잡스럽게 놀려대니 차마 눈뜨고 바라볼 수조차 없다. 이러한 폐단을 고치려면 우선 노랫말 가운데 그 비속하고 이치에 어긋나는 것을 제거하고 문자로 윤색해야 하며, 사정을 제대로 형용함으로써 한 편 전체에 문리(文理)가 이어지게끔 하고, 언어를 단아하게 바로잡아야 한다. 다음에는 광대[倡夫] 가운데서 용모가 단정하고 목의 음색이 넓고 우렁찬 자를 뽑아, 수천 자를 가르쳐서 평성과 상성, 청성과 탁성을 분명하게 깨닫도록 한 후에 노랫말을 외우게 하여, 자기가 말하는 것처럼 되도록 가르쳐야 한다. 그 다음에는 성조를 가르치되, 평성(平聲)은 웅심화평(雄深和平)하게 규성(叫聲)은 청장격려(淸壯激勵)하게, 곡성(哭聲)

은 애원처창(哀怨悽悵)하게, 그리고 소리의 여향(餘響)은 대들보가 흔들리
는 듯, 구름이 머무는 듯하게 내는 것이 요체이다. 소리판에 올려 보내 소
리[唱]를 시험하는 데 이르러서는, 사설의 발음을 분명하게 하고, 서사를
조리 있게 하여, 청중으로 하여금 사설이 이해되지 않는 것이 없도록 해야
하며, 몸가짐은 단정하고 바르게 하도록 해야 한다. 한 번 앉고 한 번 일어
서고, 한 번 부채를 들고, 한 번 소매를 들어 춤추는 것이 모두 절도에 맞
아야 비로소 명창이라고 할 것이다. 동리에게 이 말을 부치니 모름지기 이
비결을 시험해 보도록 하오.

  미금당 거사는 장난삼아 씀.

  (추신) : 이경태는 자음이 분명하고 말에 조리가 있어 묻지 않아도 선생
    의 제자임을 알겠다. 모름지기 더욱 열심히 가르쳐 그 재주의 성취
    가 있으면 좋겠다.256)

이 두 편의 서간문에서 우리는 다음과 같은 희곡/연극 이론상의 의미
를 찾아볼 수 있다.

첫째, 이 자료에서도 역시 판소리의 윤리적 역할과 가치를 주장하는
'윤리비평'이 발견된다. 그리고 여기서의 윤리적 효용론은 매우 극단적
인 도덕주의에 기울어져 있다. 다음은 이를 잘 입증해 준다.

  우리나라 광대[倡夫]가 부르는 노래는 자못 옛날 배우(俳優)의 그것과
  흡사한데, 〈춘향가〉, 〈심청가〉, 〈흥부가〉 등의 노래는 모두 권선징악할 만
  한 것들이다. 다만 그것을 부르는 사람이 천하고 그 노랫말이 속되어, 말이
  도리에 어긋난 것과 저속한 것이 많아서, 듣는 자가 한갓 놀이나 웃음거리
  라고 여길 따름이니, 또한 그 본래의 뜻이 이해되지 못한 것이다.……

---

256) 정현석 지음/ 성무경 역주(2002), 〈증동리신군서〉(贈桐里申君序)〉, 《교방가요》(教坊歌
    謠), 서울: 보고사, 224~226쪽.

골계의 일은 몸소 행하기 어려운 즉, 창부의 혀를 빌려서 사람들을 풍자하고 깨우치는 권징(勸懲)의 뜻을 나타냈으니, 그 마음 쓰는 바가 수고로울 것이다.

이것은 판소리/연극 본래의 기능이 '권징'(勸懲) 곧 '권선징악'을 주장하는 데 있다는 강한 주장이다. 그런데, 그것을 부르는 사람 곧 판소리 광대를 천하고 그 노랫말이 속되고 도리에 어긋나고 저속한 것이 많아 한갓 웃음거리로 여겨진다고 본 것은, 판소리에 대한 그 당시 양반 상류층의 윤리적 입장이 반영된 것이라고 할 수 있다.

둘째, 이 서간문 속에는 당대 판소리 공연방법의 문제점을 지적하고, 그런 문제점을 해결하기 위한 구제적인 방법을 제시한 부분이 있어 주목된다. 그 부분을 인용하면 다음과 같다. 우선, 문제점은 다음과 같이 지적되어 있다.

서사(敍事)가 사리에 맞지 않은 것이 많고, 또한 전해진 말들은 간혹 조리가 없었다. 하물며 글을 아는 자가 창(唱)을 하는 경우는 극히 드물어, 고저(高低)가 뒤바뀌고 미친 듯이 소리나 내질러서, 열 구절을 들어서 한 구절을 알아듣기가 어렵다. 또 머리를 흔들고 눈동자를 굴리며 온 몸을 난잡스럽게 놀려대니 차마 눈뜨고 바라볼 수조차 없다.

여기에 제시된 당대 판소리의 문제점은 다음 세 가지이다. 첫째, 이야기를 서술하는 서사(敍事; narration) 방법이 사리에 맞지 않고 조리가 없다. 즉, 양반 관료의 입장에서 보는 보편성과 개연성의 법칙에 맞지 않는다. 둘째, 판소리 창자/광대가 무식하여 곡조와 발음이 불완전하다. 셋째, 너름새 동작들을 너무 난잡스럽게 한다. 이것을 다시 정리하면, 서사의 개연성 확보, 곡조와 발음의 정확성 확보, 너름새 동작의 정돈 등이다.

이러한 문제점에 대해 그는 다음과 같은 대안을 제시한다.

① 이러한 폐단을 고치려면 우선 노랫말 가운데 그 비속하고 이치에 어긋
나는 것을 제거하고 문자로 윤색해야 하며, 사정을 제대로 형용함으로써 한
편 전체에 문리(文理)가 이어지게끔 하고, 언어를 단아하게 바로잡아야 한다.
② 다음에는 광대[倡夫] 가운데서 용모가 단정하고 목의 음색이 넓고
우렁찬 자를 뽑아, 수천 자를 가르쳐서 평성과 상성, 청성과 탁성을 분명하
게 깨닫도록 한 후에 노랫말을 외우게 하여, 자기가 말하는 것처럼 되도록
가르쳐야 한다. 그 다음에는 성조를 가르치되, 평성(平聲)은 웅심화평(雄深
和平)하게, 규성(叫聲)은 청장격려(淸壯激勵)하게, 곡성(哭聲)은 애원처창
(哀怨悽悵)하게, 그리고 소리의 여향(餘響)은 대들보가 흔들리는 듯, 구름
이 머무는 듯하게 내는 것이 요체이다.
③ 소리판에 울려 보내 소리[唱]를 시험하는 데 이르러서는, 사설의 발
음을 분명하게 하고, 서사를 조리 있게 하여, 청중으로 하여금 사설이 이해
되지 않는 것이 없도록 해야 하며, 몸가짐은 단정하고 바르게 하도록 해야
한다. 한 번 앉고 한 번 일어서고, 한 번 부채를 들고, 한 번 소매를 들어
춤추는 것이 모두 절도에 맞아야 비로소 명창이라고 할 것이다.

이 대안들을 분석해 보면 ①, ②는 트레이닝 이론이고, ③은 공연이론
이다. 트레이닝 이론을 먼저 기술한 다음, 공연이론을 그 다음에 기술하
고 있다.

먼저, 트레이닝 이론을 정리해 보면 다음과 같다. 우선 ①은 동리 신
재효의 용어로 말하자면 '사설치레'에 관한 대안 제시이다. 정현석의
'사설치레'에 관한 대안들을 정리하면 다음과 같다. 첫째, 비속하고 이
치에 어긋나는 것을 문자(文字)로 윤색할 것. 둘째, 사건의 전후 사정을

잘 설명하여 사건이 자연스럽게 이어지도록 할 것. 셋째, 언어를 단아하게 고칠 것 등이다.

②는 음악적 측면 곧 '득음'에 관한 대안 제시이다. 작자가 제시한 대안들을 정리해 보면, 첫째, 음색이 넓고 우렁찰 것, 둘째, 한문 문자를 익힐 것, 셋째, 성음을 분명하게 분별하도록 할 것, 넷째, 사설을 암기하여 일상어처럼 자연스럽게 구사하도록 할 것, 다섯째, 평성·규성·곡성 등 성조를 깨우칠 것 등이다.

다음으로, 공연이론을 정리해 보면 다음과 같다. ④는 바로 공연이론이다. 첫째, 사설의 '발음'을 분명히 할 것, 둘째, '이야기'의 전개[敍事]를 조리 있게 할 것, 셋째, '몸가짐'을 단정하고 바르고 절도에 맞게 할 것 등이다.

이상 제시한 정현석의 대안들은 오늘날의 관점에서 보더라도 타당한 점이 많은 대안들이다. 그러나 이런 대안들은 그의 양반 관료적인 관점에서 나온 것이라서, 오늘날의 입장에서 보자면 문제점과 한계도 발견된다. 다음은 그런 한계를 보여준 대목들이다.

> 또 머리를 흔들고 눈동자를 굴리며 온 몸을 난잡스럽게 놀려대니 차마 눈뜨고 바라볼 수조차 없다. 이러한 폐단을 고치려면 우선 노랫말 가운데 그 비속하고 이치에 어긋나는 것을 제거하고 문자로 윤색해야 하며,…… 언어를 단아하게 바로잡아야 한다. 몸가짐은 단정하고 바르게 하도록 해야 한다. 한 번 앉고 한 번 일어서고, 한 번 부채를 들고, 한 번 소매를 들어 춤추는 것이 모두 절도에 맞아야 비로소 명창이라고 할 것이다.

여기에 나타나는 몇 가지 문제점들은 다음과 같다.

첫째, "비속한 것을 제거하고 문자(文字) 즉 한자어나 한자 숙어들로 윤색을 해야 한다"는 주장과 "언어를 단아하게 바로잡아야 한다"는 주장은, 지나치게 양반 사대부의 관점에서 판소리의 민중적인 개방성과 활기를 왜곡시킬 수 있는 잘못된 지적이다. 이러한 대안 제시는 결국 나중에 이 편지를 받은 동리 신재효에게 영향을 미쳐, 신재효로 하여금 판소리 사설들을 한자 '문자'들로 자나치게 윤색을 감행하도록 한 것으로 보인다.

둘째, 그가 주장한 "절도에 맞아야 한다"는 주장에서 '절도'에도 문제가 있다. 즉, "몸가짐은 단정하고 바르게 하도록 해야 한다. 한 번 앉고 한 번 일어서고, 한 번 부채를 들고, 한 번 소매를 들어 춤추는 것이 모두 절도에 맞아야 비로소 명창이라고 할 것이다"라는 주장에서 '절도'는, 당시 양반 사대부의 입장에서 본 '절도'이며, 민중적/서민적 입장에서 보자면 절대적으로 필요한 것은 아니었다. 즉, 이 당시의 판소리는 양반 상류층의 '절도'와 서민 하류층의 '흥청거림'을 두루 포용하여 표현해야 했던 것이다.

신재효의 〈광대가〉에 나타난 희곡/연극 이론

동리(桐里) 신재효(申在孝)의 〈광대가〉(廣大歌)에 담긴 희곡/연극 이론을 분석할 차례이다. 먼저 그 원문 모두를 보면 다음과 같다.

> 廣大歌
>
> 고금에 호걸문중 절충으로 지어 후셰의 유젼흐나 다모도 허스로다 숑옥의 고당부와 죠즈건의 낙신부는 그말이 졍영흔지 뉘눈으로 보왓시며 와룡션싱 양보음은 슘중스의 탄식이요 정절션싱 귀거러스 쳐스의 한졍이라 이 쳥연의 원별이와 빅낙쳔의 중안가며 원진의 연충궁스 니교의 분음힝이 다 쓸어 쳐량스셜 춤아엇지 듯거듸야 인간의 부귀영화 일중츈몽 가쇼롭고 유

유훈 셩이ㅅ별 뉘아니 흔탄ㅎ리 거려쳔지 우리힝낙 광디힝셰 죠흘씨고 그
러ㅎ나 광디힝셰 어렵고 쏘어렵다 광디라 ㅎ논거시 졔일은 인물치례 둘지
논 ㅅ셜치례 그직츠 득음이요 그직츠 너름시라 너름시라 ㅎ논거시 귀셩씨
고 밉시잇고 경각의 쳔티만승 위션위귀 쳔변만화 죠ㅏ숭의 풍유호걸 귀경
ㅎ는 노쇼남녀 울게ㅎ고 웃게ㅎ는 이귀셩 이밉시가 엇지아니 어려우며 득
음이라 ㅎ난거슨 오음을 분별ㅎ고 육율을 변화ㅎ야 오즁에셔 나는쇼리 농
낙ㅎ여 즈아닐졔 그도쏘흔 어렵구나 ㅅ셜이라 ㅎ는거신 져금미옥 죠흔말
노 분명ㅎ고 완연ㅎ게 식식이 금슝쳡화 칠보단중 미부인이 병풍뒤의 나셔
난듯 삼오야 발근달이 구름박긔 나오난듯 싀눈쓰고 웃게ㅎ기 디단니 어렵
구나 인물은 쳔셩이라 변통할슈 업건이와 원원흔 이쇽판니 쇼리ㅎ는 법예
로다 영산쵸중 다슬음이 은은한 쳥계슈가 어름밋틔 흐르난듯 쓰을러 닉는
목이 슌풍에 비노는듯 츠츠로 돌니는목 봉회노젼 기이ㅎ다 도도와 올니는
목 만중봉이 쇽구난듯 톡톡굴너 닉리는목 폭포슈가 쏫치난듯 중단고져 변
화무궁 이리농낙 져리농낙 안일리 쓰는마리 아릿다온 졔비말과 공교로운
잉무쇼리 즁머리 즁허리며 허셩이며 진양죠를 다르두고 노와두고 걸니다
가 들치다가 쳥쳥ㅎ게 도는목이 단소의 봉의우름 쳥원하게 쓰는목이 쳥젼
에 학으우름 이원셩 흐르는목 황영의 비파쇼리 무슈이 농락변화 불시에
튀는목이 벽역이 부듯난듯 음아질타 호령쇼리 티손이 흔드난듯 어니덧 변
화ㅎ여 낙목한쳔 찬바람이 쇼실케 부는쇼리 왕쇼군의 츌시곡과 쳑부인의
황곡가라 좌숭이 실식ㅎ고 귀경군이 낭누ㅎ니 이러한 광디노릇 그안이 어
려운야 우리나라 명충광디 즈고로 만컨이와 긔왕은 물론ㅎ고 근리명창 누
기누기 명셩이 즈즈하야 ㅅ람마닥 칭쳔하니 니러흔 명충덜을 문쟝으로 비
길진디 숑션달 홍녹이나 타셤쥬옥 박약무이 화라츄셩 만화방충 시즁쳔즈
니티빅 모동지 홍갑이논 관순월식 쵸목츙셩 쳥쳔말니 학으우름 시중셩인
두즈미 권싱원 ㅅ인씨난 쳔칭졀벽 불꼰쇼스 만중폭포 월렁쑬쐴 문긔팔디
한퇴지 신션달 만엽이난 구쳔은하 쩔러진다 명월빅노 말근기운 취과양쥬
두목지 황동지 희쳥이난 젹막공순 발근달에 다졍하게 웅챵쟈화 구운졔월

밍동야 고동지 슈관이난 동아부즈 엽피남묘 은근문답 ᄒᆞ는거동 권과농샹
빅낙천 김션달 게쳘리난 담탐한 순현영기 명낭한 순하영즈 쳔운영월 구양
슈 숑낭쳥 광녹이난 망망한 쟝쳔벽희 걸일ᄱᅵ가 업쎳스니 말니풍범 왕마힐
쥬낭쳥 덕기난 둔갑중신 무슈변화 녹낙ᄒᆞ는 그슈단니 신츌귀몰 쇼동파 이
러한 광더더리 다각기 쇼쟝으로 쳔명을 ᄒᆞ엿시나 각싟구비 명충광더 어듸
가 어더보리 이쇽을 알것만은 알고도 못힝하니 엇지안니 답답ᄒᆞ리.[257]

신재효의 이 〈광대가〉는 판소리의 주 공연자인 '광대'가 갖추어야 할
요건들을 기술한 '단가'(短歌) 형식의 글로서, 앞에서 살펴본 바 있는 정
현석이 신재효에게 보낸 서간문인 〈증동리신군서〉(贈桐里申君序)[258]와
함께, 이 시대의 중요한 한국 희곡/연극 이론 자료이다.[259] 이 글을 구체
적으로 분석해 보면 다음과 같다.

우선, 이 〈광대가〉는 우리나라 최초의 '본격적인 한국 희곡/연극 이론
의 출발점'이라는 점에서 매우 중요하다. 앞에서 살펴본 정현석의 두 편
의 서간문 〈증동리신군서〉도 한국의 본격적인 연극이론 자료로 볼 수
있을 것이다. 그러나, 정현석의 이 글은 내용이 판소리에 관한 단편적인
언급이라는 점, 작자가 판소리에 관한 전문적인 소양과 지식을 충분히
갖춘 인물이 아닌 관변 쪽의 인물이라는 점, 글의 내용 자체도 판소리의

257) 신재효 지음/ 강한영 교주(1971), 《신재효 판소리 사설집》, 서울: 민중서관, 669~670쪽.
258) 정현석 편저/ 성무경 역주(2002), 앞의 책, 224~226쪽(補注). 이 서간문은 《교방가요》의
　　 저자인 정형석이 1873년(고종 10년)에 전라도 고창의 신재효에게 보낸 두 통의 편지로서,
　　 현재 신재효의 증손인 고창의 신기업 씨가 소장하고 있다 함.
259) 한국 연극은 그 주동자들이 주로 기록문자 전통과 거리가 먼 민중층이었기 때문에, 한
　　 국 연극이론과 관련된 자료도 기록문자로 된 것은 드물다. 그만큼 한국 연극이론 관련 자
　　 료들은 그 중심이 구비전승 자료와 행위전승 자료 쪽에 있다. 그러나 그쪽 자료들은 이론
　　 적인 자료들보다는 작품 관련 자료들이 중심을 이루고 있고, 한국 연극이론 자체를 직접
　　 적으로 논의한 자료는 거의 없다. 그러므로, 우리는 앞으로 한국 연극이론의 탐구를 위해
　　 서는 이 두 전통을 동시에 조화롭게 고려하고 탐색하는 것이 바람직하다.

생성 주체와는 거리가 있는 양반 사대부 상류층의 관점을 보여주고 있다는 점 등을 고려할 때, 신재효의 〈광대가〉와는 상당한 거리와 수준 차이를 보인다.

〈광대가〉의 내용은 다음과 같이 다섯 부분으로 나누어 볼 수 있다.

(1) 서언(序言) : '고금에 호걸문중 ～ 광디힝세 죠흘씨고'
(2) 총론(總論) : '그러ᄒ나 광디힝세 ～ 쇼리ᄒ는 법에로다'
(3) 실연론(實演論) : '영순쵸중 다슬음이 ～ 그 안이 어려운야'
(4) 명창론(名唱論) : '우리나라 명충광디 ～ 엇지안니 답답ᄒ리'
(5) 결어(結語) : (이러한 광디더리 ～ 엇지안니 답답ᄒ리)

이 〈광대가〉를 이렇게 다섯 부분으로 나누어, 각 부분별로 분석해 보면 다음과 같다.

(1) 서언: 우선 〈광대가〉의 서언 부분은 '현전적(現前的) 인간' 곧 '호모 퍼포먼스'(homo performans)로서의 인간의 자각을 보여준다는 점에서 큰 의의가 있다. 이 '서언' 부분을 좀 더 자세히 분석해 보면 다음과 같이 세 부분으로 나누어지며, 각 부분들은 일종의 '3단 논법' 식으로 짜여져 있다.

① 고금에 호걸문중 절충으로 지어 후셰의 유젼ᄒ나 다모도 허소로다 ② 송옥의 고당부와 죠즈건의 낙신부는 그말이 정영혼지 뉘눈으로 보왓시며 와룡션싱 양보음은 슘중스의 탄식이요 정절션싱 귀거리스 쳐스의 한졍이라 이쳥연의 원별이와 빅낙쳔의 중안가며 원진의 연충궁스 니교의 분음힝이 다쓸어 쳐량스셜 춤아엇지 듯거듸야 ③ 인간의 부귀영화 일중츈몽 가쇼롭고 유유혼 싱이스별 뉘아니 혼탄ᄒ리 거려쳔지 우리힝낙 광디힝세 죠흘씨고

①은 단정이고, ②는 예증이며, ③은 결론이다. '단정'에서는 고금에 전해지는 중국의 훌륭한 '호걸 문장들'은 다 허망한 것이라고 단정한 다음, '예증'에서는 그것들이 그렇게 허망한 이유를 사례를 들어가며 증명하고, '결론'에서는 그러므로 그러한 고금의 '문장가 행세'보다는 '광대 행세'가 더 좋은 것이라고 결론짓는다.

이 논증의 논거 사례들을 보면, 중국 쪽의 유명한 문인들인 송옥(宋玉), 조식(曹植), 제갈량(諸葛亮), 도연명(陶淵明), 이백(李白), 백거이(白居易), 원진(元稹), 이교(李嶠)의 시문들이 거론된다. 이러한 고금의 호걸 문장들이 다 허망한 이유는, 첫째 그것들이 정말로 그러한지를 우리 눈으로 직접 보지 못한 것이고, 둘째 그것들은 (그것들을 지은) '사람들' 자체가 아니라 단지 그들이 남긴 '처량한 사설'에 불과하기 때문이라는 것이다.

바로 여기에, '문장' 자체보다는 그 문장을 지은 '작자/사람'이 더 중요하다는 신재효의 생각이 담겨 있다. 즉, 그 '문장'이 중요한 것이 아니라, 그것을 지은 '사람'이 중요한 것인데, 그 사람들이 사라지고 없는 마당에, 그들이 남긴 문장들이 무슨 가치가 있겠느냐는 것이다. 이 점은 , 서양의 희곡/연극 이론에서 공연자/배우보다 텍스트/희곡을 중시하는 태도와는 사뭇 다른 공연 중심, 신체 중심의 태도이다.

그러므로 결론 부분에서는, 인간은 잠시 존재하다가는 사라지는 유한한 존재 곧 '신체' 상태로 존재하다가 신체가 소멸하면 사라져버리는 유한하고 일회적인 존재이기 때문에, 인간은 '문장' 같은 것들을 통해서 영원성을 추구하기보다는 '신체'를 통해서, 그 일회적인 인간성의 한계 안에서 인간이 추구할 수 있는 것들을 최대한으로 추구하는 것이 더 훌륭한 것이라는 결론을 내린다. 즉, 아무리 대단한 '부귀영화'라 하더라도, 그것은 다 인간 '신체'의 소멸과 함께 끝장나는 '일장춘몽'(一場春夢)에 불과하며, 인간의 이러한 '신체적 유한성'에서 오는 '생사이별'이 모두 한탄스러울 뿐이므로, 인간은 '신체적 존재'로서의 인간의 한계를 깊이 자각하고, 신체적 인간으로서의 의미와 보람과 가치와 가능성들을 부단히 추구하는 것이 더 바람직한 길이라고 주장하는 것이다. 그래서 작자는 이 부분에서, 인간 행세 가운데서는 인간의 신체적 가능성을 탐구하고 추구하는 '광대 행세'가 제일 좋다고 결론을 내린다.

이 대목에서 우리가 파악할 수 있는 희곡/연극 이론상의 요점은 다음과 같다.

첫째, '문자 중심' 사고에서 '행위 중심' 또는 '신체 중심' 사고로의 전환을 감지할 수 있다는 점이다. 즉, 앞서 살펴본 바와 같이, 여기에서는 우선적으로 문자로 창작된 고금의 유명한 문학 작품들을 열거하고서, 사람들은 그것들을 훌륭하다고 칭송하나, 그것들을 지은 사람 자체가 소멸해 버리는 마당에는 아무런 의미도 가치도 없다고 판단한다.

만일 그것들이 의미가 있고 가치가 있으려면, 그것들을 지은 사람과, 좀 더 정확하게 말하자면 그것을 지은 사람들의 '신체'와 긴밀하게 결부될 때에만 비로소 의미가 있고 가치가 있다는 것이다.

둘째, '외래적 가치'의 부정과 '자생적 가치'의 옹호이다. 즉 여기서 그는, '중국 문인들의 시문'과 '광대 행세'를 서로 대비시키고서, 전자보다는 후자가 훨씬 낫고 좋은 것이라고 주장하고 있다. 이것은 '외래적/사대적' 가치에 대해서 '자생적/자주적' 가치를 내세우고 주장하는 것이라고 볼 수 있다. 이와 같은 그의 태도는 이 작품뿐만 아니라 그의 여러 작품들에서 두루 나타나는 특성임이 논증된 바도 있다.[260]

이것은 어떻게 보면 읽고 쓸 줄 아는 사람들이 기술한, 우리 연극사에

---

260) 최혜진(1997), 〈신재효의 〈허두가〉에 나타난 세계인식과 그 의미〉, 《판소리연구》 8집, 판소리학회, 299~302쪽.

서 가장 '코페르니쿠스적'인 일대 전환을 이룩한 발언이라고 할 수 있다. 신재효가 살던 당시까지만 해도 아직 중국 중심의 외래적인 가치가 '표면적'으로는 당대 사회를 전체적으로 지배하던 때라고 볼 때, 그의 이러한 주장은 매우 의미심장하다.[261] 왜냐하면 다른 분야에서는 자주적인 방향을 제시하는 주장들이 상당히 일찍부터 존재했지만,[262] 우리의 연극이나 공연예술 쪽에서는 이러한 자각을 보여주는 본격적인 문자 기술들이 이 글 이전에는 거의 발견되지 않기 때문이다.

셋째, 기존의 양반 상류층의 가치관 곧 중국 한문 문장들을 중시하는 '문자 중심'의 가치관으로부터, 서민 민중층의 가치관 곧 "화무십일홍이요 달도 차면 기우나리라 / 인생은 일장춘몽 아니 놀고 무엇 하리" 식의 '신체 중심' 가치관으로의 전환을 보여준다는 점도 놓쳐서는 안 될 점이다.

즉, 여기서 부정되는 '고금의 호걸 문장'은 기존의 양반 상류층 사회의 가치관을 대변하는 것이고, 강력하게 긍정되고 있는 '광대 행세'는 지극히 천시되고 무시되어 온 서민 민중층 사회의 가치관을 대표하는 것이다. 이러한 면에서 볼 때에, 신재효의 〈광대가〉는 은연중에 매우 혁명적인 아포리즘을 암암리에 내포하고 있다.

넷째, 우리의 사상적 행위적 전통 속에 부단히 계승되고 변환되어 온 '허무주의' 또는 '현세주의'에 대한 새로운 차원에서의 가능성을 발견하

---

261) 이러한 그의 주장은 그 뒤에 나온 수운 최제우의 '인내천'(人乃天) 사상과 해월 최시형의 '향아위설'(向我位設)과 증산 강일순의 '해원'(解冤) 사상과도 연관될 수 있는 것으로 생각된다. 그러나 당시 그와 동시대 사람으로서 그에게 편지를 보내어 판소리에 관한 견해를 밝힌 바 있는 정현석의 생각과는 상당히 달라 보인다. 신재효와 동학의 관계에 관해서는 설성경(1976) · 장석규(1994) · 허원기(2001) 등을 참조.

262) 예컨대, '문학' 쪽에서는 이미 고려 초기인 문종 29년(1075)에 나온 혁연정(赫連挺)의 《균여전》(均如傳)에 실려 있는 최행귀(崔行歸)의 '서문'에서부터 분명하게 나타나기 시작한다.

고 있다는 점이다. 즉, 여기서는 오히려 '호걸문장'과 '부귀영화'를 허무한 '일장춘몽'으로 부정하고 '광대 행세'를 '거려천지263) 우리 행락(行樂)264)'으로 긍정한다. 이상주의/호걸문장을 부정하면서 아울러 부정적 현세주의/부귀영화도 부정한다. 그가 긍정하는 것은 '긍정적 현세주의'이다. 이상주의를 부정하고 현세주의를 긍정하되, 현세주의 가운데서도 현실을 '신체적'으로 자각해 나아가는 데 악영향을 미치는 '부귀영화' 곧 인생이 '거려천지'임을 애써 부정하려 느는 '부귀영화' 추구 일변도의 현세주의는 부정한다.

여기서 긍정되고 주장되는 것은 인생이 '거려천지'임을 분명하게 자각시켜 주는 '광대 행세'의 긍정적 현세주의이다. 왜냐하면, 광대야말로 '잠시 머물다 가는 주막과 같은 이 세상[蘧廬天地]'의 본질을 본인의 '신체적' 탐구를 통해서 부단히 천착하여 깨닫게 해주는 존재이기 때문이라는 것이다.

이것은 바로, 우리의 허무주의 또는 현세주의적 사상 전통을 '현전성'(現前性)의 차원에서 새롭게 인식한 탁견이라 아니할 수 없다. 현전적 인간성이란 어쩔 수 없이 항상 바로 '지금·여기'에서만 존재할 수밖에 없는 유한한 존재라는 것이고, 이러한 인간 존재의 한계와 의미와 가치와 보람을 신체적으로 직접 탐구해 나아가는 것을 자기의 필생의 본령으로 삼는 것이 바로 '광대 행세'이기 때문이다. 이러한 '현세주의'는 우리 민족예술 곳곳에서 두루 발견되는 중요한 경향이자 흐름이라 하겠다. 이에 대해서는 다른 글에서 좀 더 본격적으로 다룰 필요가 있을 것이다.

다섯째, 신재효의 이러한 견해는 아직 우연의 일치인지는 모르겠으나, 그 뒤의 한국의 자주사상 또는 민중종교 사상의 새로운 지평을 열어 나

---

263) 거려천지(蘧廬天地): 잠시 머물다 가는 주막과 같은 이 세상.
264) 행락(行樂): 잘 놀고 즐겁게 지냄.

간 수운(水雲) 최제우와 해월(海月) 최시형 및 증산(甑山) 강일순의 사상과도 서로 상통하고 있어서 주목된다.

즉, 그의 신체적 현전적 인간성 탐구의 강조는 최제우의 '인내천'(人乃天) 사상, 최시형의 '향아위설'(向我位設) 사상, 그리고 증산 강일순의 '해원'(解寃) 사상과도 깊은 연관성을 보여준다.[265] 최제우의 '인내천' 사상은 사람이 곧 하늘이라는 사상이며, 여기서 '사람'은 곧 신재효의 '광대'와 긴밀한 관련이 있다. 왜냐하면, 최제우가 말하는 '사람'이란 곧 '지금·여기'에 신체적 인간으로 살아 움직이는 인간을 말하기 때문이다. 즉 최제우의 '사람이 곧 하늘'이라는 말은 지금 이곳에 살아 있는 사람으로서의 '나'가 바로 하늘이라는 뜻이다. 따라서 최제우의 '사람'이나 신재효의 '광대'는 바로 지금 이곳에 살아 있는 신체적 인간으로서의 사람/광대라는 점에서 서로 통한다. 최제우가 득도 행위로서 '주문' 외우기나 '부적'을 냉수에 타서 마시는 수행 행위 등을 강조한 것은, 신재효의 '광대'의 신체적 '행세'를 강조한 것과 상통한다.

여기서 한 걸음 더 나아가, 최제우의 제자 최시형은 '향아위설'을 주장한다. '사람' 곧 '내'가 하늘이므로, 제사를 모실 때에도 신/타자를 향해[向神] 제물을 차려 놓고 제사를 모시지 말고, 나를 향해[向我] 제물을 차려 놓고, 내가 '나'를 향해서 제사를 모셔야 한다는 사상이 바로 최시형의 '향아위설'이다. 이 사상도 신재효의 '광대 행세'와 그리 멀지 않다. 왜냐하면, '광대 행세'야말로 바로 이러한 사상을 몸소 피나는 신체적 수련을 통해 실천하고자 하는 것이기 때문이다. '광대 행세'는 곧 자

---

265) 신재효와 동학과의 이러한 관련성은 다음 세 편의 논문을 참조. 설성경(1976), 〈동리의 사설과 동학란─당시의 시대감각〉, 《국어국문학》 72·73통합호; 장석규(1994), 〈허두가에 나타난 문제의식〉, 《문학과 언어》 15호(서종문·정병헌 편, 《신재효연구》, 서울: 태학사, 1977, 397~418쪽에 재수록); 허원기(2001), 〈신재효의 세 가지 발언─생명사상의 문학적 변용을 중심으로〉, 《판소리연구》 12집, 판소리학회, 125~127쪽.

기 자신의 신체적 하드 트레이닝인 '독공'(獨工)을 통해서 이러한 어떤 '득도'(得道)의 경지를 찾고자 하는 것이기 때문이다.

더 나아가, 강증산의 해원 사상에 이르면, "앞으로 사람이 살려면 무당·광대에게 가야 산다"[266]라고 할 정도로 광대를 강조하고 있다는 점에서, 우리는 강증산의 사상과 신재효의 '광대 행세'의 친연성을 곧바로 파악할 수 있다. 그러나 이러한 측면에 대한 본격적인 고찰은 좀 더 전문적인 논의가 필요할 것이다.

(2) **총론/'4대 법례':** 다음으로, 〈광대가〉의 총론에 해당하는 부분은 배우 중심 또는 공연 중심의 한국 희곡/연극 이론의 뼈대, 그 가운데서도 배우 중심 이론의 뼈대를 매우 분명하게 기술한 부분이다. 이 부분은 그 내용으로 보아 다시 다음 일곱 부분으로 나눌 수 있다.

① 그러호나 광디힝셰 어렵고 쏘어렵다 ② 광디라 흐눈거시 졔일은 인물치례 둘지는 스셜치례 그직츠 득음이요 그직츠 너름시라 ③ 너름시라 흐눈거시 귀성씨고 믭시잇고 경각의 천틱만숭 위션위귀 천변만화 죠ㅏ숭의 풍유호걸 귀경흐는 노쇼남녀 울게흐고 웃게흐는 이귀셩 이믭시가 엇지 아니 어려우며 ④ 득음이라 흐난거슨 오음을 분별흐고 육율을 변화흐야 오중에서 나는쇼리 농낙흐여 즈아닐졔 그도쏘흔 어렵구나 ⑤ 스셜이라 흐는거신 져금미옥 죠흔말노 분명흐고 완연흐게 식식이 금숭쳡화 칠보단중 미부인이 병풍뒤의 나셔난듯 삼오야 발근달이 구름박긔 나오난듯 시눈쓰고 웃게흐기 더단니 어렵구나 ⑥ 인물은 천성이라 변통할슈 업건이와 ⑦

---

266) 이상호 편(1975), 《대순전경》, 김제: 증산교본부, 269쪽. "하루는 고부인으로 하여금 춤추게 하시고 친히 장고를 치며 가라사대, 이것이 천지굿이니 너는 천하 일등 무당이요 나는 천하 일등 재인이라, 이 당 저 당 다 버리고 무당의 집에서 빌어야 살리라 하시고, 인하여 무당 도수(度數)를 붙이시니라."

원원훈 이쇽판니 쇼리ᄒᆞᄂᆞᆫ 법예로다

이 부분을 분석하면 다음과 같다. 먼저 ①에서는 '광대 행세' 곧 배우 역할이 매우 어렵다는 점을 전제로 강조한다. 이것은 앞의 서언 부분에서 언급한 '광대 행세'/배우 노릇의 현전적 특성 지적과 연결 지을 때 그 연극학적인 본의가 좀 더 분명해진다. 즉 '광대 행세'는 다음과 같은 이유에서 어렵다는 것이다. 이 문장 바로 뒤에 이어지는 문장 내용과 같이, 광대/배우가 세상에서 가장 좋은 것이기는 하지만, 그는 늘 현전성의 한계, 곧 '지금·이곳'이라는 현전적 한계 상황 속에서 '광대 행세'의 모든 '가능성' 곧 현전적 신체의 모든 가능성들을 전략적으로 부단히 추구해서 어떤 '득도'의 경지에 이르러야 하기 때문에, 지극히 어려운 것이라는 의미로 해석할 수 있다.

②는 '광대 행세' 곧 배우 노릇의 골자를 기술한, 이 글 가운데서 가장 핵심 대목이라고 할 수 있다.

여기서 규정하는 내용은, 첫째로 한국 희곡/연극은 배우 중심의 희곡/연극이라는 전제 아래, 둘째로 그러한 배우 중심의 한국 희곡/연극의 핵심은 바로 '인물치레'와 '사설치레'와 '득음'과 '너름새'라고 확언한다.

우리가 여기서 가장 눈여겨보아야 할 것은, 이 글 전체가 그러하긴 하지만, 특히 이 문장이 지극히 토착적이고 자주적이고 자문화적인 용어들로 짜여 있다는 점이다. 즉, 한국 판소리/연극 이론의 골자를 기술하면서 외래적인 용어들보다는 지극히 자주적이고 토착적이고 예술내적인 용어 사용을 지향하였다는 점은 눈여겨보아야 할 점이다.

그가 세워 놓은 이 네 가지 한국 배우 이론의 골자 — 인물치레·사설치레·득음·너름새 — 는 이른바 '4대 법례'라 하여 그동안 학계에서 여러 번 논의된 바 있으나, 아직도 이것의 연극학적 의미를 깊이 천착한 논의는 잘 발견되지 않는다. '4대 법례'를 좀 더 구체적으로 분석해 보면 다음과 같다.

'인물치레'는 이 문장 뒤에 이어지는 '인물은 천싱이라 변통할슈 업건이와'라는 보충 설명 구절로 보아 후천적으로는 어쩔 수 없는 선천적으로 타고난 외모를 말한다. 그러면서 이것을 맨 먼저 내세우고 그 중요성이 '제일'에 위치하는 것이라고 주장하는 것은, '광대 행세' 곧 배우 노릇의 일차적인 조건으로서는 우선 천성적으로 배우로서의 자질을 타고날 필요가 있다는 점을 강조하기 위해서이다.

이러한 광대/배우의 선천적인 자질은 광대/배우가 갖추어야만 할 가장 '일차적'인 조건이라는 점에서, 이 점을 맨 먼저 내세우고 있다는 것을 그 전후 문맥으로 파악할 수 있다. 그러나 이 '인물치레'는 '변통할 수 없는 것'이라고 단정함으로써, 인물치레가 그 이상의 의미는 없다는 점을 분명하게 나타내었다.

그러나 이 '인물치레'라는 용어는 선천적으로 타고난 광대/배우의 외모로 한정하지 않고 좀 더 확장하여, 배우의 '인격' 또는 '됨됨이'를 나타내는 용어로 확대 해석할 여지도 열어놓고 있다. 왜냐하면 이러한 용어와 문장들은 지극한 골자만 기술해 놓은 것이기 때문이다. 이렇게 이 용어를 확대 해석하는 방향을 취한다면, 우리는 이 용어로부터 한국 배우 이론의 좀 더 폭넓고 다양한 논의들을 전개시킬 수도 있을 것이다.[267)]

'사설치레'란 광대/배우의 '텍스트의 이해 · 해석 · 구사 능력'을 지적하는 언급으로 해석된다. 그러나 이 부분 기술 내용에서 암시되는 바로

---

267) 이러한 입장에서 이 〈광대가〉의 '인물치레'를 논의한 중요한 논문으로는 고정옥(1959)가 있다.

보건대, 먼저 서양의 희곡/연극 이론에서처럼 '텍스트'가 전제되고, 그 다음에 '공연' 또는 배우가 존재한다는 식의 생각은 여기서는 찾아볼 수 없다. 오히려 여기에는, '광대/배우'가 '텍스트'에 우선한다는 식의 연극관이 내포되어 있다.

이 점은 연극 텍스트가 연극 공연에 선행하는 것으로 보는 서양의 연극관과는 매우 다른 방향을 취하고 있다는 점에서 우리가 눈여겨보아야만 할 대목이다. 왜냐하면, 인생/삶을 '문자적 비현전적 텍스트 중심으로 파악하느냐 아니면 '구술적 현전적 신체 중심'으로 파악하느냐에 따라 인생 자체가 크게 달라질 수 있기 때문이다.

'사설치레'란 그 자체로 의미가 있는 것이 아니라, '거려천지 우리 행락'의 '광대 행세'에 필요한 것이기 때문에 의미가 있는 것이다. 이 글의 이러한 전후 문맥은, 이 이론이 '텍스트 중심'의 희곡/연극 이론이 아니라 '배우 중심'의 희곡/연극 이론을 지향하고 있다는 것을 분명하게 보여준다.

'득음'이란 광대/배우가 갖추어야만 할 '음악적인 표현 능력'을 말하는 것으로 해석된다. 그리고 이것은 아무리 선천적으로 잘 타고났다고 하더라도, 후천적인 부단한 '독공'(獨工) 곧 하드 트레이닝을 통해서만 얻어질 수 있는 것으로 기술하고 있다. '득음'(得音)이라는 용어의 의미 자체가 우선 이러한 측면을 잘 암시하고 있다. '득음'이란 '후천적으로 얻은 소리'란 뜻이기 때문이다.

한편으로 이 용어는, 우리나라 광대/배우에게는 음악적인 능력이 아주 중요함을 아울러 밝혀주는 것이기도 하다. 이 점은 우리나라 전통 희곡/연극 또는 연극적 공연예술/공연예능들 전체로 확대해 볼 때에도 그러하다.

이러한 전통은 그저 우연하게 이렇게 된 것이 아니라, 분명 어떤 확고

한 공연학적 또는 철학적 깨달음으로부터 나온 것으로 보인다. 이처럼 '득음' 곧 소리를 중시하는 우리 희곡/연극 또는 공연예술 전통의 전반적인 특성은, 결코 하루아침에 만들어진 것이 아니라, 수천 년 동안의 오랜 시일에 걸쳐서 형성된 것이다.

우리나라 희곡/연극 이론의 이러한 음악적 측면의 강조는, 인간의 신체적 가능성 곧 '호모 퍼포먼스'(homo performans)로서 인간의 의미와 가치와 가능성을 추구하는 데서 '시각적 방향'과 '청각적 방향' 가운데 어떤 방향을 취하는가의 문제와 관련이 깊다. 신재효의 '득음' 이론은 이 가운데서 후자 곧 '청각적 방향'에 좀 더 큰 비중을 둔 이론으로 볼 수 있다. 즉, 신재효의 이론은 인간의 '신체적 가능성' 추구라는 면에서 볼 때, 시각적 가능성보다는 '청각적 가능성' 쪽을 더 중시해야 한다는 자각에서 온 것으로 해석할 수 있다. 이러한 경향은 서양 연극이 그리스 이후부터 청각적 가능성보다는 '시각적 가능성' 쪽에 더 많은 가치와 가능성을 두어온 것과 큰 대조를 이루는 것이다.

이 점은 판소리뿐만 아니라 우리의 전통 공연예술 전반에 걸쳐서 통용될 수 있는 중요한 특징이다. 다만 우리의 전통 공연예술 가운데는 판소리에서 이 점이 가장 높은 경지에까지 추구되고 성취되었기 때문에, 여기서 이 점이 더욱 강조될 수밖에 없음은 물론이겠다. 그러나 이 주장은 한국 연극 또는 공연예술 전반에로 확대해서 논의될 수 있는 매우 개방적인 것이라는 점도 여기서 다시 강조할 필요가 있다.

'너름새'란 광대/배우가 갖추어야만 할 '신체 동자상의 표현 능력'을 말한다. 판소리에서 이와 유사하게 쓰이는 용어로 '발림', '사체' 등이 있다. '발림'이란 '판소리에서 소리를 하면서 하는 가벼운 몸짓이나 팔짓 따위'를 가리키는 용어[268]로서, '너름새'와 비슷한 용어이긴 하지만, '너름새'가 '발림'보다는 좀 더 종합적이고 폭넓은 의미에서의 신체 동작을 가리키는 용어로 생각된다.

다음으로, ③·④·⑤·⑥은 ②에서 말한 '4대 법례'를 좀 더 구체적으로 설명하는 부분이다. 여기서, 우리는 이 '4대 법례' 논의의 순서와 그 내용의 비중에 다시 한 번 주목할 필요가 있다. 이 부분에서 이 '4대 법례'를 설명적으로 기술할 때에, 바로 앞 부분에서의 기술 순서인 '제일은 인물치레 둘지는 사셜치례 그직층 득음이요 그직층 너름시'라('인물치레'>'사셜치레'>'득음'>'너름새')한 것과는 반대로, '너름새'>'득음'>'사셜치레'>'인물치레'의 순서로 되어 있음에 주목할 필요가 있다. 〈광대가〉 뒷부분의 설명적 기술 내용들을 검토해 보면, 전자보다는 후자의 순서에 더 큰 비중이 주어짐을 발견할 수 있다.

그렇다면, 이러한 기술 순서의 역전은 무엇을 의미하는 것일까? 그것은 전자의 순서가 광대/배우의 선천적인 '자질론'의 순서라면, 후자의 순서는 광대/배우의 후천적 '수련론'의 순서라고 해석된다. 구체적으로 그 내용을 분석하기 위해, 이 부분의 내용을 구분해 정리하면 다음과 같은 분석표가 만들어진다.

③ 너름시 : 귀성끼고 밉시잇고 경각의 쳔틱만슝 위션위귀 쳔변만화 좌승의 풍유호걸 귀경ㅎ는 노쇼남녀 울게ㅎ고 웃게ㅎ는 이귀셩 이밉시

④ 득음 : 오음을 분별ㅎ고 육율을 변화ㅎ야 오즁에서 나는쇼리 농낙ㅎ여 즈아닐졔

⑤ 스셜 : 져금미옥 죠흔말노 분명ㅎ고 완연ㅎ게 식식이 금승쳡화 칠보단중 미부인이 병풍뒤의 나셔난듯 삼오야 발근달이 름박긔 나오난듯 식눈쓰고 웃게ㅎ기 디단니 어렵구나

⑥ 인물 : 쳔싱이라 변통할슈 업건이와

---

268) 이기문 감수(1994), 《동아 새국어사전》, 서울: 동아출판사, 875쪽.

이 분석표에서, 먼저 '③ 너름새'는 '귀성 끼고 맵시 있고 경각에 천태만상 위선위귀 천변만화 좌상의 풍류호걸 구경하는 노소남녀 울게 하고 웃게 하는 이 귀성 이 맵시'라고 설명하고 있다. 여기서 핵심 되는 말은 '경각에 천태만상'과 '위선위귀 천변만화'라는 말이며, 이 말 가운데서도 '천태만상'과 '천변만화'라는 말이 그 핵심이다. 즉, '너름새'란 자유자재로 할 수 있는 신체적 변화, 특히 시각적인 신체 변화를 가리키는 말임을 알 수 있다. 여기에서도, 앞서 지적한 바와 같이 '신체'의 표현능력을 중시하는 경향이 강하게 나타난다.

'④ 득음'은 '오음을 분별하고 육률을 변화시켜 오장에서 내는 소리'라고 기술하여, 그것이 음악적인 표현 능력을 뜻하는 것임을 알려준다. 여기서 주목되는 것은, '오장에서 내는 소리'라는 대목인데, 이것은 판소리의 음악적 표현 이론이 인간의 신체 특히 신체의 복부인 '오장육부'와 관련이 깊고, 이런 면에서 동양의 '음양오행' 사상과도 깊이 관련되어 있음을 암시한다.[269]

'⑤ 사설치레'는 '정금미옥 좋은 말로 분명하고 완연하게 색색이 금상첨화 칠보단장 미부인이 병풍 뒤에서 나서는 듯 삼오야 밝은 달이 구름 밖에 나오는 듯'하게 하는 것이라고 설명하여, 그것이 광대/배우의 언어 텍스트 표현 능력과 방법을 말하는 것임을 알 수 있다.

여기서 주목되는 것은, 그 사설 곧 문학적 텍스트 표현 방법의 요점을 다음 세 가지로 나누어 기술하였다는 점이다. 첫째, '정금미옥'(精金美玉)과 같이 질 가다듬이져야만 힌다. 둘째, 분명히고 완전헤야만 한다.[270]

---

269) 허원기(2001), 앞의 글, 127~131쪽 참조.
270) '완연하다'는 말을 '완연(宛然)하다'라고 보아 '분명하다'라고 풀이하는 사람도 있으나, 앞뒤 문맥으로 볼 때, '완연(完然)하다' 곧 '흠이 없이 완전하다'라고 보아야 적절하다. 왜냐하면 '분명하다'라는 뜻의 '완연(宛然)하다'라고 보면 앞의 말의 단순한 반복이 되기 때문이다.

셋째, 적절한 수사법을 사용하여 문학적 표현을 아름답게 해야 한다.

즉, '정금미옥 좋은 말'이란 말은 정련한 금과 잘 다듬은 좋은 구슬처럼 그 언어 표현을 세련되게 할 줄 알아야만 한다는 것이고, 그 다음은 그 언어 표현을 청관중들이 잘 알아듣고 이해할 수 있도록 분명하게 해야 하며, 또 그 언어 표현이 공연 텍스트나 사건의 정황 곧 '이면'에 잘 맞게 완전하게 구사될 수 있어야 한다는 것이다. 그러기 위해서는 각 경우에 맞는 문학적 표현과 수사법을 적절하게 활용해야 한다는 것이다.

'⑥ 인물치레'는 '천성이라 변통할 수 없다'고 한 것은 앞에서 이미 설명하고 해석한 바와 같다. 판소리에서의 신체 중심주의적 사고가 여기에서도 매우 강하게 나타나 있고, 인간의 정신적 측면 곧 인간의 '호모 사피엔스'(homo sapiens)적 측면보다는 신체적 측면 곧 '호모 퍼포먼스'(homo performans)적 측면이 중요함을 각별히 강조하고 있다는 점을 다시 한 번 언급할 필요가 있겠다.

이상에서 살펴본 바와 같이, 이 '총론'에 해당하는 부분은, 겉으로 보면 광대가 갖추어야 할 '4대 법례'를 '인물치레' 중심으로 기술하고 있는 것 같지만, 내용을 구체적으로 검토해 보면 오히려 거꾸로 '너름새'를 중심으로 해서, '너름새' > '득음' > '사설치레' > '인물치레' 순서의 비중으로 논의하고 있음을 알 수 있다.

즉, 신재효의 〈광대가〉 '4대 법례' 이론의 골자를 더욱 압축해 보면, 결국 신재효가 여기서 주장하는 광대/배우 이론의 요체는 다음과 같다. 광대/배우로서 타고난 천부적인 외모인 '인물치레'를 바탕으로 하여, 언어적 표현능력인 '사설치레'와, 음악적 표현능력인 '득음'과, 동작적 표현능력인 '너름새'를 가지고, 신체적 표현의 '천변만화'를 기하여, 인간과 자연과 우주의 '천태만상'을 가장 높은 경지에서 체득 표현해 내는 것이라고 할 수 있다.

이어서 주목해야 할 것은, '너름새' 곧 신체 동작의 표현력에다가 가장 최고의 표현 능력인 '천변만화'와 '천태만상'의 표현 능력을 배치해 두고 있다는 점이다. 즉, 그의 '4대 법례' 이론은 오히려 신체 동작인 '너름새'를 중심으로 해서, 음악적 표현 능력인 '득음'과 문학적 표현 능력인 '사설치레'와 타고난 외모인 '인물치레'를 차례로 고려하는 이론임을 알 수 있다. 다시 말해서, 그의 배우이론은 '인물치레' 중심의 이론이 아니라, '너름새' 중심의 배우이론이라는 것을 알 수 있다. 그의 배우이론은 신체 중심, '너름새' 중심의 종합적 신체 표현 전략 이론인 것이다.

이 대목의 마지막 부분인 ⑦에서는 이 네 가지 '4대 법례'의 깊고 원대한 이치가 바로 '쇼리' 곧 판소리를 하는 법례라고 하여 다음과 같이 결론을 짓고 있다. "원원훈 이쇽판[271]니 쇼리ᄒᆞ는 법예로다". 여기서, '쇼리'라는 말로 보아, 우리는 이 시기에 이미 판소리를 '쇼리'라고 부르고 있었다는 것도 알 수 있다.

(3) **실연론**(實演論): 이 〈광대가〉의 다음 부분은 판소리의 구체적인 연기 이론인 '실연론'(實演論)에 해당하는 부분이다. 이 부분은 판소리의 '공연과정'에 대한 구체적인 묘사이며, 이를 통해서 '소리' 중심의 판소리/연극 '실연론'의 기초를 구축해 놓고 있다. 이 부분은 다음과 같이 몇 개의 단락으로 나누어볼 수 있다.

① 영순쵸중 다슬음이 은은한 쳥계슈가 어름밋틔 흐르난듯 ② 쓰을러 니는목이 슌풍에 빈노는듯 ③ 츳츠로 돌니는목 봉회노젼 기이ᄒᆞ다 ④ 도도와 올니는목 만중봉이 쇽구난듯 ⑤ 톡톡굴너 니리는목 폭포슈가 쏫치난

---

271) 쇽판: '내적으로 갖추어야만 할 내용' 또는 '이치'란 뜻으로 보임. 판소리에서 많이 사용하는 '이면'이란 말과도 어떤 관련이 있는 듯함.

듯 ⑥ 중단고져 변화무궁 이리농낙 져리농낙 ⑦ 안일리 쓰는마리 아릿다온 제비말과 공교로운 잉무쇼리 ⑧ 즁머리 즁허리며 허셩이며 진양죠를 다르두고 노와두고 걸니다가 들치다가 ⑨ 쳥쳥ᄒ게 도는목이 단순의 봉의 우름 ⑩ 쳥원하게 쓰는목이 쳥전에 학으우름 ⑪ 이원셩 흐르는목 황영의 비파쇼리 ⑫ 무슈이 농락변화 불시에 튀는목이 벽역이 부듯난듯 ⑬ 음아질타 호령쇼리 틱순이 흔드난듯 ⑭ 어니덧 변화ᄒ여 낙목한쳔 찬바람이 쇼실케 부는쇼리 왕쇼군의 츌시곡과 쳑부인의 황곡가라 ⑮ 좌슝이 실식ᄒ고 귀경군이 낭누ᄒ니 이러한 광딕노릇 그안이 어려운야

①은 한국의 전통 판소리/연극 공연을 시작하기 전의 '리허설'에 해당하는 부분인 '다스름'272)을 기술한 부분이고, ②~⑤와 ⑨~⑭는 전통 판소리/연극의 중심적인 표현 의장(意匠) 가운데 하나인 '창' 또는 '성음'의 방법과 과정을 기술하고 있으며, ⑥, ⑧은 '장단'의 구현 과정과 방법을, 그리고 ⑦은 '아니리'의 구현 과정과 방법을 각각 기술하고 있으며, 끝으로 ⑮는 그러한 공연과정에서 청관중의 반응과 태도에 관한 기술이다. 이러한 판소리 '공연과정'의 기술 내용을 좀 더 구체적으로 분석해서 정리해 보면 다음과 같다.

    a. 다스름 : '은은한 청계수가 얼음 밑에 흐르는 듯'
    b. 창/목 : '끌어올려 내는 목' ~ '순풍에 배 노는 듯'
        '차차로 돌리는 목' ~ '봉회노전(峯廻路轉)273) 기이하다'
        '돋우어 올리는 목' ~ '만장봉이 솟구치는 듯'

---

272) 우리나라 전통 국악에서 주로 사용되는 용어로서, 합주 또는 합동 공연을 하기 전에, 거기에 참여하는 공연자들이 서로 공연의 속도·호흡·음률·흐름 등을 조율하기 위해, 얼마 동안 어떤 간단한 대목이나 공연 종목의 일부를 함께 연주하거나 공연해 보는 것.
273) 봉회노전(峯廻路轉): 산봉우리들을 굽굽이 돌고, 길 위를 이리저리 굴러간다는 뜻.

'톡톡 굴러 내리는 목' ~ '폭포수가 쏟아지는 듯'

'청청하게 도는 목' ~ '단산(丹山)의 봉의 울음'

'청원하게 뜨는 목' ~ '청천의 학의 울음'

'애원성 흐르는 목' ~ '황영274)의 비파소리'

'불시에 튀는 목' ~ '벽력이 부딪치는 듯'

'음아질타275) 호령소리' ~ '태산이 흔들리는 듯'

'찬바람 부는 소리' ~ '왕소군의 출새곡과 척부인의 황곡가'

c. 장단 : '장단고저 변화무궁 이리 농락 저리 농락' / '중머리 중허리276)
며 허성이며 진양조를 달아두고 놓아두고 걸리다가 들치다가'

d. 아니리 : '아리따운 제비말과 공교로운 앵무소리'

e. 청관중 : '좌상이 실색하고 구경꾼이 낙루하니'

이상을 세부적으로 분석하면, 다음과 같은 결과를 얻을 수 있다.

첫째, 이 부분은 우선 판소리 '공연과정'(performing process)을 구체적으로 묘사하고 있다. 이 과정은 우선 '다스름' 부분 곧 판소리를 공연하기 직전에 광대와 고수가 서로 미리 공연을 '조율'하는 과정이 묘사되고 있고, 그 다음엔 '이리 농락 저리 농락' 고저장단을 '변화무궁'하게 펼쳐지는 가운데에, 다양한 '목/성음'을 구사하는 '창'이 전개되면서, 그 사이사이에 '앵무새소리'처럼 공교롭게 '모방성'을 잘 갖추고 '제비말' 같이 세련된 '아니리'가 구사되면서, 판소리 공연이 이루어져 나아감을 기술하고, 끝으로 이에 대해 '실색하고 낙루하는' 청관중의 반응까지를 묘사한다.

---

274) 황영(皇英): 요(堯) 임금의 두 딸이자, 순(舜) 임금의 두 왕비인 아황(娥皇)과 여영(女英).

275) 음아질타(喑啞叱咤): 화를 내어 내는 큰 소리.

276) 중허리: 중거(中擧)라고도 함. 한국 전통음악인 가곡(歌曲)에서 초장의 중간을 높이 들어올린다는 뜻에서 '중거'라고 한다.

둘째, '다스름' 곧 간단한 리허설은, '은은한 맑은 물이 얼음 밑으로 흐르는 것처럼' 해야 한다고 기술하여, 이 '다스름' 과정이 외적인 측면보다는 내적인 측면 곧 판소리의 '이면'을 포착하는 쪽으로 그 초점이 맞추어져야만 함을 암시한다.

셋째, '창'의 구사 방법을 매우 구체적으로 묘사하고 있다. 그 묘사 순서를 보면, 먼저 소리를 단전으로부터 '끌어올려', 차츰 돌리고, 한 번더 북돋우어 올리고, 툭툭 구르고, 맑고 깨끗하게 굽이굽이 돌리다가, 서럽고 한스럽고 애절한 애원성을 구사하고, 갑자기 튀어 오르고, 호령하고, 쓸쓸하고 구슬프게 흐느끼는 것으로 묘사한다.

이것은 판소리 창의 정해진 순서를 묘사한 것은 아니고, 각 경우와 이면에 따라 전개되는 그 소리/창의 '다기 다양한 변화'를 묘사한 것으로 보아야만 한다.

넷째, 장단은 '중머리'를 기본으로 하여 '중허리', '허성', '진양조' 등으로 이리 농락 저리 농락 고저장단을 '변화무궁'하게 전개해야 한다고 주장한다. 여기서 '허성'은 구체적으로 어떤 장단을 말하는 것인지 잘 알려지지 않는데, 아마도 '도섭' 곧 고수가 장단을 치지 않는 상태에서 광대가 혼자서 창도 아니고 아니리도 아닌 어중간한 소리를 하는 부분을 가리키는 것이 아닌가 한다.

다섯째, '아니리'는 '아리따운 제비말과 공교로운 앵무소리'라고 묘사함으로써, '아니리' 곧 창이 아닌 말로 하는 어법 부분에 관해서 두 가지 조건을 제시하고 있다. 그 하나는 '아니리'가 '아리따운 제비말'처럼 세련된 아름다움을 느낄 수 있도록 어떤 '미학적 표현성'을 갖추고 구사되어야 한다는 점이고, 다른 하나는 '아니리'가 '앵무소리'처럼 뛰어난 '모방성'을 갖추어야만 한다는 점이다.

끝으로, 청관중에 관해서 기술한 내용도 매우 중요한 점 두 가지를 지적하고 있다. 하나는 청관중이 공연자들에 대해서 매우 '적극적인 **반응**' 을 보인다는 것이고, 다른 하나는 청관중이 '좌상객' 청관중과 '구경꾼'/ 일반 청관중으로 구분되어 있다는 점이다. 이러한 판소리 청관중의 특성 지적은 이미 앞서 살펴본 송만재(宋晚載)의 〈관우희〉(觀優戱)에서 '당상'(堂上) 청관중과 '당하'(堂下) 청관중으로 구별한 청관중 이론이 이 신재효의 청관중 이론에까지 이어지는 것이다. 이것은 이 글이 씌어질 당시의 판소리 공연 공간의 특성 및 판소리 청관중의 사회적 수용 계층의 특성과 차별성을 암시해 준다는 점에서도 중요한 것이다.

(4) **명창론/배우론**: 다음으로, 〈광대가〉의 끝 부분은 일종의 '명창론' 으로서, 한국 희곡/연극 이론에서 처음으로 본격적인 '배우론' 전통을 수립하였다는 큰 의의가 있다. 그리고 이 부분은 또한 광대/배우에 대한 일종의 '실천비평'의 전통을 마련하였다는 점도 매우 중요하다. 즉, 이 부분은 우리나라 공연 희곡/연극 이론에서 처음으로 '배우론' 또는 배우의 연기에 대한 '실천비평'의 전범을 보여준다는 점에서 매우 중요하다. 〈광대가〉의 이 부분은 다음과 같이 11개 부분으로 나눌 수 있다.

① 우리나라 명충광더 즈고로 만컨이와 긔왕은 물론ᄒ고 근리명창 누기 누기 명셩이 즈즈하야 스람마닥 칭촌하니 ② 니러ᄒ 명충덜을 문쟝으로 비길진더 숑션달 홍녹이난 타셩쥬옥 박약무인 화란츈셩 만화방충 시즁쳔 즈 니퇴빅 ③ 모동지 홍깁이ᄂᆞᆫ 권순일싁 효목츙셩 쳥쳔만니 학으우름 시즁셩인 두즈미 ④ 권싱원 스인씨난 쳔칭졀벽 불끈쇼스 만즁폭포 월렁꿀쒤 문긔팔더 한퇴지 ⑤ 신션달 만엽이난 구쳔은하 썰러진다 명월빅노 말근긔운 취과양쥬 두목지 ⑥ 황동지 희쳥이난 젹막공순 발근달에 다졍하게 웅쟝쟈화 구운졔월 밍동야 ⑦ 고동지 슈관이난 동아부즈 엽피남묘 은근문답

흐는거동 권과농상 빅낙천 ⑧ 김션달 게쳘리난 담탐한 순현영기 명낭한 순하영즈 쳔운영월 구양슈 ⑨ 숑낭쳥 광녹이난 망망한 쟝쳔벽희 걸일씌가 업셨스니 말니풍범 왕마힐 ⑩ 쥬낭쳥 덕기난 둔갑즁신 무슈변화 녹낙흐는 그슈단니 신츌귀몰 쇼동파 ⑪ 이러한 광디더리 다각기 쇼쟝으로 쳔명을 흐엿시나 각싴구비 명충광디 어듸가 어더보리 이쇽을 알것만은 알고도 못 힝하니 엇지안니 답답흐리

이 내용을 분석해 보면 다음과 같다. 우선, ①에서는 우리나라 '명창 광대'가 자고로 많이 있다고 전제하고, ②~⑩에서는 그 명창 광대들을 당대 사회에서 추앙 받던 중국의 명문장가들에 비유해서 그 장점들을 표현하여 광대론/배우론을 전개하고, ⑪에서는 그들이 제각기 그러한 자기 장기들을 살려서 일세에 이름을 떨친 것이라고 결론을 맺고 있다. ②~⑩의 광대론/배우론을 각 광대별로 나누어 정리해 보면 다음과 같은 분석표가 만들어진다.

송흥록 : 타셩쥬옥 박약무인 화란츈셩 만화방충 시즁쳔즈 니티빅
모흥갑 : 관산월싴 쵸목츙셩 쳥쳔말니 학으우름 시즁셩인 두즈미
권삼득 : 쳔칭졀벽 불씃쇼스 만즁폭포 월렁꿀쒈 문긔팔디 한퇴지
신만엽 : 구쳔은하 썰러진다 명월빅노 말근기운 취과양쥬 두목지
황해천 : 젹막공산 발근달에 다졍하게 웅챵쟈화 구운졔월 밍동야
고수관 : 동아부즈 엽피남묘 은근문답 흐는거동 권과농샹 빅낙쳔
김제철 : 담탐한 순현영기 명낭한 순하영즈 쳔운영월 구양슈
송광록 : 망망한 쟝쳔벽희 걸일씌가 업셨스니 말니풍범 왕마힐
주덕기 : 둔갑즁신 무슈변화 녹낙흐는 그슈단니 신츌귀몰 쇼동파

이 분석표를 보면, 이른바 '전(前) 8명창'으로 불려지는 명창들에 대한 비유적 비평으로서, 여기에서는 다음과 같은 연극학적 요점들을 찾아볼

수 있다.

첫째, 이 배우론의 기술 방법은 우리의 전통적인 비평 방법인 인유(引喩)와 은유(隱喩)를 적절히 활용하는 '인상비평'의 방법을 취하고 있다는 점을 지적할 수 있다. 이러한 인유와 은유의 인상비평 방법에 따라서, '송흥록—이백', '모흥갑—두보', '권삼득—한퇴지', '신만엽—두목지', '황해천—맹동야', '고수관—백낙천', '김제철—구양수', '송광록—왕마힐', '주덕기—소동파' 식의 은유적 인유를 통한 인상비평이 만들어지고 있다.

둘째, 여기에서는 그 각 비유항의 원관념(tenor)과 보조관념(vehicle) 사이의 관계가, 자생적인 판소리 명창 광대들과 외래적인 중국 역대 문장가들 사이의 관계로 연결되어 있다. 그리고 여기서의 중국 역대 문장가들의 인용은 외래적인 것들의 상대적 우월성을 드러내기 위한 것이 아니라, 그와 반대로 오히려 자생적인 것들의 차이점/변별성을 적절히 표현해내기 위한 전략으로 활용되고 있다.

셋째, 이 배우론의 묘사적 서술들은 한편으로는 일종의 '재단비평'의 방법을 취하고 있다는 점도 여기서 지적할 필요가 있겠다. 이 점을 좀 더 구체적으로 분석해 보면 다음과 같다.

송흥록은 권삼득보다도 훨씬 후대의 사람이지만 그를 가장 먼저 거론하면서 시선(詩仙) 이태백에 비유하는 이유는, 송흥록이 자기 마음 가는 대로 '자유분방'하고 거침없이 창조적으로 공연한 사람[277]으로 보고, 그러한 전범적 사례를 중국의 대표적인 문학적 전범인 시선(詩仙) 이태백에게서 발견하고 있기 때문이다.

모흥갑은 매우 높은 음역에서 소리를 형성하여 그의 소리가 십리 밖

---

277) 강한영(1977), 《판소리》, 서울: 세종대왕기념사업회, 169쪽.

까지 들렸다는 일화278)가 전할 정도로 그의 소리 특징이 이른바 '덜미소리'에 있었다고 하는데, 이러한 그의 특징을 자연의 상서로운 새들인 봉과 학의 소리에 비유한다. 모흥갑에 대한 이러한 평가 속에는 모흥갑의 가치가 후천적인 '하드 트레이닝'에 의해서 '자연의 경지'에 들어간 데 있다고 보고, 이런 점 때문에 그의 평가를 시성(詩聖) 두보에 비유한 것으로 보인다.

한편, 권삼득은 '호기 있게 거드렁거리는 경쾌한 소리'279)에 특장이 있어서, 그의 더늠을 '설렁제'/'덜렁제'라고 하는데, 이러한 그의 호기로운 특징 때문에 그것을 '청천벽력 불끈 속아 만장폭포 월렁쿨쿨'이라고 묘사하고, 그를 중국의 한퇴지에 비유한다.

신만엽의 판소리 광대로서의 특징은 화창하고 명쾌하여 '석화제/가야금병창제'와 비슷하였으며, 좀 가벼운 멋스러움을 구사한 데에 있다 한다. 그의 이러한 공연적 특징을 정확하게 파악했기 때문에, 신재효는 그를 중국의 멋쟁이 시인인 두목지에 비유한 것으로 보인다.280)

황해천의 특징은 '수컷이 부르면 암컷이 화답하는'[雄唱雌和] 것과 같다고 하여, 이러한 그의 소리 특징을 '자웅성'(雌雄聲)이라고 한다.281) 이런 그를 당나라 시인 맹교(孟郊)에 비유한 것은, 그의 이러한 특징이 맹교의 시 세계282)와 어떤 유사성이 있다고 보았기 때문일 것이다.

---

278) 정노식(1940), 《조선창극사》, 경성: 조선일보사, 28쪽.
279) 강한영(1977), 앞의 책, 164쪽.
280) 위의 책, 181쪽.
281) 정노식(1940), 앞의 책, 20쪽.
282) 맹교(751~814)는 예술적인 기교에 마음을 기울인 당나라 시인으로, 그의 시는 자구에 퍽 애를 써서 천편일률적인 표현을 극력 회피하고 놀라운 언어를 택하기를 좋아했다고 한다. 그의 이러한 시세계는 범실(凡失)이 없는 장점이 있지만, 괴팍하고 난삽하여 운치가 모자라는 것이 흠으로 지적되고 있다. 그러나 그의 작시 태도는 진지한 것으로 평가되며 두보의 천재적인 기교를 목표로 삼고 있다 한다.[지영재 편역(1973), 《중국시가선》, 서울:

　고수관은 '즉흥성'이 뛰어난 광대로, '구수하고 질박하면서 아기자기한 선율의 가풍을 가진 것'이 그의 장기라 하고,[283] 그의 성음은 지극히 아름답고 고왔으며, 딴 목청을 자유자재로 구사하여 다른 사람이 그 소리 재주를 따르지 못했다 한다.[284] 그의 이러한 장기를 신재효는 중국의 역대 문장가들 가운데 백낙천에게서 찾을 수 있었기 때문에 그를 백낙천에 비유했으며, 그 비유의 공통분모는 '동아부자 엽피남묘[285] 은근문답 하는 거동 권과농상'[286]에 있다고 보았다.

　김제철의 장기는 '명랑 화평하고 유현'한 데에 있었다 하며, 이러한 그의 장기를 '석화제'/'가야금병창제'라 하는데, 구양수의 시풍에도 이러한 어떤 특징이 있다고 보아, 이렇게 비유한 것이다.[287]

　송광록은 '유장한 진양조 장단에 화평정대(和平正大)한 우조(羽調)의 선율로 부르는 가풍(歌風)에 그 특징이 있다 하는데,[288] 이러한 그의 특징이 '망망한 창천 벽해 걸릴 데가 없었으니 만리 풍범' 왕마힐(王摩詰)과 어떤 공통점이 발견되기 때문에 이렇게 비유한 것으로 보인다.

　주덕기는 소리가 장작을 패듯이 힘차고 모질었기 때문에 '벌목정정'(伐木丁丁)이라 칭해졌으며, 박력 있는 대목을 부르기에 적합했다고 한다.[289] 이렇게 긴박감이 넘치고 극적인 표현을 잘 한 주덕기의 장점을, 소동파의 종횡무진하는 시재에 비유하여, '둔갑장신[290] 무수 변화 농락

　을유문화사, 412쪽 참조]

283) 강한영(1977), 앞의 책, 178~179쪽.

284) 위의 책, 177쪽.

285) 동아부자 엽피남묘(同我婦子 饁彼南畝): 아내 자식들과 같이 남쪽 밭 둔덕에서 들밥을 먹는다. 《시경》(詩經)의 '비풍'(豳風) 중 〈칠월〉(七月)이라는 시에 나오는 구절.

286) 권과농상(勸課農桑): 농사짓고 누에치는 것을 권장함.

287) 강한영(1977), 앞의 책, 182쪽.

288) 위의 책, 190쪽.

289) 위의 책, 185~186쪽.

290) 둔갑장신(遁甲藏身): 둔갑의 술법을 써서 몸을 남에게 보이지 않게 감춤.

하는 그 수단이 신출귀몰하는 소동파'와 같다고 평하고 있다.

이상에서 살펴본 바와 같이, 이 부분은 당시까지 우리나라에 잘 알려진 고금의 명창 광대들을, 당시 조선 사회의 예술적 표현의 시금석으로 추앙되던 중국의 역대 문장가들에 비유하여, 그 핵심적인 특징을 드러내는 방법으로 기술된, 우리 희곡/연극 이론사에서 최초의 본격적인 '배우론'이다. 이러한 비평 방법은 우리의 배우론 또는 배우들의 연기에 관한 최초의 구체적인 실천비평이라 할 수 있다. 〈광대가〉의 이러한 전통은, 훗날 이 분야의 대표적인 저술인 정노식의 《조선창극사》(경성: 조선일보사, 1940)로 계승되었다.

벽동병긱의 〈기완별록〉

마지막으로, '벽동병긱'이란 사람이 썼다고 되어 있는 〈기완별록〉(奇玩別錄; 1865)이란 가사 작품을 살펴볼 차례이다.[291] 이 작품은 가사문학 양식으로 씌어진 작품으로, 내용은 작자가 1865년 4월 25일에 행해진 고종 임금의 경복궁 친림(親臨) 기념 공연 행사 내용을 자세히 읊은 것이다. 이런 점에서 이것도 일종의 연극 감상비평의 성격을 띤 작품이라 할 수 있다. 이 작품은 아직 구체적으로 자세히 분석해 보지 않았기 때문에, 우선 몇 가지 눈에 띄는 사항들만 지적하면 다음과 같다.

첫째, 이 자료는 조선시대 후기인 1865년 당시의 우리나라 연극 및 연극 공연 현장에 관한 비교적 자세한 정보들을 제공해 준다. 예컨대, 이 당시 연희패인 '왈짜집단'에 대한 정보, 특히 '왈짜집단'의 복색·행동에 관한 정보들을 제공해 준다.

---

291) 병동병객 지음/ 윤주필 주해(1999), 〈기완별록〉, 《문헌과 해석》 9호, 문헌과 해석연구회, 197~232쪽.

둘째, 당시 연극 레퍼토리와 공연 내용에 관한 정보들도 제공해 준다. 이 자료에 따르면, 이 시기의 연극적 공연물 종목들로는 사당패의 노래와 춤, 왈짜패의 놀이, 노장·취발이·왜장녀 등의 놀이, 무동놀이, 사냥놀이, 팔선녀놀이, 금강산놀이, 서유기놀이, 신선놀이, 상산사호놀이, 선동놀이, 기생놀이, 축사놀이, 백자도놀이 등이 있었음을 알 수 있다.[292]

셋째, 일찍이 유득공이 언급한 '산희'(山戲)와 '야희'(野戲)의 구체적인 연극적 실체를 이 글에서 사세하게 파악할 수 있다. 즉, 금강산놀이·신선놀이·상산사호놀이·팔선녀놀이1 등은 '산희'이고, 노장·취발이·왜장녀놀이, 사냥놀이, 기생놀이, 축사놀이, 팔선녀놀이2, 서유기놀이, 선동놀이, 백자도놀이 등은 유득공의 이른바 '야희'로 볼 수 있다고 한다.[293]

---

292) 사진실(2002), 《공연문화의 전통》, 서울: 태학사, 399쪽 참조.
293) 위의 책, 358~395쪽 참조.

7. 개화기시대의 희곡/연극 이론

이 시기는, 이제까지 동아시아에서 막강한 힘을 발휘하던 중국과의 긴밀한 영향 관계 속에서 유교를 정치 이념으로 5세기 동안 전개된 앞선 시기의 군주정치 체제가 갑오경장(1894)으로 인해 무너지고, 이른바 민주정치를 추구하는 시대로 전환되기 위한 '전환기'의 시대이다.

따라서, 이 시기는 새로운 시대로의 방향 전환이 시대적인 중심 과제였으며, 이러한 전환을 위한 여러 방면에서의 시도들이 이루어진 시기였다.

이에 따라, 한국 희곡/연극 이론사도 그러한 '전환기적 변화'를 기해야 하였으며, 그러한 변화의 주된 동기는 '근대화'를 먼저 이룩한 '서양'과의 문화적 소통이었다.

서양인의 희곡/연극관

이 시대의 희곡/연극 이론에서 가장 큰 변화는, '서양 근대' 희곡/연극의 충격이다. 서양 사람의 눈에 비친 당대 한국 희곡/연극의 상황은 다음과 같았다.

> 이른바 연극이라는 것은 조선에는 없다. 우리 희곡과 가장 닮은 것은 어떤 이야기를 단 한 사람이 계속 모든 구실을 다 하고 몸짓을 섞어가면서 해나가는 낭송(朗誦)이다. 이를테면 그의 이야기 속에 수령이며 매 맞는 사나이며 아내와 말다툼 하는 남편 등이 나오며, 그는 차례차례로 재판관의

> 장중하고 엄숙한 어조며 매 맞는 사람의 신음과 고함, 남편의 목소리, 아내
> 의 날카로운 목소리, 이 사람의 웃음소리, 저 사람의 이상한 몸짓, 또 어떤
> 사람의 어리둥절한 모양 등, 그런 모든 것들을 온갖 아양과 온갖 재담과
> 익살과 풍자로 멋들어지게 흉내 낸다.294)

이 기록에 나오는 한국의 '낭송'(朗誦)이란 앞뒤 문맥으로 보아 분명
'판소리'를 말한다. 이 글의 자자 샤를르 달레는 프랑스 출신 선교사였
다. 여기서, 서양 사람의 눈에는 판소리가 연극이 아니라, 일종의 '낭송'
으로 비춰지고 있음을 볼 수 있다.

이것이 개화기시대에 서양 근대인의 눈에 비친 한국 희곡/연극의 모
습이다. 이러한 희곡/연극관은 이후 한국 희곡/연극계 전반에 침투하여,
지금에 이르기까지 막강한 지배력을 행사하는 희곡/연극관으로 작동하
게 된다.

물론, 이 글의 필자인 샤를르 달레가 당시 존속하던 우리의 탈놀음/가
면극과 인형극을 보았다면 이런 생각을 좀 더 바뀌었을지도 모르지만,
당시 서양 근대인들의 희곡/연극관으로 보면 한국의 전통 연극은 지극
히 '원시적'(primitive)인 형태의 '미개한' 희곡/연극으로 비춰졌던 것이다.

아무튼, 이 자료는 개화기시대에 처음 나타나는 서양 근대인의 희곡/
연극관을 확인할 수 있는 중요한 자료이다.

한국인의 희곡/연극관

다음은 당시 한국인의 눈에 비친 서양 희곡/연극의 모습이다. 이 글의
필자는 서양의 연극을 '연희'(演戱)라 부르고 있다.

---

294) 샤를르 달레 지음/ 정기수 옮김(1980), 《조선교회사서설》, 서울: 탐구당, 243쪽.

遊戱ᄒᄂ 條目은 古今 歷史의 有名ᄒ 事跡으로 足히 人心을 激起ᄒᄂ 者와 感動ᄒᄂ 者며 喜悅ᄒᄂ 者와 歡樂ᄒᄂ 者를 分ᄒ야 悲慘戱悅樂戱의 二條區別을 定ᄒ고 或 汗穢ᄒ 風俗을 譏弄ᄒ야 世人을 諷ᄒ기도 ᄒᄂ니 其 戱臺의 排鋪ᄒ 物色인 則 戱條를 逐ᄒ야 各其 意味와 景狀을 表ᄒ며 城市와 山林이며 江湖의 畫圖가 宛然히 活動ᄒ야 十分眞境을 逼ᄒ고 戱人의 扮裝ᄒ 衣服인 則 燦爛ᄒ기도 極臻ᄒ거니와 各樣 假面탈은 其逼眞ᄒ 形色이 毫末의 疑慮도 不起ᄒ고 遊戱ᄒᄂ 名條ᄂ 千態萬象이라 大綱 持出ᄒ건디 戰爭 宴享 商賈 爭訟 報恩 報讎 及 男女會誓 君臣結義 等 事니 一條로 一戱를 作ᄒ고 一戱를 屢場에 分ᄒ야 初場의 戱가 終ᄒ 則 戱臺의 帳을 垂ᄒ고 又 次場의 戱座를 排置ᄒ야 各 物色이 其戱와 相適ᄒᄂ니 如此ᄒ게 連ᄒ야 終場에 至ᄒ도록 然ᄒ지라 樂工이 戱臺 前面에 坐ᄒ야 垂帳ᄒᄂ 時마다 音樂을 迭奏ᄒ고 悲慘戱의 終ᄒ 後ᄂ 歡樂戱 一場을 遊ᄒ야 求景人의 悲悵心을 解ᄒ더라.295)(띄어쓰기 ─ 필자)

위에 나타난 바와 같이, 이 글은 이 시기 서양의 '비참희'/비극과 '열락희'/희극의 형식 · 무대장치 · 의상 · 내용 · 장막구분 · 반주음악, 그리고 우리나라 희곡/연극과의 차이점 등을 언급하고 있다. 특히, 이 글에서는 우리의 '야희'(野戱)를 서양 연극과 비교하기도 하는데, 이것은 우리나라 사람이 우리 희곡/연극을 서양의 희곡/연극과 비교한 최초의 사례가 아닌가 한다.

서양 극장의 체험

다음은 개화기 우리나라 사람의 눈에 비친 서양 극장에 관한 초기의

---

295) 유길준(1895), 《서유견문》(西遊見聞), 제16편 유락경상(遊樂景像), 435쪽.

기록이다.

> 극장에 들어간즉 둥근 집이 7층이요, 매층 주위가 5, 6백간이요, 매간에 8
> 인씩 앉게 되고, 관중이 만인은 되겠고, 황제 황후도 나와 앉았고, 전면 무
> 대에서 고사(古事)를 연출하는데, 혼인하는 형상도 하고 전쟁하는 형상도
> 하는데, 일호(一毫)도 틀림없이 실제와 같아 기관(奇觀)이었다 한다.296)

이 글은 당시 한국인의 눈에 비친 서양의 극장 모양과 그 안에서 연
출되는 서양 사실주의/자연주의 연극의 '사실성'에 대한 경이감을 잘 드
러내 주고 있다.

두 가지의 교훈주의적 연극관

다음은 이 시기의 우리나라 사회 지도층의 지배적인 연극관을 보여주
는 자료이다. 하나는 부정적인 입장에서 보는 교훈적인 연극관이고, 다
른 하나는 긍정적인 입장에서 보는 교훈주의적 연극관이다. 먼저, 전자
에 해당하는 언급들을 보면 다음과 같다.

> 近日 漢城內에 演劇場이 處處有之하야 無恒産훈 男女가 隊隊逐逐하
> 야…… 該少年들은 演劇場을 不爲追逐하고…….297)

> 我國의 演劇場이 有훈지 始히 久훈지라…… 風俗은 漸漸腐敗ᄒ고 社會
> 는 愈愈顚倒ᄒ야…… 淫奔을 敎授ᄒᄂ 夜學校를 作ᄒ니.298)

---

296) 민영환(연대미상), 《해천추범》(海天秋帆), 서울대 국사연구실, 40쪽.
297) 《황성신문》(皇城新聞) 1906년 5월 14일자.
298) 《대한민보》(大韓民報) 1909년 9월 14일자.

> 近日 각 演劇場의 情況을 聞ᄒ즉…… 淫婦蕩子의 娛樂場에 不過ᄒ
> 니…… 淫男淫婦의 待合所와 恰似ᄒ야…… 靑年子弟를 致ᄒ야 다대ᄒ 금
> 전을 소진케 ᄒ다ᄒ니.[299]

이 자료들은 우리나라 개화기 지도층 수구론자들의 부정적인 연극관
을 나타내는 신문 지상의 글로서, 연극을 사회 풍속을 어지럽히는 일종
의 나쁜 문화 양식으로 보고 있다.

그러나 후자에 해당하는 자료들도 있어 주목된다. 즉, 이 당시에는,
다음과 같이 좀 더 긍정적인 연극관도 나타나, '연극 개량'에 관한 주장
을 펴기도 한다.

> 우리나라 연희장은 건축홈은 약간 서양제도를 모방ᄒ얏스나 다만 외양
> 뿐이오 그 유희ᄒᄂ 규모ᄂ 모다 이십년전 구풍으로 압졔뎡치만 알던 시
> 디의 ᄉ상을 슝상ᄒ야 이도령이니 춘향이니 ᄒᄂ 삽셜과 어ᄉ니 부ᄉ니
> ᄒᄂ 긔구를 쥬장ᄒ며 꼭두니 무동이니 의미 업ᄂ 유희로 다만 부랑랑ᄌ
> 의 도희장이 되야 문명풍화에ᄂ 조금도 유익홀 바가 업스니…… 하로 밧
> 비 그 방법을 기량ᄒ야 력사의 선악과 시셰의 가부를 자미 잇게 형용혼 후
> 에야 남녀 구경ᄒᄂ 사름의 안목에 만족홀 것이오 외국사름에게도 조소를
> 면ᄒ리로다.[300]

이 글은, 앞의 견해와는 달리, 당시 한편에서 개화론자들이 새로운 연
극의 창조를 주장하는 '연극개량론'을 펴고 있는 글이다. 다음 논설은
이러한 '연극개량론'을 교훈주의적 입장에서 좀 더 구체적이고 강력하

---

299) 《매일신보》(每日申報) 1911년 3월 29일자.
300) 구연학(1908), 《설중매》(雪中梅), 서울: 회동서관, 50~52쪽; 서연호(1982), 《한국근대희
 곡사연구》, 서울: 고려대 민족문화연구소, 38쪽에서 재인용.

게 주장하고 있다.

> (연극이란) 古來歷史를 形容說道ᄒ야 過去의 政治와 風俗을 曉然知得케
> ᄒ며 善惡兩間의 可觀的 行爲를 表出ᄒ야 當時의 善行惡行의 如何를 眞
> 相으로 作爲ᄒ며 又 其福善禍淫의 公理를 著彰ᄒ야 人心으로 ᄒ여금 背
> 惡向善케ᄒ며 或 富貴者의 驕奢滅義와 貧窮者의 惻隱無古를 形形色色으
> 로 做戱ᄒ야 滿場景色이 人類生活上이 固有ᄒ 常俗과 處變이 情慾을 劃
> 出ᄒᄂ자라.301)

이 글에서 필자는, 연극의 목적이 국민들에게 '권선징악'의 교훈을 주
는 데 있으며, 그러한 교훈을 줄 수 있는 내용을 실제의 일과 같이 꾸민
것이 연극이기에, 연극은 우리 사회에 필요한 것이라고 주장한다. 이것
은 긍정적인 입장에서의 '교훈주의적 연극관'을 피력한 것이다.

---

301) 김원극(1909), 〈我國의 演劇場 消息〉; 서연호(1982), 위의 책, 39~40쪽에서 재인용.

8. 일제강점기의 희곡/연극 이론

전반적인 상황

첫째, 이 시기의 우리 희곡/연극 이론의 당면 과제는, 새로운 서양 및 일본의 근대 희곡/연극 문화를 자주적으로 수용하면서, 또 한편으로는 일본 제국주의의 식민지 희곡/연극을 극복하는 새로운 '근대 민족극' 전통을 수립해야 하는 어려운 작업이었다.

둘째, 이 시기가 되면, 오랜 동안 유지되어 오던 전통적인 공연문화의 기본체제인 이른바 기존의 '가무백희'(歌舞百戲) 전통이 더욱 해체되면서, 이러한 전통 공연문화 패러다임과 새로운 공연문화 패러다임이 서로 부딪히는 가운데, 새로운 근대적 희곡/연극 문화 패러다임이 구축된 시기이다.

셋째, 이 시기에는 기존의 '가무백희' 양식들이 새로운 근대적 환경 변화에 적응하면서 변화되어 나아가는 한편, 일본이나 일본을 매개로 하여 유입되는 서양 근대 공연문화의 영향을 받아 새로운 희곡/연극 양식들을 구축해 나아간 시기이다.

이러한 변화 속에서 이 시기 한국 희곡/연극 양식들도 매우 다양하게 전개되어, 기존의 전통적 양식들인 무당굿·풍물굿·꼭두각시놀음·가면극/탈놀이·판소리 등이 면면히 계승되는 한편, 새로운 근대적 양식인 창극·신파극·신극 등이 출현하고 형성되었다.

넷째, 희곡의 존재 양식이 '구비희곡'(口碑戲曲) 전통에서 '문자희곡'(文字戲曲) 전통으로 바뀌는 커다란 변화를 겪었고, 이러한 변화를 거쳐 수많은 문자희곡들이 창작되었다.

다섯째, 이런 변화와 아울러, 종래에 입에서 입으로 전승되어 오던 판소리·가면극/탈놀음·꼭두각시놀음 등의 구비희곡들이, 조사 연구자들의 손에 의해서 점차 문자희곡 형태로 정리되는 변화도 일어났다.

여섯째, 출판문화의 발달로, 희곡/연극 관련 자료들이 엄청나게 증가하였다. 이로써 한국 희곡/연극 이론 관련 자료들도 풍부하게 축적되기 시작하였다.

일곱째, 배우들 말고도 다른 희곡/연극 전문가가 처음으로 출현하게 되어, 전문적인 극작가·연출가·비평가·이론가 등이 등장하게 되었다.

여덟째, 이 시기의 한국 희곡/연극계는, 새로운 한국 희곡/연극을 수립해 나아가기 위해, 기존의 전통 희곡/연극 관련 자료들과 중국 쪽 희곡/연극 이론 관련 자료들과 세계 각국의 희곡/연극 관련 자료들을 매우 다양하고 폭넓게 번역·소개·수용하는 작업을 활발하게 진행하였다.

아홉째, 새로운 극장문화가 대두하여, 전문적인 옥내 극장이 설립되기 시작하였다. 최초의 옥내 극장인 '원각사'(圓覺社)의 창립은 대표적인 사례이다.

열째, 이 시기에 와서 비로소 한국 희곡/연극 이론도 기존의 가무백희 전통 이론에서 벗어나, 서양으로부터 들어온 서양의 희곡/연극 이론의 영향 속에서, 우리 나름의 새로운 희곡/연극 이론을 추구해야만 하였다. 예컨대, 희곡/연극의 본질론도 기존의 가무백희 전통 이론과는 매우 다른, 아리스토텔레스의 《시학》(Poietikē)에 근거한 이론비 '갈등'(葛藤, conflict)의 이론으로 점차 바뀌어 갔다. 그러나 이 시기에, 우리 나름의 독자적인 민족 희곡/연극 이론이 수립되는 성과를 이룩하지는 못하였다.

이 시기에 오면, 한국 희곡/연극 이론 관련 자료들이 급격하게 증가한다. 이 시기의 주요 희곡/연극 이론[302] 관련 자료들은, 크게 ① 연극운동론, ② 공연비평, ③ 작품론과 작가론, ④ 해외연극론, ⑤ 이론비평, ⑥ 회고 및 연극사론, ⑦ 서평·기타, ⑧ 연극계의 논쟁 등으로 나누어 정리할 수 있다.[303] 이 시기의 희곡/연극 이론을 정리해 보면 다음과 같다.

일제강점기 초기의 연극계

1910년대의 희곡/연극 이론으로는 역시 계몽–교훈주의적 연극관에 입각하여, 전통 연극을 부정하고 새로운 연극을 추구하자는 이른바 '연극개량론'이 여전히 중심을 이루면서, 실제 공연에 대한 단평들(reviews)이 상당수 나왔다.

이 시기의 연극계 사정은, 한편으로는 종래에 비판 받았던 전통 연희/연극이 '자선공연' 등으로 다시 찬양 받으면서, 다른 한편으로는 '신파극'이란 새로운 연극 양식이 성행하여 연극의 중심을 이루기 시작한다.

이 시기의 희곡/연극 이론은 공연들에 대한 단평이 중심을 이루면서도, 점차 그러한 단평에서부터 본격적인 비평으로 발전해 가려 하였다. 당시 이런 비평의 기준은 대체로 사실주의 입장에 근거한 '리얼리티'의 문제로서, 연기의 리얼리티를 중심으로 하여 각종 제도의 합리성 여부

---

302) 이 시대의 한국 희곡/연극 이론에 관한 연구는 양승국(1996)에 의해 종합적으로 이루어졌다. 양승국의 이 연구는 이 분야에서 지금까지 나온 가장 탁월한 업적으로 평가된다. 따라서 이 책에서도 이 시대의 한국 희곡/연극 이론에 관한 논의를 주로 이 연구 업적에 크게 힘입었음을 밝혀두고자 한다.

303) 양승국(1996), 《한국 근대 연극비평사 연구》, 서울: 태학사, 437~438쪽 참조 이 책에서는 '연극비평'이란 용어를 좁은 의미의 '연극비평' 곧 **구체적인 작품**들에 대한 가치평가를 가리키는 용어로 사용한 것이 아니라, 연극에 관한 비평**적 또는** 지적인 언급들 전체를 가리키는 용어로 사용하고 있으며, 좁은 의미의 '연극비평'은 '공연비평'이란 용어로 사용하고 있다. 이러한 넓은 의미의 '연극비평'은, 이 책에서 사용하는 넓은 의미의 '연극이론'과 거의 같은 용어이다.

와 공연을 이루는 여러 요소들의 앙상블 문제에 이르기까지 비평적 관심을 넓혀 갔다. 이 시기의 주된 비평 태도는 단편적인 '인상비평'이었다.304)

근대적 단평 양식과 비평가의 등장

다음은 이 시기 초기에 신문 단평(review) 형태로 발표된 최초의 연극 비평 사례이다.

演藝消息. 記者는 再昨夜에 寺洞演興社로 林聖九 一行의 革新團을 觀覽 ᄒ얏노라. 〈六穴砲强盜〉라 ᄒ는 演題로 全部 十幕인디 近來에 硏究를 開始ᄒ 新派劇으로는 可謂嚆矢홀 터인디 記者뿐 안이라 一般 觀覽人의 耳聞目見에 碍滯되는 事도 不少ᄒ니 畢竟 是는 彼等의 연구가 曲盡홈을 不得홈에 因홈이라. 故로 不得不 改良치 아니치 못홀 一二의 點을 記ᄒ건디 警察署에 强盜를 逮捕ᄒ는 秘密會議에서 署長以下가 皆脫帽手以禮ᄒ니 此等 禮議는 決無ᄒ 바이오. 況次 逮捕에 熱心ᄒ 巡査를 憎惡ᄒ는 前嫌으로 此를 署長의 前에서 篤詈를 不已ᄒ야 擲之蹴之에 無所不爲ᄒ니 此亦 主意를 要홀 바이오 此團長 林聖九 君의 徒然穴長ᄒ 科目의 說明은 其聲이 如泣如訴ᄒ즉 此는 不可不 主意홀 바이오 又는 入場券의 賣却所가 深奧에 在ᄒ니 此亦 改良을 要홀 者이오. 就中 韓昌烈의 强盜는 其手段이 爛熟ᄒ야 今人可觀이라 將來에 有望ᄒ 緋가 될 者라 ᄒ노라.305)

이 글은 임성구 일행이 공연한 우리나라 최초의 신파극 〈육혈포강도〉(六穴砲强盜)를 본 기자가 쓴 단평 형태의 감상비평이다. 여기서는 연

---

304) 양승국(1996), 위의 책, 257~258쪽 참조.
305) 필자 미상(1912), 《매일신보》 2월 20일자.

기의 문제점과 극장 구조의 문제점을 지적하였다.

우선 연기의 문제점으로는, 경찰서에서 강도를 체포하는 회의에서 경찰관들이 모두 모자를 벗고 거수경례를 하는 것과, 강도 체포에 열심인 성실한 순사를 서장이 그에 대한 예전의 악감정으로 함부로 모욕하는 것, 임성구라는 극단 단장 배우의 목소리 구사의 어색함 등등을 문제점으로 지적한다.

다음, 극장 구조의 문제점으로는, 매표소가 너무 깊숙한 곳에 위치하였다는 점을 지적하였다. 마지막으로, '강도' 역을 맡은 한창렬이라는 배우의 연기가 볼 만하다는 칭찬을 첨언하였다.

비평가인 기자가 공연 작품을 직접 보고, 그 공연 작품에 대해 느낀 바를 인상비평 식으로 기록한 단평이다. 이러한 단평들은 '연예소식' 등의 형태로 1910년대 연극비평의 주류를 형성하였다.[306]

근대 최초의 체계적인 연극비평

다음은 이러한 형식으로 발표된 근대 최초의 체계적인 연극비평으로 알려진 글이다.

> 문슈성일힝(文秀星一行)의 불여귀(不如歸) 연극은 직작일브터 셔부원각사(西部圓覺社)에서, 기연ㅎ얏는디 불여귀는 본래 일본 덕부노화(德富蘆花) 션싱의 걸작으로 오늘날 연극 중에 꼿이라 홀묘훈 것이라 그런고로 불여귀는 다년 연습훈 비우가 안하면 가히 관람쟈로 ㅎ야곰 희로이락의 정에 이긔지 못ㅎ도록 ㅎ지 못ㅎ는 바이어눌 이번에 문슈성 일힝이 이것을 연극ㅎ니 그 어려온 것은 다시 말홀 것 업거니와 문슈성 일힝으로 말ㅎ면 다

---

306) 양승국(1996), 앞의 책, 245쪽 참조.

년 니디에 유학ᄒ야 일본연극을 만히 본 사ᄅᆷ이라 쳐음 연극으로눈 미우 잘ᄒ다 홀만ᄒ도다 그즁에 윤교즁(尹敎重)의 천도무남(川島武男)과 정슉(鄭淑)의 쳔쳔암안언(千千岩安彦)등은 니디 비우도 불업지안케ᄒ며 어린아희들도 미오 잘 되얏고 죠즁환(趙重桓)의 평강즁쟝(片岡中將)으로 말ᄒ면 그 톄격이며 티도가 가히 륙군 즁쟝감이라 홀만ᄒ야 미오 잘되얏스나 그 쇼리가 좀 나져셔 관람자에게 잘 들니지 안이ᄒᄂ 것이 결뎜이라 ᄒ겟도다. 그날은 쳐음이라도 관람쟈가 만히 드러와셔 연극쟝에 갓득 찻스되 홍종찬(洪鍾燦)군의 설명이 변변치 못ᄒ 쯧듥으로, 관람쟈가, 붕려귀 연극의 쯧을 희셕치 [못]ᄒ야 비우제군의 고심ᄒ 바를 씨트리ᄂ 념려가 업지 안이 ᄒ니 거셕ᄒ더라 그 연극 즁에도 비쳠ᄒ 구졀이며 인졍 의리에 디ᄒ야 가히 동졍의 눈물을 흘닐만ᄒ 것이 잇스되 관람쟈 즁에 다수ᄂ 비쳠ᄒ 눈물을 흘릴터에 도리혀 웃고 드듸여 쟝닉가 쇼요ᄒ게 되ᄂ듸 이것은 비우가 잘못ᄒ셔 그런 것이 안이라 관람쟈가 볼 줄을 모르ᄂ 쯧듥이로다 긔쟈가 비우제군에게 한마듸 쥬의홀 일이 잇스니 다름 안이라 졔군은 연극에 셩공홀지라도 관람쟈가 아라보지 못ᄒ면 셩공이랴 못홀지니 죠즁환씨던지 윤교즁씨던지 누구던지 셜명 잘ᄒᄂ 이가 다음 막에셔 ᄒᄂ 것을 씹어 싱키ᄂ 것굿치, 셜명ᄒ야 쥬ᄂ 것이 가ᄒ다ᄒ노라.(一記者)[307]

이 글은 그 체제와 내용으로 보아 근대 최초의 체계적인 연극비평이라 볼 수 있다.[308] 글의 내용이 감상 대상 작품인 〈불여귀〉(不如歸)의 특징, 이 연극을 공연한 극단 '문수성'(文秀星)의 성격, 배우들의 연기, 청관중들의 연극 관람 태도, 비평가의 현실적인 대안 제시 등등으로 짜여 있어, 하나의 체계적인 연극비평으로서의 형식과 내용을 두루 갖추고 있다.

---

307) 필자 미상(1912), 《매일신보》 3월 31일자.
308) 양승국(1996), 앞의 책, 248쪽.

기술비평의 태도

연극을 본 대로 기록하는 이른바 '기술비평'의 태도로 씌어진 다음과 같은 연극비평도 발견된다.

연극을 본더로 즁부스동 연흥샤, 신파극 유일단(唯一團)은 요스이 연일 만원에 대셩황으로 죠션에셔는 가히 유일흔 연극이라 칭홀 만흐며, 기예의 슉달흠과 언어 힝동의 고샹흠은 가위 연극계에 모범이라 일을시라. 지작일 은 혈의루(血의淚)라 흐는 연뎨로 기연흐얏는디, 련뎌쟝의 오셩(吳星)과, 쇼 위 송강(宋康)의 침착 묵즁흔 티도난, 가히 실샹으로 그 사롬을 당흐야 보 는 듯흔 감념이 일어나며, 폭도 리봉희의 부인 츈즈(春子)는, 강보에 싸인 아달을 더지고 리혼을 당흐야 친가로 도라가잇다가, 전일 셔싱 문영균(文 永均)이가 아희를 다리고 와셔 졋을 익걸홀째에, 폭도의 즈식이라 사롬의 이목은 잇고 익즈흐는 텨리는 쓴이지 안이흐여 묵묵히 말은 업스나 동작 흐는 모양은 말에서 더욱 심히 비챵흐고, 난쳐흔 형용이 보이니, 실로 탄복 홀 만치 흐는디, 연극 즁에 말 안이흐고, 형용과 동작으로,사롬의 감동을 쥬어, 희로익락을 쥬는 일은, 가위 유일단이 유일흔 시초를 지엇다 칭찬흐 리로다. 그러나 ᄀ쟝 쥬의홀 일은 언어에 모슌되는 일을 말 것이오, 과히 니디 것을 직역흐지 말기를 희망흠.309)

이 연극비평은 '연흥사' 극장에서 신파극단 '유일단'(唯一團)이 공연한 〈혈의누〉라는 신파극을 본 경험을 비교적 사실대로 기술하려 한 것이 다. 배우들의 구체적인 연기 모습들을 생생하게 묘사한 다음, 특히 "연 극 중에 말 안이흐고, 형용과 동작으로, 사롬의 감동을 쥬어, 희로익락

---

309) 필자 미상(1913), 《매일신보》 1월 29일자.

을 쥬는 일”을 지적함으로써, 사실적이고 내면적인 연기의 장점을 높이 평가하고 있다. 마지막에는, 배우가 자기의 대사와 모순되는 행동을 하지 말 것을 강조하고, 일본 신파극을 그대로 직역하여 모방하는 태도를 분명하게 경계하고 있다.

리얼리티의 문제

다음 연극비평은 연극적 행동의 ‘리얼리티’ 문제를 지적하고 있어 주목된다.

요스이 련일 수동 연홍샤에서 홍힝ᄒᆞᄂᆞᆫ 문슈셩 일힝(文秀星一行)은 기연ᄒᆞᆫ 후 날마다 만원되ᄂᆞᆫ 셩황을 일우고 일반 관긱의 환영을 밧ᄂᆞᆫ 즁, 지작일 밤부터 홍힝ᄒᆞᄂᆞᆫ 쳥츈(靑春)이라 ᄒᆞᄂᆞᆫ 예뎨를 잠간 **비평**ᄒᆞ건디, 여러 비우의 열심 연구ᄒᆞᆫ 결과가 과연 헛되지 안이ᄒᆞ고 막마다 셔투른 곳이 업스며, 더욱 닉디 동경 하슉(下宿)에셔 류슉ᄒᆞᄂᆞᆫ 유학ᄉᆡᆼ과 쥬인로파와 일본 기ᄉᆡᆼ의 동작은 가위 그러ᄒᆞᆫ 듯긋이 잘 되얏스나, 뎡이라 ᄒᆞᄂᆞᆫ 녀학ᄉᆡᆼ이 남편을 ᄎᆞ자 멀리 왓ᄂᆞᆫ디 아모리 젼일 인연을 ᄶᆡ이고ᄌᆞ ᄒᆞᄂᆞᆫ 학ᄉᆡᆼ의 ᄆᆞ암일지라도 뎡이와 셔로 슈작이 조곰 젹은 것이 유감이며, 좃겨가ᄂᆞᆫ 뎡이의 슬허ᄒᆞᄂᆞᆫ 표졍이 젹은 것은 결졈이러라. ᄯᅩᄂᆞᆫ 숑진슈가 귀국ᄒᆞ야 은힝에 단닐째에도 그집ᄭᅡ지 뎡이가 아둘을 다리고 갓ᄂᆞᆫ디, 숑진슈의 표졍이 젹은 것은 고소ᄒᆞ고 아둘을 남편에게 맛기고 가ᄂᆞᆫ 졍이의 슯흔 가슴이 관긱의 눈에ᄂᆞᆫ 별로히 감동되지 안이 ᄒᆞᄂᆞᆫ 것이 흠졀이며, ᄆᆞᆽ막에셔 일본 기ᄉᆡᆼ이 뎡이와 숑진슈의 인연을 다시 밎져 쥬ᄂᆞᆫ 째에 젼후리력을 변호ᄉᆞ에게 ᄌᆞ셔히 말ᄒᆞ지도 안코 속히 두 ᄉᆞ람의 손을 이어주ᄂᆞᆫ 것이 젹이 셥셥ᄒᆞᆫ 곳이러라. 그러나 그 외에 여러 막은 모다 진졍이 붓고 나무랄 곳이 업스니 대톄 죠션에셔ᄂᆞᆫ 쳐음으로 보ᄂᆞᆫ 연극이라 ᄒᆞ겟더라.[310)]

이 글에서는 우선, 의식적으로 '비평'(批評)이란 용어를 쓰고 있다는 점이 눈에 띈다. 등장인물들이 처하게 되는 각 정황(situation)과 전후 맥락(context)에 맞는 자연스러운 극적 연기를 할 것을 구체적인 공연 장면들을 낱낱이 들어가며 지적하고 있다.

최초의 근대 실명(實名) 비평가

이 시기의 실천비평은 다음 단계로, 기사문의 형식에서 한걸음 더 나아가, 비평가의 이름을 구체적으로 밝히는 단계로 나아가게 되는데, 이런 단계의 최초의 인물은 우리나라 최초의 근대희곡 〈병자삼인〉(病者三人)을 쓴 일재(一齋) 조중환(趙重桓)이다.

> 藝星座의 初舞臺 코시카 형데를 보고
>
> 일전부터 평판이 쟈쟈흐야 경성닉외에서 고디흐던 예성좌(藝星座) 첫눌을 구경초로 파란표 한 장을 손에 들고 대문을 드러셔니 막은 아직 열니지 안이 흐얏스나 사룸은 임의 만원의 셩황이라 시간을 보면 일곱 시인디 반쓰게 흔장을 엇어 예데를 몬져보니 〈코루시카〉의 형데라 흐는 연극이오 원러는 서양 연극 지료라고 명빅히 박엿더라 먼져 일이 삼등긱의 얼골을 솗혀본즉 삼분의 일은 모다 학싱모즈 쓴 사룸이요 남으지는 용모정제흔 쳥년 뿐이라 완고흔 로축긱은 전혀 업다흐야도 가흐더라……
>
> 첫막이 열리는디 그곳은 〈오페라〉좌의 문압히라 셜비도 그러홀 듯흐고 츌장흐는 인물도 틱도가 과히 쌔지는 곳은 업다 흐겟으나 녀비우 빅합즈(百合子)는 바른손으로는 치마 뒤즈락을 들고 왼편 손에는 쏫가지를 쥐엿는디 두손은 모도 풀로 부쳐노은 것갓치 움직이지 못흐고 얼골로만 틱도

---

310) 조중환(1914), 〈문수성청춘극가일평〉(文秀星靑春劇加一評), 《매일신보》 3월 19일자.

를 부리는고로 표정이 덜 되더라 손과 몸을 너모 놀려도 못스지만

데이막은 두마당인디 이곳에셔는 인물도 만히 나오고 복잡흔 즁인고로 흠절을 잡을 곳이 업스나 익자(愛子)의 공박흐는 말이 죠곰 부죡흐고 쏘는 칙상보는 김가의 집에도 그 칙상보 리가의 집에도 그 칙상보 그것이 눈에 죠금 거슬니더라 칙상보가 정결흐기나 흐얏스면 몰로지만

데삼막에는 옥동규가 그 정동환의 피살당흔 광경이 무션젼신갓치 감응 되얏슬 쌔에 고심 '오모이이레'흐는 것은 과연 칭찬흐겟고 그 형이 죽는 것이 은연지즁에 보일대에는 관즁이 모다 박수갈치흐야 〈잘흔다잘흔다〉흐 는 쇼리가 연흐야 일어나는디 그는 표면상 긔이흔 감동으로 박수흐얏슴이 라 좌우 인물과 기예는 칭찬안이치 못흐겟셔

데스막은 복수흐는 마당이라 장쾌흔디 대뎌 이 예셩좌의 일흼은 명불허 젼이라 흐겟스나 이졔 남보다 나는 것을 만족타 넉이지 말고 더욱더욱 슈 양흐고 면려흐여 나가면 불츌긔년흐야 디셩공을 긔드리겟더라 이십구일 밤에는 연의말로(戀의末路)라 흐는 구막의 활발흔 연극을 흥연한다 흐며 그 날도 쏘흔 긔신흔 우슴거리를 흥연흔다더라.311)

먼저 극장 안의 풍경과 청관중의 모습들을 묘사한 다음, 첫막부터 마 지막 제4막까지의 간단한 공연 내용들과 연기의 문제점 등을 상당히 구 체적으로 지적하고 있다. 특히, 1막에 대해서는 무대장치와 등장인물의 성격 표현을 다루고 손동작의 처리와 같은 세밀한 부분까지 지적한다. 2 막에 대해서는 소도구의 문제점을 지적하고, 3막에 대해서는 등장인물 들 사이의 관계를 언급하며, 4막에 대해서는 장경(spectacle)을 언급하고 있는 것으로 보인다. 이러한 비평적 언급들은 단순한 인상비평의 차원 을 넘어서 좀 더 진전된 비평적 단계를 보여주고 있다.312) 이런 비평문

---

311) 《매일신보》 1916년 3월 29일자; 양승국(1996), 앞의 책, 249쪽에서 재인용.
312) 양승국(1996), 위의 책, 254~255쪽 참조.

에 오면, 비평가 개인의 비평적 개성을 어느 정도 드러내기 시작한다고
할 수 있다.

'희곡'과 '연극'의 구별

춘원(春園) 이광수(李光洙)의 다음과 같은 글도 이 당시의 희곡/연극 이
론에서 빼놓을 수 없는 글이다.

> 劇: 散文劇, 詩劇의 二種이 有ᄒ니 現代에 最히 有力ᄒ 것은 散文劇이
> 라. 劇의 目的은 小說의 目的과 恰似ᄒ나 다만 小說은 文字로만 作者의
> 想像內의 世界를 表ᄒ더 劇에 至ᄒ야는 實地의 形狀을 舞臺上에서 演ᄒ홈
> 이니 觀者에게 感銘을 與홈이 小說에 比ᄒ야 益深ᄒ니라. 然ᄒ나 但히 문
> 학의 一種으로 劇이라 ᄒ면 舞臺上에서 演홀 슈 잇게 作홀 所謂 臺本을
> 謂홈이오, 此를 舞臺上에서 實演ᄒ는 所謂 演劇은 文學에서 獨立ᄒ 一種
> 藝術이니 此藝術의 主人은 〈광대〉 又는 俳優니라, 言이 岐路에 入ᄒ거니
> 와 現代는 俳優는 文學者, 美術家와 如히 一種 藝術家로 社會의 尊敬을
> 受ᄒ나니 決코 昔日에 〈광대〉라 ᄒ야 賤待ᄒ던 類가 안이니라.
> 劇은 小說보다 作ᄒ기가 難ᄒ니 此는 多種의 法則이 有홈이니라.313)

이 글에서 희곡/연극 이론으로 주목되는 것은, 첫째 '극'/'희곡'과 '연
극'을 구분한 점, 둘째 '광대' 곧 연극 배우의 사회적 위상을 높여 새로
규정한 점이다. 즉, '극'이란 무대상의 상연을 위한 문학 곧 대본/희곡이
라 정의하고, 이것을 무대상에 실연시킨 것을 '연극'이라 하였다. 연극
은 또한 문학에서 독립된 다른 하나의 예술 형식이라 하였다. 그리고

---

313) 이광수(1916), 〈文學이란 何오〉, 《매일신보》 11월 17일자.

'광대'/배우는 천대받던 부류의 직업이 아니라, 이제 하나의 예술가로서 사회적 존경을 받아야 할 대상이라 주장하고 있다. 이러한 점에 이 글은 희곡과 연극의 근대적 개념을 밝힌 최초의 글이며, 근대적인 배우론의 중요한 단초를 제공해준 것이라고 할 수 있다.

근대적 배우 연기론의 시작

이 시기에 오면 배우의 연기 문제를 구체적으로 다루는 비평문도 점차 나타나기 시작한다. 다음은 그러한 초기의 사례이다.

단성샤에서 매일 첫날 홍힝ㅎ던 바 〈의긔남아〉를 보왓다 그의 디한 나의 소감을 말홀진디 위션 〈의긔남아〉라 ㅎ는 각본은 각본부터 현금 우리 사회에는 뎍합ㅎ지 못ㅎ다 그 각본은 니디 구국과 밋 신극을 절충ㅎ야 지은 것인 듯한디 우리 됴션에는 잇슴직한 것이 아니다 그뿐 아니라 그디들의 말흠과 갓치 풍속을 기량홀 수는 젼혀 업는 것이다 지금 그에 디ㅎ야 나의 본디로 곳치코 십흔 면을 총괄뎍으로 말홀진디 뎨일 몬져 표정ㅎ는 모양을 곳칠 것이오 그 다음에는 사람을 골나서 〈역〉(役)을 맛길 것이다 이것을 다시 분석ㅎ야 말ㅎ쟈면 뎨일 쳣지 표졍애 디훈 것은 말을 비호며 연구ㅎ야 그릇되는 무식훈 말이 업게 ㅎ며 이상히 붓치는 〈악센트〉를 업시 홀 것, 니디인의 구극 비우를 입니니여 몸의 동작을 이상히 ㅎ는 것을 곳칠 것, 관긱을 웃기고쟈 공연히 너무 란폭한 거동을 ㅎ지 말 것이오 둘지 도구를 곳칠 것은—니디인을 본바다 슈건을 쬬와셔 머리를 동이는 것, 격금ㅎ난 것 즉 긴 칼과 긴 작디기 등을 업시 홀 것, 〈한뎬〉이라는 니디인의 로동쟈의 옷과 밋 양복 등을 람용ㅎ지 말 것 곳 현금 우리 사회와 어그러지지 안케 홀 것이오 셰지 사람을 골라서 역을 맛길 것은, 각각 자긔의 댱쳐(?)를 짜라서 뎍합훈 역을 맛길 것이오 그 중에 희형으로써 중역 즉 쥬

인공의 역을 맛길 것이니 가령 단댱이라도 쟈긔가 능치 못훈 것은 사양ᄒ
야써 뎍합훈 자에게 맛길 것이다 이에 말훈 바 몟가지를 곳치여셔 더욱 아
름다웁게 홍힝ᄒ엿스면 죠흘 쥴노 싱각ᄒ노라.314)(띄어쓰기─필자)

여기서, 배우의 성격에 맞게 배역을 선정할 것, 등장인물의 성격에 맞
게 표정과 동작을 고칠 것 등을 지적한 것은 우리나라 근대 초기의 배
우 연기론의 시작을 알리는 매우 중요한 지적들이라 하겠다.

다음으로는, 이보다 더 본격적인 서양의 '배우 연기론'을 소개한 글이
이 시기에 나타나 주목된다.

신파연극이라 ᄒ면 불란서가 세계에 뎨일이고, 불란서 신파극이라 ᄒ면,
먼져 사아라 벨날 녀사가 연상이 된다.…… 나는315) 웃더훈 것이든지 힝언
ᄒ려면 먼저는 니가 힝언 ᄒ려 ᄒ는 그 인물의 지식 정도와 특이한 성정
(性情)도 연구ᄒ고, 으들 수 잇는 디로 그 인물에 디훈 히부적(解剖的) 비평
문을 읽으며, 만일 역사적 인물인 것 갓흐면 그의 전기(傳記)와 그째에 습
관과 풍속까지라도 읽으며, 시인의 붓 끝흐로 이른 그째의 이야기까지라도
다 자세히 상고ᄒ야, 스스로 나의 몸이 그째의 그 사람이 된 듯훈 감동이
이러나도록 그째의 그 문학에서 그째의 그 공기를 호흡ᄒ기에 무엇보다도
더 노력합니다. 만약 역자(役者)된 자기가 힝언ᄒ는 그 인물의 슯흠과 실망
과 고통과 심지어 죽음의 감정까지라도 실제 자기가 가즌 듯훈 감동을 가
지지 못ᄒ면, 결코 이를 표정(表情)홀 수는 업는 것이올시다. 아모리 ᄒ고
자 ᄒ여도 되지 아니홀 것이올시다. 역자(役者)가 자기붓터 그러훈 깁흔 감
정에 취ᄒ지 아니ᄒ고는 더더군다나 보는 사람으로 각각 자기의 몸과 존
재(存在)를 잇고 그러훈 예술적 감정으로 끌어드러 오도록 홀 수는 결코

---

314) 팔극원(八克園, 1919), 〈新劇座를 보고〉, 《매일신보》 9월 12일자.
315) 여기서 '나'는 프랑스 여배우 '사라 베르나르'를 말함(필자 주).

업슬 것이외다.…… 극이랴는 것은 온전히 정신상 문뎨이올시다. 나는 불란서말을 아러 듯지 못ᄒᆞᆫ는 외극인에게도 나의 표정을 잘 리희ᄒᆞ도록 힘씁니다. 이는 정신상 문뎨가 아니고난 결코 희결될 수 업는 것이외다.…… 비우라 ᄒᆞ면 우리에 귀에는 얼마나 천ᄒᆞ고 무식ᄒᆞᆫ 사람갓치 울리나냐? 그러나 세상에 〈천ᄒᆞᆫ 업은 업다. 다만 천ᄒᆞᆫ 사람이 잇슬 ᄲᅮᆫ이다. 세계적 명녀우 싸아라 녀ᄉᆞ의 긔사가 우리에게 무엇을 가리키는지?[316)]

이 글은 프랑스의 배우 사라 베르나르(Sarah Bernhardt; 1844~1923)의 간략한 전기(傳記)를 소개한 것이다. 이 글은 처음으로 서양식 연기 방법을 우리나라에 소개하고 있다는 점, 배우라는 직업에 대해 근대적 관점에서 옹호를 하고 있다는 점에서, 한국 희곡/연극 이론에서 중요한 의미를 갖는 글이다.

이후 배우 연기론은 상당한 진전을 이루어, 홍해성·안영일·마완영 등에 의해 새로운 영역이 개척되었다.[317)] 이 가운데 특히 홍해성의 배우 연기론은 해방 전에 발표된 가장 방대하고 치밀한 연기론으로 알려져 있다. 그는 배우의 '언어', '발음법', '연기의 이론과 실제', '극적 연기법', '리듬과 배우', '군중의 동작' 등의 항목으로 나누어, 다음과 같은 내용의 배우 연기론을 전개하였다.

첫째, '발음법'에서는 무대예술가로서 발성의 중요성을 강조하고, 횡경막의 조절, 숨을 내쉴 때의 조절, 공명기에 의한 성량의 조절, 발음 연습의 방법, 발음력의 연습, 발성법, 음성의 변화 등에 관해서 자세히 설명한다.

---

316) 필자 미상(1918), 〈世界的 名女優〉, 《태서문예신보》(泰西文藝新報) 10월 26일자.
317) 홍해성(1931), 〈무대예술과 배우〉, 《동아일보》 8월 14일~9월 16일; 안영일(1935), 〈연기에 대한 각서〉, 《예술》 1월호; 마완영(1936), 〈연기 노-트의 대략〉, 《막》 1호; 편집부(1936), 〈연기론〉, 《막》 1호.

둘째, '연기의 이론과 실제'에서는 안면의 표현 방법과 그 사례들, 걸음걸이와 그 사례들, 형태에 관한 연습법 등을 논의한다.

셋째, '극적 연기법'에서는 대사 없는 연기, 사이[間], 동작과 대사의 결합, 자유로운 운동, 버릇, 무대에서 어떻게 서 있어야 할 것인가, 등장인물의 위치와 거리, 무대의 중심, 손을 사용하는 것, 무대를 통과할 때, 무대에서 회전할 때, 등장과 퇴장, 퇴장하면서 말할 때, 상대자의 대사 끝말을 받을 때, 목적물을 주의(主意)할 때, 관두사(冠頭詞), 동작 없는 연기, 대사를 기억할 때, 공간적 무대의 연기 등을 언급한다.

넷째, '리듬과 배우'에서는 배우의 매개질로서의 신경과 감각, 배우의 훈련된 정서, 율동에 대한 리듬의 훈련, 음악과 연극 예술의 실제, 음악적 원리를 연기에 적용하는 것, 능력과 재료를 풍부하게 하는 율동 훈련 등에 관해서 논의한다.

다섯째, '군중의 동작'에서는 서정극의 군집 연기, 군중의 기능, 동작의 통일, 집합적 동작, 효과를 강조하는 대비/콘트라스트의 동작, 군중과 배우의 단독연기, 군중의 율동 훈련 등등을 논의하고 있다.[318]

새로운 희곡/연극 본질론의 등장

1920년대에 초에 들어오면, 본격적인 근대 희곡/연극 이론이 나타난다. 그 대표적인 글은 3·1운동 직후인 1920에 나온 윤백남의 〈연극과 사회〉[319]라는 글이다. 이 글은 다음과 같은 점에서 한국 희곡/연극 이론사에서 큰 의의를 지닌다.

첫째, 이 글은 우리나라 최초의 본격적인 근대 희곡/연극 이론이다.

---

318) 홍해성(1931), 〈무대예술과 배우〉, 《동아일보》 8월 14일~9월 16일자.
319) 윤백남(1920), 〈연극과 사회 ─ 竝하야 朝鮮現代劇場을 論함〉, 《동아일보》 5월 4~16일자.

즉, 이 글에서는 우리나라의 근대적 의미에서 연극의 정의와 본질, 연극의 가치와 사회적 효용, 외국 연극의 역사, 당시대 한국 연극의 현실과 대책 등을 본격적으로 폭넓게 논의하고 있다. 이 글의 다음가 같은 대목에, 그가 주장하는 근대적인 의미의 연극 본질론이 잘 나타나 있다.

劇은 일종의 暗示라 한다. 현실을 긴축하야 명확히 보는 이의 두뇌에 깁고 굿센 암시를 與하는 것이다. 그럼으로 훌륭한 劇은 夢幻갓흔, 그러나 꿈과도 다르고 명확하고 선명하고 쏘 美化된 인생, 쏘 世相의 粹, 즉 condence(응결)된 人生相을, 알기 쉬웁게 말하면 인생의 축도를 무대상에 약동케 하야 보는 이의 眼前에 무한한 깁흔 싱각거리를 주는 동시에 사람의 마음으로 하야금 반성케 하고 悔悟케 하고 發憤케 하고 위로하며 悅케 하는 것이다.320)

여기서 그는 연극의 본질을 "현실을 압축하여 인생의 축도를 무대 위에 약동케 하는 것"이라 정의하고, 그 가치/효용/기능을 '무한한 깊은 사고·반성·회오·발분·위로·기쁨을 가져다주는 것'이라 규정한다.

둘째, 이 글에는 종래의 교훈주의적 연극관에서 한걸음 더 나아가, 연극 자체의 예술성을 강조하는 예술주의적 연극관을 지향하여, 예술성이 없는 희곡/연극을 다음과 같이 경계하였다.

연극 극정신이 군중심리에 파급하야 靈妙한 예술적 마력이 사람의 마음을 도취케 하여 자연히 各人의 정서, 감각, 상상을 자아내인 결과로 사람이 그 극이 표현한 美에 同化한 까닭이라 하겠다. 만약 연극을 무대상에 올님에 當하야 고의로 說敎的 言句를 쓰게 하거나 安價의 敎訓을 弄할 것

---

320) 위와 같음.

갓흐면 그 극을 보난 사람의 反感을 사게 된다.[321]

이상에 나타난 바와 같이, 연극에서는 '고의적으로 설교적인 언어'를 쓰거나 '안이한 교훈을 희롱'하게 되면 청관중의 반감을 사게 되므로, 미적인 표현으로 연극의 정신을 청관중들의 마음에 파급시켜 그들로 하여금 감동하도록 하여 간접적으로 교훈을 주어야 한다고 주장함으로써, 종래의 교훈주의적 연극관을 극복한다. 이처럼, 이 글은 우리나라 최초로 근대의 '예술주의적 연극관'을 제시한 연극론이란 점에서, 희곡/연극 이론사적으로 큰 의의가 있는 자료이다.

한편, 현철(玄哲; 玄僖運, 1891~1965)은 연극의 기능을 다음과 같은 것이라고 주장한다.

> 첫째, 人間은 日常生活에서 갖가지 苦痛과 悲哀 등에 逢着, 葛藤을 일으키게 되는데, 연극은 이러한 感情을 淨化시키고 순수하게 하는 最先의 洗滌劑이다. 둘째, 現實의 縮寫인 연극은 현실폭로, 舊習을 打破하려는 새로운 思想의 傳播, 社會問題 提起 등을 통해 智育을 조장케 한다. 셋째, 德育面에서 경험치 못한 세계를 실제처럼 경험케 하고, 因果의 진리를 깨닫게 하는 연극은 高尙한 인격을 함양해 준다. 넷째, 情育面에서 연극은 고상하고 청아한 좋은 취미를 양성, 국민도덕을 高雅・善良케 한다.[322]

그의 주장에 따르면, 연극의 기능은 감정의 정화, 지식의 육성[智育], 인격의 함양, 정서와 윤리의식의 함양 등이다. 이것은 연극이 담당할 수 있는 사회적 기능을 일단 오늘날의 그것과 크게 다르지 않은 정도에까

---

321) 위와 같음.
322) 현철(1920), 〈연극과 오인(吾人)의 관계〉, 《매일신보》 6월 30일~7월 3일자.

지 확장시켰다는 점에서 중요한 의의를 갖는 주장이다.

1930년대에 들어오면, 서양의 희곡/연극 이론들에 힘입어 이 '연극본질론'도 상당히 심화되면서, 희곡·배우·관객 등의 본질적 성격에 관한 본격적인 논의들이 상당히 폭넓게 이루어지고 있다.[323]

한편, '형식론' 면에서는 아리스토텔레스의 '비극론'이 본격적으로 소개되기도 하였으며,[324] 서양 '희극론'에 관한 본격적인 논의도 이루어지고 있다.[325]

외국 희곡/연극 이론의 소개와 수용

이 시기 한국 희곡/연극 이론에서 거의 모든 영향의 원천은 '서양'에 있었다고 해도 과언이 아니다. 서양 희곡/연극 이론의 수용은 주로 윤백남·현철·김우진·김운정·서항석 등에 의해 이루어졌다. 이를 정리하면 다음과 같다.

윤백남은 처음으로 서양 연극의 약사(略史)와 이론들을 소개하였다. 그는 그리스·영미·유럽 대륙 연극의 간단한 역사와 아리스토텔레스·셰익스피어·궁정극·시민극 이론에 관해서도 간략히 소개하고 있다.[326]

현철도 서양 연극, 특히 입센 및 표현주의에 관한 최초의 본격적인 소개 작업을 하였다. 그것은 그의 글 〈근대문예와 입센〉이란 글[327]과 〈독

---

323) 대표적인 사례로는 다음 글이 있다. 한수(1935), 〈극예술의 본질문제〉, 《삼사문학》 3월호; 이운곡(1935), 〈연극과 관객에 조(潮)하야〉, 《사해공론》 3월호; 이운곡(1937), 〈연극과 문학〉, 《사해공론》 21호; 유치진(1939), 〈연극독본〉, 《박문》 4~7월호; 이해랑(1939), 〈연극의 본질〉, 《막》 3호; 안영일(1939), 〈연극의 근원성〉, 《문장》 10호.
324) 서두수(1930), 〈비극고찰척편〉(悲劇考察隻片), 《신흥》 3호.
325) 홍해성(1932), 〈희극론〉, 《신흥영화》 1호.
326) 윤백남(1920), 〈연극과 사회 — 竝하야 朝鮮現代劇場을 論함〉, 《동아일보》 5월 4~16일자.
327) 현철(1921), 〈근대문예와 입센〉, 《개벽》 1월호, 129~138쪽.

일의 예술운동과 표현주의〉328) 등을 통해서이다.

김우진(金祐鎭; 1897~1926)은 서양 희곡/연극을 전공한 학자로서 서양의 희곡/연극을 좀 더 본격적으로 소개했는데, 특히, 버나드 쇼(G. B. Shaw), 루이지 피란델로(L. Pirandello), 유진 오닐(E. O'Neill), 차아펙(K. Čapek), 밀른(A. A. Milne) 등의 극작가와 앙투안느(A. Antoine)의 〈자유극장〉(Théâtre Libre) 등을 우리나라에 처음 본격 소개하였다.329)

김운정도 처음으로 서양 그리스 연극을 본격 소개하였다. 이러한 작업은 〈연극의 기원과 희랍극의 고찰〉(《개벽》 1923.1~2)이란 글을 통해서 이루어졌다.

서항석은 '신파극'의 개념과 '신극'의 개념을 구분하여, 신극의 개념을 서양의 사실주의 연극 및 자연주의 연극과 같은 방향으로 제시하고, 처음으로 독일 레싱의 〈함부르크 희곡론〉(1767~1769)을 한국에 소개하기도 하였다.

이 시기에는, 서양 희곡/연극 이론뿐만 아니라, 동양 특히 중국 희곡/연극에 관한 소개도 이루어졌다는 점도 함께 기억해야 할 측면이다. 그러나, 이 방면에서는 주로 희곡/연극 그 자체에 관한 소개와 수용이 이루어졌고, 이론들에 관한 소개와 수용은 거의 이루어지지 않은 것으로 보인다. 이는 이 시대가 주로 서양적 오리엔테이션의 문화와 그 패러다임에 크게 지배되던 시대였기 때문이다.

---

328) 현철(1921), 〈독일의 예술운동과 표현주의〉, 《개벽》 4월호, 112쪽.

329) 김우진의 이러한 글로는 다음과 같은 것들이 있다. 〈소위(所謂) 근대극에 대하야〉, 《학지광》 1921. 6.; 〈구미현대극작가〉(歐米現代劇作家), 《시대일보》 1926. 1.~ ; 〈자유극장(自由劇場) 이약이〉, 《개벽》 1926. 5.; 〈동경 축지소극장(築地小劇場)에서 '인조인간'(人造人間)을 보고〉, 《개벽》 1926. 8.; "Man and Superman: a Critical Study of its Philosophy", 早稻田大學校卒業論文, 1925.

새로운 희곡론의 전개

현철은 한국 희곡/연극 이론사에서 최초의 본격적인 근대 서양식 희곡 개론인 〈희곡의 개요〉[330]라는 글을 발표하였다. 이 글은 ① 소설과 희곡의 차이, ② 독백의 효용, ③ 희곡의 구조원리, ④ 희곡 구조의 여러 부분, ⑤ 극의 서막~극의 6단, ⑥ 극의 분류 및 비극과 희극, ⑦ 카타스트로읍, ⑧ 극의 3일치 등으로 구성되었으며, 서양의 아리스토텔레스식 희곡 이론에 관한 최초의 본격적인 소개라는 점에서 중요한 의의를 지닌다.[331]

진장섭(秦長燮)은 이 시대에 가장 방대하고 자세한 희곡 개론을 제시하였다. 그것은 〈희곡소론—주로 관극대중을 위한 통속적 해설〉(《매일신보》, 1932.10.8~11.6.)이란 글을 통해서이다. 이 글은 ① 소설과 희곡, ② 극의 본질, ③ 주제와 인물, ④ 상연의 의의, ⑤ 예비 설명, ⑥ 성격묘사, ⑦ 대사—회화, ⑧ 막수, ⑨ 페리페티, 심적 전환, ⑩ 결론 등으로 짜여져 있다.[332]

이 글에서는 먼저 희곡이 연극 상연을 위한 대본이라는 점을 분명히 하고, 극의 본질은 '감정의 움직임을 표현하는 것'이라 규정한 다음, 연극은 사실주의적인 환영(illusion)을 만들어내는 것이라고 하였다. 이것은 곧 아리스토텔레스의 《시학》 내용과 서양 근대 사실주의 연극관을 적당히 뒤섞어서 희곡/연극을 설명한 것이라 할 수 있다. 이 희곡개론은 1920년대에 나온 현철의 《희곡의 개요》로부터 10년이 지난 뒤의 희곡

---

330) 현철(1920~1921), 〈희곡의 개요〉, 《개벽》 5~7호.
331) 한 연구에 따르면, 이 글은 당시 일본의 시미자키 도손(島崎藤村)의 강의 노트를 옮긴 것이라 한다.[김윤식(1974), 《한국 근대 문예비평사 연구》, 서울: 일지사, 504쪽 참조]
332) 양승국(1996), 앞의 책, 295쪽 참조.

이해의 태도와 수준의 변화를 보여주는 희곡 개론이라는 점에서, 그 의의를 부여할 수 있는 글이다.333)

그 후, 이러한 서양식 희곡론도 좀 더 심화되어, 박영호는 희곡의 본질을 아리스토텔레스와 비슷하게 '행동'(action)로 보고, 이 행동을 결합하고 조화시켜 한 개의 통일된 행위의 과정으로 발전시키는 것이 희곡이라 하였다.334)

송영도 희곡의 현재성·경제성·대화성 등을 구체적으로 논의하였으며,335) 유치진은 희곡의 행동성·대화성·무대성·청관중 등에 대해 지적하였다.336)

이러한 일련의 희곡론들은 오늘날의 입장에서 보면 당시 주로 일본을 거쳐 들어온 서양의 '희곡 개론'을 적당히 정리하여 발표한 것들이라 할 수 있다. 그러므로, 이러한 희곡론은 한국 희곡/연극 및 그 이론의 통시적/역사적 조망과 당시 세계 희곡/연극 이론의 공시적/사회적 조망을 동시에 고려한 분명한 이론적 인식을 바탕으로 한, 우리 나름의 주체적인 모색으로 이루어진 희곡론은 아니었으며, 서양 희곡론의 모방적 수용 단계에 머문 희곡론이었다. 이러한 점이 바로 이 시기 희곡론의 역사적 사회적 한계라 하겠다.

새로운 근대 민족극의 방향 모색

이 시기에는 이러한 서양의 희곡/연극 이론을 받아들여, 그것을 참고

---

333) 위의 책, 300쪽 참조.
334) 박영호(1934), 〈무대희곡 창작의 실제〉, 《조선중앙일보》 1월 18~23일자.
335) 송영(1936), 〈희곡작법 1〉, 《삼천리》 76호 및 송영(1937), 〈희곡작법 2〉, 《삼천리》 81호.
336) 유치진(1936), 〈극작가가 되려는 분에게〉, 《학등》 23호.

로 하여 새로운 근대 민족극의 방향을 모색하는 이론적인 작업도 상당
히 활발하게 진행되었다. 이러한 작업들을 정리해 보면 다음과 같다.

윤백남은 당대 희곡/연극의 역사적인 방향으로서, 다음과 같이 이른
바 '민중극'(民衆劇)의 방향을 제시하고 있다.

> 目下 해외 각국이 민중극 진흥에 力을 致함도 그 방법은 나라를 따라
> 다른 섯이로되 그 뜻은 매 한가시니 즉 신흥 국민의 元氣를 고무하고 활동
> 력과 新生命의 길을 가르키고자 함이다. 불란서나 미국에서 目下 盛히 주
> 장하는 戶外劇場, 野天劇場 등도 쏘한 국민의 志氣를 고무코자 함이오 생
> 명력을 격려코자 함에 지나지 않는다.337)

여기에 분명히 나타난 바와 같이, 그는 우리나라 근대극의 이념을 '민
중극'의 방향으로 제시하고 있다. 그는 당대 희곡/연극 곧 근대극의 목
표가 "신흥 국민의 원기를 고무시키고 새로운 활동력과 새로운 생명의
길을 인도함"에 있다고 보았다. 그리고 이러한 방향은 바로 새로운 신흥
계급/계층인 '민중'/시민들을 중심으로 하여 이루어져야만 한다고 생각
하여, 이러한 방향의 연극을 '민중극'이라 하였다.338)

그는 또한 이 글에서 처음으로 우리나라 근대 민족극 이념의 방향을
나름대로 분명하게 파악하였다는 점에서 매우 중요한 의의를 발견하게
된다. 다음은 그러한 '민족극 이념'을 제시한 대목이다.

> 오늘날 우리 조선의 文明은 조선인의 文明이 아니다. 맛보고 써보지 못

---

337) 윤백남(1920), 〈연극과 사회 ─ 竝하야 朝鮮現代劇場을 論함〉, 《동아일보》 5월 4~16일
    자.
338) 여기서 '민중'이란 서양의 '시민'(citizen) 개념과 유사하다.

한 外來한 대로의 문명이다. 곳 비려온 문명일다. 거긔에 엇지 不統一과 시대착오와 신구사상의 爭鬪가 醸造됨을 면할 수 잇겟나냐. 이것이 곳 오늘날 우리 조선의 混沌不統一, 無主義, 無定見의 현사회를 現出한 큰 원인이라 하겠다. 그러면 이러한 불통일, 혼돈한 현사회를 엇지하면 바로 잡고 정화할가.[339]

여기서, 당대의 조선 문명을 "조선인의 문명이 아니라, 맛보고 써보지 못한 외래의 빌려온 문명"이라고 본 그의 태도에는, 분명 그렇지 않은 새로운 조선 문명에 대한 열망과 대안을 모색하고자 하는 그의 숨은 의지가 암시되고 있음을 알 수 있다.

그래서, 그는 한국 희곡/연극의 대안은 '조선적인 민중극'의 수립에 있다고 보고, 구체적으로 다음과 같은 문제점들을 극복할 것을 제안한다.

一. 脚本(舞臺技巧가 伴한)의 拂底
一. 大道具의 不完全
一. 背景畫家의 絶無
一. 舞臺監督이 업슴
一. 劇場이 업슴으로 짜라 舞臺裝置의 不完全함.
一. 金主의 無理解
一. 創造力이 有한 俳優의 稀少
一. 興行上의 惡因習[340]

이러한 문제점에 대해 그가 제시한 대안들을 종합하면, ① 역사적으로 인습화되어 있는 나쁜 습속인 배우를 천대하고 연극을 무시하는 그

---

339) 윤백남(1920), 앞의 글.
340) 위의 글.

롯된 의식을 타파할 것, ② 가까운 일본에서 연극을 부흥시키기 위해 국가적으로 큰 힘을 기울인 사례를 본받을 것, ③ 무대 기교가 동반된 각본을 창작할 것, ④ 대소도구의 불완전함을 극복할 것, ⑤ 무대배경 화가를 확보할 것, ⑥ 무대감독을 확보할 것, ⑦ 무대장치의 불완전함을 극복할 것, ⑧ 자본가[金主]의 확보, ⑨ 창조력을 지닌 배우의 확보, ⑩ 흥행의 잘못된 인습 타파, ⑪ 연극 전용 극장의 설립 등이다.

이것은, 나름대로 3·1운동 이후 당대 우리 민족의 이념적 방향이었던, 반봉건·반외세의 근대 민족국가의 수립이라는 목표와 부합하는 방향으로 당대 희곡/연극의 방향을 설정하고 있으며, 이러한 방향 설정은 처음으로 우리나라 근대 민족극의 역사적인 방향과 구체적인 대안을 제시하였다는 점에서, 매우 중요한 의의와 가치를 지닌다 하겠다.

윤백남은 또한 근대극 전문가로는 처음으로 우리나라의 연극 전통과 전통극에 관심을 보였다는 점에서도 중요한 이론적 의의를 확보하였다. 다음은 그러한 증거를 보여주는 사례이다.

> 朝鮮의 산듸도감과 흡사한 形式과 또 그 表現方式에 있어서 登場人物이 一定한 規矩에 定하여 있는 것 또는 등장인물이 각기 自己의 이름과 성격과 役柄―자기가 표현한 인물의 역할 내용―과 處地를 자기의 입으로 발표하는 型式, 또 탈(面)을 쓰는 것, 이러한 여러 가지의 同一한 점이 있는 것으로 보아서, 우리 朝鮮의 산듸도감이 日本의 能의 始祖냐 또는 絶大한 영향을 준 것이냐?[341]

현철(玄哲)도 윤백남의 뒤를 이어, '민중극' 또는 민족극의 이론을 제창하였다. 그의 주장에 따르면, 연극의 예술적인 충격으로 민중이 자기

---

341) 윤백남(1930), 〈조선신극운동의 연혁〉, 《신생》(新生) 7·8 합병호, 19쪽.

자신의 처지와 민족적인 위치를 분명히 깨닫게 하고 의지력을 기름으로써, 나라의 국권을 회복하는 데 도움이 되게 하자는 것이었다.[342] 이러한 그의 주장은 〈예술계의 회고 1년간〉(《개벽》 1921. 12), 〈극계에 대한 사보(私步)〉(《동아일보》 1922. 1. 8.), 〈극계에 대한 소망〉(《동아일보》 1923. 1. 1.), 〈연극과 오인(吾人)의 생활〉(《동아일보》 1923. 9. 9.), 〈조선의 극계, 경성의 극단(劇壇)〉(《개벽》 1924. 6.) 등에서 나타났다. 그러나 그는 서양의 자연주의 식의 연극 개념밖에는 알지 못하였으며, 기존의 우리 전통극이나 심지어 신파극까지도 부정하는 한계와 우를 범하고 있다.[343]

김운정(金雲汀)도 이 시대 연극의 문제점으로 사상의 결핍과 '새로운 연극 사상'의 모색을 주장하였다. 그는 우리의 사상계가 가을바람과 같이 쓸쓸하고 쇠퇴하면 민족 또한 낙엽과 같이 죽음의 나라로 쇠퇴할 것이라 하고, 우리의 사회에 재생의 봄비를 내릴 수 있는 것은 신사상의 모색이라 하였다.[344] 이러한 입장에서 그는 연극과 사상의 관계를 다음과 같이 정의한다.

> 人間의 意志가 宿命이라든지 運命 쏘는 어쩌한 境遇의 制裁를 受할 째에 그 制裁라든지 그 障碍物과 苦鬪하여 自己 (人間)의 意志를 主張하거나 發展하는 그 實狀을 舞臺에 表現하는 것이다. 다시 말하면 生의 苦鬪, 生의 波動, 生의 歡喜를 實寫하는 藝術이다.
>
> 只今 우리 朝鮮民族에게 참으로 살어야겠다는 굿세인 思想을 自覺케 하기 爲하야 舞臺上에 暴露된 自己生活의 慘狀을, 그 實寫를 時時로 接觸케 하는 同時에 그 暗黑面에서 新光明을 發見하야 어쩌한 生的 進路를 開拓케 하는 것이 가장 急務라고 생각한다.[345]

---

342) 서연호(1932), 앞의 책, 187쪽 참조.
343) 양승국(1996), 앞의 책, 272~274쪽 참조.
344) 서연호(1982), 앞의 책, 196쪽.

그는 이 글에서, 회곡/연극의 사회적 역할을 "인간이 어떤 운명이나 장애에 대항하여 싸우는 의지의 실상을 무대에 표현하는 것"이라 보았다. 따라서 회곡/연극의 이러한 기능을 활용하여, 식민지 치하에 놓인 우리 민족의 삶의 진로를 개척하는 방향에서, 새로운 민족극을 모색하고자 하였다.

김우진(金祐鎭; 1897~1926)은 홍해성과 공동 집필한 연극비평인 〈우리 신극운동의 첫길〉(《조선일보》 1926. 5.~?)에서, 당시 우리 회곡/연극의 나아갈 길을 제시하였는데, 그 주장의 뼈대는 다음과 같다. 즉, 그의 주장은, '신극'에 대한 열정을 가지고 서양 근대극을 수용하여, 새로운 창작극을 창조하며, 전문 무대 예술가들을 양성하고, 서양의 소극장 운영 방법을 활용하여 우리 근대극의 첫길을 마련하자는 것이었다. 그의 이러한 주장은 결국 '서양 근대극'의 여러 관습들을 제대로 수입하고 활용하면 우리의 새로운 회곡/연극을 수립할 수 있다는, 다분히 서양 편향적인 시각에 함몰되어 있는 주장이라는 점에서, 그 주장의 한계를 드러내고 있다.

김광섭은 바람직한 신극운동의 방안으로, 야외극 시도, 극단 찬조회원 모집, 배우학교의 개설, 언론기관을 통한 연극대학 강좌, 언론기관에서의 극작가 양성, 문화 사업가들의 연극에 대한 지원 등등, 매우 현실적인 대안들을 제시하기도 하였다.[346)]

성관중론

이 시기에는 청관중론도 좀 더 구체적으로 전개되어 주목을 요한다.

---

345) 김운정(1923), 〈사상운동과 연극〉, 《동명》 1월호, 19~20쪽.
346) 김광섭(1937), 〈신극운동에 대한 하나의 구도〉, 《삼천리》 1월호, 160~161쪽 참조.

우리 희곡/연극 이론에서 처음으로 청관중론을 제시한 것은, 앞에서 이미 살펴본 바와 같이, 조선시대 후기 송만재의 〈관우희〉(觀優戲)라는 한시에서이고, 이러한 전통은 동리 신재효의 〈광대가〉(廣大歌)로 이어지며, 이는 다시 이 시기의 청관중 이론으로 이어진다.

이 시기에 이르러 김광섭은 〈민중시론〉(民衆試論)이라는 논문에서 앞선 시기의 청관중론을 좀 더 본격적으로 심화 세련시켰다. 그는 서양 연극의 입장에서 공연자와 청관중의 '상호작용' 관계를 파악하고, 다음과 같이 주장한다.

> 연극이란 民衆이 나은 예술, 다시 말하면 극장에 向한 민중 즉 관중에 의하야 무대예술로서의 생명과 아울러 그 존재이유를 가지는 것이다. 그러므로 연극과 관중의 相互作用은 관중은 한편 연극에 지배되는 수동적 입장의 형식을 가지면서 동시에 다른 한편으로 연극 자체를 支持하는 심리적 입장의 내용을 가진다.[347]

이것은 일단 연극의 청관중론을 공연자와 청관중 사이의 역동적인 상호작용 관계로 보고, 그 둘 사이의 관계를 본격적으로 논의하게 되었다는 데 큰 의의가 있다. 또한 그의 청관중론은 다음과 같이 시대적/역사적 역동성을 띠고 있다는 점도 눈에 띈다.

> 이 점에 근대극 관중에 하나의 중대한 부담이 가해지는 바가 있다. 말을 박구면 근대극은 흥미나 감흥에 끈치지안코 관중을 思考의 世界에 도입코저 의도한다.…… 근대극 이전의 극과 광중은 詩的 또는 想像的으로 연결되었으나, 근대극 이후에 와서는 극과 관중은 理智的 批判的으로 연결되

---

347) 김광섭(1934), 〈관중시론〉, 《극예술》 12월호, 13쪽.

는 동시에 그 주체에 잇서서도 사회의 불균형, 계급의 갈등, 사회와 개인, 사장의 파탄, 신구 관념의 충돌 등 모두가 논리적 정당성에 입각하야 사회적 양심의 환기를 추구한다.…… 관중이 극에 단순히 도취되는 시대는 그 사회나 그 관중이 가진 모델이 안정된 시대이다. 따라서 근대 及 현대는 이 모델이 동요되고 불안정한 데서 관중에 대한 理的 批判力이 부담되여젓다.348)

여기에서 당대의 청관중이 '이성의 논리적 비판력'을 가져야 한다고 주장함으로써, 기본적으로는 서양의 수동적 청관중론의 입장을 견지하면서도, 비교적 능동적인 청관중론 곧 청관중의 '이성적 비판능력'을 강조하는 베르톨트 브레히트의 서사극적 청관중론을 주장하고 있다는 점에서 주목을 요한다.

그러나 전반적으로는 서양 청관중론의 강한 영향을 받아 청관중을 수동적인 입장에서 파악하는 '수동적 청관중론'을 주장하고 있어, 우리의 전통 판소리에서와 같은 '능동적 청관중론'은 고려하지 않은 한계를 분명히 드러내었다.

리얼리즘론

이 시기, 특히 1930년대에는 이른바 희곡/연극의 '리얼리즘론'이 본격적으로 대두되었는데, 이것은 크게 희곡/연극 자체의 '리얼리티' 문제와 하나의 시대적 연극 사조로서의 '리얼리즘'이라는 두 측면에서 논의가 이루어졌다. 이러한 논의는 서양의 자연주의적 리얼리즘 이념과 사회주의적 리얼리즘 이념을 활용하여, 당대 우리나라 희곡/연극의 리얼리티

---

348) 위의 글, 14~15쪽.

문제를 이른바 '진보적 리얼리즘'이라는 방향으로 심화시켰다는 점에서 큰 의의를 지닌다고 한다.[349]

근대적 연출론의 등장

이 시기는 '연출론'도 상당히 활발해져서, 홍해성·이용규·한로단·박동근 등의 본격적인 '연출론'이 전개되었다.

홍해성은 주로 1930년대 '연출론'에서 중요한 생각들을 보여주었다. 그는 서양 연극의 '제4의 벽' 이론을 자세하게 소개하고, 연출의 목적을 다음과 같이 설명하고 있다.

> 무대예술은 현실의 생활을 떠난 극장이란 건축물 속에 집합한 관객에게, 그 극장의 광학적 관계와 음향학적 관계를 맺은 거기에서 어떠한 제한을 주면서, 무대 우에서 일어나는 모든 경과와 형태란 것은 결코 사실이 아니고 다만 관객의 심리상으로만 자연스럽게, 다시 말하면 내면적으로 자연스럽게 신념을 가지도록 모든 일을 처리해야 할 것이다.[350]

그에 따르면, '연출'이란 "현실의 생활을 떠난 극장이란 건축물 속에 집합한 관객에게, 그 극장의 광학적 관계와 음향학적 관계를 맺은 거기에 어떠한 제한을 주면서, 무대 위에서 일어나는 모든 경과와 형태란 것"에 대한 모든 처리 작업이다. 이것은 '연출'이라고 하는 생소한 의미

---

349) 양승국(1996), 앞의 책, 304~312쪽 참조. 이러한 '리얼리즘'을 논의한 글들로는 다음과 같은 것들이 있다. 박영호(1936), 〈극문학 건설의 길 – 리알리즘적 연극성의 탐구〉, 《동아일보》 4월 2~10일자; 박영호(1936), 〈희곡의 리얼리즘 – 극문학 건설의 길〉, 《동아일보》 4월 12~18일자; 한효(1937), 〈극작활동의 신전망〉, 《조선문학》 1월호.
350) 홍해성(1934), 〈연출론에 대하야〉, 《극예술》 12월호, 26~28쪽.

영역과 작업 영역을, 서양의 연출 이론을 받아들여 정리한 우리나라 최초의 본격적인 연출론이라 할 수 있겠다.

이용규도 연출가의 기능을 "무대와 연기자에 대한 정확한 이해, 권위와 민감을 가지고 희곡이라는 총악보의 창작을 연출·재현시키는 것"으로 보았으며,351) 한로단은 서양의 스타니슬로프스키와 고든 크레이그의 연출론을 수용하여, 기존의 수동적인 연출론을 다음과 같이 좀 더 적극적이고 '능동적인 연출론'으로 전환시킨다.

> 연출가의 예술 즉 연출이란 극을 무대 위에 형상화함에 있어 극을 구성하는 각 인자—배우의 연기, 의상, 조명, 율동 등—를 한 〈안삼-불〉로 〈뉴안쓰〉를 조화롭게 통제하여 가며 완전한 극으로 구상화해 가는 예술적 창조 과정의 전부를 의미한다.352)

무대장치

한편, 이 시기에는 '무대장치·조명·음향' 분야에서도 한두 편의 글이 발견된다.

무대장치 분야에서는 김수효·조우식 등이 다음과 같은 점들을 논의하고 있다. 먼저, 김수효는 무대장치의 원론적인 논의로서 무대장치의 구조 결정, 각 장면의 조직, 연출자의 무대 정경 의도, 경제적 요건 등을 지적하였으며,353) 조우식은 무대장치가의 예술적 태도에 대해 다음과 같이 주장한다.

---

351) 이용규(1934), 〈연출의 개성과 통일〉, 《극예술》 1호, 28쪽.
352) 한로단(1937), 〈연출론〉, 《조광》 26호.
353) 김수효(1935), 〈신흥연극의 무대장치실제〉, 《예술》 1월호.

먼저 희곡을 숙독한 다음 희곡의 내용과 호흡—원작자의 의도—을 생각하고 의상, 소도구, 조명, 관객에 대한 시각—연출자의 플랜—시간을 잘 고려한 다음 무대장치의 플랜을 만들어야 한다.

무대장치는 무대기구를 살리며 연출과는 떨어지지 못할 관계를 가지고 잇서야 한다. 무대장치는 각본대로 도식적인 제도만을 가져서는 못쓴다.

연출가의 플랜과 가치 그 의도를 살리며 창출하지 안흐면 안된다. 장치가는 무대적 형상을 창출하는 데 큰 책임이 잇다. 한 연극의 내용을 명확하게 하며 연기 공간의 시각적 표현력을 강조치 안으면 안된다. 그리고 무대장치는 연극에 불필요한 한 가지 장식 회화가 되어서는 못쓴다. 그대로 무대면에 나타나고 〈셋트〉로만 가리워지게 하는 것이 우리들의 일은 아니다. 지시된 공간, 이것을 충분히 생각하고 일하지 안으면 안 될 것이다.[354]

여기서, 작자는 무대장치를 정의하여, 희곡 속에 담긴 극작가의 의도를 이해하고 연출가의 계획을 고려하여, 무대적 형상을 창조하는 작업이라 하였다. 이 자료는 이 시기에 들어와, 우리 희곡/연극 이론에서도 무대장치에 관해 어느 정도의 이론적 인식의 기본 토대를 갖추어가기 시작했음을 알게 한다. 이러한 무대장치에 관한 이론의 근원지도 '서양'이었음은 물론이다.

조 명

조명에 관한 논의는 이상남·박의원 등의 글에서 발견된다. 이상남은, 조명은 단순히 무대 위에 사물의 존재를 보여주기 위한 것이 아니라, 연출가의 '의도'에 맞추어 광선의 농담과 음영을 이용하여 장치를 입체화

354) 조우식(1938), 〈무대장치의 태도〉, 《막》 2호.

할 수 있는 작업이어야 함을 강조한다.[355] 박의원도 조명의 역할을 "무
대장치, 인물, 기타 물적 형태와 그것들이 갖는 색채 위에다가 어떤 승
화된 현실성을 가져오게 하여, 연극적 분위기를 조성하는 작업"이라고
주장한다.[356]

이러한 이들의 주장은 물론 대개 당시 일본을 거쳐 들어온 '서양'의
조명 이론이기 하지만, 우리나라 조명 이론을 추구하는 데 중요한 기초
가 된 것만은 사실이라 하겠다.

음 향

음향에 대해서도 서양 음향 이론의 영향을 받아, 기본 되는 이론적 토
대를 마련하였는데, 이 분야에서는 신영(伸英)의 다음과 같은 주장이 나
타난다.[357] 즉, 음향 담당자는 연출가의 '이미지네이션' 곧 연출 의도를
잘 파악해야 하며, 그 의도에 예술적인 음향의 계획과 음향의 '리얼리
티'에 우선 전체 에너지를 집중할 것이며, 좀 더 나아가 영화와 같은 '두
뇌적 융합성'도 필요하다고 주장한다. 조명이 이런 방향을 취하게 되면,
현실의 모방뿐만 아니라, 비사실적인 무대적 현실성까지도 음향효과로
써 충분히 말할 수 있다고 주장하는 것이다. 이렇게 하여, 음향은 궁극
적으로, 고요함을 부인하는 진동이 오히려 고요함을 부조(扶助)하는 것
처럼, '물리적 음향학'에서 '심리적 음향학'에로까지 발전시켜 나아가야
한다고 주장한다.[358]

355) 이상남(1936), 〈무대와 조명에 대하야〉, 《극예술》 5호, 22쪽.
356) 박의원(1936), 〈무대조명이란〉, 《막》 3호, 7쪽; 양승국(1996), 앞의 책을 참조함.
357) 신영(1939), 〈음향효과 소고〉, 《막》 3호, 쪽수 미상.
358) 양승국(1996), 위의 책, 340쪽 참조.

신영의 이 글에는 프랑스식 외래어 표기법들이 많이 나타나는 것으로 보아, 아마도 프랑스 쪽 조명 이론을 많이 참고한 것으로 보인다. 아무튼, 이러한 조명 이론은 서양의 '사실주의적 조명 이론'과 '상징주의적 조명 이론'을 모두 포괄한 이론 방향을 취하였다는 점에서, 서양 근대 조명 이론의 기본을 제대로 인식한 글이라 하겠다. 이런 점에서, 이 조명 이론은 이 시기의 우리나라 조명 이론의 기초를 다지는 데 상당히 중요한 기여를 했을 것으로 생각된다.

음악극론

이 시기에는 근대적인 '음악극론'도 나타나고 있는데, 이것은 가무악극(歌舞樂劇) 종합 형태의 가무백희(歌舞百戲)의 전통을 오랜 동안 유지해 온 우리나라 희곡/연극 전통에 비추어 볼 때 중요한 이론적 측면이라 하겠고, 또한 그러한 전통이 이 시기에 와서 서양의 문화적 영향으로 어떻게 변모되는가를 살피기 위해서도 중요하다. 그러나 이 시기의 음악극 이론은 매우 서론적인 논의에 그치고 있을 뿐이어서, 좀 더 본격적인 이론은 훗날을 기다려야 했다. 즉, 박용구는 그의 〈서론적인 음악극론〉(1939)에서, 이 시기의 '음악극론'은 서양의 음악극이 어떤 배경에서 발생하였고, 어떤 과정을 거쳐 발전하게 되었는가를 간략하게 설명한다. 그 결과, 음악극이란 오페라의 그릇된 미학에 종지부를 찍고 연극과 음악의 삼투적인 상호작용의 결과로 생겨난 새로운 장르라 주장한 다음, 오페라로부터 음악극으로 발전해 오는 과정을 간단히 설명하고 있다.359)

---

359) 박용구(1939), 〈서론적(緒論的)인 음악극론〉, 《막》 3호.

라디오 드라마론

이 시기에는 라디오 드라마론도 등장하는데, 이 분야에서는 이석훈·박동근·양훈 등의 글이 보인다.

이석훈은 최초의 라디오 드라마론인 〈'라디오 풍경'과 '라디오 드라마'〉, 그리고 〈라디오 드라마 소고〉 등의 글에서 라디오 드라마에 관한 기초적인 논의를 전개한다. 먼저, 〈'라디오 풍경'과 '라디오 드라마'〉란 글에서는, '라디오 드라마', '방송 무대극', '라디오 풍경', '영화극' 등의 차이를 설명한 다음, '라디오 드라마'를 '순전히 방송을 위해서 새로이 만들어진 각본'이라 정의하고, '라디오 풍경'은 '뚜렷한 극적 전개를 갖지 않은 좀 더 자유스러운 방송 대본'이라 정의한다. 이에 비해, '방송 무대극'은 무대극을 방송으로 옮긴 것이며, '영화극'은 흥행 가치가 있는 영화를 선택하여 희곡화한 뒤에 그것을 다시 영화에 출연한 배우들로 하여금 직접 마이크 앞에서 방송하도록 하는 것이라고 구분하였다.360) 이러한 구분은 당시 라디오 드라마의 다양한 양식들을 설명한 것이다.

한편, 그의 논문 〈라디오 드라마 소고〉에서는 라디오 드라마에 대해 좀 더 본격적인 논의를 시작하여, 라디오 드라마의 특성을 다음과 같이 분명하게 밝히고 있다.

> 〈라디오드라마〉의 가장 큰 특징은 그것이 시간적 공간적 제한이 업는 것이다. 〈라디오드라마〉는 물론 〈음의 세계〉임으로 어듸까지던지 청각예술—듯는 예술로서 씨어져야 할 구속이 잇는 대신 이러한 특징이 잇슴으

---

360) 이석훈(1933), 〈'라디오 풍경'과 '라디오드라마'〉, 《동아일보》 10월 1일자.

316

<blockquote>로 이것을 잘 살려야 할 것이다.361)</blockquote>

이동근은 라디오 드라마의 정의와 특징을 다음과 같이 규정한다.

> 라디오드라마는 音響과 音樂과 擬音을 표현수단으로 하야 마이크로폰
> 압헤서 실연한 것을 안테나를 통하야 인간의 귀에 受納식혀 모든 정서에
> 만족을 주는 청각적 예술 분야에 속하는 극예술이다.362)
> 　무대극은 연극에 잇서서 이대 요소인 〈보고 듣는다〉는 시각과 청각을
> 가장 直的으로 완벽하게 구비한 극이라면, 라디오드라마는 〈듯는다〉는 청
> 각을 直的으로 〈본다〉는 시각을 間的으로 구비한 극이라고 말할 수 있
> 다.363)

그의 이 정의에 따르면, 라디오 드라마란 '각종 음향들을 표현 수단으
로 하여 이루어지는 청각적 예술 분야의 극예술'이며, 라디오 드라마의
특징은 '듣는 청각을 직접적으로 구비하고, 보는 시각을 간접적으로 구
비한 극'이라는 점에 있다.

그는 또한 라디오 드라마의 역사적 발전 단계를 세 단계로 나누어 설
명하고, 라디오 드라마는 그 셋째 단계인 라디오 드라마 특유의 단계,
곧 무대극적 제한을 벗어난 자유스런 경지를 가진 표현 형식의 단계로
나아가야 한다고 주장한다. 그리고 이 마지막 단계의 라디오 드라마는
다음과 같은 네 가지 방법으로 이루어진다. 첫째, 듣기만 하여도 보는
것과 다름없는 대사의 시각화와 리듬화, 둘째, 배경이나 분위기 조성에
서 더 나아가 극의 대사의 기능을 하는 의음(擬音)과 음악, 셋째, 카메라

---

361) 이석훈(1934), 〈라디오드라마 소고(小考)〉, 《극예술》 1호, 31쪽.
362) 박동근(1936), 〈방송극 소론〉, 《창작》 2호, 36쪽.
363) 위의 글, 34쪽.

의 시각 기능을 마이크로폰의 청각 기능에 구사하는 영화적 수법, 넷째, 오직 목소리의 굴절과 강약의 고저로써 극의 음영을 살릴 수 있는 독립된 라디오 드라마적 배우 등이 그것이다.

이러한 그의 라디오 드라마 이론은, 그 출처와 원천은 잘 알 수 없으나, 이 당시 시작된 라디오 방송극과의 상호 관계 속에서 일정 부분 당대의 라디오 드라마에 영향을 미쳤을 것으로 보이며, 이후의 한국 라디오 드라마 이론에도 중요한 토대가 되었다고 볼 수 있다. 또한 그 내용 자체로 보아도 당시의 라디오 드라마가 처한 현실을 감안한 논리를 전개한 점에서, 비교적 현실적인 이론의 면모도 찾아볼 수 있다.

양훈은 라디오 드라마의 본질을 '라디오의 메커니즘을 표현 매체로 한 대사와 음악과의 변증법적 통일'로 보면서 다음과 같이 말한다.

> 필자는 라디오드라마의 본질을 다음과 같이 규정한다 — 내용적으로 고찰하면 라디오의 메카니즘을 표현매체로 한 〈드라마〉(다이아로그)와 음악과의 〈신 테제〉가 라디오드라마의 본질이다. 여기의 〈드라마〉는 자연 인생의 根底에 脈動하는 리즘 (두 리즘의 交錯 및 融合)으로부터 언어적 표현화한 일종의 사회적 현상을 말하는 것으로 舞臺劇을 지칭함이 아니다.364)

그는 이러한 입장에서 라디오 드라마를 효과적으로 만들어내기 위해서는 연출에서 기술·연기·효과·음악의 요소들이 두루 조화를 이루도록 해야만 한다고 주장했다. 또한 라디오 드라마의 '연출법'에 관해서도 다음과 같은 의견을 개진한다.

---

364) 양훈(1937), 〈라디오드라마 藝術論, 그 美學樹立을 爲한 一試論〉, 《동아일보》 10월 12일자.

> 일차원 예술의 라디오드라마는 공간, 시간을 초과한다.…… 이상 어느
> 방법에 의하던지 막론하고 라디오드라마 연출자는 종래의 무대극적 연출
> 을 버려야 할 것은 물론이요 라디오 메카니즘 ─ 더욱이 마이크로폰의 성능
> (方向特性, 振幅特性, 周波數 特性)을 체득하여야 한다. 이것은 무대극 연
> 출법과 라디오드라마 연출을 구별함에 잇어 그 근본적 제일차적 문제이다.
> 따라서 배우의 발성법에 관해 보드래도 일정한 관객 거리를 전제조건으로
> 한 무대극 발성법은 마이크 성능에 기인하야 라디오드라마에는 적용치 못
> 함은 多言을 요치 안는 一常識이다. 청각본위인 이쯤이컬한 새로운 에로
> 큐슌[elocution]과 뉴안쓰의 세리후가 라디오드라마 발성법 第一科이다.[365]

이 글에서 그는 라디오 드라마의 연출에서는 '청각 본위의 리드미컬한
발성법'과 '뉘앙스의 세리프'가 가장 기본을 이루어야 한다고 주장한다.

전통 희곡/연극론

한편, 이 시기에는 개화기 이전에 이루어진 희곡/연극 곧 전통 희곡/
연극에 관한 이론적 모색도 나타나고 있어서 주목된다. 이러한 작업은
주로 송석하 · 김재철 · 당주동인(唐珠洞人) · 어조동실주인(魚鳥同室主人)
등에 의해 이루어졌다.[366]

---

365) 위의 글, 《동아일보》 10월 13일자.
366) 주요 전통연극론들로는 다음과 같은 것들이 있다. 송석하 (1931), 〈외사(外使)와 조선연
　　극〉, 《조선어문학월보》 7월호; 송석하(1933), 〈봉산의 무용가면〉, 《동아일보》 12월 16~20
　　일자; 송석하(1934), 〈민속예술의 소개에 대하여〉, 《동아일보》 3월 30일~4월 1일자; 송석
　　하(1934), 〈남조선 가면극의 부흥기운〉, 《동아일보》 4월 21~29일자; 송석하(1934), 〈황창
　　(黃倡)전설 희화(戱化)의 부활 ─ 경주의 금년 추석행사〉, 《조선일보》 10월 23~25일자; 송
　　석하(1935), 〈민속극 동래야류 그 부활에 제하여 일언함〉, 《동아일보》 3월 13일자; 송석하
　　(1935), 〈농총오락의 조장과 정화에 대한 사견〉, 《동아일보》 6월 22일~7월 14일자; 송석
　　하(1935), 〈전승음악과 광대〉, 《동아일보》 10월 3~11일자; 송석하(1936), 〈창조극(倡調劇)

그러나, 이러한 일련의 전통 희곡/연극론은 주로 전통 연극의 현장 조사 보고서적 성격의 글과, 전통의 계승이나 복원을 주장하는 다소 복고적이고 보존적인 성격의 방향을 지향하고 있어, 그 한계를 드러낸다. 이당시의 이러한 전통 희곡/연극에 대한 관심은, 당대 동서양의 희곡/연극이론을 두루 인식하고 고려하면서 우리 나름의 독자적인 희곡/연극 이론을 모색하는 '이론적 자주화'의 길에서는 아직도 멀리 떨어져 있는 상태였다. 이러한 전통 희곡/연극론에 대한 관심은 광복과 정부 수립을 시나, 1970년의 '전통 논의'에 이르러 비로소 본격적인 이론화 작업의 길로 접어들게 된다.

희곡/연극사 기술

이 시기에는 연극사에 대한 본격적인 연구도 이루어져, 김재철의 〈조선연극사〉와 같은 매우 탁월한 연구가 나오기도 하였다. 이 분야에서 두각을 나타낸 사람들로는 김운정·윤백남·김재철·손위무·안종화·안석영·서항석 등이다.

먼저, 한국 희곡/연극의 역사에 처음으로 관심을 피력한 사람은 김운정이었다. 그는 근대에 들어와 처음으로 한국 희곡/연극의 기원과 한국 희곡/연극사에 대해 다음과 같이 관심을 보였다.

춘향전 소론〉, 《극예술》 9월호; 송석하(1937), 〈봉산민속무용고-연극학상 급(及) 무용계 통상으로〉, 《조선일보》 5월 15~18일자; 송석하(1939), 〈해주 강령의 가면연극무(假面演劇舞) 중앙 공연의 소식을 듯고〉, 《동아일보》 10월 13~14일자; 김재철(1932), 〈조선인형극 꼭두각시〉, 《동광》 11월호; 당주동인(唐珠洞人, 1934), 〈조선극의 면모인 신라 가면극과 이조 산대극〉, 《조선일보》 11월 3~4일자; 좌담(1937), 〈봉산탈춤 좌담회〉, 《조광》 7월호; 어조동실주인(魚鳥洞室主人, 1938), 〈조선 광대의 사적 발달 및 그 가치〉, 《조광》 5월호.

희랍극의 기원이 디오니서스 신의 제례시부터 창시되었다 하면, 조선에
도 고대 즉 단군시대로부터 천을 제하고 그 제례에 다수한 군중이 회집하
야 형형색색의 가면을 쓰고 각종의 유희와 여흥을 행하든 사실이 역사에
전하는 것을 보면 조선극의 창시가 돌이어 희랍극의 시기 이전이었든 것
을 증명할 수 잇다.……

그러나 현대극의 발전 상태는 어떠한가? 희랍극의 계통을 수(受)한 구미
에서는 연극의 발전이 절정에까지 달하얏고, 조선에는 중고(中古)에 극의
형식을 무던이 형성하얏든 '산희'(山戲) 즉 속칭 산두장패(山頭匠牌)와 '야
희'(野戲; 現에 호남지방에서 或看하는 들놀이) 등의 극적 유희까지 그 종
적이 묘연하게 되어, 조선극의 고적(古跡)은 장차 가고(可考)할 여지도 업
게 되어 감은 실로 애석한 일이다.(일부 현대어로 바꿈 – 필자)[367]

윤백남은 근대 최초의 연극사적 기술인 〈조선신극운동의 연혁〉(《신
생》 1929. 1~2)을 기술하여, 한국 근대 연극사 기술의 출발점을 마련하
였으며, 김재철은 〈조선연극사〉(《동아일보》 1931. 4. 15~7. 17)를 기술하
여, 전통극으로부터 1930년대에 이르는 한국 연극사를 체계화한 최초의
본격적인 한국 연극사를 저술하였다. 이 밖에, 손위빈(孫煒斌)의 〈조선신
극 25년 약사〉(《조선일보》 1933. 7. 30~8. 11), 안종화의 〈무대이면사〉(舞
臺裏面事; 《조선중앙일보》 1933. 8. 12~9. 12)와 〈초창기 비화(秘話) – 극편
(劇篇)〉(《동아일보》 1939. 3. 23~4. 11), 안석영의 〈초창기의 비화–연극
편〉(《동아일보》 1939. 4. 6~11) 등은 야사의 입장에서 근대 초창기의 연
극사를 정리하고 있고, 서항석의 〈조선연극이 걸어온 길〉(《조광》 1940.
2), 〈신연극 20년사의 소장(消長)〉(《동아일보》 1940. 5. 12~18) 등도 근대
연극사를 간략하게 정리하고 있다. 이러한 희곡/연극사 관련 자료들은

---

367) 김운정(1923), 〈연극의 기원과 희랍극의 고찰〉, 《개벽》 31호.

내용이 매우 방대하고 복잡하므로, 그 자세한 내막에 관해서는 다른 글에서 다룰 수밖에 없겠다.

국민연극론

1940년대는 한국 희곡/연극계의 정치적인 일대 격동기로서, 목적론적인 희곡/연극 이론이 거세게 지배한 시기이다. 이 시기는 다시 전기와 후기로 나눌 수 있다. 전기에는 이른바 친일 희곡/연극론인 '국민연극론'이 지배한 시기이고, 후기는 해방기의 '진보적 민족연극론'이 지배한 시기로 볼 수 있다.[368] 이 두 시기 가운데서 여기서는 해방 이전인 1940년대 전기의 희곡/연극 이론만 살펴보고, 후기의 이론은 다음 장에서 살펴보기로 한다.

1940년대 전기의 한국 희곡/연극 이론은 한 마디로 이른바 '국민연극론'이 지배한 시기라고 할 수 있다. 이것은 앞에서 살펴본 1920, 1930년대 '프롤레타리아 연극운동론'과 해방 직후의 '진보적 민족연극론'과 함께 매우 강력한 '목적연극론'의 일종으로서의 이론사적 위상을 지닌다고 할 수 있다.

'국민연극론'은 원래 민족의식에 의거하여 독립된 통일국가를 건설하려고 하는 국민의식을 반영하는 연극[369]으로, 서양 연극의 경우에는 주로 시민의식의 성장 및 근대국가의 성립과 관련된 19세기 말의 근대극운동론을 지칭한다고 할 수 있다. 이러한 개념의 '국민연극'이란 용어는 'National Theatre'의 번역어로서, 그 속에 하위 개념으로 '민족연극'을 포

---

368) 양승국(1996), 앞의 책, 434쪽 참조.(이하 '국민연극론'에 대해서는 주로 이 책을 참조함)
369) 早稻田大學演劇博物館編(1990), 《演劇百科大事典》 2권, 平凡社, 468쪽; 양승국(1996), 위의 책, 418쪽에서 재인용.

함한다고 볼 수 있다.

그러나 1940년대 일본과 한국에서의 그것은 이와는 매우 다른 새로운 의미로 사용되었으며, 그 개념은 "역사성·시대성에 따라 국민의식을 지니고 국민 문화운동의 일익을 담당하는, 국민의식을 신민의식(臣民意識)으로 인식하는 정치성 우위의 연극"[370]이라고 할 수 있었다. 이f한 의미의 '국민연극'에 대한 당시의 시대적 정의는 다음과 같았다.

> 국민연극이란…… 국민 전체를 일괄한 국민정신의 결합을 도모하는 연극이요, 또 예술지상주의적이 아닌 국가 목적 달성을 꾀하는 데 일익적 임무를 담당한 연극이어야 할 것이다.[371]

> 국민연극이란
> 1. 근대극에서 일보를 進하여 국가리념을 굳세게 무대에 표현할 것
> 2. 근대극의 민중이란 넘우나 막연한 대상을 여기서는 국가정신을 참으로 이해하는 민중으로 고쳐야 할 것
> 3. 제재도 민중 속에서 구하되 銃後의 민중이라는 것을 염두에 두어야 할 것
> 4. 구체제와 신체제에 대한 변모를 명확히 할 것
> 5. 개인보다 공익우선이란 것을 이해할 것
> 이런 조목의 관념을 연극 속에 집어넣어 가지고 이것이 예술적으로 조화되고 정비되어 구상화되어야 할 것이다.……
> 그러기에 첫째로 국민연극은 건전한 국민정신 또는 국민도덕이 정당하게 된 연극이어야 할 것이다. 어떤 연극이든 〈모랄〉이라는 것이 있으나 금

---

370) 위의 책, 419쪽.
371) 필자미상(1941), 〈國民演劇의 첫 烽火 — 劇團 現代劇場 創立에 際하야〉, 《매일신보》 3월 30일자.

일에 있어서 우리의 최고의 도덕이란 것은 자유쥬의, 개인주의와 사회주의를 지양한 전체주의의 국민도덕인 것이다. 즉 국민 전체를 한 개인의 국민 정신으로 결합하는 연극이다. 둘째로 우리는 예술지상주의 연극이 아니오 국가 목적을 달성하는 목적의식이 있어야 할 것이다. 그러나 국가 목적 달성이란 이 정신만이 무슨 표어나 포스타처럼 드러내 놓고 예술 속에 용해되지 않으면 이것은 결국 연극이 아닌 것이다. 그러기에 첫째 연극은 연극으로서 고도의 연극이 구성 되고 여기에 국가정신이 용해되어야 할 것이다.[372]

이상에 나타난 바와 같이, 당시 이른바 '국민연극'의 핵심은 국가 목적을 달성하는 목적의식을 가지고 국민 전체를 '국민정신'으로 결합하려는 연극이었다. 여기서의 '국민정신'이란 두말할 것도 없이 당시를 지배하던 일본의 '군국주의적 제국주의'이다.

---

372) 함대훈(1941), 〈國民演劇의 現段階〉, 《조광》 5월호.

9. 해방기의 희곡/연극 이론

이 시기에 이루어진 희곡/연극 이론의 주요 핵심은 이른바 '진보적 민족극론'이라는 것이다. 이 이론은 당시 '문학가동맹'의 민족문학론이었던, 이른바 '민족문학=인민문학=노동문학'의 관계를 전제로 하는 연극 이론이었다.

> 진보적 연극의 전 세력은 인민의 것이다. 노동자 농민이 주체가 된 근로하는 인민의 손으로 이루어질 연극이야말로 진보적 연극의 근원이 아닐 수 없다. 민족해방의 과업이 자주독립의 달성과 진보적 민주주의국가 건설을 위한 민족통일전선의 촉진에 있다는 것은 부언을 필요로 하지 않지만 진보적 연극통일운동의 옳은 방향도 역시 민족통일운동의 똑바른 정치노선을 지향하는 곳에 있다는 것을 깨달아야 한다. 그리고 연극 통일전선의 주체적인 힘은 노동자 농민을 주로 하여 근로인민을 토대로 한 연극세력의 영도하에서만 달성될 것이다. 왜 그러냐 하면 조선혁명의 기본 성격이 부르조아민주주의 혁명단계라는 데 그의 특징이 있는 까닭이다.[373]

이 주장은 '민족극'이 노동자계급을 주체로 한 진보적 연극이어야 한다는 것이다. 이러한 이론을 좀 더 구체적으로 드러낸 주장은 한효의 다음과 같은 언급이다.

> 신파극이 오늘의 연극에 한 유산으로서 가장 높은 기술을 가지고 있게 된 것은 거기에 오랜 연마의 과정이 있었기 때문이다. 이러한 기술은 결코

---

373) 안영일(1946), 〈연극 건설의 기본 방향〉, 《혁명》 1, 42쪽.

일조일석에 형성되는 것이 아니다. 그리고 기술이란 부여된 이데올로기적 영역의 특수성에 적합한 세계관의 독자의 긍정이어야만 한다. 여기에 세계관과 기술이 변증법적으로 통일되지 않으면 아니되는 이유가 있다.[374]

한효가 주장하는 '민족극'의 핵심은, 결국 "가장 진보적인 현실인식과 가장 진보된 표현예술의 변증법적 통일"이라는 것이다. 이러한 '진보적 민족극'의 개념을 좀 더 분명하게 표현해 놓은 것으로 다음의 글이 있다.

> 민주주의적 민족연극이 인민의 연극이요, 인민의 연극이 되기 위해서는 우리 연극이 노동자 농민 소시민 인텔리겐챠의 생활 속으로 들어가 그들의 자연발생적인 자립연극을 육성 조장하는 데서만 조선연극의 창조적 원천이 있고 연극 대중화의 중대한 관건이 있었다는 것을 잊었던 까닭이다.[375]

이상의 주장을 종합해 보면, 이 시기의 민족극은 '인민극'이며 인민극은 노동자와 농민의 연극이고, 이에 부합되는 연극이 바로 '자립연극'이 되며, 또한 진보적인 현실인식을 토대로 하여 각자의 세계관에 의거한 기술이 변증법적으로 이와 같은 '자립연극' 속에 수용될 때 그 연극은 '진보적 민족극'이 될 수 있다는 주장이다.

'조선연극동맹'의 실천 이념이었던 이 '진보적 민족극론'은 이처럼 이른바 '자립연극'의 형태로 구체화되며, 이러한 '자립연극'이란 것은 결국 '자주적인 민족극'을 사회주의적인 입장에서 추구한 것이라 할 수 있다. 이러한 이론적인 결실은 해방 직후 민족극이 거둔 최대의 성과라는 주장도 있다.[376]

---

374) 한효(1946), 《혁명》 1, 5쪽.
375) 안영일(1946), 〈연극운동의 대중화 문제〉, 《조선주보》 12호.
376) 양승국(1989), 〈해방 직후의 진보적 민족연극 운동〉, 《창작과비평》 겨울호, 207쪽 참조.

10. 남북분단시대의 희곡/연극 이론

이 시기는, 일본 군국주의적 제국주의가 우리 강토에서 물러가고, 이어서 이른바 '냉전체제'라는 새로운 정치적 시련이 우리에게 가해져, 일제 강점기와는 또 다른 정치적 시련인 '민족과 국토의 분단'이라는 비극적 상황에 놓이게 된 시기이다. 그래서 국토의 북쪽에는 냉전체제의 한쪽인 사회주의적 정권이 들어서고, 국토의 남쪽에는 냉전체제의 다른 한쪽인 자본주의적 정권이 자리를 잡게 되었다.

이러한 새로운 정치적 상황 변화 속에서, 우리의 희곡/연극 이론도 아직 미완인 채로 남아 있는 새로운 민족극의 이념과 이론을 수립하기 위한 어렵고도 지난한 노력을 계속해야만 했다.

이 시기의 한국 희곡/연극 이론 관련 주요 자료들은 너무 다양하고 복잡하여, 앞으로 좀 더 자세한 정리와 분석을 필요로 한다.[377] 따라서 여기서는 가장 핵심적인 자료들에서 추출될 수 있는 몇 가지 중요한 논점들만 정리하는 것으로 대신하고자 한다.

전반적인 상황

첫째, 우선 이 시기가 되면 북한에는 사회주의적 희곡/연극 이론이 자리를 잡았고, 남한에는 자본주의적 희곡/연극 이론이 자리를 잡았다.

---

377) 이 시기의 한국 희곡/연극 이론 자료는 양이 매우 방대하고, 아직 학계에서 본격적인 정리 분석이 이루어지지 못한 관계로, 여기에서는 이 시기에 이루어진 가장 핵심적인 이론의 골자만 정리하고자 한다.

둘째, 그러면서 점차 전 세계 주요 희곡/연극 이론을 수용 이해하고, 이를 바탕으로 우리 나름의 독자적인 희곡/연극 이론을 본격적으로 모색하였다는 큰 의의를 찾을 수 있다.

셋째, 남북한 희곡/연극 이론의 주요 골자는, 북한에서는 이른바 '주체 희곡/연극 이론'이고, 남한에서는 이른바 '마당극 이론'으로 집약할 수 있다. 즉, 외세에 대한 자기 주체성 자각도 분명하게 이루어져, 북한 쪽에서는 이른바 '주체극 이론'이 발전하여 나아갔으며, 남한 쪽에서는 '민족극 이론' 또는 '마당극 이론'이 발전하여 나아갔다.

넷째, 앞으로 이 남북분단시대의 한국 희곡/연극 이론은 새로운 통일시대 민족극의 희곡/연극 이론으로 통합 발전되어 나아가야 할 것이다.

다섯째, 이 시기의 희곡/연극 이론은 각 영역별로 커다란 발전을 이룩하였으며, 희곡/연극의 장르가 문화 예술의 중심부를 차지하게 되었다. 그 결과, 희곡/연극 이론의 여러 분야들인 극작·연기·연출·의상·분장·무대 및 장치·음향·조명·청관중·비평 등, 연극의 모든 영역에 걸쳐서 많은 전문가들이 양성되고, 전문 이론들이 외국으로부터 수용되었으며, 또한 우리 식으로 변용되고 재창조되었다.

여섯째, 연극의 주체가 크게 변모하였다. 즉, 북한 쪽에서는 당과 지도자로 주체가 변화하였으며, 남한 쪽에서는 정치 지배자와 부르주아가 중심 주체로 부상한 가운데, 이에 대한 정치적 대응세력으로서 마당극을 창출한 지식인들과 민주적 민중들이 그 한편에 존재했다.

주요 이론

이 시기 한국 희곡/연극 이론은 두 가지 방향을 취하고 있다. 하나는 북한 쪽의 이론으로서, 사회주의적 희곡/연극 이론을 주체적/민족적인 방향으로 변환시키고자 한 이론으로서, 이것을 북한 쪽에서는 이른바 '주체극 이론'이라 한다, 다른 하나는 남한 쪽의 이론으로서, 자본주의적 희곡/연극 이론을 민족적인 방향으로 변환시키고자 한 이론으로서, 이것을 이른바 '민족극 이론' 또는 '마당극 이론'이라 한다.

북한의 '주체극 이론'

북한의 희곡/연극 이론은 이른바 '주체극 이론'(主體劇理論)이라 할 수 있다. 이것은 다음 두 가지 기준에 근거한다. 첫째, 이 이론은 '사회주의적 사실주의'(social realism)에 기초하고 있다. 둘째, 이 이론은 이른바 '김일성주의'에 의해 '주체적'으로 변화된 것이다.

이 북한 희곡/연극 이론은 김일성주의 곧 '유일사상' 체계의 확립 시기인 1967년을 기점으로 하여, 전기(1948~1966)와 후기(1967~현재)로 구분할 수 있다. 전기는 이른바 '사회주의적 사실주의'를 기초로 하는 '김일성식' 주체 이론이 지배하는 '정극 이론'(正劇理論)의 시기이며, 후기는 이른바 '주체 문예 이론'을 기초로 하는 '김정일식' 주체이론이 지배하는 '혁명극'(革命劇) 또는 '집체극 이론'(集體劇理論)의 시기이다. 이 후기의 이론을 북한에서는 '민족극 이론'이라고도 하며, 좁게는 '피바다식 가극 이론', '성황당식 연극 이론'이라고도 한다.

북한의 '사회주의적 사실주의' 이론의 골자는 다음과 같다. 첫째, 혁명적 발전 속에서 진실하고 역사적인 구체성을 느낄 수 있도록 현실을 묘사해야 한다. 둘째, 혁명적 낭만주의를 조화시켜야 한다. 셋째, 공산주의 건설을 위한 투쟁과 결합시켜야 한다.

북한 '주체극 이론'/'민족극 이론'/'집체극 이론'에서의 '주체극'/'민족극'이란, "혁명과 건설에서 나오는 모든 문제를 자기 인민의 이익과

나라의 실정에 맞게 자체의 힘으로 풀어나아가는 데 대한 주체사상의 요구를 구현하여, 자기 나라 인민과 자기 나라의 혁명을 위하여 복무하는 인민적이며 혁명적인 연극"을 지칭한다고 한다. 이러한 희곡/연극은 "당의 유일한 지도사상인 수령의 혁명사상과 그 구현인 당의 노선과 정책이 정확히 반영되도록 하는 희곡/연극"을 지칭한다는 것이다.[378]

북한의 희곡/연극 이론은 이러한 '주체극'/'민족극'을 창조하기 위해 다음과 같은 주장들을 내세운다. 즉, 이 이론은 종자론(種子論), 속도전이론, 통속예술론, 군중예술론, 공산주의 인간학, 반추상주의 등을 내세워, 이것들을 그 '정책과제'로 삼고 있다.

'종자론'이란 작품의 핵심 사상으로 김일성주의 주체사상을 담아야 한다는 것이며, '속도전 이론'이란 최단기간에 양적으로 질적으로 최상의 성과를 내야 한다는 주장이다. '통속예술론'이란 인민이 쉽게 이해할 수 있도록 작품을 평이하고 대중적으로 만들어야 한다는 주장이다. '군중예술론'이란 창조의 주체는 개인이 아니라 군중 또는 집단이라는 주장이다. '공산주의 인간학'이란 작품의 주인공 또는 주체로 공산주의자를 다루어야 한다는 것이며, '반추상주의'란 추상적인 것을 언어유희·기형화·불구화·염세주의·신비주의·색정주의로 단정하여 배격한다는 주장이다.

이러한 이론들이 지향하는 예술의 양식적 목표는 이른바 '민족가극'(民族歌劇)의 수립이라고 한다. 북한 쪽에서는 1960년대 이전까지의 '조선식 가극'을 '창극'(唱劇)이라 부르고, 1960년대 이후에는 '민족가극'(民族歌劇)이란 명칭을 도입하여 '창극'과 상대적인 개념으로 사용해 오다가, 1970년대부터는 이른바 '피바다식 혁명가극'을 '민족가극'이라 부르

---

378) 한국비평문학회 편(1990), 《북한 가극·연극 40년》, 서울: 신원문화사, 19~20쪽 참조.

고 있다.

여기서 '민족가극'이란 조선의 민요에 토대를 두고 새롭게 발전시킨 통속극을 가리킨다. 여기서는 '통속극' 또는 '통속성'이라는 용어가 부정적인 의미가 아니라 긍정적인 의미로 사용된다. 즉, 가극의 가사와 곡조는 민요와 같이 누구나 쉽게 부를 수 있는 것이어야 하며, 대중적인 생활과 요구와 지향에 맞아야 한다는 것이다.

기존의 가극이 대사 및 대화창을 주로 사용하는 반면, 이 민족가극은 대화창 대신 '절가'(節歌)라는 것을 사용한다. '절가'란 대사와는 다른 일련의 노래들로서, 그 각각의 노래들은 평이한 정형시 형태의 가사에다가 동일한 곡조를 붙여 여러 번 반복하는 것이다. 이 절가들이 기승전결의 과정에 따라 점차 더 큰 단위인 '악절'(樂節)로 확대 발전되어 민족가극이 완성된다고 한다. 이 절가 형식의 단순 반복성을 보완하기 위해서는 독창·중창·합창·관현악 등의 수법들을 활용한다.

이 밖에도, 민족가극은 '방창'(傍唱)이란 것을 사용한다. 이것은 주인공의 정신세계나 극적 상황이나 극의 진행 등을 무대 밖에서 설명하고 보충해 주는 절가 형식의 성악 기법이다. 이것은 서사적인 묘사, 극적인 묘사, 서정적인 묘사를 두루 할 수 있는 음악적 표현 수단이다. 이것은 독창·2, 3중창·대중창·소방창·대방창·무가사방창·여성방창·남성방창·혼성방창 등 여러 가지 방창 형태로 활용된다. 이 민족가극에는 성악뿐만 아니라 기악 특히 관현악도 폭넓게 사용된다.

민족가극은 민요풍이 전체를 지배하는 가운데, 새로이 개량한 민족악기인 고음단소·단소·고음젓대·중음젓대·젓대·장새납·대피리·저피리·소해금·중해금·대해금·저해금 등이 반주의 중심을 이루고, 서양 음악과 서양 악기들이 여기에 재통합되어 보조하는 방향을 취하고 있다.

한편, 북한의 희곡/연극사는 다음과 같이 시대구분을 하고 있다. 평화적 민주건설 시기(1945. 8~1950. 6), 조국 해방전쟁 시기(1950. 6~1953. 7), 전후 복구건설과 사회주의 기초건설을 위한 투쟁시기(1953. 7~1960), 사회주의의 전면적 건설과 사회주의의 완전 승리를 앞당기기 위한 투쟁시기(1961~1966), 당의 유일사상 체계를 튼튼히 하기 위한 투쟁 시기(1967~현재) 등이 그것이다. 이러한 구분은 희곡/연극사를 정치적 이데올로기의 지침에 따라 구분하는 방법을 활용한 것이다.

한편, 북한의 희곡/연극에 대한 남한 쪽의 비판은 대체로 다음과 같은 발언을 크게 벗어나지 않는다.

> 그들의 연극은 일제의 잔재인 신파극과 악극의 틀을 근본적으로 벗어나지 못하고 있다. 그들은 비평가들조차 연극을 이야기할 때 '눈물 없이 볼 수 없는 훌륭한 작품'이라는 말로 시작한다. 이는 식민지시대의 저급한 대중극인 신파극을 구경한 관객들의 탄성과 그대로 통하는 말이다. 감상주의와 눈물은 신파극의 요체라 할 수 있다. 그들은 대중을 실컷 울려놓고서 그 공허한 자리에 김일성을 불쑥 내밀어 내놓는다.[379]

남한의 '민족극 이론' 또는 '마당극 이론'

남한에서의 '민족극'이란 용어는 북한의 그것과는 달리, '서양식에 대한 동양식 희곡/연극, 동양식에 대한 한국식 희곡/연극'이란 의미로 사용되며, '민족극 이론'이란 용어도 이와 비슷한 의미, 곧 서양의 희곡/연극 이론에 대응하는 동양의 희곡/연극 이론, 그런 동양의 희곡/연극 이론 가운데서도 다른 동양의 희곡/연극 이론과 '차별화'되는 한국식 희

---

379) 유민영(2001), 《한국연극운동사》, 서울: 태학사, 334쪽.

곡/연극 이론이란 의미로 사용된다.

남한 쪽의 희곡/연극 이론 가운데는, 1980년에 주로 이루어진 이른바 '마당극 이론'이 가장 대표적인 것이라 할 수 있다. 이 이론의 핵심 골자를 정리하면 다음과 같다.

우선, 마당극의 정의는 대체로 다음과 같이 내려져 있다.

> 즉 "식민주의적 사관에서 탈피한 시각으로 민족 고유의 전통 민속연희를 그 정신과 내용·형태 면에서 창조적으로 계승하여 오늘에 거듭나게 한 주체적 연극", "복제문화를 양산하는 각종 정보전달 매체와 이를 수용하는 대중계층 간에 발생하는 괴리감을 해소하고, 대중 속에서 대중의 손으로 직접 창조·향유되는 자급자족·자력갱생의 자기표출 통로", "공허한 예술지상주의 또는 고급한 사람들의 유한 취미가 아닌 인본주의적 입장에서 지역적 계층적 문화편재 현상을 극복하여 소외된 사람들의 건강한 생명력이 발휘될 수 있는 삶의 무기로서의 연극"을 바로 마당극이라 규정했던 것이다.[380]

마당극의 여러 가지 특성은 다음과 같이 이야기 줄거리·등장인물·구성·어법·소리·무대장치 및 대소도구·연기·공연·미학 등의 측면으로 나누어 정리할 수 있다.

먼저, '이야기 줄거리' 면에서는, 고전의 내용을 소재로 하여 이것들을 재해석하는 계통('마당놀이' 계통)과 당대 사회의 중요한 시사적인 문제들을 다루는 계통('마당극' 계통)으로 이루어져 있다.

'등장인물' 면에서는, 하층민 중심의 등장인물 선택, 결함이 있는 낙

---

380) 임진택·채희완(1982), 〈마당극에서 마당굿으로〉, 《한국문학의 현단계》 1, 서울: 창작과비평사, 192쪽 참조.

관적 주인공,[381] 풍자의 대상으로서의 적대적 등장인물의 사용, 사회적 집단적 유형성을 지닌 등장인물의 사용 등이 중요한 특징이다.

다음으로, '구성' 면에서는, 이른바 '봉합적 구성'/'짜깁기식 구성'이 중요한 특성으로 나타나며, '어법' 면에서는 구어체의 적용, 방언과 비속어의 적절한 활용, 재담/말장난·의고적 어투 등의 적절한 응용, 운문성의 강화 등을 들 수 있다. 그리고 '소리' 면에서는 전통악기들, 특히 풍물 악기의 사용이 두드러진 특징이다.

'무대장치 및 대소 도구' 면에서는, 우선 무대는 '산희'(山戲)가 아닌 '야희'(野戲)의 전통을 계승하여, 무대의 높이가 청관중석의 높이와 같거나 더 낮은 완전개방 무대인 원형무대 또는 반개방무대인 반원형무대/3면무대를 사용하며, '대소 도구'로는 작품의 주제와 매우 긴밀하게 연관된 상징적인 대소 도구들만 엄선하여 사용하며, 대개는 많은 대소 도구들을 사용하지 않는다.

'공연' 면에서는, 공연자—청관중의 '상호작용' 관계의 개방적 강화, 즉흥연기의 증대, 열린 공간으로서의 전통적 '마당'/'판'의 활용, 전통적인 각종 진법(陣法) 동작선들의 활용, 극중 공간과 공연 공간 사이의 개방적 넘나듦, 전통 대동굿의 구조인 '길놀이—마당놀이—뒷풀이' 구조의 활용, 공연 상황에 대한 청관중의 적극적인 개입과 추임새 유도 등을 중요한 특징으로 한다.

끝으로, 마당극의 '미학'은 대체로 '반미학'(anti-aethethics)의 방향을 지향하여, '비속미', '해학미', '풍자미', '비애미', '비장미', '통속미', '신명미' 등을 적절히 추구하며, 이 가운데서 주로 '풍자미', '해학미', '신명

---

381) 강영희(1989), 〈마당극 양식론의 정립과 올바른 대중노선의 모색〉, 《사상문예운동》 1989년 가을호.

미’ 등이 주축을 이루고 있다 하겠다.[382]

두 이론의 가치와 문제점

두 이론은 한국 희곡/연극 이론에서 다음과 같은 중요한 의의와 가치를 지닌다.

첫째, 두 이론들은 모두 우리 민족이 유사 이래 오랫동안 추구해온 ‘민족극’의 이념과 이론을 좀 더 본격적으로 수립하고자 한 이론이라는 공통점이 있으며, 또한 그런 면에서 종전의 이론과는 다른 중요한 업적을 이룩하였다. 종래의 한국 희곡/연극 이론은 대체로 매우 단편적이거나, 아니면 아주 외래적/외세 의존적이었다. 그런데 이 두 희곡/연극 이론에 이르러, 어느 정도 하나의 민족적/주체적인 종합 희곡/연극 이론을 수립할 수 있게 되었다.

둘째, 비슷한 맥락에서, 특히 갑오경장 이후 우리 민족이 가장 중요한 목표로 삼아온 ‘반봉건·반제국주의’를 지향하는 ‘근대 민족극’의 수립이라는 목표에 부응하는 방향을 지향하고, 그런 각도에서 일정 부분 성공을 거둔 점도, 두 이론 모두에 공통점이라 할 수 있다.

셋째, 두 이론 모두 우리의 희곡/연극 이론 전통을 계승하여 그것을 토대로 삼고, 거기에 외래적인 여러 이론을 적절하게 수용 융합하여 새로운 민족극 이론을 수립하려 한 점에서도 공통점이 있으며, 이런 면에서도 어느 정도 성공을 거두었다.

그러나 두 이론은 한편으로는 다음과 같은 문제점을 노출하였다.

첫째, 전자는 기존의 사회주의 희곡/연극 이론을 주체적으로 재창조

---

382) 이영미(1996), 《마당극 양식의 원리와 특성》, 서울: 한국예술종합학교 한국예술연구소, 90~283쪽 참조.

하려 하였으나, 아쉽게도 지나치게 어떤 개인 또는 집단의 이론으로 고착화됨으로써, 그 자체의 이론적 개방성을 많이 상실하였다는 점이 가장 큰 문제점이라 할 수 있으며, 후자는 전체적으로 계급성 또는 계층성과 시대성의 한계에 지나치게 의존함으로써, 계층과 시대를 뛰어넘어 민족 전체에 부응하는 이론적 개방성을 확보하는 데 부족함을 드러내었다.

둘째, 거시적으로 볼 때, 이 두 이론은 서양 제국주의가 우리에게 강요한 '냉전체제'의 정치적 패러다임 아래서 모색된 '분단시대의 이론'이라는 한계점도 분명하다. 즉, 이 이론들은 우리 민족이 외세라는 타의에 의해 자본주의와 사회주의의 두 냉전체제로 '분단'된 상황에서, 이 냉전체제를 극복하려고 힘들게 노력해서 얻은 남북 분단시대의 희곡/연극 이론인 것이다.

남은 과제

앞으로 이 두 희곡/연극 이론은, 지금까지 이룩한 이론적 성과를 토대로, 세계에서 마지막으로 남은 분단국가 냉전체제 아래에서의 희곡/연극 이론을 해체하고, 새롭고 완전한 21세기 민족 자주 독립국가의 희곡/연극 이론을 모색할 시기에 와 있다.

뿐만 아니라, 이제 우리의 희곡/연극 이론은, 반봉건·반제국주의적이고 탈냉전적인 희곡/연극 이론의 차원에서 한 걸음 더 나아가, 매우 새로운 차원의 희곡/연극 이론을 모색해야만 할 때가 되었다. 그것은 '세계화'(globalization)라는 21세기의 문화적 맥락 속에서 다른 나라/민족의 희곡/연극 이론들과 분명하게 구별되는 '차이'와 '정체성'을 확보하면서, 전 세계의 희곡/연극 이론을 두루 아우르는, 좀 더 개방적이고 전 지구적인 차원의 새로운 희곡/연극 이론을 모색하는 것이다.

남은 과제는, 지금까지 오랜 세월에 걸쳐서 어렵게 이루어온 우리의 전통 희곡/연극 이론들을 철저히 밝히고 종합하여 계승하고, 다시 세계 희곡/연극 이론의 장점을 두루 수용하여, 전 지구적인 차원에서 ‘차이’와 ‘정체성’을 확보한 새로운 민족극 이론을 수립하는 것이라고 할 수 있다.

3장
공시적-영역별 관점에서 본
한국 희곡/연극 이론의 주요 원리들

1. 한국 희곡/연극 이론의 공시적-영역별 범주

이 장에서는, 한국 희곡/연극 이론 자료들을 공시적-영역별로 정리 분석하여, 한국 희곡/연극 이론을 구성하는 기본 원리들을 도출해 보고 자 한다.

먼저, 한국 희곡/연극 이론의 공시적-영역별 전체 범주는 다음과 같 이 모두 16개 영역으로 구분할 수 있다. 그것은 (1) 희곡/연극 본질 이론, (2) 배우 연기 이론, (3) 극장 무대 이론, (4) 희곡 극작 이론, (5) 음악 무용 이론, (6) 의상 분장 이론, (7) 음향 조명 이론, (8) 대소 도구 이론, (9) 연 출 제작 이론, (10) 공연 이론, (11) 청관중 이론, (12) 비평 이론, (13) 미학 이론, (14) 연극사 이론, (15) 연극교육 이론, (16) 연극 직업 이론 등이다.

'희곡/연극 본질 이론'은 희곡/연극의 이원·기원·정의·기능·형 식·양식 등과 관련된 이론이며, '배우 연기 이론'은 배우의 본질·기 능·연기 등에 관한 이론이다. '극장 무대 이론'은 연극 공연이 이루어 지는 장소에 관한 이론이며, '희곡 극작 이론'은 희곡의 구성요소·창작 및 전승방식·긴장성 구축 방법 등과 관련된 이론이다. '대소 도구 이론’은 연극 공간과 연기자 사이에서 연극 공연을 보조하는 크고 작은 물건들에 관한 이론이며, ‘음악 무용 이론’은 연극에 활용되는 예술적인 음악 무용에 관한 이론이다. ‘음향 조명 이론’은 연극에 사용되는 소리와 빛에 관련된 이론이다. ‘연출 제작 이론’은 무대 밖의 청관중을 상대로 무대 안에서 보이는 모든 것들을 어떻게 할 것인가에 관련된 이론이며, ‘공연 이론’은 연극이라는 사회—문화적 행위가 이루어지는 전체 과정에 관련된 이론이다. ‘비평 이론’은 희곡 및 연극 작품들에 대한 구체적인 가치평가에 관련된 이론이며, ‘미학 이론’은 연극의 아름다움[美]과 관련하여 전개되는 이론이다. ‘연극사 이론’은 연극의 역사적 전개와 관련된 이론이며, ‘연극교육 이론’은 연극의 교습·전승·전파와 관련된 이론이며, ‘연극 직업 이론’은 연극을 담당하는 사람들의 사회적 경제적 문제들과 관련된 이론이다.

각 이론 영역들은 서로 다른 독자성을 가지는 이론의 범주들이면서, 동시에 상호 보완하면서 희곡/연극 이론 전체를 구성한다고 할 수 있다. 이런 면에서, 각 이론의 범주 영역들은 희곡/연극 이론이라는 하나의 실체 또는 학문의 어떤 한 측면이며, 관점을 달리하여 바라볼 때 달리 드러나 보이는, 동일한 실체의 다양한 양상이라고도 할 수 있다. 또한 각 이론의 범주들은 한국 희곡/연극 이론의 오랜 역사를 반영하고 있다. 예컨대, ‘희곡/연극’이라는 용어 자체를 비롯해서 희곡/연극 이론의 모든 범주 영역들을 가리키는 용어들, 그리고 그 용어들의 영역을 구성하는 내용들, 곧 하부 용어들의 체계화 속에서 한국 희곡/연극 및 한국 희곡/연극 이론의 역사적 전개과정 전체가 공시적인 질서로 재구축되는 것이라고도 할 수 있다.

2. 한국 희곡/연극 이론의 공시적-영역별 기본원리

희곡/연극 본질 이론

희곡/연극 본질 이론은 연극의 어원·기원·정의·기능·형식·양식 등에 관련된 이론으로서, 한국 희곡/연극의 주요 본질 이론으로는, '생명의 원리'와 '조화의 원리'를 확인할 수 있다.[1] 이를 좀 더 구체적으로 차례차례 살펴보면 다음과 같다.

어 원: 한국 희곡/연극의 어원은 '굿', '노릇노리', '짓거리' 세 가지 계열이 있다. 이 가운데에서 먼저 '굿'이란 '궂은 것들을 물리친다'고 하는 한국 연극의 제의적 성격을 나타내는 어원이며, '노릇노리'는 진지한 제의나 일로부터의 해방을 추구하는 한국 연극의 놀이적 성격을 나타내는 어원이다. '짓거리'는 일련의 몸짓·흉내, 곧 모방 행동들이 어떤 질서에 따라 연결된 것을 나타내는 어원으로서 한국 연극의 모방적 성격을 나타내는 어원이다.[2]

한국 연극의 어원은 이처럼 제의성('굿'), 놀이성('노릇노리'), 모방성('짓거리') 등이 골고루 조화를 이루고 있다. 이에 비해, 그리스 중심의 서양 연극은 이원상으로 볼 때 '행동'으로 '모방'해서 보여주고 그것을 지켜

---

[1] 이 책에서 '원리'란, 앞에서 정의한 바와 같이, '이론'을 구성하는 하위 명제를 말하는 용어로 사용한다. 이 책에서 '이론'과 '원리'의 관계는, 아리스토텔레스의 《시학》을 예로 든다면, 연극의 '본질이론'과 '모방의 원리'의 관계와 같으며, 범위를 좀 더 좁혀서 본다면 그의 '플롯 이론'과 '급전·발견의 원리' 관계와 비슷한 것이다.

[2] 유창돈(1964), 《李朝語辭典》, 서울: 연세대출판부, 155쪽 참조.

보는 '모방성'에 지나치게 치우쳐 있다. 동양의 인도·중국·일본의 연극은 어원으로 볼 때 대체로 한국과 유사한 방향을 취하고는 있으나, 한국 연극보다는 좀 더 양식화된 모방성 쪽에 더 기울어져 있다. 이러한 양식적 모방성은 그 동안의 연구에서 많이 지적되어 왔다.[3]

기 원: 한국 희곡/연극의 기원은 어원에서 드러나는 바 노선을 따라, '제의기원설', '유희기원설', '모방본능설'이 조화롭게 상호 보완하고 있다.

이 가운데서, '제의기원설'은 한국 민족 문화의 가장 근원적 원형적 제의인 '무당굿'과 특히 깊은 연관을 맺고 있으며, '유희기원설'은 삼국시대부터 조선시대까지 다양하게 전개되어온 '가무백희'(歌舞百戲) 계통의 연극들과 특히 깊은 관련을 맺고 있고, '모방본능설'은 근대 이후의 '신파극', '신극' 등과 깊은 관련을 맺고 전개되어 왔다.

정 의: 한국 연극의 정의는 "궂은 것들을 물리치고, '신명'을 회복하여, 즐겁게 놀면서, 바람직한 삶의 모습을 일련의 질서 있는 행동으로 구현하여 보여주는 것"이다. 이것은 서양 그리스의 이른바 '행동의 모방'이라는 정의[4]나 동양 중국의 "여러 가지 몸재주들로 즐겁게 노는 모양을 보여주는 것"이란 정의와도 다른 것이다.

기 능: 한국 연극의 기능은 궂은 것들을 물리치고, 천지와 조화 합일되어 생명을 갱신하고 즐겁게 놀면서, 일련의 질서 있는 행동으로 바람직한 삶의 모습을 구현하여 보여줌으로써, 신명을 회복하는 것이다. 그만

---

3) 여석기(1979), 〈아시아 연극의 서사성과 양식성〉, 《연극평론》 17호, 서울: 연극평론사, 3~35쪽 참조.

4) 아리스토텔레스/ 손명현 옮김(1975), 《시학》, 서울: 현암사, 37~48쪽 참조

큼 한국 연극은 '모방'보다는 생명력의 약동을 추구하는 '생명연극'이다.

양 식: 넓은 의미에서, 공연 가운데 공연자 자아의 등장인물에의 대여가 그 공연에서 필수적 역할을 하는 공연예술을 연극이라고 규정할 때, 지금까지 전승되는 한국 희곡/연극의 양식5)은 모두 열두 가지가 있다. 나라굿·마을굿·무당굿·풍물굿·탈놀이·꼭두각시놀음·판소리·창극·신파극·신극·마당극·마당놀이가 그것이다.6)

이 양식은 크게 제의적 양식, 놀이적 양식, 모방적 양식으로 구분된다. 이 양식들은 대체로 제의적 양식(나라굿·마을굿·무당굿) → 놀이적 양식(풍물굿·탈놀이·꼭두각시놀음·판소리) → 모방적 양식(창극·신파극·신극) → 놀이적 양식(마당극·마당놀이)의 과정7)으로 전개되어 왔다. 한국

5) 이 책에서 '형식'(form)이란 역사적 사회적 조건들을 초월하여 두루 적용될 수 있는 틀이란 개념으로 사용하고, '양식'(style)이란 역사적 사회적 조건에 따라 달라지는 틀을 가리키는 용어로 사용한다. 따라서 예컨대, 희극·비극·희비극과 같은 것은 '형식'이고, '판소리', '경극', '노', '카타칼리'(Kathakali), '코메디아 델아르테'(commedia dell'arte)와 같은 것은 '양식'이다.

6) 여기서 마을굿·무당굿·풍물굿·판소리 등은 좁은 의미의 서구의 연극 개념으로 보면 연극으로 볼 수 없을 것이다. 그러나 이런 좁은 서구식 개념으로 연극 양식을 규정하면 동양의 대부분의 '연극적' 공연 양식들이 연극의 범주에서 제외될 것이며, 그것이 세계 연극을 위해서 바람직한 것도 아니다. 따라서 여기에서는 좀 더 넓은 의미로 연극 개념을 정의하여, 앞에서 밝힌 바와 같이 '공연 중에 공연자의 자아의 대여가 그 공연의 필수적인 역할을 하는 공연예술 작품'을 연극이라고 규정하고자 한다. 이렇게 연극을 규정하고 보면, 서구의 협의의 연극 범주에는 속할 수 없지만 매우 '연극적'인 한국의 주요 공연 양식인 마을굿·무당굿·풍물굿·판소리 등이 모두 중요한 한국의 연극 양식으로 포괄될 수 있다. 이 양식들도 전체가 완전히 '공연자의 자아 대여'로 구축되는 것은 아니지만, '공연자의 자아 대여'를 필수 요소로 하는 양식, 즉 공연자의 '자아 대여'가 이루어지지 않으면 그 공연이 완성될 수 없는 공연 양식이다. 이러한 연극 개념은 동양 연극 전반에 두루 통용되는 매우 효과적인 개념이기도 하다. 이러한 연극 개념의 확장은, 이미 서구에서도 앙토냉 아르토 및 예르지 그로토우스키 이후에 급속히 강화되는 추세를 보여준다.

7) 여기에다가 다시 순환적 과정으로서 '→제의적 양식'(마당굿)의 과정을 첨가할 수도 있다. 그러나 이 '마당굿'이란 양식은 서양의 아르토의 '잔혹연극'과 같이 이념적으로는 어

희곡/연극의 이 열두 가지 양식을 세 가지 성격에 따라 구분하면 다음과 같은 표가 만들어진다.[8]

한국 연극 양식의 성격별 구분

제의적 양식	놀이적 양식	모방적 양식
나라굿	풍물굿	창극
마을굿/고을굿	탈놀이	신파극
무당굿	꼭두각시놀음	신극
	판소리	
	마당극	
	마당놀이	

이 세 가지 성격의 양식들은 다음과 같이 서로 조화롭게 미묘한 순환적 회귀적 연결 고리를 형성하면서, 오늘날에도 지속적으로 살아 있다. 이것을 도표로 나타내면 다음과 같다.

한국 희곡/연극 양식의 상호 순환 체계

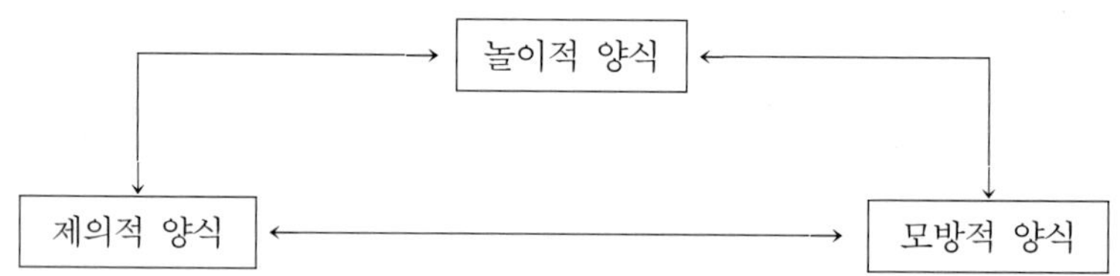

느 정도 구축된 것이지만, 실제로 실현되지는 못했다는 점에서, 하나의 연극 양식으로 다룰 수는 없다.[임진택·채희완(1988), 〈마당극에서 마당굿으로〉, 《한국문학의 현단계 I》, 서울: 창작과비평사 참조]

8) 여기서 풍물굿은 제의적 양식인 경우도 있고 놀이적 양식인 경우도 있다. 그러나 제의적 양식인 경우는 마을굿 양식 속에 포함되므로, 독립적인 양식으로서의 풍물굿은 놀이적 양식으로 보아야 한다.

이처럼 한국 연극 양식들은 서양이나 동양의 다른 나라 연극 양식에서와 같이 제의적 양식, 놀이적 양식, 모방적 양식 가운데 어느 한쪽으로 기울어져 있는 것이 아니라, 오늘날까지도 이 세 부류의 연극 양식들이 골고루 조화를 이루면서 전개되고 있다는 점이 큰 특징이다.

즉, 한국 연극에서는 이 세 부류의 양식들 가운데 어느 한 부류의 양식이 지나치게 강해지면 곧바로 이런 편향화로 인한 부조화에서 오는 병폐를 치료하기 위해 다른 부류의 양식들이 자발적으로 나타난다. 예컨대, 갑오경장 이후 서구의 모방적 양식이 점차 강화되어 한국 연극을 지나치게 지배하자, 1980년대에 들어와서는 놀이적 양식인 마당극·마당놀이가 출현하고, 제의적 양식을 추구한 '마당굿'이 추구되기도 했다는 점은, 바로 이러한 한국 연극의 특성을 잘 보여주는 사례이다. 이러한 것들은 한국 연극이 그 양식적인 면에서 보여주는 '자기 치료적'인 능력, 즉 양식 면에서의 '조화의 원리'와 '생명의 원리'를 보여주는 사례라고 할 수 있다.

이상을 종합할 때, 우리는 한국 연극의 본질이론 전반을 관류하는 기본 원리로서, '생명의 원리'와 '조화의 원리'를 확인할 수가 있다.

배우 연기 이론

배우-연기 이론이 본격화된 것은 서양보다는 동양이 훨씬 앞섰다. 서양에서는 로마시대 호라티우스(Horace; B.C. 65~8)의 《시학》 속에서 단편적인 언급9)이 나타나기 시작해서 18세기 프랑스의 디드로(Denis

---

9) 아리스토텔레스와는 달리, 호라티우스는 간단하지만 놀라운 한 문장 속에서 다음과 같이 배우에 관한 언급을 하고 있다. "만일 배우가 청관중을 울게 만들려면, 그는 먼저 자기 스스로 슬픔을 느껴야만 한다. 그런 다음에, 천부적으로 부여받은 자기의 각종 표현 방법

Diderot)의 《연기의 역설》[10]에 이르러 본격적인 저술로 나타나게 된다. 그러나 동양에서는 기원 전후 2세기 무렵에 이미 인도의 고전 연극이론서인 《나띠야 샤스뜨라》(Nāṭya Śāstra)에서 본격적이고 자세한 배우 연기술이 구체적으로 전개되고 있다.[11]

한국 배우 연기 이론의 중핵을 이루는 것은 '4대 법례의 원리', 즉 인물치레·사설치레·득음·너름새 이론으로 구축될 수 있다. 이것을 처음 정확히 포착해낸 사람은 19세기 초의 동리(桐里) 신재효(申在孝)이다. 이것은 판소리를 통해서 포착된 이론적 단서이긴 하지만, 한국 배우 연기 이론 전반에 두루 적용될 매우 보편적인 희곡/연극 이론의 기초 원리이다.

이 이론에 따르면, 한국 연극의 배우/광대는 반드시 배우로서의 신체적 조건인 '인물치레'와, 언어 구사 능력인 '사설치레', 그리고 음악적인 행동 능력인 '득음'과, 시각적 연기력인 '너름새'를 모두 갖추어야만 한다.[12] 한국 배우 연기 이론은 이 기초 원리에 의거해서 각 양식별로 그 중심을 달리 하면서 좀 더 세부적으로 정리되고 구축될 수 있을 것이다.

한국 배우 연기 이론의 또 하나의 중요한 원리는 '공소의 원리'이다. 공소의 원리란 배우가 공연하는 동안 청관중과 직접적인 상호작용 관계를 갖기 위해 공연 구조 속에다가 청관중이 끼어들 수 있는 '공소'(空所) 곧 시간적/공간적 빈 곳을 만들어 놓는 원리를 말한다. 한국 연극은 창극과 서구 정통의 신극 양식을 제외하면, 다소 경중의 차이는 있지만 이

들 가운데서 그 등장인물의 분위기와 신분에 적합한 표현들을 찾아야만 한다."[Marvin Carlson(1993), *Theories of The Theatre: A Historical and Critical Survey, from The Greeks to Present*, Cornell University Press, p.24]

10) Denis Diderot(1883), "The Paradox of Acting", trans. Walter H. Pollock, London.

11) 고승길(1993), 《동양연극연구》, 서울: 중앙대출판부, 57~76쪽.

12) 한국 배우 연기 이론은 앞 장에서 살펴본, 신재효의 〈광대가〉에 잘 집약되어 있다.

공소를 구조적으로 확보하고 있다.[13] 이 공소의 원리는 뒤에서 논의하게 될 청관중 이론의 '추임새의 원리'와 상호 대응관계를 이루는 것이다.

배우 연기 이론의 또 하나 기초 원리는 '매개화의 원리'이다. 즉, 한국의 배우연기는 어떤 사실적 환상의 구현을 목표로 하는 것이 아니라, 청관중 각자의 마음 속 사상·감정의 계기에 따라 각자 나름대로 자유로이 가능한 어떤 신상을 '환기'할 수 있도록, 청관중 각자의 마음 속 계기들을 가장 효과적으로 자극하는 것을 목표로 한다. 곧 환상의 '시각적 구현'이 아니라 심상의 '계기'를 만들어주는 '매개화'를 목표로 한다. 이 원리를 가장 극단적으로 추구해간 연극 양식이 바로 판소리이다.

이것은 서양의 중심 연기술인 사실주의적 '모방'의 연기술은 물론, 동양 연극 연기술의 주요 기법인 '소외효과'와도 많이 다른 것이다. 소외효과를 기하는 연기술은 연기자와 배역 사이에 일정한 '거리'를 확보하여 사실적 환상을 약화시키기는 하지만, 적어도 그 연기자가 보여주는 배역의 시각적 환상을 일정한 수준으로 '양식화'하여 '완성'시킨다.[14]

그러나 한국 연극의 전통적인 배우 연기술에서는 그러한 닫힌 '양식화'를 거부한다. 예컨대, 한국 연극 양식 가운데서 비교적 양식화된 '탈놀이'를 보더라도, 중국의 경극이나 일본의 노(能)처럼 거의 완벽에 가까

---

13) 김익두(1998), 〈한국의 연극적 공연 양식에 있어서의 '공소'와 공연자 ─ 청관중 상호작용의 원리에 대하여〉, 《한국언어문학》 41집, 한국언어문학회, 281~298쪽.

14) 예컨대, 중국의 연기술은 생(生)·단(旦)·쟁(淨)·축(丑)의 체계로 정비된 연기 양식의 체계가 있고, 일본 노(能)의 연기술도 시테(仕手)·와키(脇)를 근간으로 하는 연기 양식의 체계가 굳어져 있다. 이들 양식들은 닫힌 양식, 고착화된 연기술의 체계여서, 그만큼 변화하는 역사와 사회를 능동적으로 '반영'할 수 있는 '능동적 개방성'을 확보하지 못하고 있는 '죽은 양식'으로 전락하고 있다. 그러나 한국 연극의 배우 연기술은 매우 개방적이기 때문에, 전통 '풍물굿', '탈놀이', '판소리'로부터 '마당극', '마당놀이', '창작 판소리'가 재창조될 수 있으나, 중국의 경극이나 일본의 노에서는 그러한 능동적 재창조 작업이 거의 불가능하다.

울 정도로 불변하는 정형을 규정해 놓고 있지는 않다. 배역은 오직 청관 중 각자의 마음 속 체험에 의해서 형성되어 있는 관련 심상을 효과적으로 자극할 정도의 '매개' 역할만을 할 뿐이다. 단지 서구의 근현대적 양식의 수입형인 '신극'에서만 이런 매개적 역할로서의 연기술이 크게 약화되고 사실적 환영(illusion)의 제시를 추구하였으나, 이 양식에 이어 나타난 '마당극'과 '마당놀이' 등에서는 곧바로 그런 '매개화의 원리'를 근간으로 하는 연기술의 방향을 다시 회복해 놓았다.

한국 배우 연기 이론은 이 두 기본 원리를 기본 바탕 원리로 하면서, 각 개별 양식별로 차별화되는 좀 더 자세한 이론 체계를 정비할 수가 있다. 예컨대, 판소리 연기에서 용어화된 '독공'(獨工)은 판소리 배우의 연기 이론을 좀 더 세부적으로 탐구하는 데에 매우 중요한 단서가 된다.

극장 무대 이론

한국 극장 무대 이론은 '짓고-헐기의 원리'로 집약할 수 있다. 이 원리는 한국 극장 무대는 전통적으로 일정하게 고정되어 전승되는 것이 하나도 없다는 사실과 직결되어 있다. 한국 연극에서 고정된 극장 무대가 있는 것은 단지 '신극' 양식 하나뿐이며, 이 양식도 후기로 오면서 점차 이러한 고정적 제약성에서 벗어나려는 노력을 하게 되었다.[15]

우리 전통 극장의 이러한 기본 원리와 특성은 전통 인형극 '꼭두각시놀음'의 마지막 과장인 '절 짓고 허는 거리'에서 상징적으로 가장 잘 표현되어 있다. 이 '거리'에서 '절' 곧 무대를 지으면서 연기가 시작되었다

---

15) 대표적인 사례로는 극단 민예, 미추, 아리랑, 길라잡이 등의 신극 작업들을 들 수 있다. 이 극단들이 공연해온 신극/무대극들은 서구의 고정적인 무대극 양식에 기반을 두면서도 점차 그 고정성을 파괴하는 개방적인 극장 무대를 지향하는 방향으로 나아갔다.

가, 다시 지은 순서를 거꾸로 하여 그것을 차례차례 다 헐어버린 다음에
공연이 끝나는 공연 방법은, 이러한 한국 극장무대이론의 핵심을 매우
효과적으로 암시해 준다. 즉, '전통적'으로 한국 연극의 극장 무대는 연
극의 시작과 함께 점차 구체적으로 만들어지기 시작해서, 연극이 끝남
과 동시에 모두 사라진다.16)

한국 연극 양식늘 서의 대부분이 이러한 원리에 의해 극장 무대가 이
루어진다. 다만, 서양 근현대 극장 무대의 직간접 영향 아래에서 형성된
창극·신파극·신극만이 이러한 원리를 거부하고 고정적인 무대를 지
향하는 성격이 강해졌다. 그러나 이것들 가운데 창극·신파극도 초창기
에는 이 '짓고–헐기의 원리'에 가까이 있었고, 오직 '신극' 양식만이 이
서구적 고정 극장 무대와 깊은 관련을 맺게 되었다. 그러나, '신극' 극장
무대의 이런 지나친 '고정성'은, 1960년대부터 전면에 나타나기 시작한
한국 문화예술계의 '전통 회복운동'과, 이러한 토대 위에서 1980년대에
본격적으로 출현한 마당극·마당놀이 등의 양식들에 의해 해체되고, 다
시 '짓고–헐기의 원리'를 어느 정도 회복하고 있다.

이러한 특징은, 그리스 이후의 서양 고정 극장 무대 전통은 물론, 이
보다는 좀 덜 고정적인 인도·중국·일본의 극장 무대 전통에 비교해볼
때, 한국 연극의 매우 독특한 전통이자 특징이다. 이 원리는, 한국 연극
이 늘 살아 움직이고 변화하는 '생명의 원리' 및 '조화의 원리'와 매우
깊고도 긴밀한 여관을 맺고 있다는 한 증거이기도 하다.17)

---

16) 이러한 극장 무대 기법이 서양에서 시도된 예는 20세기 중반인 1960년대에, 그로토우스
키 이후 가장 유명한 폴란드의 연출가인 칸토르(Tadeusz Kantor; 1915~)의 "Let's Artist
Die", "I Shall Never Return" 등에서 시도되고 있음을 볼 수 있다.[Marvin Carlson(1993),
op.cit., pp.461~462 및 칸토르의 연극 비디오 테이프 참조]

17) 이 두 원리는 궁극적으로는 한국 연극이 한국의 토착사상인 샤머니즘·풍월도·동학·
증산사상 등과 서로 깊은 관련을 맺고 있음을 암시한다. 이러한 점은 필자의 최근 논문

희곡 극작 이론

한국 희곡 극작 이론의 핵심은 '구주-문종(口主-文從)의 원리'와 '덩어리의 원리'와 '집단 중심의 원리'에서 찾을 수 있다. '구주-문종의 원리'란 구비 전통을 중심으로 하고 문자 전통을 보조적으로 활용하는 원리를 말하며, '덩어리의 원리'란 스토리의 '인과적 구성'보다는 '체험의 덩어리' 그 자체를 중시하는 원리를 말하며, '집단 중심의 원리'란 극작이 어떤 개인을 중심으로 이루어지기보다는 각 개인들이 속한 집단을 중심으로 이루어지는 원리를 말한다.

'구주-문종의 원리'는 '신극'을 제외한 모든 양식에 두루 적용될 수 있으며, '신극'도 한국적 '토착화'를 기하는 과정에서 이 원리를 점차 수용해 나갔다. 대표적인 예가 오태석과 최인훈의 희곡들이다.[18] 마을굿·무당굿·풍물굿·꼭두각시놀음·탈놀이·판소리·창극·신파극·마당극·마당놀이 등등이 모두 구비전승을 문자전승보다 더 중시한다.[19]

'덩어리의 원리'는 한국 희곡 극작 이론에서 가장 중요한 '구조화'의 원리이다. 한국 희곡은 정연하고 인과적인 스토리보다 '체험'의 덩어리 그 자체를 더 중시한다. 그래서 한국 희곡은 공동체 전체 속의 '체험의 중요도'라는 기준에 따라 가장 중요한 체험의 덩어리들이 우선적으로 선별되고 정리되고 적층화되고 재창조되면서 하나의 희곡 극작이 이루

〈'꼭두각시놀음'의 의미와 그 한계〉(《한국극예술연구》 13집, 한국극예술학회, 2001, 23쪽)에서도 간략히 언급한 바 있다.

18) 이들의 희곡이 비록 구비 전통을 주로 하고 기록 전통을 종으로 한 희곡 창작을 한 것은 아니지만, 이전의 다른 극작가들에 비해 구비 전통을 작품의 매우 중요한 동인으로 수용하였다는 점은 분명하다.

19) 20세기 최고의 연극이론가로 알려진 그로토우스키가 죽기 직전까지 추구한 것이 바로 이 원리라는 점은 아이러니하다.(Richard Schechner, "Shape-Shifter Shaman Trickster Artist Adept Director Leader Grotowski", n.p.)

어진다. 따라서 이 '덩어리들' 사이의 시간적 선후관계는 그다지 필연적인 것도 아니며, 그다지 중요한 것도 아니다. 중요한 것은 '체험'의 덩어리들 그 자체이다.

서양의 희곡 극작은 체험의 덩어리 자체보다는 그것들을 일관된 인과적 필연성에 따라 하나의 논리 정연한 전체로 얽어 짜는 '구성'을 더 중시한다. 인도의 고전극도 서양 희곡에서만큼은 아니지만 그러한 일관된 스토리를 중심으로 희곡 극작이 이루어지고 있으며,[20] 중국의 희곡들도 주로 '분절체'(分折體)와 '분장체'(分場體)라는 두 가지 정연한 기본체제에 따라 희곡 극작이 이루어졌다.[21] 한편 일본의 노(能)도 일정하게 인위적으로 규정된 창작의 기본 원리에 따라 희곡 극작이 이루어졌다.[22] 그러나 이러한 규정들은 그 양식을 높은 수준으로 세련시키는 데에는 유리하지만, 그 양식의 개방적 변혁성을 확보·유지·확장하는 데에는 오히려 불리하다. 그래서 이들 극작 양식은 결국 죽은 양식으로 전락한 반면, 한국의 전통 희곡 극작 양식인 풍물굿·탈놀이·판소리 등으로부터는 창극·마당극·마당놀이 등과 같이 새로운 시대에 부응하는 양식들이 재창조되어 나왔던 것이다.

'집단 중심의 원리'란 한국 희곡 극작이 유난히 어떤 개인 중심의 극작보다는 사회 공동체집단 중심으로 창작되고 전승되어 왔다는 점과 관련되는 원리이다. 이러한 성격은, 신극을 제외한 마을굿·무당굿·풍물굿·탈놀이·꼭두각시놀음·판소리·창극·신파극·마당극·마당놀이

---

20) 가장 대표적인 작품인 칼리다사의 작품 〈사쿤탈라〉(Shakuntala)도 정연한 스토리의 전개를 중심으로 작품이 진행된다.

21) 양회석(1994), 《중국희곡》, 서울: 민음사, 193~200쪽.

22) 예컨대, 그 전거가 확실하고, 관객들이 곧 이해할 수 있는 내용을 담고, 신기한 면이 있을 것, 균형이 잡혀 있을 것, 음곡적인 요소와 연희의 동작이 일체가 될 것 등을 규정하고 있다.[김학현(1991), 《能》, 서울: 열화당, 91~93쪽 참조]

등 거의 모든 한국 연극 양식이 다 그러하다. 이러한 한국 연극에서 희곡 극작상의 특성은, 연극이 문학이나 음악처럼 어떤 위대한 '개인'의 천재를 드러내기 위한 예술이 아니라 한 사회 전체를 비추어 '반성'하게 하는 집단적 '거울' 역할을 하는 예술, 곧 '사회극'적인 역할을 수행하는 예술이라는 점을 전제로 할 때,[23] 단점이라기보다는 오히려 큰 장점일 수 있으며, 그러한 장점들을 우리는 1980년대의 '마당극'에서 분명하게 확인할 수가 있다.

음악 무용 이론

한국 연극의 음악 무용 이론은 '통합의 원리'와 '그물코의 원리'로 집약할 수 있다. 이 두 원리는 서로 표리의 관계를 이루고 있다.

'통합의 원리'란 어떤 의미의 효과적인 표현을 위해서 악기 소리·노래·춤·짓거리를 어느 한쪽으로 지나치게 치우치지 않고 각 경우에 알맞게 적절히 융합시키는 원리를 말한다. 즉 연극적 표현을 위해서 악가무극(樂歌舞劇)이 조화롭게 유기적으로 통합되는 원리인 것이다. 이 원리는 일반적으로는 동서양 연극을 막론하고 두루 고려되는 원리이긴 하지만, 서양 연극의 경우에는 그리스 후기 연극에서부터 이 원리가 점차

---

23) 거의 모든 사회에는, 그것이 어떻게 구성된 사회이든지 간에, 집단적 '리미널리티'를 획득하는 명료한 방법이 존재한다. 그 '리미널리티'란 말하자면 현실적이고 직설법적인 구조에 대해서 반격을 가하는 '가정법적인 시공간'인 것이다. 따라서 좀 더 원시적인 사회에서는 '제의'나 '성스러운 제사'가 메타—사회적인 행위가 되어 있고, 봉건사회 이전의 사회 및 봉건사회에는 '카니발' 또는 '페스티벌'이 있으며, 전기 근대사회에는 '카니발'과 '연극'이 있고, 진화가 고도로 진행된 최근의 사회에는 '영화'가 있다.[Victor Turner(1977), "Flame, Flow and Reflection: Ritual and Drama as Public Liminality", *Performance in Postmodern Culture*, edited by Michel Benamou & Charles Caramello, Madison & Wisconsin: Coda Press Inc.; 김익두·이기우 역(1996), 《제의에서 연극으로》, 서울: 현대미학사, 210쪽]

파괴되기 시작하여, 근대에 오면 서양 연극의 중심에서 더욱 벗어나게 되다.24) 하지만 동양 연극에서는 이 원리가 지금까지도 매우 강한 연극 전통으로 전승되고 있다.25)

그러나 같은 동양 연극의 음악 무용 이론이 악가무극(樂歌舞劇)의 '통합의 원리'에 입각해 있다 하더라도 한국 연극의 그것은 다른 동양 연극에서와는 달리, '신명의 원리'에 입각해서 악가무극을 통합한다는 점이 근본적으로 다르다. 예컨대, 인도의 고전연극이 '라사(rasa)의 원리'를 중심으로, 중국의 고전연극이 '신사(神似)의 원리'를 중심으로, 그리고 일본의 고전연극이 '꽃의 원리'를 중심으로 하여 악·가·무·극이 통합된다면, 한국 연극은 '신명의 원리'를 중심으로 해서 그것들이 통합된다. 즉, 한국 연극은 궂은 것들을 물리치고 병들고 약화된 생명을 치유하여 '생명의 약동'을 극대화하는 지점에서 악가무극이 상승적인 융합을 이룩하게 되는 것이다.

이러한 사례들은 무당굿·풍물굿·탈놀이·판소리가 가장 극명하게 보여준다. 이 양식들을 보면, 항상 음악적 요소와 무용적 요소와 극적 요소의 적절한 융합을 통한 청관중의 직접적인 참여와 '신명'의 고조, 그리고 그것을 통한 '생명력의 활성화'에 최종 목표를 두고 있다.

'그물코의 원리'란 악가무극이 공연의 차원에서 결합되는 원리를 말한다. 즉, 한국 연극은 각 연극의 양식에 따라 악가무극 가운데 어느 것을 그 통합의 중심으로 삼는가가 결정되는데, 이것을 결정하는 원리가 바로 이 '그물코의 원리'이다. 예컨대, 풍물굿은 악/기악을 중심으로 하

---

24) 서양 연극에서는 근대 이후 이 원리가 대중적인 연극 장르인 음악극(musical drama)과 몇몇 실험연극에서만 그 명맥을 제대로 유지해 왔다.
25) 인도의 유명한 카타칼리 무용극, 중국의 대표적인 연극인 경극, 일본의 노(能) 등은 가장 대표적인 예이다.

는 양식이기 때문에 이 악가무극의 요소들이 기악을 중심 '그물코'로 하여 적절하게 융합되고, 판소리는 가/성악을 중심으로 하는 양식이기 때문에 성악을 중심 그물코로 하여 악가무극의 요소들이 적절히 융합되며, 탈놀이는 무/탈춤을 중심으로 하는 양식이기 때문에 무용을 중심 요소로 하면서 악가무극의 요소들이 융합되는 것이다.

의상 분장 이론

의상 분장 이론은 배우 연기 이론과 긴밀한 연관을 가지기 때문에, 여기에도 '매개화의 원리'가 중핵을 이루면서, '표지화의 원리'가 보조 원리로 활용되고 있다. 즉, 한국 연극의 의상 분장은 무대 위에 사실적 환상을 구현하는 데에 목적이 있는 것이 아니라, 청관중 각자의 마음속 심상의 계기들을 가장 효과적으로 자극하는 데에 목표가 있다.

그러므로 한국 연극의 의상 분장에서는 엄밀한 정확성을 중요시하지 않으며, 어떤 최소한의 유형적 분별의 표지 정도로 의상 분장을 사용하며, 거기에 많은 유동성과 즉흥성이 작용할 수 있는 '구멍'들이 무수히 많이 분포되어 있다.[26] 이러한 원리를 '표지화의 원리'라고 할 수 있다.

즉, 서양 연극은 말할 것도 없고, 인도의 카타칼리 무용극, 중국의 경극, 일본의 노 등은 모두 꼭 지켜야만 할, 복잡하게 정해져 있는 의상 분장의 규칙 또는 규범들이 복잡하게 규정되어 있지만, 한국 연극의 의상 분장에서는 그런 규정들을 오히려 최대한 파괴하여 의상 분장의 제약들을 '최대한으로 최소화'하고자 한다. 그러므로, 이러한 '매개화의 원리'는 '표지화의 원리'와 안팎의 관계를 이루면서, 결국 일종의 의상 분장

---

26) 예컨대 탈놀이의 중심 의상분장인 '탈'들도 고정적으로 오래 보관하는 경우보다는 탈놀이를 공연한 뒤에는 불살라 버리는 경우가 더 많았다.

‘최소화의 원리’로 나아가는 것이다.[27]

음향 조명 이론

한국 음향 조명 이론은 ‘자연화의 원리’가 중핵을 이룬다. 한국 연극에서 음향 조명은 전통적으로 특별히 어떤 인공적인 체계를 발전시킨 것이 아니라, 가능한 한 자연의 소리와 빛에 맡겨두며, 인공적인 변화를 필요로 할 경우에도 그 변화를 최소한으로 가한다는 점에서 그렇다.

즉, 서구 근·현대 연극의 직·간접적인 영향 또는 모방 속에서 구축된 창극·신극 양식을 제외하면, 모든 한국 연극 양식들은 다 각 양식에 특별한 어떤 인공적인 음향 조명을 추구하지는 않는다. 물론 현대로 올수록, 예컨대 ‘마당놀이’와 같은 양식에서는 인공적인 조명들이 다양하게 활용될 수는 있으나, 그렇다고 그런 것들이 그 양식 자체의 필수적인 요소로 양식화되어 있지는 않다는 점에서 본질적인 것은 아니다.

이렇게 볼 때, 현대에 와서 창안된 마당극·마당놀이와 같은 양식들도 근본적으로는 다 이와 같은 ‘자연화의 원리’와의 연계성을 완전히 단절한 것은 아니다. 또 이처럼 한국 연극의 음향 조명 이론이 친자연적인 지향성을 깊이 지니고 있다는 점에서, 이 원리는 결국 앞서 논의한 ‘생명의 원리’와도 직결되어 있는 것이다.

대소 도구 이론

대소 도구 이론도 연기 이론과 긴밀하게 연관되는 이론이기 때문에,

---

27) 20세기 말에 그로토우스키가 추구한 ‘가난한 연극’의 이념은 이런 점에서도 동양적이라기보다는 좀 더 근본적으로는 매우 한국적인 것이었다.

‘매개화의 원리’가 중핵을 이룬다. 즉, 한국 연극의 대소 도구는 대소 도구 자체의 사물화/대상화를 지향하는 것이 아니라, 그것을 통해 어떤 사물/대상을 마음속에 환기하도록 하기 위한 ‘매개자’ 역할만 하도록 활용된다는 말이다.

예컨대, 마을굿의 ‘소지’(燒紙)와 무당굿의 ‘신칼’과 풍물굿의 ‘꽹과리’와 탈놀이의 ‘탈’과 꼭두각시놀음의 ‘인형’과 판소리의 ‘부채’와 창극의 ‘북’과 신파극의 ‘의자’와 마당극의 ‘돈꾸러미’[28] 등등이 모두 그런 ‘매개화의 원리’에 기초해 있는 대소 도구들이다. 오직 서양 근대 연극의 모방 양식인 신극의 대소 도구들 — 예컨대, ‘가구들’ — 만은 예외적으로 이 ‘매개화의 원리’에 추종하지 않는 자연주의적 환상의 구축을 위한 것들이었으나, 이 신극의 대소 도구도 후기로 갈수록 점차 서양으로부터 역수입된 동양적 기법들[29]의 영향을 받아 그러한 환상을 ‘파괴’하는 방향으로 나아가게 되었다는 것은 매우 자명하다.[30]

연출 제작 이론

한국 연극의 연출 제작 이론 분야에서는 ‘신명 창출의 원리’[31]가 가장

---

28) 대표적인 마당극 작품 가운데 하나인 〈소리굿 아구〉에서 ‘마라데스 사장’이 여자들을 유혹하기 위해 둘러메고 나오는 ‘돈꾸러미’.[채희완·임진택 편(1985), 《한국의 민중극》, 서울: 창작과비평사, 51쪽]

29) 예컨대, 브레히트의 ‘서사극’ 기법 등.

30) 이러한 경향은 오늘날에 와서는 신극 공연 작품들 거의 대부분에서 매우 강하게 나타나게 되었으나, 그 중요한 계기를 마련한 대표적인 작품으로는, 오태석 작·연출의 〈초분〉; 황석영 작/ 김석만 각색·연출의 〈한씨 연대기〉; 윤조병 작/ 손진책 연출의 〈오장군의 발톱〉; 김의경 작/ 이윤택 연출의 〈길 떠나는 가족〉 등을 들 수 있다.

31) ‘신명’이 무엇인가에 대해서는 따로 본격적인 논의가 필요하나, 여기서는 일단 ‘생명력의 가장 원활하고 조화로운 해방과 약동을 지향하는 심적 육체적 태도와 행위’로 규정한다.

강하게 드러난다. 즉, 한국 연극에서는 어떻게 하면 생명의 가장 원활하고 조화로운 약동과 해방의 상태를 회복하고 구축할 것인가 하는 것이 연극 연출 제작의 가장 중요한 목표가 된다. 공연에 참여한 공연자와 청관중 모두가 어떻게 하면 그 공연을 통해 궂은 것들에 의해 훼손되고 약화된 생명력을 치유하고 회복하고 신장할 것인가 하는 것이 연극 공연 작품을 연출 제작하는 근본 동기이자 목표가 되는 것이다. 그래서, 그 연극 작품을 통해 청관중들과 공연자들이 모두 '신이 났는가, 안 났는가' 하는 것이 연극 작품의 연출 제작 평가의 제1기준이 된다. 물론, 이 원리가 다른 이론 영역과도 긴밀히 연결되어 있는 것이기는 하지만, 전통적으로 한국 연극의 연출 제작 영역에서는 반드시 고려되어 왔던 원리인 것만은 확실하다.

마을굿·무당굿으로부터 마당극·마당놀이에 이르기까지, '신극'을 제외한 한국 연극의 모든 양식들이 다 이 원리를 중심 원리로 하여 연출되고 제작된다. '신파극'도 시대—사회적인 상황 조건에 의해 '눈물'이라는 효과 쪽으로 굴절되기는 했지만, 이 '신명 창출의 원리'는 역시 변함이 없는 연출 제작의 제1원리였다.[32]

청관중 이론

한국 연극의 청관중 이론은 '추임새의 원리'로 설명할 수 있다. 이 원

---

[32] 신파극의 '눈물'이라는 효과는 결국 당시의 '망국적' 시대 상황이 불러온, '신명'이 시대적으로 굴절 변형된 것이었다. 신파극의 의미를 만드는 구조는 멜로 드라마의 '자극—고통—벌칙'의 구조에서 '자극—고통—패배'의 시대적 논리로 변환시킨 것이었다. 그것은 '도덕'의 논리가 이른바 '눈물'의 논리로 변형된 것이다.[김익두(1989), 〈민족연극학적 관점에서 본 신파극의 희곡사적 의의〉, 《하남천이두선생화갑기념논총》, 하남천이두선생화갑기념논총간행위원회, 212~214쪽 참조]

리는 앞에서 논의한 '공소의 원리'와 상호 표리의 관계를 이룬다. 즉 '공소의 원리'가 공연자를 중심으로 하는 공연의 원리라면, 이 '추임새의 원리'는 같은 원리가 청관중 쪽에서 드러나는 것이다.

'추임새'란 판소리에서 본격적으로 용어로 자리잡은 말이지만, 한국 연극 전반으로 확대해서 활용할 수 있을 만큼 가장 적절한 용어이다. 따라서, 이 용어를 좀 더 넓은 의미로 확장하여 한국 연극의 청관중 이론의 핵심 용어로 활용할 필요가 있다.

현재 한국 연극은 청관중의 구체적이고 직접적인 참여 행동에 의해서 공연이 완성되도록 '관습화'되어 있는 거의 유일한 세계 연극이다. 그렇기 때문에 한국 연극의 청관중 이론은 바로 청관중의 그런 특성을 구체적으로 명시하는 '추임새'를 중심으로 해서 이론이 정리될 필요가 있다.

'수용미학'이 나타난 이후, 서양 연극계에서는 연극 연구의 중심이 작가·작품 중심에서 청관중 중심으로 연구의 경향과 패러다임이 크게 전환되었으나, 그것도 결국은 서양 연극 자체의 구조적 '폐쇄성'으로 인해 별다른 진전을 보지 못한 채 답보 상태에 머물러 있는 실정이다.[33] 앞으로, 이러한 청관중 이론의 한계를 한국 연극의 청관중 이론이 크게 진전시킬 수 있을 것이다.

청관중 이론은 한국의 토착 전통사상인 무교사상·동학사상·증산사상과도 깊은 연관이 있다. 왜냐하면 이 사상들의 핵심을 이루고 있는 무교의 '해원'(解冤), 동학의 '인내천'(人乃天),[34] 증산의 '상생'(相生)[35] 사상

---

33) 서양의 청관중론은 공연자와 청관중 사이의 직접적인 상호작용 관계를 구조적으로 양식화해 놓은 연극 양식들이 거의 전무한 서양 연극 양식들을 근거로 논의가 전개되기 때문에, 청관중의 능동적인 차원의 논의가 매우 제한되어 있다.[Susan Bennett(1990), *Theatre Audiences: A Theory of Production and Reception*, London & New York: Routledge]

34) 동학사상 가운데서 이러한 청관중 중심의 사상은 제사 행위를 할 때 '하늘'을 향하지 말고 '나'를 향해 제사를 행하라는 '향아위설'(向我位說)에 가장 웅변적으로 나타나 있다.

등은 모두 '신' 중심 사상이 아니라 '신자' 중심 사상이며, 이것을 공연 학적 관점에서 보면 '공연자' 중심 사상이 아니라 '청관중' 중심 사상이기 때문이다. 무당굿 가운데 하나인, 망자의 맺힌 원한을 풀어주는 '해원굿'은 한국 토착 사상과 한국 연극의 깊은 관련성을 잘 보여주는 대표적인 사례이다.

공연 이론

한국 연극의 공연 이론36)은 '비움—채움의 원리'37)를 중심으로 해서 구축될 수 있다. 이것은 '신명 창출의 원리'라는 연출제작이론의 원리와 역시 표리 관계를 이룬다. 즉 '신명 창출의 원리'를 구체적으로 실현하는 가장 중요한 실행 원리 가운데 하나가 바로 '비움—채움의 원리'이다. '비움—채움의 원리'란 각 연극 양식의 특성에 맞게 공연자는 공연 속에서 청관중의 '신명'을 가장 효과적으로 촉발시킬 수 있도록 적재적소에 '공소'(空所)를 마련해 주고, 청관중은 그 공소들을 체험적으로 정확하게 파악하여 스스로의 행동38)으로 공소를 적절히 채움으로써, 공연을 완성하는 원리를 말한다.39)

[김지하(1985), 《남녘땅 뱃노래》, 서울: 두레, 271~277쪽 참조]

35) 증산사상 속에 이러한 청관중 중심의 '상생' 사상은 증산이 고수부로 하여금 자지의 배 위에 올라앉아 증산을 칼로 위협하는 의식을 행한 '천지굿'에서 가장 연극적으로 구현되고 있다.[이상호 편(1975), 《대순전경》, 김제: 증산교본부, 232~233쪽 참조]

36) '연출 제작 이론'이 공연자를 중심으로 한 공연 작품 자체의 제작과 직결된 이론이라면, '공연 이론'은 그 제작과 청관중들을 관련시켜서 이루어지는 '공연'과 직결된 이론이다.

37) 김익두(2004), 《판소리, 그 지고의 신체전략》, 서울: 평민사, 183~188쪽 참조.

38) 이때의 청관중이 행하는 공연 직접 참여 행동으로는 판소리·탈놀이·꼭두각시놀음에서와 같이 '추임새'로 이루어지거나 마을굿·무당굿·풍물굿에서와 같이 청관중들이 직접 공연 행동의 일부를 담당함으로써 이루어지기도 한다.

39) 김익두(1998), 〈한국의 연극적 공연 양식에 있어서의 '공소'와 공연자—청관중 상호작용

한국 연극 공연 원리의 궁극적인 핵심은 바로 이 '비움-채움의 원리'
에 있다. 창극·신극을 제외한 마을굿·무당굿·탈놀이·판소리로부터
마당극·마당놀이에 이르는, 한국적 정체성을 분명하게 갖춘 모든 연극
양식들이 다 이 원리에 깊이 의존해서 공연이 이루어진다. 이 원리는 한
국 연극이 세계 연극계에 이룩해 놓은 가장 훌륭하고 '위대한' 세계적
유산이요 앞으로의 가능성이다. 서양 연극들은 구조적으로 거의 모두가
공연자와 청관중 사이의 직접적인 상호작용이 불가능한 '닫힌 연극'들
뿐이기 때문에 이 원리를 실현하기란 불가능하며, 인도·중국·일본 등
의 동양 연극도 이 원리가 아주 미약하거나 거의 갖추고 있지 않다.[40]

이런 기본 원리를 토대로 하여, 우리의 공연이론은 각 연극 양식별로
좀 더 구체적이고 정밀한 공연의 세부 원리들을 탐구해 갈 수 있을 것
이다. 예컨대 풍물굿의 '청관중의 공연자화 원리',[41] 탈놀이의 '동화-
이화의 원리'[42] 등이 다 그런 예가 될 수 있다.

비평 이론

연극 비평 이론은 결국 넓게 보면 대부분 연극 이론과 겹치는 것이지

의 원리에 관하여〉, 《한국언어문학》 41집, 한국언어문학회, 281~283쪽 참조.
40) 결국 20세기 서양 연극은 공연자와 청관중 사이의 직접적인 상호작용이 불가능한 '닫힌
    구조'의 연극을 공연자와 청관중 사이의 직접적인 상호작용이 가능한 '열린 구조'의 연극
    으로 전환하고자 하는 피나는 노력으로 점철되었으나, 그들이 이러한 작업의 실행을 위
    해 탐구해온 동양 연극들 곧 인도·발리섬·중국·일본의 연극들도 서양 연극인들이 찾
    고자 하는 이 '공소의 원리'를 제대로 구축하지 못한 연극들이었기 때문에, 결국 그들의
    그러한 노력은 실패로 끝날 수밖에 없었다. 그로토우스키의 '연극실험'의 실패는 바로 여
    기에 가장 큰 원인이 있다.
41) 김익두(1995), 〈풍물굿의 공연원리와 연행적 성격〉, 《한국민속학》 27집, 민속학회, 112~
    115쪽.
42) 김익두(1989), 〈한국 민속예능의 민족연극학적 연구〉, 전북대 국문과 박사논문, 95쪽.

만 연극에 대한 '가치평가'의 문제와 직결된 이론들을 좁은 의미에서 연극 비평이론으로 규정할 수 있고, 한국 연극의 일반이론들을 어떻게 구체적인 사례들에다가 실제로 적용할 수 있는가에 관한 문제를 다루는 것도 연극 비평의 고유한 영역이다.

한국 연극의 비평이론은 '상호작용의 원리', '현장평가의 원리'가 '신명의 원리'를 중심으로 작동되고 있다. '상호작용의 원리'와 '현장평가의 원리'는 '가치평가'와 직결되어 있는 원리이고, '신명의 원리'는 이 두 실제적인 평가 원리를 좀 더 원거리에서 실제와 관련시켜 주는 메타적 원리이다.

'상호작용의 원리'란 연극작품을 평가할 때 공연자와 청관중 사이의 상호관계를 얼마나 원활하게 개방적으로 높은 수준에까지 이끌어 올려 주었는가에 따라 성패를 판단하는 기준을 말한다. 한국 연극은 그만큼 전 세계 어느 나라·민족의 연극보다 전통적으로 '보는' 연극이 아니라, '관계'를 추구하는 연극임을 이 원리를 통해서도 확인할 수 있다. 이 원리도 역시 서양 연극의 직간접 모방인 창극·신극 등을 제외하면 나머지 모든 한국 연극 양식들이 본질적으로는 다 이 원리에 합일된다.

'현장평가의 원리'란 연극 공연에 대한 가치평가가 공연 현장에서 직접 거기에 참여한 청관중들에 의해 이루어지는 원리를 말한다. 이 원리를 작동하게 해주는 가장 중요한 기제 가운데 하나가 바로 '추임새'이나. 이 원리는 '추임새'와 같은 것이 있기 때문이 아니라, '추임새'라는 것이 연극 공연구조의 필수적인 요건으로 '구조화'되어 있기 때문에 작동되는 원리이다. 추임새가 없으면 한국 전통연극들은 '구조적'으로 제대로 작동될 수가 없다. 풍물굿·판소리·탈놀이·꼭두각시놀음·마당극·마당놀이에서 '추임새' 또는 공연에 대한 청관중의 직접적인 관여를 제거해 버린다면 그 공연은 구조적으로 필수적인 한 부분을 잃는 것이다. 다만 서구화된 창극과 신극은 이 원리가 작동할 수 없다. 그만큼 이 두 양식은 한국적 정체성이 미약한 닫힌 양식이다.

‘신명의 원리’란 앞에서도 여러 면에서 드러난 기본원리로서, 여기서는 연극 작품에 대한 가치평가 기준인 ‘상호작용의 원리’와 ‘현장평가의 원리’를 각 개별 공연작품들과 연관 지을 때 적용되는 메타적 원리로 작동한다. 즉, 공연자와 청관중 사이의 상호작용을 원활하게 이루어지게 하여, 참여한 청관중들의 ‘추임새’ 또는 직접적인 관여 행동들을 충분히 작동시켜, 작품에 참여한 모든 사람들의 ‘신명’을 가능한 한 가장 높은 경지에까지 실현시킨 작품을 가장 훌륭한 작품으로 평가하는 것이다.

미학 이론

한국 연극의 미학 이론43)은 역시 ‘신명의 미학’으로 차별화할 수 있다. 즉, 궂은 것들을 물리쳐 병든 생명력을 치유하고 보강하여 모든 억압으로부터 생명력을 가장 높은 단계로 해방 약동시키는 것을 ‘아름답다’고 보는 미학이 ‘신명의 미학’이며, 이것이 한국 연극의 기본 미학이다. 그것은 바로 ‘신난다’와 ‘신이 안 난다’라는 두 기준이 한국 연극미학의 미추를 결정하는 기본 기준을 이룬다는 것이다. 신이 나려면 ‘관계’44)를 제대로 회복하게 되어야 하고, ‘관계’가 회복되면 우주만물 삼

---

43) ‘비평 이론’과 ‘미학 이론’은 서로 겹치는 부분이 있다. 그러나 비평 이론의 기준은 ‘좋다’, ‘나쁘다’이고, 미학 이론의 기준은 ‘아름답다’, ‘추하다’라는 점에서 다르다. 전자는 실제적이고 구체적인 작품에 대한 종합적인 ‘가치평가’의 문예적 이론인 반면, 후자는 예술 전반에 적용되는 보편적인 일반 원리들을 다루는 철학의 한 분야이다.[Marvin Carlson (1993), *Theories of the Theatre: A Historical and Critical Survey, from the Greeks to the Present*, Ithaca & London: Cornell University Press, p.9]

44) 이때 ‘관계’란 ‘너와 나’라는 마르틴 부버적 관계뿐만 아니라, 인간과 역사 · 사회 · 자연 · 우주 · 신과의 관계 등, 인간이 맺고 있는 모든 관계를 말한다.

라만상이 서로 조화로운 '해원'(解冤)과 '상생'(相生)의 관계가 이루어져서, 모든 존재들이 다 '접화군생'(接和群生)[45]하게 된다.

이것은 서양 연극의 '카타르시스(catharsis)의 미학', 인도 연극의 '라사(rasa)의 미학', 중국 연극의 '신사(神似)의 미학', 일본 연극의 '꽃의 미학' 등과 비교될 수 있다.[46] '카타르시스의 미학'은 서로에게 생긴 '갈등'을 해소하는 것이 가장 아름다운 것이라고 보는 미학이고, '라사의 미학'이란 청관중의 여러 가지 정서들을 효과적이고 종합적으로 자극하여 최종적으로 청관중의 모든 정서를 내적으로 높이 '정화'시키는 것[47]을 가장 아름답다고 보는 미학이며, '신사의 미학'이란 어떤 사물의 외형 뒤에 숨어 있는 본질적인 것을 가장 효과적으로 드러낸 것을 가장 아름답다고 보는 미학[48]이며, '꽃의 미학'이란 청관중에게 재미와 신기함과 아름다움을 가져다주는 것을 가장 아름답다고 보는 미학이다.[49]

이상에서 볼 때, 한국 연극의 기본 미학인 '신명의 미학'은 세계 어떤 연극미학보다도 생명을 중시하는 '생명의 미학'임을 알 수 있다. 세계 연극사에서 이처럼 '관계'의 회복과 '생명'의 회복을 중시하는 미학은 찾아보기 어려우며, '관계' 회복의 실패와 생명적 위기를 맞고 있는 21

---

45) 이 말은 최치원이 한민족 고유의 토착사상인 '풍월도'(風月道)를 설명할 때 사용한 말로서, 한국 연극의 본질은 바로 이러한 민족 토착사상과 내면적으로 깊이 연관되어 있음을 이 '신명의 원리'가 암시하고 있다. 또한 '해원'과 '상생'은 우리 민족의 근원 사상인 무교사상·동학사상·증산사상(甑山思想)과 상통하는 것이다.[김익두·윤영근·주요섭(2001), 〈한국의 전통사상·문화에 기초한 새로운 환경운동론의 정립에 관한 연구 ― 한국적 생태 담론의 형성을 위하여〉, 《교보교육문화논총》 3집 참조]
46) 조동일(1997), 《카타르시스 라사 신명풀이》, 서울: 지식산업사.
47) 라사는 미식가가 다양한 음식을 다 먹은 후에 그때까지 먹은 여러 음식의 맛을 총체적으로 재음미한 다음, 최종적으로 입맛을 다시며 몇 분이란 짧은 시간 동안에 직관적으로 환기되는 총체적인 맛에 비유된다.[고승길(1993), 《동양연극연구》, 서울; 중앙대출판부, 114~118쪽]
48) 양회석(1994), 《중국희곡》, 서울: 민음사, 447쪽.
49) 김학현(1991), 《能》, 서울: 열화당, 112쪽.

세기의 연극계와 인류사회에 중요한 '치유제' 역할을 할 수 있을 것으로 믿는다.

연극사 이론

한국 연극사 이론은 '주변화의 원리'와 '중심화의 원리'로 설명할 수 있다. 즉, 근대 이전의 한국 연극사는 '주변화의 원리'로, 근대 이후의 연극사는 '중심화의 원리'로 설명이 가능하다. 다른 나라 연극사와는 달리 한국 연극사는 세계사에서 비교적 가장 뒤늦게까지 연극이라는 문화 양식이 사회의 중심 양식이 되지 못하고 주변 양식으로 머물러 왔다. 그러다가 갑오경장(1894) 이후에 들어서면서 점차 사회의 지식인들이 연극 양식에 관심을 가지게 되면서 처음으로 '문자희곡' 형태의 희곡 작품을 본격적으로 창작하게 되었고, 라디오와 텔레비전이 일반화되는 해방 후부터는 연극이 사회의 중심부로 들어와 자리 잡게 되었다.[50]

따라서, 갑오경장 이전의 역사적 변화 과정을 '주변화의 원리'로 포괄할 수 있으며, 그 이후의 역사적 변화 과정을 '중심화의 원리'로 설명할 수 있다. 한국 연극사 이론을 전개할 때 그 기초 원리로서 이러한 두 원리는 분명 그 근본 원리로 작동할 것이다. 이 원리는 다른 나라 연극사에서는 찾아보기 어려운 특징이며, 따라서 한국 연극사를 다른 나라 연극사와 '차별화'하는 데에 매우 요긴한 원리로 보인다.

지금까지 이루어진 한국 연극사 관련 연구 작업들은 현재 연극사 전체를 관류하는 어떤 원리나 규칙을 수립하는 수준에 도달해 있다기보다는, 아직도 그런 원리를 탐구하기 위한 자료들의 탐색과 그에 대한 일차

---

50) 여기서 연극은 연극, 라디오 드라마, 텔레비전 드라마 등을 모두 포괄하는 넓은 의미의 연극을 의미한다.

적인 해석 작업 단계에 머물러 있는 실정이다. 이러한 현 단계에서, 거시적 연역적으로 도출되는 이러한 기초 원리에 비추어 기존의 연극사 관련 연구들[51]이 재검토될 수도 있다.

연극 교육 이론

한국 연극 교육 이론은 '구전신수(口傳身受)의 원리'와 '독공(獨工)의 원리'를 중심으로 구축되어 있다. '구전신수의 원리'란 연극 지식을 주로 구비전승의 방법과 신체전승의 방법으로 전승 전파하는 교육 원리를 말하며, '독공의 원리'란 연극을 일종의 종교적 수행의 '도'(道)로까지 터득하기 위해 오랜 기간에 걸쳐서 혼자서 지속적으로 행하는 강도 높은 교육 원리를 말한다.

이 두 원리는 전통적으로 한국 연극교육 이론의 골자를 이루어 왔다. 그것은 마을굿의 주요 공연자를 비롯해서 무당굿·풍물굿·탈놀이·꼭두각시놀음·판소리·창극에 이르기까지, 모두 이 두 원리를 근간으로 해서 연극 교육이 이루어져 왔다. 그러나 신파극 이후 신극·마당극·마당놀이 등에 이르러서는 서양식 연극교육의 영향을 받아 이러한 전통적인 교육 원리들이 많이 약화되었으나, 신극의 교육 방법을 제외하고는 마당극·마당놀이의 교육 방법에도 이 전통적인 교육 원리가 매우 강한 영향을 미치고 있다. 예컨대, 마당극·마당놀이를 제대로 할 수 있는 배우는 풍물굿·탈놀이·판소리 등의 공연 능력을 기본적으로 갖추고 있어야만 하는데, 이런 양식을 공연할 수 있도록 하는 능력은 지금도

---

51) 가장 대표적인 업적으로는 다음을 들 수 있다. 김재철(1933),《조선연극사》, 경성: 학예사; 이두현(1985),《한국연극사》(개정판), 서울: 학연사; 유민영(1996),《한국근대연극사》, 서울: 단국대출판부; 서연호(1994),《한국근대희곡사》, 서울: 고려대출판부.

이 두 가지 원리에 크게 의존해서 교육되고 있기 때문이다.

연극 직업 이론

한국 연극의 직업 이론은 '단군-광대의 원리'를 근간으로 하여 설명될 수 있다. '단군-광대의 원리'란 한국 연극을 자기의 직업으로 택하는 사람은, 신성한 고대 '제정일치'(祭政一致) 시대의 지배자인 '단군'과 같은 신성한 위상과, '천인'(賤人) 계급으로 밀려나 그러한 '신성성'이 지극히 약화된 사회적 지위를 가지게 된 '광대'의 위상을 동시에 갖게 되는 원리를 말한다.

한국 연극 직업 이론은 이 두 위상을 동시에 적절히 고려해야 함을 한국 연극사는 분명하게 보여준다. 한국 연극의 직업인들은 고대 신정(神政)사회에서 사회적 중심 위치에 있다가, 점차 왕권이 강화되기 시작하면서 사회적 권위가 약화되어, 급기야 조선시대에 들어와서는 '8천(賤) 계급'으로 전락하였으나, 갑오경장을 반환점으로서 해서 다시 그 권위가 강화되기 시작해서 오늘날에 와서는 사회의 중심 계급으로 부상해 있다.[52] 한국의 직업 연극인들은 신성한 단군의 위상과 속화된 광대의 위상을 공유하면서, 시대와 사회의 변화에 따라 이 두 위상 가운데 어느 쪽의 비중의 더 커지거나 작아지는 속에서 자기의 직업을 영위해 왔던 것이다. 그러기에 한국의 연극 직업 이론은 '단군-광대의 원리'로 설명할 수 있다.

[52] 예컨대, 한국 사회에서 어떤 유명 배우가 도덕적인 문제를 드러낼 때, 한국 사회 전체가 그를 속죄양 식으로 비판하는 것은 바로 그들이 현재 차지하는 사회적 '신성성'을 극명하게 보여주는 것이다.

4장
맺는 말

지금까지 한국 희곡/연극 이론의 통시적－역사적 전개 과정과 공시적－영역별 기본 원리들을 살펴보았다. 그 결과, 다음과 같은 몇 가지 결과들을 얻었다.

먼저, 한국 희곡/연극 이론을 역사적－통시적으로 고찰한 결과, 다음과 같은 결과를 얻었다.

첫째, 한국 희곡/연극 이론의 가장 오래된 기원은, 다른 나라의 그것과 같이, 우리 민족의 창조신화에서 찾을 수 있었으며, 그러한 창조신화에 나타난 시대를 '신화시대'라 불렀다. 이 창조신화들이 한국 희곡/연극 이론에서 갖는 의의는, 이것 자체가 우리 희곡/연극 및 이론의 '원형' 역할을 한다는 점이다.

둘째, 부족국가시대에는 각 부족국가의 '원시제천의식'을 중심으로 한 제의/제의극들이 우리의 희곡/연극 이론의 원초적인 근거들을 마련해 주었으며, 이 시기에 이미 인형극·가면극의 근거들을 찾아볼 수 있었다.

셋째, 삼국시대에는 이른바 '가무백희'(歌舞百戲)를 중심으로 하여, 세 나라에서 두루 여러 가지 희곡/연극 양식들이 출현하였고, 그러한 희곡/연극 양식들을 위요하면서, 이 당시 한국 희곡/연극 이론의 근거들이 형성되어 나아갔다.

넷째, 남북국시대에는 우리의 민족극 이념과 이론이 점차 태동하기 시작하였으며, 그러한 이론들은 이 시기의 통일신라 쪽 최치원의 《향악잡영》(鄕樂雜詠) 5수란 한시(漢詩)로 된 연희/연극 감상비평 자료로 압축되어 있다. 이 이론 자료 속에서는, 연극 감상비평·윤리비평·미학비평·희극론·연극미학·연극본질론 등의 매우 다양한 한국 희곡/연극 이론의 근거들을 찾아볼 수 있었다.

다섯째, 고려시대에는 좀 더 강화된 민족의식과 국제화된 국가의식을 바탕으로, 민족축제인 팔관회를 중심으로 하여, 우리의 민족극 이념과 이론이 좀 더 폭넓고 깊이 있게 성장 발전하였다. 인형극·가면극·조희·궁중극/교방가무희 양식 등이 골고루 조화를 이루면서 발전하였으며, 완성도가 높은 희곡 텍스트가 출현하였고, 극장·무대가 화려하고 다양하게 발전하였으며, 전문 배우들이 전면에 등장했다.

이러한 여러 희곡/연극 양식들의 발전 속에서, 우리의 희곡/연극 이론도 많은 진전이 이루어졌다. 우리의 희곡/연극 이론들은 당대의 지식인 문필가들에 의해 역시 한시(漢詩) 형태의 연극 감상비평으로 나타났으며, 대표적인 관련 자료로는 이규보·이숭인·이첨·이색 등의 시들이 있다. 이 시인들은 희곡/연극 이론 자료에서 좀 더 전문적인 감상비평·기술비평·윤리비평·미학비평·연극본질론 등을 보여주었으며, 이는 다음에 이어지는 조선시대의 희곡/연극 이론에 많은 영향을 주었다.

여섯째, 조선시대에는 우리 민족이 고려시대에 이어 다시 한번 '조선'이라는 나라로 단일 민족국가를 형성한 가운데, 토착 전통문화를 바탕으로 불교문화·도교문화·유교문화 등을 두루 융합하여, 매우 다양하고 풍부한 민족문화를 꽃피우는 가운데, 우리의 희곡/연극 및 그 이론도 획기적인 발전을 이룩하였다. 즉, 이 시기에 와서 우리의 희곡/연극 이론은 비로소 독자적인 이론 기틀을 수립하였다.

이 시기에는 희곡/연극 양식도 기존의 인형극·가면극·조희·궁중극 등의 전통을 더욱 분화 발전시키고, 새로운 희곡/연극 양식인 판소리를 창조하였으며, 한편으로는 기존의 토착 연행 양식의 전통인 무당굿·풍물굿 등으로부터 무당굿놀이·잡색놀음 등의 연극 양식을 분화 발전시키기도 하였다. 좀 더 전문화된 문자희곡 양식들이 실제로 나타나기 시작하였고, 제의/제의극도 각 군소 지역들에까지 두루 퍼져 다양하게 전개되었으며, 극장·무대도 그만큼 여러 지역에 걸쳐서 두루 설행(設行)되었다. 또한 전문 배우 집단이 등장하여, 전국을 떠돌아다니며 전문적인 연극 활동을 하게 되었다.

이러한 배경 속에서, 우리의 희곡/연극 이론도 좀 더 획기적인 발전을 이룩하게 되었다. 우선 이 시기에는 전문 이론가들이 등장하여, 좀 더 전문적인 한국 희곡/연극 이론들을 전개하였다. 그 이론 자료들의 형태는 이전 시대와 같이 한시(漢詩) 형태가 주류를 이룬다. 대표적인 희곡/연극 이론 자료로는 성현·신위·강이천·송만재·윤달선·정형석·신재효 등이 남긴 자료가 있으며, 이것들의 양식은 한시·서간문·단가 등으로 이루어져 있다. 이들 가운데서 특히 송만재·정현석·신재효 등은 우리나라의 전통 희곡/연극 이론의 틀을 수립하는 데 매우 중요한 역할을 하였다. 이들은 이 시기에 가장 높은 수준의 예술적 경지를 열어 놓았던 '판소리'를 중심으로 하여, 한국 희곡/연극 이론의 기본 틀을 수립하고자 하였다.

이 시기의 희곡/연극 이론 역시 전체적으로는 주로 연극/공연 감상비평 형식을 취하는 것들이 주류를 이루며, 윤리비평·기술비평 등의 비평 태도를 견지한 것들이 대부분이다. 그러나 이 시기에는 본격적인 감상비평의 형식과 내용을 갖춘 연극비평이 등장하기 시작했으며, 좀 더 발전된 미학비평의 태도를 보여주기도 한다.

이 시기의 한국 희곡/연극 이론의 요점은 송만재·정현석·신재효 등의 이론가들을 축으로 하여, 판소리 양식을 중심으로, 한국 희곡/연극 이론의 기본틀이 확립되었다는 점이다. 그 기본틀은 신재효의 이른바 '4대 법례(四大法例) 이론'으로 종합되었으며, 주로 배우론 및 연기론이 그 중심 골자를 이루고 있다.

일곱째, 개화기시대는 조선시대라는 오래된 '중세사회'로부터 새로 도래하는 '근대사회'로의 일대 '전환기'였기 때문에, 한국 희곡/연극 이론에서도 그러한 '전환'을 위한 상호 접촉과 변화들, 특히 새로운 문화세계인 '서양 희곡/연극' 문화와의 상호 접촉과 교류에 대한 '놀라움'이 여러 각도에서 나타나고 있다.

여덟째, 일제강점기시대는 우리 민족이 반봉건·반외세의 어려운 투쟁 여건 속에서 새로운 민족극과 이론을 수립해 나아가야만 했다. 이러한 한계상황 속에서 우리 민족은 일본 희곡/연극의 영향을 수용하여 '신파극'이라는 새로운 희곡/연극 양식을 창안해 내고, 서양으로부터 서양 연극 특히 '근대극'을 수용하여 우리의 '신극' 양식을 새로 가다듬어 나아갔다. 이러한 변화 속에서 이 시기 한국 희곡/연극 양식들도 매우 다양하게 전개되어, 기존의 전통 양식들인 무당굿·풍물굿·꼭두각시놀음·가면극/탈놀이·판소리 등이 면면히 계승되는 한편, 새로운 근대적 양식인 창극·신파극·신극 등이 출현하고 형성되었다

이러한 희곡/연극의 정황 속에서, 이 시기에는 서양의 희곡/연극 및 그 이론들을 적극 수용하면서, 한편으로는 우리 나름의 민족극 이론을

수립하기 위해 부단한 노력을 기울였다.

오랜 동안 유지되어 오던 전통적인 공연문화의 기본체제인 이른바 가무백희(歌舞百戲)의 전통이 점차 해체되면서, 전통 공연문화 패러다임과 새로운 공연문화 패러다임이 서로 부딪히면서 새로운 근대적 희곡/연극 문화 패러다임이 구축된 시기이다.

희곡의 존재 양식이 구비희곡(口碑戲曲) 전통에서 문자희곡(文字戲曲) 전통으로 바뀌는 커다란 변화를 겪게 되었고, 이러한 변화를 통해서 수많은 문자희곡들이 창작되었으며, 종래에 입에서 입으로 전승되던 가면극/탈놀이·꼭두각시놀음 등의 구비희곡들이, 조사 연구자들의 손에 의해서 점차 문자희곡 형태로 정리되는 변화도 일어났다. 출판문화의 발달로 인하여, 희곡/연극 관련 자료들이 엄청나게 증가하였고, 이를 통해 한국 희곡/연극 이론 관련 자료들도 풍부하게 축적되기 시작하였다.

또한, 배우들 외에도 다른 희곡/연극 전문가가 처음으로 출현하면서, 전문 극작가·연출가·비평가·이론가 등이 등장하게 되었고, 새로운 극장문화가 대두하여 전문적인 옥내극장이 설립되기 시작하였다. 최초의 옥내극장인 '원각사'의 창립은 대표적인 사례이다.

이 시기에 와서 비로소 한국 희곡/연극 이론도 기존 가무백희의 전통 이론에서 벗어나, 서양으로부터 들어온 서양의 '근대 희곡/연극 이론'의 영향 속에서, 새로운 희곡/연극 이론을 추구해야 하였다. 예컨대, 희곡/연극의 본질론도 기존의 가무백희 전통 이론과는 매우 다른, 아리스토텔레스의 《시학》에 근거한 이른바 갈등(葛藤; conflict)의 이론으로 점차 바뀌었다. 그러나 이 시기에 들어와서, 우리 나름의 독자적인 민족극의 희곡/연극 이론이 수립되는 성과를 이룩하지는 못하였다.

아홉째, 해방기시대에는 많은 혼란과 시행착오를 거듭하면서도, 새로운 민족극 이론을 추구하는 노력은 계속되어, 이른바 '진보적 민족극론'

이라는 이론이 나타나기도 하였다.

열째, 남북분단시대에는 '냉전체제'라는 타의에 의해 인위적으로 나누어진 새로운 외세 지배적 정치체제 속에서 그 외세에 대항하는 자주적인 민족극 이론을 강력하게 모색하였으며, 그 결과 북한의 '주체극 이론'과 남한의 '민족극/마당극 이론'으로 종합되어 나타났다.

다음으로 '한국 희곡/연극 이론'이란 한국 문화의 한 형식으로서의 '한국 연극'의 방법·목적·기능·특징 등에 관련된 '보편적인 원리'를 말한다. 그러나 아직까지 한국 연극 이론이 정리되어 하나의 일관된 이론 체계로 수립된 것은 없다. 한국 연극 이론의 전체 범주는 총 16개 영역으로 구분할 수 있으며 각 범주별로 그것들을 이루는 기본 원리들을 추출해 보면 다음과 같다.

먼저 연극 본질 이론에서는 '생명의 원리'와 '조화의 원리'를 확인할 수 있다. 배우 연기 이론으로서는 '4체의 원리', '공소의 원리', '매개화의 원리'가 추출되며, 극장 무대 이론으로는 '짓고-헐기의 원리'를 찾아볼 수 있다. 희곡 극작 이론의 핵심은 '구주-문종 원리', '덩어리의 원리', '집단중심의 원리'로 나타난다. 음악 무용 이론에서는 '통합의 원리'와 '그물코의 원리'가 드러나며, 의상 분장 이론에서는 '매개화의 원리'가 그 중핵을 이루면서, '표지화의 원리'가 보조 원리로 활용되고 있다. 음향 조명 이론에서는 '자연화의 원리'가 중핵을 이루게 되며, 대소 도구 이론에서도 '매개화의 원리'가 확인된다. 연출 제작 이론 영역에서는 '신명 창출의 원리'가, 그리고 청관중 이론에서는 '추임새의 원리'가 뚜렷이 나타나며, 공연 이론 영역에서는 '비움-채움의 원리'가 그 중심을 이루고 있음을 확인할 수 있다. 비평 이론에서는 '상호작용의 원리', '현장평가의 원리', '신명의 원리'가 주축을 이룬다. 한국 연극의 미학 이론은 역시 '신명의 미학'으로 차별화할 수 있으며, 연극사 이론은 '주변화의 원리'와 '중심화의 원리'로 그 기초를 삼을 수 있다. 끝으로, 연극 교육 이론 분야에서는 '구전신수의 원리', '독공의 원리'가, 연극 직업 이론에서는 '단군-광대의 원리'가 주요 원리로 드러난다.

이상에서 논의한 모든 원리들은 한국 연극 또는 한국의 연극적 공연 양식들을 여러 각도에서 살펴보면서 추출해낸 원리들이므로, 서로 긴밀한 상호 연관성을 가지면서 때로는 서로 겹치기도 하면서 연결되어 한국 희곡/연극의 기초 이론을 이룬다고 본다.

이 책의 각 장에서 논의한 주제들은 각 주제마다 좀 더 깊은 논의를 필요로 하는 문제들이라서, 그런 주제들을 '현미경'을 들이대어 미시적으로 논의할 수도 있지만, 우리 연극 이론의 현재 형편상 이 책에서처럼 '망원경'을 가지고 거시적으로 조망할 수도 있다. 이 두 가지 방법은 서로 보완적이다. 현재로서는 '망원경'을 통한 전체적인 조망이 더 필요하다는 게 이 책의 입장이다. 앞으로 이 책의 논의를 발판으로 삼아 한국 희곡/연극 이론의 큰 진전이 이루어지기를 기대해 본다.

● 영문 요약

A Study on Theories of Korean Drama/Theatre

This study is a research on diachronic-historical development process and synchronic-categorical basic principle of Korean dramas/theatres. As a result, following results were found.

First of all, by contemplating the theory of Korean dramas/theatres diachronic-historically, the following results were gained.

The most ancient origin of Korean dramas/plays theory can be found in Korean 'Creation myth' which was the model in Korean dramas/theatres and their theories.

In the age of tribal community, each tribe had religious ritual plays focusing on 'ancient religious ritual'. These plays served as a basic theoretical foundation of Korean dramas/plays. Already in this period, we can find some evidences of puppet play and mask play.

In three-state period, based on so called "kamupaekhee(歌舞百戲)" various different style of plays and dramas featured, which came to form theoretical foundation of Korean plays/dramas.

In north-south state period, our national ideology and theory began to be established. This is shown Choi Chi Won's "Hyang-ak-jab-yung" which observes the form of chinese poetry of banquet/play critiques materials. In this theoretical material, we can find various theoretical evidences of Korean dramas/plays such as play appreciation critique, ethical critique, aesthetic critique, drama theory, play aesthetics, play essential theory, and so on.

In Corea period, with national festival "Palkwanheui(八關會)" at the center, Korean national play ideology and theory came to develop even further by enforcing national and international consciousness, Various styles of plays including puppet play, mask play, conversation play, song-dance play of court developed in harmony and drama text close to perfection appeared. Moreover, theater and stage became magnificent and professional actors appeared. Amid the development of various drama/theatre style, the theory of drama/theatre made a great progress. The theory of drama/theatre was expressed by intellectual writers of the day as play appreciation critique in the form of chinese poetry. The theory of drama/theatre was expressed by intellectual writers of the day as play appreciation critique in the form of chinese poetry.

In their drama/theatre theoretical materials, they showed even more specialized appreciation critique, technical critique, ethical critique, aesthetic critique, essential theory of play which influenced the theory of drama/theatre in subsequent Chosun period.

In Chosun period, once again, we formed a unified country after Corea period, under the name of 'Chosun'. Based on aboriginal cultural tradition, various cultures including Buddhism, Taoism, Confucianism were blended which resulted in rich, diverse national culture. Amid the flourishing cultural development, the development of our drama/theatre and their theories marked an epoch. That is, we finally got to form independent theoretical framework of our drama/theatre theory in this period. In this period, drama/theatre style was developed by specializing the tradition of existing puppet play, mask play, comedy, court play and so on. Also, new drama/theatre style "Pansori" was created. Furthermore, the play styles such as shaman exorcism play and "chapsaeknoleum" branched out from aboriginal tradition shaman exorcism and exorcism using instruments for folk music. As a matter of fact, even more specialized literary drama started to show up and religious ritual plays permeated throughout towns and as a result, many theaters and stages were established. Also, professional actor groups appeared and they performed professional plays across the country. Amid all these situations, our drama/theatre theory marked an epoch. First of all, in this period, professional theoreticians appeared and developed even more specialized Korean drama/theatre theories. The mainstream forms of these materials are chinese poetry like former periods. The representing theoretical material of drama/theatre of the day were those accomplished by Seung Hyun, Shin Wui, Kang Ichon, Song Manjae, Yoon Dalsun, Jung Hyunsuk, Shin Jaehyo which were in the form of chinese poetry, letters and short songs. Among them, Song Manjae, Jung Hyunsuk, Shin Jaehyo, in particular, played a great role in establishing the theoretical foundation of Korean traditional drama/theatre. They tried to establish fundamental framework of Korean drama/theatre focusing on "Pansori" which was at the state of the art in those days.

Overall, theory of drama/theatre of the day was mainly in the form of theatre/performance appreciation critique and most of them adhere to attitude of ethical critique and technical critique. However, in this period, play critiques encompassing the form and content of appreciation critique emerged and also showed further developed attitude of aesthetic critique.

The key point of Korean drama/theatre theory in this period is that the main framework of Korean drama/theatre was established based on theories of Song Manjae, Jung Hyunsuk, and Shin Jaehyo, focusing at "Pansori" at the same time. The main framework was integrated in Shin Jaehyo's 'Four great theories' which is mainly comprised of actor theory and performance theory as its essential features.

Modern period was a transitional period from medieval to upcoming modern society. Hence this transition which brought about exchange between two different cultures and changes in Korean drama/theatre theories. Especially, amazement about western culture is shown in various perspectives.

In Japanese colonial period, we had to establish new national play and theory despite difficult situation of semi-feudalism and anti-foreign power. Against all odds, we adapted the influence from Japanese drama/theatre and created new style of drama/theatre called "Shinpakeuk". Also we accepted modern plays from the west and molded our new play style. Amid these changes, the style of Korean dram/theatre developed in various different ways in this period. On one hand, existing traditional style of plays such as shaman exorcism, exorcism using folk instruments, mask play, pansori were carried on and on the other hand, modern style of play such as Changkeuk, Shinpakeuk and Shinkeuk emerged and developed.

In this situation, we put on a strenuous effort to establish our own national play while actively accepting western dram/theatre and its theory at the same time.

In this period, so-called "Kamupaekhee" which had been long preserved as the basic system of traditional performance culture was dissolved. Also, new modern drama/theatre cultural paradigm was established amid conflict between traditional performance cultural paradigm and new performance cultural paradigm in this period.

Great changes in handing down the drama took place: from oral to written transmission. Through these changes, numerous written dramas were created. Orally transmitted dramas, such as mask play and puppet play were reorganized as written drama format. With the development of publishing technology, materials related to drama/theatre increased dramatically and also, theoretical materials related to Korean drama/theatre started to be accumulated.

Moreover, specialists on drama/theatre, other than actors, emerged for the first time such as professional playwright, producer, critics, and theoretician. New theater culture became prominent and specialized indoor theaters were set up. The best example of this is "Wonkaksa".

It was in this period that Korea began to pursue new theory of drama/theatre under the influence of western modern drama/theatre theory while escaping from existing traditional theory such as "Kamupaekhee". For instance, essential theory of drama/theatre gradually changed to conflict theory based on Aristotle's Poetics which was very different from existing traditional theory of "Kamupaekhee". However, we failed to establish a unique theory of our own drama/theatre in this period.

In the liberation period, through trial and error, continuous efforts to pursue new theory of national play was made and so-called "the theory of progressive national play" emerged.

Finally, in north-south division period, Korea was forced to be divided into two by foreign powers, due to the Cold War. Hence, a search for independent theory of national play against foreign powers was made. As a result, "subject play theory" in North Korea and "national play/madang play theory" in South Korea emerged.

Next, following results were gained by synchronic-categorical contemplation of the theory of Korean drama/theatre.

The theory of Korean drama/theatre is a form of Korean culture and a 'universal principle' which is related to method, purpose, function, and feature of Korean play. The Korean drama/theatre theory can be divided into 16 categories and basic principles of each category can be listed as follows. First of all, in the theory about nature of drama/theatre, we can see 'principle of life' and 'principle of harmony'. As for the actor performance theory, 'principle of four-factors', 'principle of blanks', 'principle of medium' can be deduced and as for the theater, stage theory, 'principle of build-destroy' can be found. The core of drama theory is the orality-centered and literacy-subsequent principle, 'principle of mass' and 'group-centered principle'. 'Principle of synthesis' and 'principle of net knot' are shown in music choreographic theory, 'Medium theory' constitutes the core of dressing & make-up theory and 'principle of marking' serves as an auxiliary principle. 'Theory of nature' constitutes the core of sound-light theory and 'principle of medium' can be also found in tool theory. In the category of production theory, 'principle of arousing excitement' and in 'audience theory', 'principle of chuimsae' is apparent. In the category of performance, 'principle of build-destroy' constitutes the core. In critique theory, 'interaction theory', 'field assessment theory' and 'excitement theory' constitutes the mainstream. Aesthetics theory of Korean play can be differentiated by 'aesthetics of excitement' and play history theory lays foundation on 'principle of centeredness'. Finally, in the field of play education theory, 'principle of kuchonshinsu(口傳心授)' and 'principle of dokkong(獨工)' are found and in play profession theory, the main principle is 'dankun-clown(檀君-廣大) theory'.

Since above mentioned principles are deduced from viewing Korean play performances in various different perspectives, they are closely related to one another and they form the foundation of Korean drama/theatre theories.

참고 자료와 문헌

1. 연구 대상 관련 문헌 자료와 비디오 테이프 자료

① 마을굿

하효길(1984), 〈위도 띠배굿〉, 《위도의 민속 – 대리 원당제 편》, 서울: 국립민속박
　　　물관.
한국문예진흥원(연대미상), 〈위도 띠배굿〉 VT-0122. U-matic. KBS. 25min. col. mo.
고창군청(1982), 〈오거리 당산제〉, 《모양성의 얼》.
김익두 촬영(1998), 〈고창 오거리 당산제〉 VT, 8m Video Tape.
익산군청(1981), 〈금마 기세배〉, 《미륵산의 정기》.
한국문예진흥원(연대미상), 〈금마 기세배〉 VTV-0005. VHS. MBC. 28min. col. mo.

② 무당굿

지춘상·이보형·정병호 조사(1979), 〈진도 씻김굿〉(무형문화재조사보고서 제129
　　　호), 서울: 문화재관리국.
한국문예진흥원(연대미상), 〈진도 씻김굿〉 VT-0285. U-matic. 문예진흥원. 60min. col. mo.
김익두 조사(1992), 〈전금순 무당굿 사설〉, 《정읍지역 민속예능》, 전주: 전북대박
　　　물관.
김익두 조사(1992), 〈전금순 무당굿〉, 녹음 테이프(240min).

③ 풍물굿

김익두 외(1994), 〈김봉렬패 풍물굿〉《호남 좌도 풍물굿》, 전주: 전북대박물관.

──(1994), 〈전경환패 풍물굿〉, 《호남우도 풍물굿》, 전주: 전북대박물관.

김익두 촬영(1994), 〈진안 김봉렬패 풍물굿〉 VT, 8m Video Tape. 120min.

──(1994), 〈영광 전경환패 풍물굿〉 VT, 8m Video Tape. 120min.

④ 탈놀이

이두현 채록(1979), 〈양주별산대놀이〉 채록본, 《한국의 가면극》, 서울: 일지사.

한국문예진흥원(1979), 〈양주별산대놀이〉 VT-0099. U-matic. KBS. col. mo.

⑤ 인형극

심우성 채록본(1974), 〈꼭두각시놀음 대본〉, 《남사당패연구》, 서울: 동화출판사.

한국문예진흥원(연대미상), 〈꼭두각시놀음〉 VT-0104. U-matic. KBS. 52min. col. mo.

⑥ 처용무

한국문예진흥원(연대미상), 〈처용무〉 VT-0169. U-matic. 20min. col. mo.

⑦ 판소리

김연수 창본(1967), 《창본 춘향가》, 전라남도청.

전주 KBS(1989), 〈오정숙 춘향가 공연 실황 녹화〉 VT. 35min. col. mo.

⑧ 창극

국립창극단(1998), 〈완판창극 대춘향전〉 공연대본.

국립창극단 촬영(1998), 〈완판창극 대춘향전〉 VT. 120min. col. mo.

⑨ 신파극

조중환(1912), 〈병자삼인〉, 《매일신보》 11월 17~25일

임선규(1993), 〈사랑에 속고 돈에 울고〉(1936), 《한국대표희곡강론》, 서울: 현대문
　　학사.

⑩ 신극

유치진(1931, 1932), 〈토막〉(土幕), 《문예월간》 1931년 12월호, 1932년 1월호

⑪ 마당극

김민기 정리(1974), 〈소리굿 아구〉, 《한국의 민중극》(1985), 서울: 창작과비평사.

⑫ 마당놀이

극단 미추(1992), 〈마당놀이 춘향전〉 대본.

극단 미추 촬영(1992), 〈마당놀이 춘향전〉 VT. 120min. col. mo.

2. 참고문헌

1) 사 료

《경도잡지》(京都雜誌)

《경수당전고》(警修堂全稿)

《고려사》(高麗史)

《구당서》(舊唐書) 〈음악지〉(音樂志)

《규원사화》(揆園史話)

《균여전》(均如傳)

《대순전경》(大巡典經)

《동경잡기》(東京雜記)

《동국이상국집》(東國李相國集)

《목은집》(牧隱集)

《발해국지장편》(渤海國志長編)

《삼국사기》(三國史記)

《삼국유사》(三國遺事)

《삼국지》(三國志) 위서(魏書) 동이전(東夷傳)

《성호사설류선》(星湖僿說類選)

《송사》(宋史)

《수서》(隋書)

《악장가사》(樂章歌詞)

《악학궤범》(樂學軌範)

《용재총화》(慵齋叢話)

《조선왕조실록》(朝鮮王朝實錄)

《주서》(周書) 〈이역열전〉(異域列傳) '고구려'조

《증보문헌비고》(增補文獻備考)

《지양만록》(芝陽漫錄)

《패관잡기》(稗官雜記)

《평상신씨고려태사장절공유사》(平山申氏高麗太師壯節公遺事)

《허백당집》(虛白堂集)

《황화집》(皇華集)

《후한서》(後漢書) 동이열전(東夷列傳)

2) 간행물

《개벽》, 《극예술》, 《대한민보》, 《동광》, 《동국대 연극학보》, 《동명》, 《동아일보》
《막》, 《매일신보》, 《문장》, 《박문》, 《사해공론》, 《삼사문학》, 《삼천리》, 《신생》
《신흥》, 《신흥영화》, 《예술》, 《조광》, 《조선농민》, 《조선문학》, 《조선어문학월보》
《조선일보》, 《조선주보》, 《조선중앙일보》, 《조선지광》, 《창작》, 《태서문예신보》
《학등》, 《혁명》, 《황성신문》

3) 논문과 저서

강영희(1989), 〈마당극 양식론의 정립과 올바른 대중노선의 모색〉, 《사상문예운
　　　동》 가을호.

강한영 교주(1971), 《신재효 판소리 사설집》, 서울: 민중서관.

강한영(1977), 《판소리》, 서울: 세종대왕기념사업회.

고승길 편역(1982), 《현대연극의 이론》, 서울: 대광문화사.

고승길(1993), 《동양연극연구》, 서울: 중앙대학교출판부.

고정욱(1959), 〈동리 신재효에 대하여〉, 《고전작가론》(2), 평양: 조선작가동맹출판
　　사(《판소리연구》 제7집, 판소리학회, 1996에 재수록).

곽병창(2000), 〈한국 현대연극의 전통연희 계승 양상 연구〉, 전북대 국문과 박사논문.

구연학(1908), 《설중매》(雪中梅), 서울: 회동서관.

국립중앙극장 편(2002), 《세계화시대의 창극》, 서울: 연극과인간.

국사편찬위원회 편(1986), 《국역 정사 조선전》, 서울: 천풍인쇄주식회사.

권택무(1966), 《조선민간극》, 평양: 조선문학예술동맹출판사.

김동욱(1968), 〈판소리사 연구의 제문제〉, 《인문과학》 20집, 연세대 인문과학연구소.

김용옥(1989), 《아름다움과 추함》, 서울: 통나무.

김우탁(1978), 《한국 전통연극과 고유무대》, 서울: 개문사.

김욱동(1994), 《탈춤의 미학》, 서울: 현암사.

김원극(1909), 〈我國의 演劇場 消息〉; 서연호(1982), 《한국근대희곡사연구》, 서울:
　　고려대 민족문화연구소 재수록.

김월덕(1996), 〈한국 마을굿에 대한 민족연극학적 연구〉, 전북대 석사논문.

김윤식(1974), 《한국 근대 문예비평사 연구》, 서울: 일지사.

김익두(1989), 〈민족연극학적 관점에서 본 신파극의 희곡사적 의의〉, 《하남천이두
　　선생화갑기념논총》, 간행위원회.

──── (1989), 〈한국 민속예능의 민족연극학적 연구〉, 전북대 박사논문.

──── (1995), 〈풍물굿의 공연원리와 연행적 성격〉, 《한국민속학》 27집, 민속학회.

──── (1998), 〈한국의 연극적 공연 양식에 있어서의 '공소'와 공연자─청관중 상
　　호작용의 원리에 관하여〉, 《한국언어문학》 41집, 한국언어문학회.

──── (1998), 《우리문화 길잡이》, 서울: 한국문화사.

──── (2000), 〈동북아시아 공연예술상에서 본 판소리의 공연학적 위상〉, 《한국극
　　예술연구》 11집, 한국극예술학회.

──── (2001), 〈'꼭두각시놀음'의 의미와 그 한계〉, 《한국극예술연구》 13집, 한국
　　극예술학회.

──── (2002), 〈한국 희곡/연극 이론 수립을 위한 기초 연구〉, 《한국극예술연구》
　　15집, 한국극예술학회.

──── (2004), 《판소리, 그 지고의 신체전략》, 서울: 평민사.

─── (2007), 《이야기 한국신화》, 서울: 한국문화사.

김익두·윤영근·주요섭(2001), 〈한국의 전통사상·문화에 기초한 새로운 환경운 동론의 정립에 관한 연구―한국적 생태담론의 형성을 위하여〉, 《교보교육 문화논총》 3집.

김인회 편(1982), 《한국무속의 종합적 고찰》, 서울: 고려대 민족문화연구소.

김일출(1958), 《조선 민속 탈놀이 연구》, 평양: 과학원출판사.

긴재석(1998), 《한국연극사와 민족극》, 서울: 태학사.

김재철(1933), 《조선연극사》, 경성: 학예사.

김정헌(2008), 〈호남좌도농악연구〉, 전북대 국문과 박사논문

김지하(1985), 《남녘땅 뱃노래》, 서울: 두레.

─── (1999), 《예감에 기득찬 숲 그늘》, 서울: 실천문학사.

─── (1999), 《율려란 무엇인가》, 서울: 한문화.

─── (2004), 《탈춤의 민족미학》, 서울: 실천문학사.

김학주(1994), 《한·중 두 나라의 가무와 잡희》, 서울: 서울대출판부.

김학현 편(1991), 《能》, 서울: 열화당.

민영환(연대미상), 《해천추범》(海天秋帆), 서울: 서울대국사연구실.

박영정(2007), 《북한 연극/희곡의 분석과 전망》, 서울: 연극과인간.

박진태(1999), 《동아시아 샤머니즘 연극과 탈》, 서울: 박이정.

박진태 외(2000), 《동양 고전극의 재발견》, 서울: 박이정.

박 황(1976), 《창극사 연구》, 서울: 백록출판사.

백현미(1997), 《한국창극사연구》, 서울: 태학사.

변태섭(1991), 〈한국역사〉, 《한국민족문화대백과사전》 23권, 한국정신문화연구원.

사진실(1997), 《한국연극사 연구》, 서울: 태학사.

─── (2002), 《공연문화의 전통》, 서울: 태학사.

서연호(1969), 〈한국 신파극 연구〉, 고려대 석사논문.

─── (1982), 〈한국 무극의 원리와 유형〉, 《한국 무속의 종합적 고찰》, 서울: 고려 대 민족문화연구소.

─── (1982), 《한국근대희곡사연구》, 서울: 고려대 민족문화연구소.

─── (1988), 〈친일연극의 역사적 배경〉, 《일본학》 7, 동국대 일본학연구소.

──── (1994), 《한국근대희곡사》, 서울: 고려대출판부.

──── (2001), 《꼭두각시놀음의 역사와 원리》, 서울: 연극과인간.

──── (2002), 〈북한 연극의 실태와 원리에 관한 고찰〉, 《한국음악사학보》 28, 한국음악사학회.

──── (2003), 《한국연극사》(근대편), 서울: 연극과인간.

──── (2005), 《한국연극사》(현대편), 서울: 연극과인간.

서연호 편(2001), 《한국연극의 쟁점과 새로운 탐구》, 서울: 연극과인간.

설성경(1976), 〈동리의 사설과 동학란─당시의 시대감각〉, 《국어국문학》 72·73 통합호, 국어국문학회.

신구현 외(1964), 《우리나라 고전작가들의 미학견해 자료집》, 평양: 조선문학예술총동맹출판사.

신태영(2004), 〈명나라 사신 동월(董越)의 '조선부'(朝鮮賦)에 나타난 조선 인식〉, 《한문학보》 10권, 우리한문학회.

심우성(1974), 《남사당패연구》, 서울: 동화출판공사.

──── (1975), 《한국의 민속극》, 서울: 창작과비평사.

안종화(1955), 《신극사 이야기》, 서울: 진문사.

양승국(1989), 〈해방 직후의 진보적 민족연극 운동〉, 《창작과 비평》 겨울호.

──── (1996), 《한국 근대 연극비평사 연구》, 서울: 태학사.

──── (2001), 《한국 현대 희곡론》, 서울: 연극과인간.

양회석(1994), 《중국희곡》, 서울: 민음사.

여석기(1978), 《동서연극의 비교연구》, 서울: 고려대출판부.

──── (1979), 〈아시아 연극의 서사성과 양식성〉, 《연극평론》 17호, 서울: 연극평론사.

──── (1987), 《동서연극의 비교연구》, 서울: 고려대출판부.

유길준(1895), 《서유견문》(西遊見聞), 제16편 유락경상(遊樂景像).

유몽인 지음/ 시귀선·이월영 역주(1996), 《어우야담》, 서울: 한국문화사.

유민영(1972), 〈신파극의 발생과 그 전개〉, 《연극평론》 7호, 서울: 연극평론사.

──── (1981), 《한국현대희곡사》, 서울: 홍성사.

──── (1982), 《한국 극장사》, 서울: 한길사.

── (1996), 《한국근대연극사》, 서울: 단국대출판부.

── (2001), 《한국연극운동사》, 서울: 태학사.

유병환(2000), 〈'증동리신군서'와 '광대가' 사대법례 정석〉, 《판소리연구》 11집.

유창돈(1964), 《李朝語辭典》, 서울: 연세대출판부.

윤광봉(1987), 《한국연희시연구》, 서울: 이우출판사.

── (1988), 《조선후기의 연희》, 서울: 박이정.

윤날선 지음/권택무 옮김(1989), 《조선 민각극》, 서울: 예니.

이남복 편(1996), 《연극사회학》, 서울: 현대미학사.

이두현(1966), 《한국 신극사 연구》, 서울: 서울대출판부.

── (1969), 《한국가면극》, 서울: 문화공보부 문화재관리국.

── (1974), 《한국연극사》, 서울: 민중서관.

── (1985), 《한국연극사》(개정판), 서울: 학연사.

이민홍(2001), 《한국 민족예악과 시가문학》, 서울: 성균관대출판부.

이상호 편찬(1979), 《대순전경》, 김제: 증산교본부.

이영금(2000), 〈전북지역 무당굿 연구〉, 전북대 국문과 석사논문.

── (2007), 《전북 씻김굿》, 서울: 민속원.

이영미(1996), 《마당극 양식의 원리와 특성》, 서울: 한국예술종합학교 한국예술연
    구소.

── (1997), 《마당극, 리얼리즘, 민족극》, 서울: 현대미학사.

이영배(2000), 〈필봉 풍물굿의 공연 구조·원리와 사회적 의미〉, 전북대 석사논문.

이인성 엮음(1980), 《연극의 이론》, 서울: 청하.

이혜구(1996), 《(보정) 한국음악연구》, 서울: 민속원.

임재해(1981), 《꼭두각시놀음의 이해》, 서울: 홍성사.

임진백·재희완(1988), 〈미당구에서 마당굿으로〉, 《한국문학의 현단계 I》, 서울:
    창작과비평사.

임형수(2008), 〈춘향담론의 연극화에 관한 연구〉, 전북대 국문과 박사논문.

임형택 편역(1992), 《이조시대 서사시》(하), 서울: 창작과비평사.

장석규(1994), 〈허두가에 나타난 문제의식〉, 《문학과 언어》 15호, 문학과언어연구
    회; 서종문·정병헌 편(1977), 《신재효연구》, 서울: 태학사에 재수록.

장한기(1983), 《민속극과 동양연극》, 서울: 우성문화사.

──── (2002), 《증보 한국연극사》, 서울: 동국대출판부.

전경욱 역주(1993), 《민속극》, 서울: 고려대 민족문화연구소.

전경욱(1998), 《한국가면극, 그 역사와 원리》, 서울: 열화당.

전신재(1988), 〈판소리의 연극성에 관한 연구〉, 성균관대 박사논문.

정노식(1940), 《조선창극사》, 서울: 조선일보사출판부.

정병욱(1981), 《한국의 판소리》, 서울: 집문당.

정병호(1994), 《농악》, 서울: 열화당.

정현석 지음/성무경 역주(2002), 《교방가요》(敎坊歌謠), 서울: 보고사.

조동일(1979), 《탈춤의 역사와 원리》, 서울: 홍성사.

──── (1997), 《카타르시스 라사 신명풀이》, 서울: 지식산업사.

지영재 편역(1973), 《중국시가선》, 서울: 을유문화사.

채희완·임진택 편(1985), 《한국의 민중극》, 서울: 창작과비평사.

최남선(1947), 《조선상식문답》, 서울: 동명사

최혜진(1997), 〈신재효의 〈허두가〉에 나타난 세계인식과 그 의미〉, 《판소리연구》
        8집, 판소리학회.

탁석산(2000),, 《한국의 정체성》, 서울: 책세상.

한국비평문학회 편(1990), 《북한 가극·연극 40년》, 서울: 신원문화사.

한우근(1987), 《한국통사》, 서울: 을유문화사.

한 효(1956), 《조선연극사개요》, 평양: 국립출판사.

허원기(2001), 〈신재효의 세 가지 발언─생명사상의 문학적 변용을 중심으로〉,
        《판소리연구》 12집, 판소리학회.

홍현식·김천흥·박헌봉(1967), 《호남농악》, 서울: 문화재관리국.

황루시(1987), 〈무당굿놀이 연구〉, 이화여대 박사논문.

王國維(1974), 《宋元戲曲考》, 臺北: 藝文印書館.

正宗敦夫 編 (1928), 《敎訓抄》 上, ‘伎樂’.

鄧綏甯, 《中國戲劇史》; 강계철 편역(1993), 《중국희극사》, 서울: 명지출판사.

廖 奔(1994), 《中國古代劇場史》, 河南: 中洲古籍出版社.

吳祖光·黃佐臨·梅紹武(1981), 《京劇与梅蘭芳》, 北京, 新世界出版社; 김의경 옮김(1993), 《경극과 매란방》, 서울: 지성의샘.

兪爲民(2001),〈論中國戲曲的藝術形態及美學特征〉, 《고전희곡연구》 3집, 한국고전희곡학회.

余英時(1989), 《從價値系統看中國文化的現代意義》; 김병환(2007), 《동양적 가치의 재발견》, 서울: 동아시아.

鈴木忠志(1988), 《演劇とわ何か》, 岩波新書(新赤版) 32; 김의경 옮김(1993), 《스즈키 연극론》, 서울: 현대미학사.

菅井幸雄(1979), 《近代日本演劇論爭史》, 未來社.

Aristotle, *de arte poetica*; 손명현 역(1975), 《시학》, 서울: 박영사.

Artaud, Antonin(1938), *Théâtre et son Double*; 박형섭 옮김(1994), 《잔혹연극론》, 서울: 현대미학사.

Austin, Gayle(1990), *Feminist Theories for Dramatic Criticism*, Ann Arbor: The University of Michigan; 심정순 옮김(1995), 《페미니즘과 연극비평》, 서울: 현대미학사.

Barba, Eugenio and Savarese, Nicola(1991), *A Dictionary of Theatre Anthropology: The Secret Art of the Performer*, London & New York: Routledge.

Batty, Gaston et Chavance, René(1959), *Histoire des marionnettes*; 심우성 옮김(1987), 《인형극의 역사》, 서울: 도서출판 사상사.

Bennett, Susan(1990), *Theatre Audiences: A Theory of Production and Reception*, London & New York: Routledge.

Bharatamunni(1989), *The Natya Sastra of Bharatamuni*, trans. A Board of Scholars, Deli: Sri Satguru Publications.

Boal, Augusto, *Theater of the Oppressed*; 민혜숙 역(1985), 《민중연극론》, 서울: 창작과비평사.

Borie, Monique and Rougemont, de Martine(1982), *Esthétique Théâtrale*, Paris: Edition Sedes; 홍지화 옮김(2003), 《연극미학》, 서울: 동문선.

Brecht, Bertolt(1967), *Schriften zum Theater*; 김기선 옮김(1989), 《서사극이론》, 서울: 한마당.

Brockett, Oscar G.(1979), *The Theatre: An Introduction*, New York: Holt, Rinehart & Winston, Inc.; 김윤철 역(1989), 《연극개론》, 서울: 한신문화사.

Brockett, Oscar G. and Hildy, Franklin J.(2007), *History of the Theatre*, Boston: Allyn and Bacon.

Brook, Peter(1968), *The Empty Space*; 김선 옮김(1989), 《빈 공간》, 서울: 도서출판 청하.

──── (1973), "On Africa (an Interview)", *Drama Review* 17.

Carlson, Marvin(1993), *Theories of the Theatre: A Historical and Critical Survey, from the Greeks to the Present*(Expanded Edition), Ithaca and London: Cornell University Press.

Cole, Toby & Chinoy, Helen Krich eds.(1954), *Actors on Acting*, New York: Crown Publishers, Inc.

Cole, Toby & Chinoy, Helen Krich eds.(1963), *Directors on Directing*, Indianapolis: Bobbs-Merrill Educational Publishing.

Crawford, J. L. & Snyder, Joan(1998), *Acting in Person and in style*; 양광남 옮김, 《연기》, 서울: 예하.

Crow, Brian & Chris, Banfield(1996), *An Introduction to Post-colonial Theatre*, Cambridge: Cambridge University Press.

Dallet, Claude Charles, *Histoire de l'Eglise de Core*; 정기수 옮김(1981), 《조선교회사서설》, 서울: 탐구당.

Deleuze, Gilles et Guattari, Flix(1972), *L'Anti-Oedipe*, Paris: Editions de Minuit.

Deutsch, Eliot(1975), *Studies in Comparative Aesthetics*, Honolulu: University of Hwaii Press; 민주식(2000), 《비교미학연구》, 서울: 미술문화.

Dickie, George(1971), *Aesthetics: An Introduction*; 오병남·황유경 공역(1980), 《미학입문》, 서울: 서광사.

Diderot, Denis(1883), *The Paradox of Acting*, trans. Walter H. Pollock, London.

Dukore, Bernard F.(1974), *Dramatic Theory & Criticism*, New York: Holt, Rinehart & Winston, Inc.

Elam, Keir(1980), *The Semiotics of Theatre and Drama*, London & New York: Methuen; 이기한·이재명 옮김(1998), 《연극과 희곡의 기호학》, 서울: 평민사.

Fergusson, Francis(1949), *The Idear of Theatre: The Art of Drama in Changing Perspective*,

Princeton: Princeton University Press; 이경식 역(1980), 《연극의 이념》, 서울: 현대사상사.

Freytag, Gustav(1886), *Die Technik des Dramas*; 임수택·김광요 옮김(1992), 《드라마의 기법》, 서울: 청록출판사.

Gerould, Daniel ed.(2000), *Theatre/Theory/Theatre: The Major Critical Texts from Aristotle and Zeami to Soyinka and Havel*, New York and London: Applause.

Gilbert, Helen & Tompkins, Joanne(1996), *Post-Colonial Drama: Theory, Practice, Politics*, London and New York: Routledge.

Gouhier, Henri(1943), *L'Essence du Théâtre*, Paris: Plon; 박미리 옮김(1996), 《연극의 본질》, 서울: 집문당.

Grotowski, Jerzy(1975), *Towards a Poor Theatre*, London: Methuen Press; 고승길 옮김(1987), 《가난한 연극》, 서울: 교보문고.

Hartnoll, Phyllis(1985), *A Concise History of the Theatre*; 심우성 옮김(1990), 《연극의 역사》, 서울: 동문선.

Hodgson, Terry(1988), *The Batsford Dictionary of Drama*, London: B.T. Batsford Ltd.; 김익두 외 옮김(1998), 《연극용어사전》, 서울: 한국문화사.

Hsü, Tao-Ching(1985), *The Chinese Conception of the Theatre*, Seattle & London: University of Washington Press.

Huizinga, Johan(1950), *Homo Ludens*, Boston: The Beacon Press; 김윤수 옮김(1981), 《호모 루덴스》, 서울: 까치.

Inoura, Yoshinobu & Kawatake, Toshio(1981), *Theatre of Japen*, New York & Tokyo, Weather Hill.

Jenks, Chris(1993), *Culture*, New York & London: Routledge; 김윤용(1996), 《문화란 무엇인가》, 서울: 현대미학사.

Kirby, E. T.(1969), *Total Theatre*, New York: E. P. Dutton & Co., Inc.

──── (1975), *Ur-Drama, The Origins of Theatre*, New York: New York University Press.

Klotz, Volker(1968), *Geschlossene und offene Form im Drama*, München; 송윤엽 편역(1981), 《현대희곡론─개방희곡과 폐쇄희곡》, 서울: 탑출판사.

Lange, Roderyk(1975), *The Nature of Dance: An Anthropological Perspective*, London; 최동현

옮김(1988), 《춤의 본질》, 전주: 신아출판사.

Mackerras, Colin(1983), *Chinese Theatre*, Honolulu: University of Hwaii Press.

Pavis, Patrice(1987), *le Dictionnaire du Théâtre*, Paris: Messidor/Edotions sociales; 신현숙 · 윤학로 옮김(1999), 《연극학사전》, 서울: 현대미학사.

Schechner, Richard(1985), *Between Theatre and Anthropology*, University of Pennsylvania Press; 김익두 역(1993), 《민족연극학》, 전주: 신아출판사.

―――, "Shape-Shifter Shaman Trickster Artist Adept Director Leader Grotowski", n.p.

Shank, Theodore(1969), *The Art of Dramatic Art*, Belmont: Dickenson Publishing Company, Inc.; 김문환 옮김(1986), 《연극미학》, 서울: 서광사.

Stanislavski, Constantin(1936), *An Actor Prepares*; 오사량 역(1970), 《배우수업》, 서울: 성문각.

Stern, Carol Simpson & Henderson, Bruce(1993), *Performance-Texts & Contexts*, New York & London: Longman.

Susan Bennett(1990), *Theatre Audiences: A Theory of Production and Reception*, London & New York: Routledge.

Szondi, Peter(1981), *Theorie des modernen Dramas(1880~1950)*, Frankfurt am Main: Suhrkamp Verlag; 송동준 역(1983), 《현대 드라마의 이론》, 서울: 탐구당.

Thom, Paul(1993), *For an Audience: Philosophy of Performing Arts*; 김문환 옮김(1998), 《관객을 위하여》, 서울: 평민사.

Thoreu, Henry(1979), *Augusto Boal Theater der Unterdrückten*, Frankfurt am Main: Suhrkamp Verlag; 김미혜 옮김(1989), 《아우구스또 보알―억압받는 자들의 연극》, 서울: 열화당.

Turner, Victor(1982), *From Ritual to Theatre: The Human Seriousness of Play*, New York: Performing Arts Journal Publications; 김익두 · 이기우 역(1996), 《제의에서 연극으로》, 서울: 현대미학사.

―――(1987), *The Anthropology of Performance*, New York: PAJ Publications.

Wilshire, Bruce(1982), *Role Playing & Identity*, Bloomington: Indiana University Press.

Фепотов, А.(1953), 원서명 미상; 심우성 역(1988), 《인형극의 기술》, 서울: 동문선.

찾아보기